后浪

堂斗

[美]苏思纲 ● 著

王佳欣 ● 译

纽约唐人街的罪恶金钱谋杀

TONG WARS

THE UNTOLD STORY OF
VICE, MONEY,
AND MURDER
IN NEW YORK'S CHINATOWN
by
Scott D. Seligman

上海文化出版社

序　言

任何方法都不奏效。不管是威胁、谈判，还是关闭唐人街的赌场、鸦片馆，驱逐这里的未婚白人妇女，逐门逐户搜查武器、逮捕疑犯，将惯犯收押入狱乃至处以死刑，都毫无作用。唐人街，这个脱离管控、令人绝望的地方，让纽约县地方检察官乔布·班顿一筹莫展。

尽管他想尽了一切办法，但是纽约各堂口间的杀斗仍在继续。

这里曾有过和平的希望。就在五个月前的 1925 年 3 月，安良堂和协胜堂高层签署协议，承诺维护"全美各地协胜堂与安良堂之间的长久和平"。新的希望被点燃，已数月未曾现身的高层元老纷纷走出藏身之地，无须再担心隐伏于唐人街头的对家枪手。但是，正如过往三十年间无数次和谈一样，彼此仇视的两堂再次背弃了和平的信约。

由于隔阂过深，任何一件事都可以使双方的互信瓦解。波士顿安良堂的一名成员因为觉得一个协胜堂人对自己的妻子过于殷勤而举枪，美国东部和中西部的堂口兄弟随即持枪互射，数十名华人因之惨死。

班顿的前任们尚可使纽约两堂首领坐在一起，晓以利害，让他们适时息战。但现如今，两堂历经多年经营，势力已遍及数十座城市。与此同时，随着开山一代的离世，难孚众望的继任者们在近期突发的堂斗中展现不出平息暴乱的权威。不仅如此，武器的升级更是加重了堂斗的死伤。当斧子、砍刀变成手枪、自动武器，乃至炸弹后，前所未有的危局近在眼前。

9月8日，班顿向交战两堂首领下达"最后通牒"。他警告说，如果杀戮不止，他将呈请联邦政府出面处理。这绝非虚张声势。联邦政府早就严正声明，刑满释放的堂口兄弟将被强制遣返中国；现在，政府官员决心加大惩罚力度。于是，在一名协胜堂门生被枪杀，另一名被击碎颅骨惨死之后，华盛顿中央政府决定采取严厉行动。

美国联邦检察官埃默里·巴克纳声称，四个联邦部门正合作遣返纽约每一个没有合法居留证明的华人。持有合法证明的关键在于持有者必须能够证明自己是通过合法途径进入美国的，而巴克纳深知很多华人做不到这一点，他们没有合法身份，一旦被发现便将被逐出美国。尽管没有任何证据表明这些人就是那些在街头挥舞枪支的帮派分子，而且驱逐他们也未必会为唐人街带来和平，但巴克纳似乎并不在意这些。

突击搜捕持续了几天。当地警方在唐人街布下法网，联邦警探入内搜查，目之所见的每一名华人均遭围捕。被捕之人大多为合法居民，有的还有美国国籍。警探未获授权便搜查华人的饭店、赌场、洗衣房、剧院、公寓、商店，甚至直接将人从被窝中拖出。于是，消弭动乱的行动变为了对个人权利的践踏，警察也愈发地罔顾法纪、草率行事。

数以百计的华人被塞进警车，送至联邦大楼。他们被赶进一个大房间，在翻译的引导下依次接受移民官员的盘问。有居留证明的人被释放，没有的人被收押并被送至"坟墓"监狱或埃利斯岛。一些平生从未碰过武器的人被判不得保释，只能在悲泣中等待被遣返。

再没有哪一个移民群体遭受过如此苛待。尽管爱尔兰裔与意大利裔也曾卷入血腥的帮派之争，但他们并未因此被围捕并被大批遣返。然而这一次，政府认定驱逐华人是为唐人街带来安宁的唯一方法，为此不惜施用任何他们认为必要的手段。

事情何以至此？本书将为读者讲述故事的来龙去脉。这是一个关于过往三十多年里，北美东部、中西部华人堂口间四次大规模堂斗、时断时续的对峙、数不胜数的摩擦、大大小小的死伤，连同企望和平的谈判以及由此缔结和约的故事。这是一个关于由文化差异，由误解、无知、偏见引发冲突的故事。这是一个关于一群固执的人为有形的金钱、财产，无形的忠诚、面子以命相搏的故事。这也是一个关于许多有责任、有决心阻止他们的警察局局长、警探以及普通警察的故事——当然，其中也有人在中饱私囊。

堂口兄弟均来自中国南方，大多在美国西海岸登陆，而后向东寻觅机会，以期有一天能够衣锦还乡。他们中大多数是劳工，但也有一部分人依靠经商积累起可观的财富，扎根美国。"堂口"是他们的秘密兄弟会。虽然在表面上，他们从事着名目不一的社会事务，但实际上，他们大多时间在干着犯罪的营生。（中文里的"堂"与"堂口"可以指称多种形式的社团，并不一定具有贬义；但为清楚起见，本书中的"堂"与"堂口"仅指秘密会社。）他们的武器由最初的刀具演变为后来的手枪、炸弹。他们在纽约的主要战场是位于曼哈顿下城的一处面积一英亩（约合四千零四十六平方米）有余的三角形地带，毗邻破败的五点区。该三角形地带以勿街、披露街、且林士果广场和包里街为界，包括了整条蜿蜒的多也街。自那时起，这里一直是纽约华埠的中心。

我在中国生活、工作的岁月里，在学习汉语、研究美国华人早期历史的过程中，曾频繁听闻"堂斗"的故事。它们大多耸人听闻，就像三十多年前美国社会对华人移民的描述一样。那些叙述者热衷于编造东方谜事与骇人情节以满足读者的想象与期待，而根本无意呈现真实的历史。

我也明白很多华裔美国人只想忘记"堂斗"，以图淡化公众对早期华埠居民的不堪记忆。但我欲寻找真相。我有理由相信，"堂斗"不可能仅仅是一伙卑劣贪婪的人因利益而去屠戮另一伙贪婪卑劣之人。美国社会对华人公民权利的剥夺、华人所遭遇的有欠公允的物化与边缘化，以及中美文化的碰撞与冲突，必然在其中发挥着作用。于是我开始从早期华人在美国，特别是坦慕尼时代纽约的经历入手，尝试在更为广阔的背景下呈现"堂斗"的历史及根源，使人们不再被那些荒诞不经的故事误导。

本书正是这一尝试的成果。书中所涉人物皆非杜撰，所述事件确实发生在所指时间，所陈对话皆源于当时记录。时人的日记、书信使我得以讲述他们的所思所想；对于没有留下文字资料的人，我不会对他们的情感和动机妄加揣测。

话虽如此，存世史料远非无可指摘，而且也不足以串联起完整的故事。我对早期华埠的认知，大多源于纽约的主要报纸，上面关于"堂斗"的报道富含惊人的细节，尤其是对于安良堂、协胜堂与龙冈公所间混战的报道更是火力全开。尽管这些报道可为我们提供非常实用的编年纪事，但是它们多出自白人记者之手。这些新闻从业者虽然有时也敏于观察，但是他们的大多数报道往往显得肤浅、无知，充斥着各种错误。这是因为他们完全不懂中文，因而他们笔下的很多故事不得不依赖知晓内情的华人线人。但是这些信息提供者所讲述的事情经过往往掺杂着谎言，在堂斗牵涉其所在社团时表现得尤为明显。

尽管目前很难觅得早期华人移民对"堂斗"的中英文书写，但现存的其他资源仍使我受益。[1]大批已经数字化的旧报纸可按照关键词检索，这使纽约等地的新闻报道真正成为全面、可用的档案数据库。而索引详细的各州与联邦政府的人口统计、旅客名单、征兵信息和人口动态记录（所谓"人口动态"是指人口数量、构成以及在地域分布上的变化状态），也方便研究者核实个人基本信息。尽管大多数法庭记录还未被数字化，但获取它们并不困难。收藏于美国国家档案馆中的排华时期的庭审卷宗即提供了本书所涉人物大量丰富的细节。尽管当年政府收集它们的目的仍被质疑，但正是由于这些资料的存在，这段历史才可被重述，受誉者可被框定，卑劣者可被找出，新的、令人信服的叙述得以流传。它们无可估量的价值时至今日仍然帮助并启发着研究人员。

此外，20世纪30年代出版的两部华人创作的英文书籍也值得特别关注。一本是龚恩英（Eng Ying "Eddie" Gong）与布鲁斯·格兰特合撰的《堂斗！》（*Tong War!*），另一本是"两个人"（Leong Gor Yun）所著的《唐人街内幕》（*Chinatown Inside Out*）。前一本是一名协胜堂大佬的口述回忆录，他目睹了这本书后来提到的那些行动，该书完成于堂斗结束前夕；后一本是一部反映唐人街生活的书，其中有一部分涉及堂斗，由唐人街的自由派报纸《唐人街日报》（*Chinese Journal*）的编辑赵夏（Y. K. Chu）和另一位不愿透露姓名的美国记者共同撰写（因此本书以"两个人"为笔名发表）。尽管这两本书里有不少趣闻轶事，有时情节耸人听闻，但书中的见解与对人物的描述非常有用。

对于一些充斥着误解与偏见的叙述，我通常不会照单全收，偶尔还会加以校正。对于华人习俗和行为举止明显荒谬的解读，我也不会采纳。如 1904 年《纽约电报》（*New York Telegram*）上一篇文章对堂口宿怨的解释：

> 公元前 6000 年左右，孔子的曾祖父发明了炒面，双方的梁子可能正是在那时结下的。协胜堂想要将炒面定为国菜，而保守派乾胜堂坚持炒杂碎是国肴，于是战起。全副武装的堂口门生将上海和广州化为焦土，连北京都被这一无情的战争撼动。[2]

又或是二十五年后《纽约世界报》（*World*）上关于同主题的一篇荒谬的专栏文章：

> 两个华人在新泽西州的纽瓦克市中弹，原因竟是他们喝了立顿红茶，而不是台湾乌龙茶。一波未平，一波又起。又有一个旧金山华人因为穿着橡胶高跟凉鞋而挨了枪子儿……尽管如今事态已渐平息，但你仍会注意到，每个华人总穿着一件黑色丝衣——这可以保证他们被击毙时身着寿衣。[3]

不幸的是，这样的胡言乱语常常以新闻报道的面目出现，甚至刊登在一些权威报纸上。

我也不得不拒绝一些既未见于任何原始资料，也无法使我信服的故事，即使它们引人入胜而又深受其他作家青睐。例如，赫伯特·阿斯伯瑞在 1928 年出版的著名小说《纽约黑帮》(*Gangs of New York*)中就有这样一幕:协胜堂的枪手坐在椅子上被从房顶吊起,在这个过程中,他透过四楼房间的窗户射杀了躺在床上的安良堂喜剧演员阿虎(Ah Hoon)。[4]这样的描写固然生动,但我无法找到任何确凿证据,而且现存大部分证据与之矛盾。当时的报道称阿虎死在房外的门廊,也未提及任何起重设备,刺杀他的人甚至很可能不是协胜堂成员。

此外,一种长期出现在美国媒体上的说法也令我觉得可笑。美国媒体经常报道华人暴徒胡乱开火,他们在枪战中蹲在地上,紧闭双眼,朝着四面八方随意射击,直到打光所有子弹。这纯属无稽之谈。事实上,即使在枪取代斧头成为堂斗的主要武器之后,也极少有路人被误伤。我也不相信一篇关于"素鸭"的报道,据说他的妻子在盛怒之下拽着丈夫的长辫子,把他拖出情妇的公寓。这样的逸闻吸引了一批渴望向当时的唐人街妇女灌输女性参政权思想的作家,他们将"素鸭"描述为惧内的江湖大佬。然而我并不认为 1908 年的美国华人女性胆敢如此行事。而"素鸭"的妻子,这个几乎是丈夫所有物的女人,似乎更不可能;相反,她倒是不止一次被逼卖身。

对于我来说,确定每个人的准确身份同样是一大挑战。这一时期华人姓名的拼写并无一定之规,甚至在同一文献中,它们的拼法也杂乱无章,因时而易。1897 年的安良堂司库 Joe Gong 与 1904 年庭审中的目击证人 Chu Gong 是同一个人吗? 1905 年在勿街被袭击的 Ji Gong 也是他吗?我判断他们是同一个人,并且在本书中统一了拼写。另一个令我颇为满意的地方是,我认出了 1880 年在包里街袭击李希龄的 Lee Sing 与 1904 年枪击"素鸭"

的 Lee Sing 并非同一个人，因为人口普查记录显示，后者在前一起事件发生时只有 9 岁。

如果能知道他们的中文姓名，或许就不会有这样的混淆了。但除非他们用汉字签署过文件，或在仅存的中文文献中被提及，否则一个世纪的风尘足以掩藏他们的真实姓名。另外，很多华人用过不止一个名字，有时人们用绰号称呼他们，有时只称名而不称姓，有时甚至用其商铺的名字作为称呼。记者们通常不能区分他们名字中的姓和名，而一些华人也在自己的英文名字中将原有中文姓名顺序加以颠倒，以循美例。所以解析他们的拼写很容易引发一些无意的错漏。为帮助读者，作者已经将本书中的主要人物单独整理成页。

在着手写作本书之初，我曾担心它会加深已存在一个多世纪的偏见与刻板印象。因为一直以来，对唐人街的报道与花边新闻无异。它被描述为危险之地，由神秘而无所不能的恶棍统治，街道上流淌着遭邪恶堂口屠戮的受难者的鲜血。这一刻板印象显然与事实不符。在 19 世纪末 20 世纪初的纽约，大多数华人餐馆老板、洗衣工、厨师、杂货商、卷烟工、街头小贩都是体面守法的人。他们努力在一个可能为他们提供生计，但同时又歧视、虐待他们的社会站稳脚跟。当时纽约腐败盛行，警察和其他官员行使着不受约束的权力，华人在这样的文化中不可能指望得到公平待遇或公正审判。

唐人街是危险社区的不公评价或多或少延续至今。但我们需要知道，即使在堂斗最激烈的时期，"门生"（旧时对华人暴徒的普遍称谓）的数量也很少，并且真正处于危险之中的仅仅是交战双方的成员，华人平民很少被殃及，也几乎不会牵涉其他族裔的游客。

　　另外需要指出的是，堂斗遍及全美众多城市，最激烈的冲突发生在西海岸，那里的华人和堂口门生的数量更多。我仅仅讲述了整个故事的一部分。我关注的是纽约，它是美国东部与中西部华人的中心。虽然我也提到了其他地区发生的事件，但仅当它们和纽约发生的事有关系时才会被提及。我希望有人能为我们讲述发生在西海岸的堂斗。

　　威廉·菲尔斯（他担任过纽约众多华人社团的律师）于1902年出版了刻画当地华人居民形象的《破碎中国》（*Bits of Broken China*）。他在书中谴责了西方作家将华人描述为"恶棍与阴谋诡计的大师"。对此我深以为然，因而竭力呈现笔下人物的多面性，防止自己也持此般倾向。华人，在我笔下，是优点与缺点并存的人类。他们挣扎求存于异国，而这个国家拥有自己的行为准则，常与华人原有的价值观相冲突。他们之中，既有正直之士，也有卑劣之人，但大多与你我一样，介于两者之间。

苏思纲

主要人物介绍

阿斐（1857—1900） 1900 年被纽约协胜堂门生谋杀的纽瓦克裁缝，隶属：安良堂。

阿虎（1874—1909） 华人喜剧演员，1909 年被枪杀，隶属：安良堂、四姓堂。

阿绮（1901—?） "素鸭"和陈邰莠的养女，有一半欧裔血统，1907 年"素鸭"和陈邰莠被剥夺了对她的监护权。

埃德蒙·普赖斯（1834—1907） 李希龄以及其他安良堂人的律师。

埃默里·巴克纳（1888—1941） 1925—1927 年间任纽约南区地方检察官。

爱德华·穆鲁尼（1874—1960） 1930—1933 年间任纽约市警察局局长。

包金（1888—1909） 出生在中国的华人移民配偶，1909 年被谋杀，并由此引发了安良堂与四姓堂的堂斗。

查尔斯·惠特曼（1868—1947） 1910—1914 年间任纽约县地方检察官。

查尔斯·帕克赫斯特牧师（1842—1933） 长老会牧师、社会改革家，组织社团以致力于预防、打击犯罪，抨击政府与坦慕尼协会的腐败。

陈杰来（1884—1937） 安良堂大佬，后来加入协胜堂，并因此引发了 1924 年多个城市参与的堂斗，隶属：安良堂、协胜堂。

陈来（1878—1914） 将包金带至纽约的洗衣工，此举引发了1909 年安良堂与四姓堂之间的堂斗，隶属：安良堂。

陈邰莠（1878—?） "素鸭"的第一任妻子。

道格拉斯·麦凯（1879—1962） 1913—1914 年间担任过五个月的纽约市警察局局长。

董方（1873—?） 多也街商人、翻译，1897 年被控严重伤害罪，1905 年因袭击安良堂李宇被控人身伤害罪，选择认罪，隶属：协胜堂。

多米尼克·莱利（1874—1930） 1913 年任伊丽莎白街警察局局长。

恩兴（1894—1915） 协胜堂枪手，1912 年因杀害李希龄的侄子李凯被判有罪，后被处决，隶属：协胜堂。

弗兰克·蒂尔尼（1869—1936） 1911—1912 年间任伊丽莎白街警察局局长。

弗兰克·莫斯（1860—1920） 社会改革家、律师，服务于帕克赫斯特协会、莱克索委员会、地方检察官办公室；协胜堂的支持者，有时也是它的法律顾问。

弗朗西斯·唐（1894—1945） "素鸭"的第二任夫人。

弗朗西斯·基尔（1858—1908） 1904—1905 年间任伊丽莎白街警察局局长。

龚恩英（1885—1935 以后） 协胜堂总堂秘书长，1930 年出版了全面介绍堂斗的著作，隶属：协胜堂。

龚老金（1863—1915） 李希龄长期得力助手、"素鸭"的岳父，隶属：安良堂。

和记老板（1849—?） 真名王阿冲，早期唐人街的商人与社团领袖。

黄杰（1869—1927 以后） 协胜堂参谋、商人、翻译，在莱克索委员会面前指控李希龄。

黄天（1855—?） 勿街的杂货铺老板、李希龄的早期对手，隶属：
协胜堂。

莱因兰德·沃尔多（1877—1927） 1906—1910 年间任纽约市警
察局副局长，1911—1913 年间任局长。

李彩（1852—1906 以后） 绰号"黑鬼彩"，李希龄的侄子兼打手，
隶属：安良堂。

李道（1882—1922） 1912 年因杀害李希龄的侄子李凯被判有罪，
后被处决，隶属：协胜堂。

李观长（1863—1930） 安良堂堂主，1911 年被控参与走私鸦片，
后被囚于亚特兰大联邦监狱，隶属：安良堂。

李锦纶（1884—1956） 李希龄与米妮·李之子，浸信会牧师，后
返回中国担任传教士和政府官员。

李来（1860—?） 安良堂秘书长，李希龄表亲，隶属：安良堂。

李星（1872—?） 马萨诸塞洗衣工，1904 年在披露街枪击"素
鸭"，隶属：安良堂。

李希龄（1849—1918） 真名王阿龄，商人，长期掌舵安良堂，一
度担任纽约县副治安官，是纽约唐人街的"无冕之王"。

利胜（1848—1929 以后） 曾在街头殴打李希龄，并出庭指控后者
勒索，隶属：协胜堂。

理查德·恩赖特（1871—1953） 1910 年成为伊丽莎白街警察局代
理局长，1918—1925 年间任纽约市警察局局长。

刘柯（1880—1922） 20 世纪 20 年代协胜堂总堂主。

刘信（1850—?） 四姓堂堂主，隶属：四姓堂。

罗伯特·扬（1836—1898） 1895—1898 年间接连任伊丽莎白街

警察局代理局长、局长。

迈克尔·加尔文（1870—1910）　1909 年任伊丽莎白街警察局局长。

麦德（1879—1941）　绰号"素鸭"，协胜堂堂主，以残忍狡诈著称，隶属：协胜堂。

梅苏　洗衣工人。

米妮·罗莎·凯勒·李（1860—1917）　李希龄之妻，拥有苏格兰裔、德裔血统的美国人。

尼古拉斯·布鲁克斯（1842—1925）　1891—1892 年间任伊丽莎白街警察局局长。

欧阳明（1838—1902）　清朝驻纽约第一任领事，1883—1886 年间任职。

帕特里克·特雷西（1867—1926）　1905—1906 年间任伊丽莎白街警察局局长。

乔布·班顿（1869—1949）　1922—1929 年间任纽约县地方检察官。

司徒美堂（1868—1955）　致公堂、安良堂波士顿分堂创始人，全美安良堂总堂主。

苏兴（1861—1914）　协胜堂枪手，1900 年因谋杀阿斐被判终身监禁，隶属：协胜堂。

托马斯·克雷恩（1860—1942）　1906—1924 年间任地方刑事法庭法官，1930—1933 年间任纽约县地方检察官。

托马斯·麦克林托克（1865—1940 以后）　帕克赫斯特协会的长期管理人，与协胜堂关系密切，经常批评纽约市警察局。

王阿卢（1868—1922）　向十五人委员会提供唐人街犯罪信息的协胜堂人，隶属：协胜堂。

王查（1857—1915）　协胜堂高层，曾任纽约分堂堂主，后来逃至波士顿，1908年被控一级谋杀。

王杰（1848—？） 卫理公会派教众、协胜堂高层，隶属：协胜堂。

王清福（1847—1898） 美国华人记者、编辑、演说家、社会活动家，李希龄的密友。

威廉·艾格（1876—？） 主管反腐工作的代理警监，1905年曾短暂负责管理唐人街。

威廉·霍金斯（1856—1912） 绰号"大比尔"，1910年任伊丽莎白街警察局局长。

威廉·杰罗姆（1859—1934） 1894—1895年间被莱克索委员会聘为法律顾问，在1902—1909年间担任纽约县地方检察官。

威廉·麦卡杜（1853—1930） 1904—1906年任纽约市警察局局长，后成为纽约地区治安法院首席法官，推动警察局与帕克赫斯特协会合作。

沃伦·福斯特（1859—1943） 地方刑事法庭法官，参与调停1906、1910、1913年的堂斗。

西奥多·宾厄姆（1858—1934） 1906—1909年间任纽约市警察局局长。

西奥多·罗斯福（1858—1919） 1895—1897年间任纽约市警察局局长，1899—1900年间任纽约州州长，后任美国副总统、总统。

小约翰·麦克莱（1842—1893） 1883—1890年间任伊丽莎白街警察局局长。

辛多（1862—1911） 绰号"科学杀手"，参与纽约、波士顿谋杀案的协胜堂枪手，隶属：协胜堂。

辛可（1862—1901） 1900年一桩谋杀案的嫌疑人，"素鸭"谋杀案潜在的目击者，后遭遇暗杀，隶属：安良堂。

许方（1864—1905）　1905 年在勿街被枪杀的协胜堂司库。

尤金·菲尔宾（1857—1920）　1900—1901 年间任纽约县地方检
　　察官。

余才（？—1912）　绰号"白面小生"，协胜堂枪手，1906 年因谋
　　杀两名安良堂人被起诉，参与了中国剧院和波士顿牛津巷的谋
　　杀案，隶属：协胜堂。

约翰·福尔克纳（1873—1945）　1913—1915 年间任伊丽莎白街
　　警察局局长。

赵昂（1869—1907）　安良堂司库，1905 年险些被协胜堂斧头仔
　　暗杀。

赵晃（1864—？）　多也街中国剧院老板，隶属：安良堂、四姓堂。

赵乐（1869—1919）　赌场老板，1897 年袭击"素鸭"，1909 年在
　　与四姓堂的堂斗中被派往波士顿招募斧头仔，隶属：安良堂、
　　四姓堂。

谭作舟（1861—1929）　华人医生、法庭翻译，曾帮助警察强制取
　　缔唐人街赌档。

编年纪事

1878 年　李希龄被旧金山中华公所派遣至纽约。

1880 年　联谊堂成立。李希龄就任纽约县副治安官。

1882 年　《排华法案》颁布，禁止华人劳工入境美国、归化入籍，
　　　　限期十年。

1883 年　李希龄等人买下勿街房产，恐吓清退原租客。李希龄被
　　　　控敲诈勒索、经营赌场。

1886 年　"华人赌徒联盟"首次被媒体提及，这一联盟即为日后
　　　　的安良堂。

1892 年　《基瑞法案》将《排华法案》再延十年，并要求华人登记，
　　　　违者将被监禁或遣返。查尔斯·帕克赫斯特牧师开始公
　　　　开反对坦慕尼协会。

1894 年　莱克索委员会成立，对纽约市警察局展开调查。黄杰作
　　　　证，警察局与安良堂之间有金钱往来。

1895 年　西奥多·罗斯福被任命为纽约市警察局局长，并着手改
　　　　革。"素鸭"现身纽约。

1897 年　协胜堂与四姓堂发生冲突。"素鸭"等人受伤。
　　　　李希龄宴请坦慕尼协会成员，期望他们重掌权力，巩固
　　　　对纽约五区的统治。

1900 年　协胜堂人、洗衣工罗金被枪杀，第一次堂斗爆发。苏兴
　　　　为其复仇，杀死了安良堂人、裁缝阿斐。

1901 年　苏兴被判终身监禁，"素鸭"等人也被控谋杀。此案的重要证人辛可被烧死。

1902 年　对"素鸭"涉嫌谋杀的指控因陪审团意见分歧，以无效审判告终。第二次开庭同样以无效审判告终。

1904 年　警察局为回应帕克赫斯特协会的指责而采取行动，突击搜查了安良堂的赌场。李星试图暗杀"素鸭"未遂。安良堂人在包里街协胜堂总部门前策划了一起袭击。

1905 年　协胜堂悬赏暗杀安良堂头目。协胜堂的告密者被残忍杀害，而李希龄的表亲也被协胜堂人枪袭。李希龄不再公开露面，直到"素鸭"被控袭击，遭逮捕。

警方在复活节开展大规模行动，突击搜查了唐人街十二家赌场。李希龄被逮捕并被控行贿，而后警方又在阵亡将士纪念日突击搜查了协胜堂的赌场。

协胜堂枪手在多也街中国剧院屠杀安良堂人。"素鸭"及其同伙被逮捕，并被控谋杀。

安良堂人残忍杀害了洗衣工李浩。李希龄遭暗杀。安良堂枪手袭击了许氏家族成员。

1906 年　两名安良堂人在春节当天被埋伏在披露街的协胜堂人杀死。在沃伦·福斯特法官的调停下，两堂签署了和平协议。"素鸭"与协胜堂决裂，并因行贿被捕。《纽约世界报》发起倡议，呼吁拆除唐人街，将其改造为公园。

1907 年　"素鸭"和陈郘莪的养女、有一半欧裔血统的 6 岁大的阿绮被带走，由其他人领养。费城和波士顿爆发堂斗。

1908 年　"素鸭"的房子几次险被焚毁，而后他离开纽约。波士顿协胜堂人被判一级谋杀。费城安良堂枪手被判死刑。

纽约协胜堂告密者在勿街被杀。

1909 年 白人传教士埃尔茜·西格尔的尸体在一个行李箱中被发现。对这起谋杀案的犯罪嫌疑人———一名四姓堂人的追捕随即展开。21 岁的女性包金的尸体在勿街被发现，她被刀刺、勒死。两名四姓堂人被控谋杀。

四姓堂与安良间的堂斗爆发，安良堂演员阿虎在中国剧场演出后被杀。

1910 年 协胜堂与四姓堂联合对抗安良堂。

涉嫌谋杀包金的四姓堂被告被判无罪。

停战协定没有进展，杀伐持续，但是各堂最终达成了和平协议，结束了龙冈之战。

1911 年 联邦特工突袭了两处鸦片窝点，安良堂重要人物李观长被逮捕。为避免泄露与安良堂关系良好的政府人员名单，他认罪并被判监禁十八个月，囚于联邦监狱中。

武昌起义推翻了清王朝的统治，中华民国诞生。

1912 年 安良堂枪手暗杀协胜堂大佬，第三次堂斗爆发。"素鸭"被控经营赌场。协胜堂枪手杀了李希龄的侄子。

"素鸭"被判有罪，关入兴格监狱，刑期一到两年。金兰公所的枪手赵庆杀死了协胜堂的首席枪手"白面小生"余才，背后的主使者似乎是安良堂。

协胜堂人预谋炸毁安良堂总部、炸死一名安良堂高层。协胜堂枪手刘卫出狱，并由此引发了披露街枪战。赵庆因为杀死余才被判死刑，不过后来改判有期徒刑。

1913 年 "素鸭"再婚，不过并未和前妻办理正式离婚手续。随后，他开始在兴格监狱服刑。安良堂、协胜堂、金兰公所签订停战协议。

警察局发起一系列针对唐人街赌场的突击搜查行动。

1914年　由于警方不断搜查，许多赌场和居民离开了唐人街。

1915年　协胜堂枪手恩兴与李道因谋杀李希龄的侄子被判死刑，
在兴格监狱执行。

1918年　李希龄过世，安良堂为他举行了隆重的葬礼，他的遗体
被安葬在布鲁克林的柏树山墓园。

1922年　协胜堂总堂主刘柯在披露街遭遇枪击，后来证明此事与
安良堂无关。

1924年　陈杰来及其同伙被安良堂驱逐，因此寻求加入协胜堂。
安良堂人指控陈杰来敲诈。协胜堂同意他加入，第四次
堂斗爆发。双方签订停战协议，但仅维持了数月。

1925年　陈杰来被判敲诈罪成立，收监入狱。双方拟定的和平协
议维持了五个月。而后匹兹堡、芝加哥、巴尔的摩、明
尼阿波利斯再现杀戮。警方威胁要以共谋罪逮捕堂口高
层。虽然两堂签署了新协议，但是暴力仍在持续。

纽约县地方检察官发出最后通牒，堂口高层被逮捕，但
是罪名不成立。联邦政府威胁要遣返所有未登记的华人，
警察进入唐人街搜查，逮捕了数百人。突击搜捕、杀戮、
和平谈判持续进行，各堂口签署了"永久和平协议"。

1927年　布鲁克林、纽瓦克、芝加哥等地出现新一波的杀戮。纽
约县地方检察官乔布·班顿警告各堂口，如果再有谋杀
案发生，联邦政府将把他们"运回中国"。各堂口发表
声明，称停战协议仍具效力。

1928年　个人仇怨引发了芝加哥、费城、纽约、华盛顿的凶杀

案，各堂口重申和平协议。

1929 年　芝加哥、纽瓦克、波士顿、纽约再现杀戮。为避免使未
登记的华人移民被遣返，各堂领袖允诺停战。

1930 年　在春节游行中，各堂队伍和平行进，但敌意仍存。协胜
堂人在纽约与纽瓦克遭枪击，犯人来自东安会馆。各堂
领袖拒对暴力负责，局面继续失控。

东安会馆因一桩毒品交易与安良堂交恶，与协胜堂结盟
对抗安良堂。中国领事监督各堂签署多边和平条约。

1931 年　协胜堂与安良堂同时在纽约召开年度全美代表会议。人
们预测将发生暴力事件，但两堂相安无事。

1932 年　"素鸭"因赌债纠纷被一名协胜堂杀手在纽瓦克枪袭。

1933 年　各堂共同举办慈善活动，关系和睦。波士顿的一名协胜
堂人遭枪击，引发了新的凶杀浪潮。美国联邦检察官将堂
口高层带到大陪审团前，并要求其交出成员名单。各堂口
坚称并未公开宣战。停火协议的签订结束了第四次堂斗。

1934 年　为庆祝春节，两堂的游行队伍经过唐人街，数百名华人
列队欢呼。

目　录

第一章

"杏眼流民大军"

1878年，当李希龄到达纽约之时，唐人街甫于曼哈顿下城觅得久栖之所。尽管早在19世纪初便有少数华人来到纽约，但华人数量直到19世纪70年代才迎来高速增长。1869年太平洋铁路的竣工使大批华工不得不另谋出路，而西部经济的衰退也使白人劳工深感华人廉价劳动力的威胁，他们施用各种手段使华人备感排挤与不安。

19世纪70年代末，加利福尼亚州（以下简称加州）议会通过法案，严禁公共工程项目雇用华人，并授权当局将华人居民迁出城外。19世纪80年代，华盛顿州、俄勒冈州、怀俄明州、加州与西部其他州的暴徒开始袭击华人的商铺与家园。很多华人因此返回中国，而留下的人则向东进发，以寻觅机会，躲避暴力。他们大多将目光投向中西部和东部的芝加哥、圣路易斯、费城、巴尔的摩、波士顿等大城市。纽约，这一美国最大、最重要的都会，成为他们的首选。

接纳了这些新来者的纽约刚刚走出经济衰退，迎来发展期，但是经济利益并未平等惠及城中的百万居民。住在默里山和格拉默西公园豪宅的统治阶层忙于奢华聚会，享受欧洲之旅，衣着华服流连剧场。而大量工人则挤在四坊的廉租公寓、曼哈顿下城的东河码头和六坊的五点区。五点区以不规则的交叉路口命名，位于安东尼街（现在的沃思街）、橘街（现在的巴克斯特街）和十字街（现在的莫斯科街）的交会处，因酒馆、赌场、妓院和帮派斗争而声名狼藉。初来乍到的华人加入爱尔兰裔、英格兰裔、犹太裔、意大利裔、德裔和非裔的行列，在这个以恶行、犯罪和极度贫困而闻名的地方挣扎谋生。

这里对几乎所有新来者都存有偏见，而华人受到的待遇尤为苛刻。虽然纽约华人在初期并未被广泛视为经济威胁，但没过多久，源于加州的反华论调就开始东传，媒体嘲笑华人劣等无德、虚伪粗鄙、肮脏且疾病缠身。华人被称作排外团体，因不愿被同化而广受诟病——仿佛批评者在竭力促其融入美国社会一样。华人是满身恶习的异教徒，他们吸食鸦片、烹狗食鼠，诸如此类的偏见导致国会在 1882 年通过了《排华法案》，十年内禁止华工赴美、归化入籍。[1]

在曼哈顿，多数早期华人移民是由出生于香港的商人——和记老板在火车站或码头接来的，他驾着马车穿过坑坑洼洼的街道把他们送到勿街 34 号。在那里，他经营着一家杂货店和一家二人一铺，可容二十四人的客栈。对于新来者来说，这家客栈是他们独立谋生之前，获知纽约生活信息和工作机会之地。[2]

和记老板的真名叫王阿冲（Wong Ah Chung），"和记"是其店铺的名称，不过后来人们多以此称呼他。李希龄初到纽约时，和记老板已经是规模很小的华人社区的实际领袖。1873 年，24 岁的和记老板在爱尔兰裔聚居的坚尼街南端划定地界，那里即为后来的曼哈顿华人区。这片地区声名狼藉，唯一的优点是租金低廉。

和记老板店里卖的是华人移民可能用到的各类物品。他的前厅堆满了货物，最多只容得下四名顾客。几乎所有华人所需的杂货都可以在他的店铺中寻到：货架上、木桶中、木箱里装满了腊鸭、干蘑菇、坚果、蜜饯、干鱼翅和各式茶叶；纸箱里堆满了种子、植物根茎、药草、树皮和治疗各种疾病的药方——因而店铺里弥漫着刺鼻的味道。店铺还出售葬礼以及宗教仪式上使用的香烛和供桌。他的存货清单上还有玉手镯、凉鞋、中式服装、陶瓷茶壶、烟草、烟枪和鸦片。和记老板身材结实，皮肤蜡黄，蓄着八字胡，身高约一米六二。他操着一口流利的英语，为进店的顾客奉上茶水，娴熟地打着算盘，执毛笔记账。[3]

在同一地点，和记老板还经营着一家地下赌场，并建立了名为"保良公司"（Polong Congsee）的互助社团。这个社团是为当地华人小社区服务的两个慈善组织之一，在籍会员七十五名，会费数千元，每月在地下室召开会议，募集会费。它在一定程度上充当了移民中转站的角色，帮助新移民开洗衣店，或者寻觅其他就业机会。[4]

纽约州人口普查记录显示，1875 年整个纽约市仅有一百五十七名华人。五年后，联邦人口普查数据显示，整个纽约州的华人不足千人。这一数据很可能远少于纽约华人的实际人口。《纽约时报》（New York Times）的数据或许更接近事实，该报估计 1880 年纽约大都会区约有四千五百名华人，其中约两千人在曼哈顿，一千人在布鲁克林，一千五百人在新泽西。[5]

数据之所以出现差异，是因为人口普查员很难得到精确的数据。《纽约先驱报》（New York Herald）的一名记者对此解释道："虽然不熟悉某个地区的调查员能够轻易向一个华人询问所有普查问题，但是十分钟后，他在另一个地方遇到同一个人时，仍旧会天真地努力重复之前的问题。"这是真的,他继续说道,因为"他们看起来长得都一样"——大多数纽约人都会欣然同意这个结论。而且与其他移民相比,华人更喜欢住在一起。普查员需要有足够的耐心和毅力,多次去同一个地点才能与那里的所有居民面谈。[6]

大部分纽约华人都住寄宿屋。其中一些是房间阴冷、过道黑暗的廉价公寓,这些公寓拥挤不堪,彼此之间甚至没有一条透光的窄巷;另一些改造自破败的私人大宅。精于盘算的房东把层高较高的房间临时隔为两层,使自己的利润翻了一番,但改造后的建筑很容易失火。这些房子的前厅通常是门市,后室、阁楼和地下室则用来居住。住所仅简单摆放着一个炉子、一张桌子、几个凳子,以及数排架子搭成的床铺,这些床铺如果够宽,足可并排躺三人。人们就在这个宽敞但不供暖的集体宿舍中吃喝、休息。

早期赴美的华人多是农民、小商人,大多只想在美国赚钱,然后返乡颐养天年。很多人能用母语读写,但几乎无人会讲英文,所以他们即使没有被美国白人孤立,也只能和其他华人往来。一般来说,他们和外界没什么交集,生活、吃饭、睡觉、娱乐都在一起。他们穿着中国传统长袍、短衫、马裤和不适于纽约泥泞街道的木屐;梳着当时作为中国男性标志的长辫,这些特征使他们与纽约人格格不入。[7]

华人移民多为辛勤的劳动者,很少有游手好闲之人。[8]他们与洗衣业关系密切,勤快的从业者每周可存下十到十四美元,大约相当于一名普通白人食杂店店员或邮递员的收入。这些华人在中国时绝不会想到要从事洗衣业,因为在其家乡,那是他们的妻子该做的事。但在美国,七十五美元即可建立洗衣作坊,且不会与白人男性劳工产生竞争，不会招来麻烦。截至 1879 年，纽约市已有三百余家华人洗衣店。

华人也从事其他行业。[9] 很多华人在去往纽约之前，在古巴烟草种植园做过苦力，在那里包食宿的雪茄工厂中打过工，是熟练的卷烟工。他们按件计薪，每周差不多可获得二十七美元。至少七十五名华人曾做过家仆，在雇主包食宿的情况下，每月还可获得十八到二十五美元。1879 年，唐人街有五十家华人经营的杂货店、二十家烟草店、十家药房以及六家中餐馆，布鲁克林和新泽西并未被计算在内。

截至 1880 年年初，华人几乎租下了正好位于且林士果广场以北的勿街南段的全部十六栋建筑。《纽约先驱报》称，来自西部的"杏眼流民大军"以每天二十人的速度涌入纽约，寄宿屋很快将供不应求。一方面，华人对空间的需求与日俱增；另一方面，反对"小唐山"扩张的声音不绝于耳。

有华人高价求租罗格斯火灾保险公司在勿街 3 号的房产，但该公司声称宁可拆毁那栋建筑，也决不允许一个"中国佬"住在里面。有华人以每月六十美金求租披露街附近的两套小房子，但房主还是拒绝了。勿街的另一个房东发誓，宁愿让房产闲置，也不会接受华人租客每年一千美元的租金。[10]

5 月，五栋建筑中的华人租客突然接到了驱逐令，和记店所在的勿街 34 号也包括在内。这是因为房东们将房产市值暴跌归咎于华人吸食鸦片的恶习，他们集体决定不再将房产转租给华人或黑人。由于保良公司无法购得两栋建筑，和记老板只得拆掉招牌，收拾货物，去了旁边的公园街。不过，他和他的同胞将在适当的时机一起回来。[11]

李希龄工于心计且雄心勃勃，他来纽约是为了实现四个目标：在华人聚居区建立秩序，为华人和白人当权者搭建沟通的桥梁，致富，成家。他并不认为这些目标相互冲突，而是争分夺秒地同时追求它们。

"李希龄"不是他的本名，只是他在抵达纽约不久后才开始使用的一个名字，用以衬托这位来自大埠（即旧金山），声名在外而又温文尔雅的"特使"。[12] 1849年左右，李希龄出生于广州近郊。他身形瘦弱，身高约一米六七，14岁时赴美。他曾在旧金山做过掮客，为白人的公司提供廉价华工，也曾巴结过华人社区有权势的人。他很快就学会了实用英语，不过带着口音且不太流利。他是个不安分的人，四处奔走，积累财富，跨美东行。

1876年，李希龄到达圣路易斯，在那里开办了一家制桶厂，并且用原来的名字王阿龄（Wung Ah Ling）入籍美国。他是最早的美籍华人之一。在费城短暂经商后，李希龄去了纽约。在那里，他向曼哈顿民事法庭申请了新名字，理由是美国人在他的旧名字发音方面存在诸多困难。法官同意后，王阿龄就此变成了李希龄。

虽然李希龄比其他人更早地穿上了西式服装，[13] 但在19世纪70年代，他仍旧像绝大多数华人那样留着长辫子。满族入主中原后，所有男性都必须蓄发留辫，以表膺服。数百年后，辫子成为民族自豪感的象征，甚至连许多旅居海外的华人都拒绝剪掉它们，尤其是那些想要返回家乡的人。为了表现得更加美国化，李希龄把长长的辫子盘起来塞入圆顶硬礼帽，这让他后脑勺的头发格外显眼，有人形容"就像愤怒的豪猪身上的棘刺"。

李希龄的皮肤呈橄榄色，塌鼻子，上髭似有若无，下巴上留着稀疏的山羊胡。他穿着时髦，别着镶钻的领带夹，马甲的第三颗纽扣上挂着一条雅致的八盎司金表链，看起来衣冠楚楚、温文儒雅、仪表堂堂。

就在来纽约后不久，[14] 将近而立之年的李希龄迎娶了长相标致，比自己年轻十多岁的米妮·凯勒。米妮长着深褐色头发，丰满漂亮，有苏格兰和德国血统，个头比李希龄还要高一些。在那个年代，华人男子和其他族裔女性结婚非常罕见，不过是合法的。虽然李希龄还未受洗，但婚礼仪式由一名信义会牧师主持。不久之后，他把新娘接到了勿街20号，很快就有了孩子。

米妮在两个女儿夭折后，于1882年诞下小汤姆，1884年生下李锦纶。夫妇二人在小汤姆出生后举办了盛大的庆祝活动。根据中国习俗，男婴满月时要举行沐浴和理胎发仪式。李希龄对庆祝活动非常慷慨。1882年4月1日，他为这场大型宴会暂时关闭了两家店铺——他现在拥有两家店。[15]

他包下两家酒楼，[16] 宴请了来自曼哈顿、布鲁克林和新泽西的三百多位客人，包括三位从华盛顿专程前来的华人领事——清政府的使臣想确保同胞在美国的秩序，所以想明确表示赞成李希龄担任纽约华人社区领袖。贵宾们被请到李家客厅，客厅墙上挂着写满祝福语的横幅。李希龄还邀请了他的美国朋友，只有一部分人参加了宴会。不过，几个缺席的人事后向他道歉，他们觉得为庆祝理发举行宴会非常古怪，误以为这是愚人节的玩笑。

李希龄前往纽约绝非偶然。他是由旧金山唐人街的最高管理机构"六大公司"派来的。六大公司是美国华人社会最权威的互助组织。顾名思义，它是由六个社团组成的联合体。

从抵达美国的那一刻起，华人移民便开始结成互助社团。社团主要有三种类型。第一种是地域性会馆，这是一种由来自中国某一特定地区，讲同一种方言的人为捍卫自身利益而建立的组织。例如，占华人移民大多数的台山人一般属于宁阳会馆，来自广州三县（南海、番禺、顺德）的人则加入了三邑会馆。[17]

第二种是宗亲会，成员是来自各地的同姓华人，他们认为同姓即表示有亲属关系。例如，几乎所有姓梅的人都会给梅氏宗亲会交纳会费，李姓、王姓、伍姓和其他姓氏也有自己的组织。人数较少的姓氏则联合组成社团，例如由刘关张赵四姓组成的四姓堂。

会馆和宗亲会的成员相当于自动入会。纽约华人数量增加后，这些社团立即在这里设立分会并收取会费以帮助新移民安家、找住处和谋生。社团会贷款给有抱负的商人，也会为被逮捕的人提供保释金和法律服务费。它们保护成员免受伤害，并调解成员之间的争端。同时，它们还为移民提供殡葬服务，向其亲属发放抚恤金。在条件允许的情况下，亡故成员的尸骨会被挖掘清理，运回家乡葬入祖坟。

第三种是由结拜兄弟组成的社团，通常被称作"堂"，这种社团没有地域或家族要求，成员一般较少。它们有时被称作三合会，有时又被称作秘密会社，无论是来自何方的华人，只要愿意交纳会费并通过入会仪式，这些社团就对他们敞开大门。虽然它们表面上也是慈善组织，还提供一些与会馆和宗亲会相类似的服务，但它们渐渐与黑帮活动扯上了关系。

六大公司是主要的会馆联合组织，[18]当成员卷入法律纠纷时，它就会介入。六大公司的主席由各大会馆轮流派人担任，社团的威信部分来自同主导跨太平洋航运线的太平洋邮船公司达成的协议——在向返程旅客出售船票前，太平洋邮船公司要求旅客出示六大公司开具的证明，以此来证实自己已缴清会费，并偿清所有债务。在六大公司批准他们离开之前，大多数在美华人都必须留居美国。

六大公司后更名为中华公所。它一方面接受中国驻美使臣的监管，另一方面为华人社区发声，因此自然遭到排华人士的大肆攻击。但是，它所扮演的角色在很大程度上被美国白人误解了。它被指责私设刑堂并以奴隶般的工资引进华人苦力。事实上，六大公司在维护旧金山和美国其他华人聚居城市的和平、稳定方面发挥了积极作用。此时，它正为目前华人最重视的议题——排华法的废除与修改奔走呼告。

19世纪70年代末，[19]纽约新近形成的华埠请求六大公司派特使前往曼哈顿。当地华人希望有人能够为这个年轻的社区提供加州和其他地区的华人已经享有的服务——治理、纪律、保护和代表。鉴于李希龄在加州时与六大公司上层的关系，这项使命被交托给他。在六大公司的支持下，李希龄甫一到达纽约就担任起当地华人社区的领袖。

大多数纽约华人认可李希龄的权威。[20]在中国，等级地位一直都很重要，在美华人本能地想要按照中国模式来重建熟悉的社区结构。强烈的等级意识使他们需要一位族长，他的工作包括建立权威、消除分歧、主持仪式、解决问题以及谋求公共福利。

李希龄在扮演这个角色的同时，[21]以奢华的方式宣告了自己的地位。他租下了勿街20号的三层砖楼，如此之大的居住空间对华人家庭来说是闻所未闻的。他的房间里铺着长毛绒地毯，摆着红木家具和陶瓷大花瓶，挂着色彩鲜艳的中国画，甚至还有一架钢琴。这栋建筑让人印象深刻，它不仅仅是住所，还是权力和声望的象征。

李希龄刚在勿街南端安定下来，[22] 就开始结交纽约白人权贵。十多年来，六大公司一直在旧金山做同样的事。1878 年 8 月末的一个下午，他设宴招待了著名刑事辩护律师埃德蒙·普赖斯、普赖斯的同伴约翰·哈特上校和《纽约先驱报》的一名记者。同时出席的还有李希龄的好友王清福（Wong Chin Foo），后者能讲一口流利的英语，是纽约华人社区内著名的演说家和报人。后来那名记者写道，总是慈祥宽厚、轻声细语的李希龄从盒子中拿出上好的雪茄，款待客人的桌子上摆放着"洁白的餐巾和银餐具"，"这些摆设丝毫不会令默里山的用餐者感到难堪"。

李希龄竭尽全力使客人满意。他戴着一顶高级丝质礼帽在门廊迎接客人，两名白人女仆负责斟茶、端送切片面包，华人男佣则负责传送饭菜。放在香草上的烤乳猪最先上桌，随后是酱汁、沙拉、炖鸡肉、水果和蛋糕。席间，在两种中国传统乐器的伴奏下，李希龄为大家唱歌助兴。1879 年年初，在兔年来临之际，他举办了更奢华的晚宴，招待了更多的美国客人。《纽约先驱报》刊出了晚宴的完整菜单，上面的菜目令读者眼花缭乱。

李希龄很快就成了华人社区的发言人。[23] 1878 年 11 月，他对《纽约太阳报》（Sun）的一名记者谈起了允许华人入籍美国的好处，并提及几个已经归化的人。1879 年 1 月，他和《纽约电报》的记者也谈到了这个话题。他否认了华人因为"失望和想家"返乡的说法，骄傲地用（不合乎文法的）英语说："于我而言，美国已经足够好了。"

事实的确如此。美国就是李希龄的家，他娶了美国妻子，而且也不打算返乡定居。

不久之后，李希龄就意识到，想与纽约的政治权贵攀上关系，最可行的方法是从坦慕尼协会入手。18世纪末，它的前身——以美国印第安德拉瓦部落首领命名的圣坦慕尼社团，作为社会互助组织诞生。自19世纪中叶以来，该社团开始主导纽约政坛。随着时间的推移，它已经发展成一个运行良好的政治机器，帮助民主党人在纽约市，有时甚至是纽约州执掌大权。该社团建立起了一套复杂的体系，为政客提供政治献金以换取回报，并由此获得了对政府的实际影响力，几十年来渔利丰厚。

坦慕尼协会主要靠在选举日帮助候选人获得足够的选票来掌控权力，继而保证自身能够在公共工程项目中牟取暴利，提供就业机会，赠送盟友礼物，以及收买政敌。随着欧洲移民日益增多，排外主义思潮在纽约盛行。在大量涌入的爱尔兰移民和意大利移民中，很多人面临失业破产的困局，绝望不堪，愿意效忠于任何给他们提供生计的人。

要赢得这些移民的拥护，还需要一个能够深入城市社区的复杂的基层组织。协会的选区老板们在各自选区内建立了分区负责人网络。很多分区负责人本身就是第一、第二代移民，能用母语同新移民对话，帮助新移民从政府或老板处获得食物、衣服、住所和工作，协助他们办理紧急贷款以解决较小的法律纠纷。最重要的是，他们帮助移民申请公民身份，让移民变为选民。作为交换，这些具有选民资格的移民将按照坦慕尼协会的意愿投票。而分区负责人则负责确保这些选民出现在市、州，乃至联邦的选举投票站，并且知道自己应该把票投给谁。必要时，分区负责人会在投票箱内塞满这样的选票。

在这方面，协会对华人并没有多少兴趣，因为大部分华人都不能投票，1882 年颁布的《排华法案》使其无法归化为美国公民。但是华人可以通过其他方式来支持他们在政界的朋友，李希龄很快就摸清了这些方法，他定期向协会老板献金，时而邀其一同出游。

1881 年 9 月 15 日，李希龄邀请了五十名华人和一些白人宾客前往斯塔滕岛游玩，其中包括一些颇有权势的人物，如酒吧老板、第六选区党魁莫里斯·海兰，交际很广的民事、刑事律师詹姆斯·考恩，以及第四地区法院经常听审涉及华人案件的约翰·丁克尔法官。[24]

宾客们在勿街集合。为庆祝这次活动，这里挂上了旗帜。[25]纽约第六十九步兵团的一名司号兵一声令下，大家登上马车。一行人向炮台公园进发，一路顺利，只是途中一些下层白人大声嘲笑车上的华人是"异教徒"和"黄色食鼠者"。当他们抵达码头后，警方拦住其他乘客，让华人一起上了渡船。

到达目的地后，众人享用了西式早餐，包括火腿鸡蛋、蛤蜊煎饼、炸鳗鱼、土豆、面包和咖啡。在美国宾客稍加指点后，华人使用刀叉吃了早餐。对此，《纽约时报》肯定地评价道："这完全是基督徒的举止。"他们还游泳、拔河，并且举行了 100 码（1码相当于 0.9144 米）短跑比赛。作为主办者，李希龄奖励每项运动的优胜者 2.5 美元，比赛现场还用中国的吹奏、打击、弹弦乐器演奏了音乐。这一切被一个漫画家全部勾勒了下来。一些人享用着不在麻醉品管制范围内的鸦片薄饼。晚餐结束后，主办者用中国鞭炮和罗马焰火筒为客人送行。

《真理日报》(*Truth*)赞扬这次活动标志着纽约华人开始尝试像美国人一样行动,"他们不仅学会了美国人的行为举止,而且正迅速成为真正的纽约人"。[26]

至少从某种意义上来说,许多人的确是这样的。

李希龄很快就取代和记老板成为华人社区的领袖。[27]1880 年年初,他成立了一个新团体——联谊堂,它是一个集工会、社交俱乐部、兄弟会和政治团体等功能于一身的组织。虽然外界把它描述成"华人共济会分会",但从任何意义上讲,它都无法与传统的共济会联系起来,它只是一个受人尊敬的华人组织的衍生品。更准确地说,它是叶茂根深的洪门在纽约的支脉。

洪门是清初成立的一个以反清复明为宗旨的团体,[28]第一批华人移民将其带到北美。它在不同的城市有不同的堂号,在旧金山和加州其他地方叫致公堂。19 世纪末 20 世纪初,它来到纽约。

从广义上讲,作为互助社团的联谊堂与共济会、麋鹿俱乐部等慈善组织并没有太大区别。它收取 10 美元入会费和 5 美元年费。成立几天之内,就有 150 人入会;一个月之内,就积累了数千美元经费;一年后,会员人数翻了一番,达到 300 人,势头完全盖过了和记老板的保良公司。不过和记老板显然未有不快,不久后他就成为李希龄的坚定盟友。

联谊堂很快就占据了勿街 18 号的豪华住宅区。它的香堂(Joss Hall,其中"Joss"是葡萄牙语"deus"的变体,意指"上帝",用来形容中国神祇)装饰着旗帜和中国画,包括孔夫子和一位皇帝的画像。香堂最里边立着一个 10 英尺（1 英尺约合 0.3 米）高、6 英尺宽的神龛，供桌上奉着公元 3 世纪一位品行高尚的英雄将军——关公，人们会在某些特定的日子和重要的中国节日拜关公，也会在日常求神庇佑或在赌博之夜祈求好运时拜他。

勿街 18 号后面的房间被分给生病或失业的成员。因为接近三分之二的成员都是洗衣工，所以社团尤其重视他们的利益。例如，社团章程规定，在两个街区之内，如果已经有一家联谊堂人开办的洗衣店，那么任何成员都不可以再去此处开新店。

像所有洪门分会一样，联谊堂也有秘密入会仪式。[29] 在仪式上，新门徒头上悬着剑，背诵三十六条效忠誓约，然后扎破手指把血滴入酒中，待所有人都喝过这杯酒后就象征着他加入了歃血结盟的兄弟会。仪式上还会斩掉公鸡头，以此说明如果他违背无条件听命于堂主的誓言将落得怎样的下场。在这里，忠诚和服从高于一切。

联谊堂从一开始就有自己的政治抱负。一名成员对《纽约先驱报》的记者预言："下次总统大选之前，纽约将有五百多名华人选民，到时候我们不仅要作为居民，更要作为公民发声。"[30] 然而，他的愿望并未成真，因为 1882 年通过的《排华法案》禁止华人归化。

联谊堂成立后不久，就传来了一个惊人的消息——坦慕尼协会的权势人物、治安官乔治·塞克斯顿任命李希龄为副治安官。[31] 显然，此前建立的人脉关系为李希龄带来了丰厚的回报——他曾要求得到提名，而且肯定花了钱。虽然副治安官不是警察，但他是民法的执法人员，有权实施逮捕、开出传票、携带武器。这就给了这项任命一个冠冕堂皇的理由——帮助维持唐人街的秩序，帮助解决街头常见的华人与美国人，以及华人内部的冲突。

李希龄是纽约历史上第一个在政府机关任职的华人。他把写有新头衔的荣誉徽章挂在背带上。据《纽约先驱报》报道："那些'天朝人'为他的成功感到高兴，他们相信在自己的社区里华人不会再受到骚扰。"[32]

但并非所有"天朝人"都为戴着徽章招摇过市的李希龄感到高兴。赋予一个人如此大的权力——首先是被六大公司，现在又被市政当局——势必会引发不满。没过多久，新任副治安官就遭遇了考验。李希龄刚上任，勿街17号的一家赌场便发生了打斗事件，一名船员声称自己被骗了两美元五十美分，于是向当地一个名叫利胜（Lee Sing）的客栈管事求助。这起争端很快演变成一场席卷勿街的骚乱。[33]

骚乱发生时，两个在附近巡逻的警察无力制止、调停这场打斗。其中一人看到新任副治安官后便向他寻求帮助。李希龄试图在联谊堂成员的帮助下恢复秩序，但他和其他几个人均被身材壮硕的利胜打倒在地。李希龄双眼被打青，摔倒时又被踢了一脚。

随后赶到的警察制伏并逮捕了利胜，但不久后，地方刑事法庭宣判他的严重伤害罪不成立，这样的判决使李希龄深觉自己与自己的职衔均受到了轻视，怒而起诉利胜，索赔1万美元。华人间的争端通常在华人社区内部解决，但由于当事一方是社区内的当权者，纠纷罕见地需要当局介入。

审理此案时，原告和被告均着西式服装出庭。据《纽约太阳报》报道，身高体壮的利胜看起来有两个李希龄大，但他还是成功地使陪审团相信他当时确实是在自卫，因而赢得了诉讼。法官判李希龄缴纳一百美元以支付利胜的诉讼费。[34]

当时没有人会知道，利胜事件是唐人街两大帮派的首次交锋，二者最终将发展成协胜堂和安良堂。

19世纪80年代，纽约警察局的专业化程度很低，警察录用标准只有简单一条：在美国居住满一年且无犯罪记录的美国公民。因而，码头工人、卡车司机和其他蓝领工人都可以成为警察，其中许多人是没有受过良好教育的爱尔兰移民，他们依靠政客的关系进入警察局，以求获得更高的社会地位。这种情况直到19世纪80年代中期才有所改变，新警员在录用前必须通过委员会的考核，不过二百五十美元的打点费仍是必不可少的。[35]

纽约市警察局由四名局长、副局长管理。四人首先要得到市议会的推荐和批准，再经坦慕尼协会同意，最后由市长任命。局长、副局长实行交错任期制，任期六年，年薪五千美元。纽约市警察局由一名总警督、四名警督、三十四名警监、一百二十六名警司、一百四十二名警佐、两千多名警员以及七十三名门卫组成。市警察局下辖三十个分局，每个分局各有一名局长，分局局长听命于警督。[36]

警探也是警察队伍的重要成员。[37]一般来说，市警察局有二十五名警探，每个分局有一至四名警探。警长、巡警和警探的年薪均为八百美元。每个分局有四名警司，年薪一千二百五十美元。警监年薪一千八百美元，警督年薪三千美元。警员的地位在码头工人之上，工资近于中产阶级，但是他的资历和成绩均不与薪金挂钩，晋升成为加薪的唯一途径。

四名正副局长负责管理警察风纪、人事调动。他们还控制着选举局，可选派选举监理和民意调查员。如此大的权力为贪污受贿和滥用职权留下了足够的空间，这就很容易理解为何部门腐败从局长开始。1875 年，州议会成立的特别委员会发现：

> 要建设一支高效的警察队伍，最大困难之一是……政客对政府权力的不断干预。警员的任命、晋升，甚至连如何处理具体案件都常常受政治势力摆布。[38]

坦慕尼协会对警察局官职明码标价。警官晋级警长需三百美元，警长晋级警司需一千六百美元，警司晋级警监需一万两千到一万五千美元。[39]这笔高昂的费用超出了这些人的承受能力，大多数警察只能勉强糊口，若想谋求升迁便不得不攀附金主。

除了亲友，警察局公认的金主便是其辖区内的商人。对于商人来说，与警员建立交情好处颇多，因而，握有资源的商人或者被迫，或者心甘情愿为警察的晋升"投资"。预期的回报不仅是金钱，那些经营酒楼、赌场、妓院的老板也期待警员对他们的违法活动睁一只眼闭一只眼。

对于唐人街的新任警司和警监来说，徇私并不难，赚取足够的钱财偿还金主的借款却不容易。通行的敛财方法是向小商人收取保护费。不过，这个办法在唐人街行不通，因为大部分华人英文不好，而这些警察不会讲中文，沟通的鸿沟横亘在警察与华商之间，而能够填平它的人将获得丰厚的回报。

李希龄当然不会错过这个机会。

第二章
赌徒联盟

李希龄在旧金山、圣路易斯与费城的生意中获利颇丰，于是在纽约市勿街 20 号买下并装修了自己的第一处房产。1880 年，他开始租借勿街 2 号和 4 号，开了几家商店和一家烟草店，并将多余的地方转租出去。就这样，依托唐人街的快速发展，截至 1883 年，他已通过合法（或其他）途径获利二十余万美金。[1]

即使这一数字略有夸张，但是他在唐人街的不动产也证明，他已经完成了创业初期的资本积累，无须仅凭租赁来经营买卖。1880 年，勿街有四处地产可售卖，但只有保良公司有财力购买。而到了 1883 年，已经有包括李希龄在内的四名华商可以凭抵押贷款来购置房产。[2]

4 月初，和记老板以八千五百美元购得勿街 8 号地产，当年他以十美元起家，如今身家已达十五万美元。其他华商分别以八千五百美元购得勿街 10 号地产，以五千美元购得 15 号地产，而最好的 18 号地产被李希龄豪掷一万四千五百美元购得。

在此之前，这些房屋是租给华人店铺主、餐馆老板、洗衣工人和香烟工人的，租客们听到这个消息时深感震惊，他们担心自己的店铺会被迫关门，新房东会把房屋的使用权收回。不久，原来的承租人就收到通知，要求在 5 月 1 日前接受增加四成租金的要求，否则就要搬出。

收到消息的隔天，租户们便紧急商议如何应对这种局面。杂货铺"德合"（Tuck Hop）的老板黄天（Wong Tin）是组织者之一，虽然他在17号的杂货店并未受波及。他没有公布会议的决定（他不喜欢李希龄，但和其他人一样不敢公开挑战后者），不过这些人决心诉诸法律，并筹集了三千美元律师费。[3]

新业主听到这个消息时，意识到自己做得过火了，于是他们也召开会议以平息租户的愤怒。问题在表面上得到了解决，旧金山六大公司定下规矩，当华人房东将名下物业出售给另一个华人时，租金将整年保持不变。[4]

但实际上，问题并没有真正得到解决。尽管达成了协议，但是恐慌的承租人仍然聘请了律师。他们的律师查尔斯·迈尔斯向当局激烈控诉李希龄。迈尔斯指责李希龄敲诈勒索，谴责他在唐人街滥用副治安官的职权庇护赌场。迈尔斯说，赌场要按照每周每番摊桌五美元的标准向其缴纳"许可费"，以确保不被警方打扰，而此项收入被李希龄与其他警察瓜分。迈尔斯断言，李希龄每年从三十七家这样的店铺收取一万两千至两万美元。为了证实这项指控，他向地方检察官办公室提交了十五份华商誓词。另外，他还指控李希龄自营赌场。[5]

坦慕尼协会操纵纽约市政期间，警方经常被指控接受贿赂。但此等指控此前从未发生在李希龄身上，因而此次上庭对李希龄的权力构成了严峻的挑战。4月末，他不再担任副治安官。[6]

虽然遭驱逐的威胁是华商提起诉讼的导火索，但他们还有很多理由对李希龄和其他商人的崛起有所警惕。有些人怀疑所有能讲一口流利英语的华人，认为他们千方百计融入白人社会，甚至不惜牺牲那些不会说英语的同胞的利益。另一些人则是出于嫉妒，认为李希龄一伙通过压榨同胞而发财致富，而且还将继续压榨他们。《纽约太阳报》甚至把李希龄看作"中国版的杰伊·古尔德"。[7]（杰伊·古尔德，现代商业的创始人，19世纪美国铁路和电报系统的巨头，股票市场的操纵者。——译者注）

伊丽莎白街的纽约市警察局第六分局对唐人街拥有直接管辖权。迈尔斯向局长耶利米·佩蒂提交了五家"著名"唐人街赌场的名单，向警方施压要求关闭它们，名单上至少有四家，甚至可能五家全部属于李希龄及其同伙。佩蒂有四十二年工作经验，以"严于律己"著称，他从去年才开始执掌这个拥有七十九名工作人员的新警察局。几天后，他对唐人街展开突击搜查，但行动目标锁定为勿街17号的"德合"店，而迈尔斯名单上的赌场都安然无恙。

迈尔斯抗议说，他的委托人黄天仅仅经营了一家杂货店，私人娱乐活动只是玩玩牌九，但他还是被迫向李希龄每周支付五美元。迈尔斯认为，黄天之所以遭到搜查，只是因为近期拒绝向李希龄支付额外费用。

黄天和他的朋友利胜在突击搜查中被捕。这次行动传递的信息再明显不过——招惹李希龄就是和纽约警察局为敌，做这两件事都是要付出代价的。[8]

即便纽约真的已经成了一个充斥着酒馆、娼寮、赌场、鸦片馆的藏污纳垢之所，还是有人想要清洗它。19世纪后期，纽约出现了许多致力于带领罪犯重返光明的活动团体。其中之一便是纽约基督教青年会镇恶协会，它被州议会特许具有"监督公众道德"的责任。它的领袖名叫安东尼·康斯托克斯，是一个狂热反对淫秽作品、婚前性行为和通奸的社会改良家。在李希龄一案中，康斯托克斯采用宣誓口供作证的方式印证了迈尔斯的指控，他证实有四人亲眼看到李希龄收受非法利益。

有了这些证据，纽约县地方检察官约翰·麦克肯将此案提交大陪审团。他的控词如下：

> 当华人初到纽约准备在勿街及附近做生意时，这名男子——李希龄就会去找他们，说他是副治安官并出示徽章，告诉他们自己熟悉美国法律，建议他们开设赌场，声称只要每周每番摊给他五美元就可以获得一张许可证和营业权利，不会有人干涉。[9]

李希龄聘请朋友埃德蒙·普赖斯和詹姆斯·考恩作为自己的辩护律师，他们又延揽了一位前地区最高法院助理检察官、法官加入辩护团队。[10] 4月25日，大陪审团决定正式起诉李希龄，并宣布休庭，起诉书的具体措辞由地方检察官敲定。

在等待正式判决期间，双方都把这起案件披露给了新闻媒体。[11] 李希龄的说法令人难以置信。他拒绝了所有与赌场相关的指控，声称自己赚来的每一分钱都是合法的，对自己的诋毁皆出于嫉妒。他还提醒记者不要忘记他对同胞的慷慨，他经常为他们处理保险和法律事务，不收或只收取少量费用。他还言不由衷地宣称，副治安官对他来说毫无价值，只是徒增同胞的敌意。

另一方面，迈尔斯称自己的委托人是"值得尊敬的中国商人",他们"想要关掉所有赌场,为了底层贫苦同胞而不惜花光积蓄"。[12] 他的说法同样很难令人信服,因为这些人如果不从事非法活动便不会与李希龄产生矛盾。即便如此,协胜堂在后来与安良堂的对峙中频频使用这种伎俩,以此来为自己赢得盟友。

5月1日,李希龄被传唤。他被指控经营赌场,以及从勿街17号的赌场老板那里勒索钱财。更严重的指控——向警察局大肆行贿,因为证据不足而被撤销。地方检察官要求将保释金定为每起案件两千美元,但法官裁定一共只需交纳七百五十美元。李希龄立即派人到银行取钱,把现金交给书记员后微笑着离开了法庭。而这起案件原告中的黄天和利胜也被指控开设赌场。在接下来的几年中,他们一直被李希龄视为眼中钉。[13]

5月12日,阿冲(Ah Chung)被逮捕,他写下供词,承认将鸦片藏在勿街18号——李希龄的建筑。他称自己每月向李希龄支付十美元"许可费",并同意将证据交给警方。阿冲并不是什么正经人,去年曾因在披露街开妓院被逮捕。三天后,得知这项新指控的迈尔斯赶至警察局,要求再次批捕李希龄,这起案件于次日开庭审理。[14]

迈尔斯为自己的延误付出了高昂的代价,因为在这段时间里阿冲改变了主意。他推翻了此前对李希龄的指控,声称自己根本不知道当天为什么要出庭。

> 迈尔斯愤怒地挥舞着阿冲先前的宣誓证词问道:"你发誓你所说的是事实吗?"
>
> "是的。"那个华人回答。
>
> "你签署了这份证词后,有没有李希龄的代表来找过你?"

阿冲回答道，没有人找过他，也没有人与他说过此事。

"罗充（Lung Chung）和你谈论过此事吗？"

"我不认识那些跟我说话的人。"他言不由衷地答道，同时瞥了一眼李希龄。

阿冲继续解释说，此前的证词是受迈尔斯指使，后者告诉他这样做会使他摆脱麻烦。[15]

据《纽约时报》报道，有人警告阿冲，如果他胆敢指证李希龄收过他一分钱，李希龄将"让他待不下去"。所以，阿冲放弃作证，李希龄的案子就这样不了了之。法官别无选择，只能驳回起诉。

整件事情的结果是李希龄全家离开唐人街，搬到上城区。《波士顿先驱报》(Boston Herald)评论道："李希龄丢掉了徽章……他在唐人街的权力成为过去式。"[16]但事实证明，这两种说法都错得离谱。

对李希龄的攻击使唐人街陷入不可逆转的分裂局面。[17]1883年6月6日，清政府在纽约成立领事馆。几周后，当地华人在唐人街大摆宴席款待新任总领事欧阳明（Au Yang Ming），但几名商人拒绝赴宴，声称邀请外交官去勿街是一种侮辱，应该在上城区举办宴会。报纸披露的六名抵制者中包括了和记老板和李希龄。[18]

不过，王清福在接受《纽约先驱报》采访时透露，接待地点只是表面原因。"欧阳明……来到纽约，完全不知道这里的华人分为两派，双方水火不容。"王清福明确说出一派的首领是黄天和利胜，另一派唯李希龄马首是瞻。

并不是所有联谊堂的人都忠于李希龄。7月15日，在一次秘密会议中，有人提议罢免李希龄，但没有成功。不管受不受会众认可，李希龄仍然是一个不容忽视的人物。他为纽约华人发声，与警方和市政当局保持着密切关系。报纸称呼他为"勿街市长"，称他一直在关照着盟友，收钱帮人办事。[19]

唐人街堪称罪恶的渊薮。[20]利益输送者不仅有赌场老板，也有那些经营妓院和鸦片馆的老板。举例来说，李希龄保释了华人陈天（Chin Tin），后者的妻子经营着一家妓院，引诱少女前来，然后下药将其迷晕。虽然陈天不是李希龄的朋友，但他每个月给警察六十美元，因此受他们保护。当和记老板被指控经营赌场并出售非法彩票时，李希龄也为他交了保释金。当警方突袭伊丽莎白街的一处鸦片窝点，抓捕了二十九个吸食鸦片的人时，李希龄匆忙赶到曼哈顿的"坟墓"，向其中十四名华人保证，自己的律师很快会来保释他们。

"坟墓"的正式名称是纽约市法院及拘留所，因外形与埃及陵墓相似而得到了这个绰号。不过，它被称为"坟墓"还有其他原因。这座巨大的花岗岩四方形建筑建于1838年，占据了整条街区，集男女监狱、少年管教所、警察局、法庭于一体。这座阴暗的建筑原本设计容纳二百名囚犯，但实际关押人数要多得多。它建在沼泽地上，是名副其实的"监狱"，像地牢一样潮湿、肮脏、昏暗、通风不畅。

对于华人社区的领袖来说，与"坟墓"的监狱长建立良好关系具有重要价值。李希龄抓住了机会。1885年年底，他和另外两名归化的华人一起出席了第二选区民主党竞选俱乐部的一次活动，这是为支持"胖子"托马斯·沃尔什而组织的一次集会，沃尔什是坦慕尼协会的重要人物，不久后被任命为"坟墓"监狱长。

对于大部分没有政治权利的华人来说，与政府官员建立关系并不容易，最有效的方法是提供资金支持。李希龄不仅给沃尔什捐了一大笔钱，还努力在纽约权贵阶层广结人缘。他在第二选区议员、酒商汤姆·马赫组织的哈德孙河巡游上引人注目。他在柜台上放了一大把钱，为四坊和六坊的居民购买饮品。看到此景，马赫的兄弟不禁怀疑李希龄有意在此区竞选公职。

"在纽约的九千名华人中，只有五十人不辞辛劳地成为公民和选民。副治安官李希龄是这个小团体没有争议的领袖。"（不过，《旧金山简报》(*San Francisco Bulletin*) 的报道忽略了一个事实，即《排华法案》不允许华人入籍。）"他是四坊和六坊的一股政治力量，因为这五十名选民全都会为李希龄支持的候选人投票，政客们深知其重要性。"更何况李希龄一向出手大方。[21]

如果指控李希龄经营赌场的目的在于警告他，让他金盆洗手，那么这个想法只能说是彻底失败了。据说，他在1884年年初已经"控制"了十六家赌场，不过并不"拥有"这些赌场，只是收取"保护费"。[22]

除了妓女和鸦片，赌博是唐人街男子的另一项主要娱乐活动。[23]美国华人大多是单身汉或家眷留在中国的已婚男子，只有极少数人携妻子一同来美国。单身华人女性也很少去美国，除非因为订婚或被卖到美国的妓院。华人男子无法结婚成家，没有子嗣，因而孤独时常去赌博——除了娱乐，也带着侥幸心理，幻想能一夜暴富，衣锦还乡。赌博在美国虽然是非法的，但华人完全不以为意。

他们的娱乐时间很少，通常仅在工作日的晚上和星期日，最常见的赌博游戏是番摊、牌九、白鸽票。[24] 这些都是非法的。因担心警察搜查，这些活动往往在地下室和后院秘密进行，而消息的传递或是口口相传，或是在街头招手示意。

赌场的设施通常很简陋，只有一张桌子、一些凳子和一个介绍游戏规则的简明告示。人们通常坐在垫子上玩番摊，只需一个杯子、一个方形罐头盒、一个指针、一些纸或碎片，以及大约四百个铜或黄铜的筹码或硬币。牌九和白鸽票需要的东西更少，前者仅需要三十二张麻将，后者只需要一个碗和一些纸片。赌场仅需要几名工作人员来运营游戏、记账和守门放哨，负责守门的人一方面要招揽客人，另一方面看到警察时要提前发出警告。

番摊是简单的碰运气的游戏。庄家坐在凳子上，旁边是收钱人，赌客们或者站在桌子两旁，或者坐在木凳上。方盒的四面标有数字一、二、三、四。庄家抓一把硬币放在杯底，每个玩家选择四个数字中的一个放上钱或筹码——纸条或纸片。庄家用标尺移出硬币，一次四枚，直到剩下四枚或更少的硬币。玩家选择哪个数字即表示他们猜测最后会剩余多少硬币。

猜中的话会得到三倍本金，其中至少百分之七要给赌场。输者不一定要当场付清；如果他们是赌场熟客，就可以第二天还清欠款。

被称为"中国多米诺骨牌"的牌九玩法很简单。玩家分到四张牌，各用两张组成"前手"和"后手"，目的是使两副牌的点数加起来是九或者接近九，在这过程中击败庄家。白鸽票与彩票类似，每天进行两场。从《千字文》中取出前八十个汉字写在纸上，放在碗里，然后挑出二十个。赌徒猜测哪些字会被挑出，用红笔圈出。如果猜中六个汉字，下一美元赌注可以获得二十美元；如果猜中七个，则为两百美金；依此类推。[25]

赌博为华人提供了一条比经营洗衣房更快，但可能性很低的致富捷径，是千百华人对乏味生活的一种宣泄。[26]1887年，前纽约市警察局局长乔治·沃林写道："华人是不知廉耻、积习难改的赌徒。"他的看法得到了王清福的支持，后者写道："即使把番摊赌徒们关起来，用重链子拴住他们，堵住他们的嘴，蒙上他们的眼睛，在他们的脖子上挂上六个磨盘，除了水和茶什么也不给他们，他们仍然会在黑暗的牢房里用手指和脚趾赌博，就好像什么事都没有发生。"不论如何，白人和华人都认为唐人街赌博成风。

开赌场的利润远超合法生意，许多人因此愿意冒着被逮捕和判刑的危险从事非法活动。通常情况下，他们合伙经营，大约十个人聚在一起，每个人出一小笔钱，除了场地设施和工资的支出，剩余现金用于维持赌场运营。由于经常被警方骚扰和勒令停业，赌场老板们很快就意识到，他们需要联合起来相互保护。[27]

到了1886年，李希龄组织起了"华人赌徒联盟"，总部位于勿街18号，向成员收取会费。[28]该组织规定了当地赌场的数量，并对各档口间的争议进行裁决。但它所做的远远不止这些。它还向警察支付"保护费"，在盟员被逮捕时为其支付保释金，并严惩告密者。

次年，一些社会活动家在《商业广告报》(*Commercial Advertiser*)上曝光了一份唐人街赌场名单，以此向警察施压，要求其关闭这些赌场。赌场老板惶恐不安，联盟筹集了五千美元以找出给记者提供名单的人。这个人是来自布鲁克林的医科生谭作舟(Tom Ah Jo)，他是虔诚的浸礼会教徒，英文名为约瑟夫·托马斯。联盟曾尝试以一千八百美金收买他，让他不要作对他们不利的证词，但没能奏效。于是，他们指使洗衣工人梅苏(Moy Park Sue)指控谭作舟偷盗，后者因此被捕入狱。有传言说他们还威胁以三千美元悬赏他的人头。

谭作舟认为这样的威胁是真实的。他的律师在"坟墓"法庭上宣称："我知道我的当事人正面临着绑架和谋杀的威胁，因而我需要在此严正声明：谭作舟医生现被法院拘留，任何企图骚扰或者伤害他的行为将受到严惩。"[29]

庭审以公鸡打鸣开场，整个过程近乎闹剧。谭作舟的律师称，不信教的华人不受圣经誓言的约束，坚持以中国的方式宣誓。他建议在纸上写下"咒语"并烧掉它，然后剁下一只鸡头。他还真的让一名法警拿来一只棕色大公鸡、一把刀和一张黄色纸条，上面用中文写着"老天，如果我说谎了，就让我横死街头"。[30]

斩鸡头的主意是受洪门入会仪式的启发。法官驳回了这一动议，嘲讽地指出，如果自己允许这种事发生，他将犯下虐待动物罪。于是，证人被迫亲吻圣经，并发誓说实话。法官相信，即使不相信耶稣的华人证人也受这样的誓言约束。

谭作舟作无罪辩护，保释金被定为一千五百美元。但是诽谤仍在继续，一些华人指控谭作舟一直向警察行贿以换取他们对他的不法生意的保护，这与四年前对李希龄的指控如出一辙。李希龄为使梅苏的虚假指控看上去更加可信，告诉记者，梅苏曾向自己支付五百美元的房租。[31]

谭作舟的遭遇是一个现实的教训。赌徒联盟虽乐于收买贿赂，但也不吝惜惩罚手段。如果谭作舟不配合，那么赌场老板们便不惜施用任何手段严惩他，或是任何敢于挑战他们的特权的人。

像赌博业一样，贩售鸦片比制造雪茄或清洗衣服更有利可图，不过它也是非法的。在 19 世纪 80 年代的纽约，开鸦片馆和销售、吸食鸦片都是违法的，需要随时应对警察的突击搜查。这就为李希龄带来了渔利的机会。他可以帮助这些非法营生避开警方的注意，或是在突击搜查前通知业主，抑或在业主被捕后帮助其保释。[32]

尽管美国人用鸦片合成多种治疗神经疾病或其他疾病的专利药品，但是华人却常常被指责进口和推广效力更大、更易成瘾的品种。19 世纪 80 年代，美国当局看到很多非华人也吸食鸦片成瘾，开始担忧。

那时，联邦政府还没有宣布鸦片不合法（那是稍晚的事情），只是对其征收重税。1884 年，每磅生鸦片需要交十美元的税。由于加拿大的税率只有美国的一半，所以美加边界出现了大量鸦片走私贸易。从亚洲进口的鸦片经常在加拿大不列颠哥伦比亚省被加工后偷运至美国。纽约的大部分鸦片都是从加拿大发货，经圣劳伦斯河，抵达州北部地区的城镇。不过，也有一些被藏在包装箱的假底、船帆褶皱处、中式鞋的鞋底、腌鱼桶，或其他成千上万种隐藏的地方，直接运进美国港口。[33]

王清福写道，纽约有几十家华人作坊精制鸦片，然后批发和零售精加工后的鸦片，买家既有华人也有白人。他调查出 11 个地下鸦片馆，在那里每盎司鸦片的售价是 2.25 美元。很多窝点怕暴露，不想引来警察，因而拒绝白人进入。星期天是鸦片窝点生意最好的时候，一天便可销售 10 到 12 块 4 盎司重的鸦片膏，每块鸦片膏的利润可达数美元。根据王清福的计算，每个窝点的年收入接近 25 万美元。[34]

虽然鸦片可以在私人场所吸食，但鸦片窝点可以给吸食者提供齐全的吸食设备和舒适的环境，所以很受欢迎。由于吸食者怕光，所以典型的鸦片窝点一般是一个昏暗的房间，所有窗户都被遮住。房间被分割成大大小小的隔间，每间都配有垫子、枕头以及一个用于装必需品的托盘，包括长约 2 英尺的烟枪、一根针、一个罐子和一盏油灯。空中有甜甜的、麝香味的、依稀的香气。

吸食鸦片成瘾的人被称为烟鬼。[35] 他会买一块鸦片膏（一种经过沸煮提炼后类似糖浆的黑色物质），将它绕在针头上，把它放到灯上烤。几分钟后，当其呈现浓郁的琥珀色，再把它装进烟枪。然后，吸食者会躺下，吸入鸦片，在呼出前尽可能长时间将其留在自己的肺里，这个过程大概在一两分钟内完成。然后，吸食者再次吸入、吐出鸦片。重复几次后，就会有欲醉成仙之感。在一段时间内，吸食者会陷入恍惚的、类似昏迷的状态。如果在傍晚下班后来，他可能一直在那里睡到天亮。

当鸦片馆只有华人出入时，警方只要收取贿赂，便会睁一只眼闭一只眼。但是在 1883 年春天，勿街天主教显圣容堂青年会声称，好色的华人男子经常用鸦片引诱白人女孩，然后强迫她们卖淫。尽管这是一项不实指控，但政府对此甚为重视。警方别无选择，只能采取行动。警方大规模搜查唐人街，鸦片窝点或者被迫关闭，或者只对店主认识的华人开放。虽然针对唐人街的稽查行动渐渐平息，但唐人街的鸦片窝点还是不时遭到突击搜查，这意味着李希龄和他的协会仍有存在的必要。他要确保被捕的毒贩能被释放，尽到唐人街大家长的主要责任。[36]

全市范围内，华人赌场每年支付三百多万美元以换取保护。这是通过所谓的"赌博委员会"进行的，该委员会每周举行一次会议，委员包括市政官员和国会参议员。《纽约时报》称，它知道这座城市的每一个赌场。想要开设赌场的人都要先向所在辖区的警察分局局长缴纳至少三百美元"入场费"。警监会调查申请人是否有能力及时付款，一周之后将委员会的决定告知申请人。如果申请获得批准，警监会留下这笔钱。在极少数情况下，申请会被拒绝，"入场费"会被退还。一切和生意无异。[37]

赌场每月上缴的费用与收益挂钩，收益最高的"弹子房"每月上缴三百美元，收益最低的"鸽子房"每月上缴五十美元。据估计，纽约有两千多家赌场，其中任何一家如果没有在短时间内缴纳费用，靠市政官员获得工作并听命于他们的警察就会将其关闭。[38]

但是，这套管理体系在没有人帮助的情况下难以在华人社区运转。番摊和牌九的经营者并未事先交纳"入场费"。华人不会向警察通风报信，警察局也没有暗中收集情报的华人卧底，因而警方对相关情况一无所知。李希龄及其党羽填补了空白，为赌场老板和警察牵线搭桥，并从中渔利。

中国历史上有许多以权谋私的人，如18世纪清乾隆皇帝的宠臣和珅、明代操弄权柄的太监魏忠贤和刘瑾。除了史书，中国的文学和戏剧中也不乏此类角色。他们既被人唾弃，也被人畏惧，而他们本人毫无愧色。李希龄及其党羽对这些人当然不会陌生。

无疑，对于赌场老板和腐败的官员来说，李希龄的服务甚为可贵。赌场老板只需缴纳一小笔费用就可以免遭逮捕。他完全不会去想贿赂低薪的警察以及坦慕尼协会高层所带来的道德问题。

在19世纪80年代的其余时间里，李希龄有意识地塑造自己人脉广泛、遵纪守法的社会栋梁的形象。他尽量使人们不再关注其与赌场、鸦片馆的联系，而希望人们更多地看到他如何通过自己的影响力改善纽约华人的生活。他参与政治，热心慈善，在华人社区中扮演着大家长的角色。

1888年，他积极为本杰明·哈里森参选总统助阵。[39] 虽然李希龄与坦慕尼协会的民主党人关系亲密，但是这次他和其他华人有充足的理由支持共和党人。竞选连任的格罗弗·克里夫兰总统曾签署过《斯科特法案》，禁止离开美国的华人劳工重返美国，而哈里森在参议院投票反对《排华法案》以及其他排华议案。李希龄希望哈里森能废除令人深恶痛绝的《排华法案》，于是在中餐馆和洗衣店门前放置筹款箱，为哈里森募集竞选资金。与此同时，他还和当地最有钱的富商一起为哈里森助选。他捐献了一万美元，并亲自将钱送到第五大道的共和党总部。

1889年年初，黄河泛滥成灾，山东的小麦颗粒无收。[40] 李希龄筹集了一千两百多美元用于救济，他个人的捐款数额在纽约华人中排位第一。不过，他的慈善事业并不局限于中国。两个月后，他在唐人街为宾夕法尼亚州的约翰斯敦洪灾的灾情做宣传，以确保当地华人了解灾难的严重程度，他的捐款额在纽约华人中再次名列第一。

1888 年，富商岳兴（Yuet Sing）在新落成的中国寺庙迎娶一位年轻的新娘，李希龄出席婚礼并献上祝酒词。在一位 19 世纪 80 年代初在东南亚与法国人作战的将军出殡时，作为联谊堂四堂主之一的李希龄带了一些人出席。还有一次，他骑着一匹白马行进在联谊堂秘书长隆重的葬礼队列中。[41]

1887 年，李希龄身体不适，被诊断为肺出血。他长期吸烟，不过抽的是雪茄和香烟，而不是鸦片。他生病的消息甚至登上了《纽约时报》，很多人向其致电问候。他请了一名哥伦比亚大学毕业的医生为自己诊治，再加上妻子的精心照料，不久便痊愈了。[42]

《纽约世界报》称李希龄是"第二十一选区很有影响力的共和党代理人"。[43] 事实确实如此。不过，李希龄同时也与民主党保持着密切关系。19 世纪 90 年代初，他无疑是纽约唐人街最有影响力的人。

第三章
"这是一起明显的贪腐案"

纽约市警察局分局局长小约翰·麦克莱以严厉打击犯罪著称。

作为警界新秀，出生于爱尔兰的麦克莱在曼哈顿区的棘手事务中初露锋芒，其对黑帮势力的整治令人印象深刻。1864 年，他离开父亲的农场加入警察局（他因此得到了"农民约翰"的绰号），此后仕途一帆风顺。他两年后晋升为警长，1872 年成为警监。1883 年，他接替导师耶利米·佩蒂成为刚成立不久的第六分局局长。他在那里待了七年，为这个罪恶丛生，素有"血腥六局"之称的"污水坑"[1]多少带来了些秩序。

不过，上述履历并不意味着麦克莱本人是正直的。他是那个时代的产物，其晋升之路亦充斥着权钱往来。在之前的工作中，他两次因行为不端受审，起诉理由均是敲诈妓院老板，如果他们想继续营业就必须交钱。初至唐人街之时，他已准备好与李希龄的赌徒联盟达成一份能令双方满意的协议。《纽约先驱报》评论道，赌徒联盟称麦克莱是一个"好费吏"（即"好家伙"，原文为"good fellee"，是华人洋泾浜对"good fellow"的发音。——译者注），因为他愿意合作。[2]

赌徒联盟近来约定，赌场每星期每番摊桌要交八美元，其中三分之一流入李希龄的口袋，其余交予警方，以防止他们突击搜查，或者至少在突击搜查前会通知赌场老板，使他们能够在警方到达前将赌桌收拾干净，将现金锁起来。王清福估计，这一特权每年能为李希龄带来一万美元收入。我们不知道剩下的钱有多少进了麦克莱的口袋，不过数目肯定相当可观。1893 年，当"农民约翰"猝死时，他的遗产超过十万美元，对于一个年薪一千八百美元的人来说，这不是一笔小数目。[3]

1891 年 1 月，《纽约先驱报》刊登了一则令警察局难堪的报道，声称且林士果广场的街头赌博是在当地警方的眼皮底下进行的。[4]此后麦克莱在"血腥六局"的任期突然缩短。他被带到那些讨厌媒体的市警察局高层面前，不到一个星期就被发配到布朗斯分局，与尼古拉斯·布鲁克斯交换位置，后者代替麦克莱成为伊丽莎白街警察局的新局长。

布鲁克斯为人正直。1887 年，从警二十年的他晋升为局长。《纽约时报》称他是"一名诚实、保守、彬彬有礼的警察局局长"，看来他确实如此。[5]在漫长的职业生涯中，他最严重的过失仅是巡逻时坐下歇息，以及值班时与人交谈。虽然以腐败著称的坦慕尼协会很欣赏布鲁克斯，其内部刊物《坦慕尼时报》（*Tammany Times*）称赞布鲁克斯是"专心工作、忠于职守的典范"，但他从未闹过丑闻。

李希龄在得到其他赌场老板的同意后，立即从流动资金一万美元中拿出一千五百美元给布鲁克斯，以求与新局长"和睦相处"。他前去拜访布鲁克斯，后者礼貌地接待了他，但拒绝了他的示好，决意做一个坏"费吏"。他拒绝再与李希龄见面。由于无法与新局长达成协议，李希龄只得令唐人街的赌场暂时关闭，以免遭到突击搜查。

歇业几个月后，赌场重新开张，不过规则出现了一些变化。现存的一份发布于 1891 年 10 月的通告显示，他们已经同警察局或坦慕尼协会高层达成了协议，很可能同意缴纳更多的保护费，不过没有任何证据表明布鲁克斯参与其中。通告部分内容如下：

> 读者：由于顾客使诈与经营超支，我们特此建议，如果赌注超过二十五美分，手续费将按惯例加倍。任何不遵守本规例的赌场将被罚款十美元，举报违规行为者将获五美元奖励，余额上交社团……发布此通告以避免日后任何误会。对于您的合作，我们不胜感激。
>
> ——光绪十七年九月（印）[6]

虽然这份通告的落款是纽约秉正公所（Bin Ching Union），但这个名号在此前或此后都没有出现过，它很可能是赌徒联盟的"官名"，但这个名头很快就被"安良堂"（On Leong Tong）取代。"安良"一词，源于一句中国的成语"除暴安良"，这一成语常为历代中国义士所用。[7]

然而，事实证明，安良堂并未将"安"带至唐人街。[8]安良堂在法律与罪恶之间栖占了渔利的空间。到目前为止，它是唐人街唯一的"暴"。而与之抗衡的力量将是一个来自西部的新帮派，它已现身纽约，正觊觎着安良堂获取丰厚利润的特权。

这里有个奇怪的数字变动。19 世纪 90 年代，《排华法案》使在美华人总数下降了百分之十五以上，这个数字在接下来的二十年间持续下降。但相比之下，纽约华人移民却持续增加。联邦人口普查结果显示，纽约市华人总数在 19 世纪最后十年增加了两倍，从两千多增至六千多，这还不包括住在郊区和被漏查的华人。纽约如此，东部、中西部亦如此。

与此前相比，结婚生子的纽约华人更多了，但单凭这一点并不能解释为什么会出现如此惊人的增长。实际上，推动人口增长的真正原因有两个：西海岸持续不断的移民与快速发展的偷渡买卖。

从中国偷渡到美国的现象因有利可图而屡禁不止。非法入境者每人的花费约为两百美元，而且人们普遍认为，涉嫌偷渡的华人犯罪团伙会向各入境点的政府官员行贿。华人可通过缴纳"人头税"进入加拿大，后由加拿大进入美国——墨西哥的情况与此类似。古巴的华人可凭西班牙护照入美，表面上是以美国为过境地，可一旦抵达就迅速消失了。对此，王清福在 1889 年年底评论道，纽约出现了三百多名"陌生华人"，他们大多来自国外。[9]

协胜堂是一个深涉偷渡生意的黑帮，成立于旧金山，在西部发展迅速。它在 19 世纪 80 年代显露头角。1887 年《俄勒冈州人》（Oregonian）的一篇报道称，旧金山已经成为"某些具有社团背景的人的家园……他们完全藐视法律，甚至杀人不眨眼……他们的组织以互助为名，行犯罪之实"。报道公布了"协胜堂"的名字后继续写道："这些成员立下最庄严的誓言……毫无疑问、毫不犹豫地执行社团的指令。简而言之，他们是一群有组织的犯罪分子，自定帮规，蔑视法律。"[10] 这篇报道可能不算夸张。

19 世纪 80 年代后期，协胜堂开始向美国东部发展。1887 年医学院学生谭作舟交给当局的布鲁克林和曼哈顿赌场名单就是从一名协胜堂成员那里得到的。后来李希龄及其同伙收买了这个人，让他离开纽约，这样他就没有机会出庭指证他们。1888 年，王清福报道了一个正在披露街发展壮大的"由所谓的无政府主义者组成的华人组织"，当时它已有百人规模。1889 年，在费城一宗对三名协胜堂成员的诉讼中，协胜堂其他成员不仅贿赂、威胁证人，还恐吓揭发其罪行的商人。[11]

在纽约，新兴的协胜堂与强大的安良堂很快便划定了各自的地盘。[12]勿街和且林士果广场的商人，如李希龄、和记老板、岳兴都属于安良堂。他们有钱有势，主导唐人街的治理，代表唐人街与外界（包括政界）打交道。与"整洁、安静、有序"的勿街相对，协胜堂的大本营披露街

是堂口门生的据点，这是一个由暴徒和杀人犯组成的秘密组织，他们在旧金山制造恐怖事件，在纽约犯下了不少骇人听闻的罪行。这些罪犯和流氓的数量大概在三百左右，聚集在肮脏的地下室和出租屋中……赌博、喝酒、吸食鸦片、狂欢，有时候会以致命的斗殴告终。唐人街体面的人瞧不起这些恶棍，但也害怕他们。众所周知，这些人把生命看得很轻，可以为了最少的佣金做任何可怕的事。[13]

对于李希龄及其盟友来说，协胜堂进入纽约绝不是什么好消息，后者将成为他们永远的死敌，而唐人街这种非正式的地盘划分也将持续数十年之久。

李彩（Lee Toy）是李希龄的侄子兼得力助手。[14] 他在勿街18号替其叔父经营一家赌场，处理同其他赌场以及警方的关系。

李彩也被称为"黑鬼彩"，身高一米八二，肩膀宽阔，肌肉发达，筋骨柔韧。他是一个狠人，来纽约之前曾因盗窃在加州监狱服刑七年。据说他为了逃避追捕的警察，曾从四楼跳下，用雨伞撑地。他在宽松的外衣下穿了一套轻便甲衣以随时抵御刀或子弹的伤害。[15]

李彩是李希龄的打手。

当赌徒联盟的大佬得知协胜堂的两名要人向纽约的报纸披露了唐人街多家地下赌庄的位置时，他们遂即下达了追杀令。[16] 1891年10月9日，李彩与另一名同伙在披露街和多也街角辱骂、殴打举报人之一的陈天。另一名举报人王查（Warry Charles）前来帮忙，也遭殴打。王查逃掉后向两名警察求助，但是警察认出施暴者是李彩，拒绝插手王查的事，坚称他没有受到严重伤害。王查也无法说服伊丽莎白街警察局的警司签发李彩的逮捕令。李彩是李希龄手下的"头马"，连警察都不愿招惹他。

当王查极不明智地在一个星期内第二次路过勿街18号时，他再次遇袭。这一次，他被李彩的同伙李观长（Lee Quon Jung）用弹弓击中。李观长绰号查理·波士顿（Charlie Boston），因为他早年住在波士顿。王查被送往医院，外科医生缝好了他眼眶和头上的伤口。李观长被逮捕。第二天受审时，李希龄的律师普赖斯为他辩护。当年早些时候，李观长被指控走私鸦片（这是他的主营业务之一）时，普赖斯也曾为他辩护。[17]

安良堂也没有就这样放过陈天。就像三年前对谭作舟所做的那样，他们将其告上法庭，指控其勒索。安良堂以一千美元收买了一个在勿街 20 号前做水果生意的摊贩，唆使他出庭指控陈天要他交四美元保护费——陈天租下了勿街 20 号的一楼。

陈天的辩护律师称，这是针对陈天和王查的阴谋。他还找来一名证人作证说，李彩以三千美元悬赏王查的人头，以两千美元悬赏陈天的人头，使陈天被监禁十年的赏金是一千美元，十年以下是五百美元。法官被说服了，驳回了对陈天的指控。[18]

1894 年 4 月 8 日，警方突击搜查了披露街 14 号的一家赌场。绝大多数赌客都逃跑了，但是 25 岁的黄杰（Wong Get）为开赌场花了不少钱，不愿意就这样放弃。当警察扣留现金，并责令他离开房间时，黄杰用英语告诉他们，自己还知道其他华人地下赌庄，并愿意为其带路。

1882 年，13 岁的黄杰从中国来到旧金山，很快便学会了英语。在旧金山居住近十年后，他移居纽约，加入协胜堂，不久就开办了自己的赌场。

黄杰把一名警察带至李希龄的地盘，那里正开着三场赌局。然而，待他们走近时，一群赌棍出现，开始踢打黄杰，而这名警察只是袖手旁观，并没有干涉。当黄杰逃走时，李彩沿着勿街用一根以皮革包裹的铁棍无情地追打他。不过，当他们到了街头拐角时，一名警察上前制服并逮捕了李彩。

黄杰被打得遍体鳞伤，三处伤口血流不止。[19] 几天后，他仍因重伤无法出庭，李彩的听证会被推迟至 4 月 23 日。当天上午 10 时，李彩和他的律师普赖斯现身法庭，但是由于原告没有出庭，法官驳回了指控。

原来，黄杰的律师被告知听证会开始的时间是下午 2 时，但当他与原告到达法庭时，案件已经被撤销，法官已经回家。黄杰的律师天真地以为这是沟通失误。但整起事件肯定是个圈套。那天恰巧也在法庭的著名律师、社会改革家弗兰克·莫斯也是这么认为的。

"这是一起明显的贪腐案，"莫斯对《纽约世界报》的记者说，"李希龄控制了唐人街的警察。他命令他们按照他的意愿实行抓捕和突袭检查。黄杰的案子对他们来说牵涉甚广，因而必须施用一切必要手段保护李彩。唐人街存在着一套腐败体系，与其他严格受坦慕尼协会控制的区并无二致。赌博是在警察的保护下进行的。"

那天莫斯出现在庭审现场并非巧合。众所周知，警察保护着这些华人赌场，而莫斯正在寻找一个能帮忙揭露"腐败体系"的人。他希望找到熟知唐人街罪恶的内部人士，而黄杰正是他欲寻找之人。

在坦慕尼协会操控下的腐败体系中，政客、警察和罪犯相互勾结，因此改革是迫切需要的。查尔斯·帕克赫斯特牧师是最早呼吁改革的人之一，他引起了很多人的注意。1891 年，他被任命为预防犯罪协会会长。该协会是 1877 年成立的公民团体，目标是清理城市政治领导层和警察的腐败，但在最初的十五年里一直默默无闻。[20]

帕克赫斯特本是新英格兰清教教会的牧师，1880 年到曼哈顿麦迪逊长老会教堂任职。他蓄着山羊胡，富有煽动力，坚信上帝会公正地站在自己这边。在他所发起的市政改革中，他得到了弗兰克·莫斯律师和威廉·杰罗姆的支持，他们也是共和党人、社会改革家，与帕克赫斯特一道反对罪恶。帕克赫斯特牧师毫不畏惧强大的坦慕尼协会，在讲坛上严厉抨击坦慕尼政治家及其党羽。他的影响力极大，以至于他领导的预防犯罪协会被称为帕克赫斯特协会。

帕克赫斯特对市政的抨击始于 1892 年的一场布道，其犀厉的言辞不仅令在场的听众大吃一惊，甚至震动了整座城市。"市长及其羽翼都是堕落的哈耳庇厄（希腊神话中丑陋污秽的鹰身女妖），"他说道，"他们谎话连篇、嗜酒如命、淫乱好色，在管理城市的幌子下整日整夜贪飨城市的命脉。当我们打击罪恶时，他们在庇护罪恶；当我们试图改造罪犯时，他们在制造罪犯；他们为制造罪犯投入的资源是改造罪犯的百倍。""警察和罪犯结成了一个牢不可破的犯罪团伙，"他补充说，"其中一半人在警察局，另一半在外面。"

为了拿到证据，帕克赫斯特决定亲自混入曼哈顿的犯罪猖獗的地区。他脱下神职人员的服装，穿上招摇的裤子和法兰绒衬衫（这是必要的伪装，免得被警察逮捕或故意让他难堪，因为他和警察的关系已经彻底破裂），出没于妓院、酒吧、文身店和地下酒吧。他花了一个星期调查纽约市最底层、最令人绝望的地方。他甚至在唐人街待了一晚，在多也街鸦片馆观察躺在床上的吸食者，在披露街的赌场观看十多个番摊玩家用他们的工资下赌注。[21]

帕克赫斯特掌握了纽约地下社会的第一手观察资料。在臃肿的莫斯和精力充沛的杰罗姆的大力协助下，帕克赫斯特通过布道和著述强调了改革的迫切性。但是，直至 1893 年年底共和党人控制了州议会之后，他才得以敦促州参议院参与调查警察局腐败；

在此之前，他与奥尔巴尼的民主党人的合作毫无进展。

为调查警察局腐败，州参议院组建了一个特别委员会，由克拉伦斯·莱克索担任主席。[22] 共和党人莱克索出生于布鲁克林区，是著名律师和进步主义者。这个委员会被称为莱克索委员会，莫斯和杰罗姆被聘为助理法律顾问。该机构从 1894 年开始收集关于警察参与勒索、选举舞弊、贿赂、恐吓选民和伪造货币的证词。报纸竞相报道听证会的消息，以至于整个纽约街知巷闻。

为揭露警察与纽约华人之间的关系，弗兰克·莫斯于 8 月 23 日来到"坟墓"法庭，寻找证人以证明警察局第六分局与李希龄党羽之间的肮脏交易。当法官驳回对李彩的指控后，莫斯主动接近黄杰，看到他的身上仍有遭李彩殴打后留下的伤痕。莫斯知道揭发李希龄需要一个兼具勇气和可信度的证人，这个人既要熟知唐人街内情，也要对李希龄及其同伙满怀怨愤。黄杰看上去是合适的人选。

黄杰也从中看到了机会。他轻而易举地说服莫斯相信他已放弃了以前的放荡生活，宣称自己希望铲除华埠的罪恶，这也是莱克索委员会的愿望。此时，黄杰俨然成了一个"模范华人"，一个改革主义者，他将是一个优秀的证人。此外，他俊秀帅气，英文流利，在唐人街以唱星期日赞美诗而闻名，这些都增添了他的魅力和可信度。

莫斯热切希望揭发李希龄和警察之间的不法勾当，以至于他有意无意地忽略了一个事实，即黄杰仅是在一两个月前才决定痛改前非的，而且这种改变可能并非出于真心。莫斯安排黄杰作为主要证人出席莱克索委员会第三十三次听证会，这是唯一涉及华人社区的听证会。莫斯没有为说服黄杰费多少口舌。黄杰很高兴能来揭发李希龄，后者于 1894 年年初再次被任命为副治安官。在听证会上，他有很多话要说。

    总部设在奥尔巴尼区的莱克索委员会获准使用纽约县法院三十间宽敞的听证室中的一间来开听证会。1894 年 6 月 27 日，位于钱伯斯街 52 号的这个房间里挤满了人。旁听者包括妇女、穿制服的警察，以及穿着传统服饰的华人男子，这些人在穿着双排扣长礼服和浆过的硬领衬衫的白人男性中间格外显眼。黄杰是唯一的华人证人，也是唯一要为唐人街之事作证的人。他坐在前排，在围栏后面等待着。

    地点的选择颇具讽刺意味。[23] 这座装饰有三角墙（古典希腊式建筑入口上方的三角形山墙）与壁柱的新古典主义建筑用了二十年时间建成，花费纳税人一千多万美元。它也被称为特威德法院，以向威廉·特威德致敬。绰号"老板"的特威德曾领导坦慕尼协会近二十年。这座建筑动工十年后，《纽约时报》披露了特威德和他的亲信如何通过钱伯斯街 52 号等市政项目捞取了数百万美元的利益，而钱伯斯街的工程最初只有二十五万美元的预算。1873 年，在针对这一尚未竣工项目的听证会上，特威德被审判、定罪，并被判处十二年监禁。这座"赃物的宫殿"不仅成为他不德统治的象征，也成了他灭亡的背景。

    黄杰在午饭后出庭作证，他不需要翻译。他回答的大部分问题都是弗兰克·莫斯提出的。[24]

    "李希龄通常被视为或被叫作唐人街的老板吗？"莫斯

问证人。

"他们都叫他老板,他是唐人街的大佬。他们叫他市长或大佬。"黄杰回答道。

"他们周日在唐人街做什么?"

"哦,他们玩很多赌博游戏,我知道的有番摊。"

"你知道今年他们一共开了多少次赌局吗?"

"五十次或六十次,或者少些。"

"李希龄的铺子开设过赌局吗?"

"在勿街18号二楼开过赌局,有一次赌局开设在他办公室中。"

"协胜堂是什么?"

"那是他们所谓的'工会'。"

"那是李希龄的社团吗?"

"不,不是,李希龄的社团是安良堂。"

"这两个社团关系友好吗?"

"不,不友好。"

"1月,你向李希龄送过钱吗?"

"他让我交十六美元。"

"交了钱,他将会给你什么呢?"

"他说:'所有想要开赌场的人都必须给我十六美元。你知道的,我有徽章,我有金徽章。我是副治安官。'"

"李希龄说他有金徽章,是副治安官的徽章?"

"是的,别在他的背带上。"

"你曾想要经营一家赌场吗?"

"我在多也街18号后面房间的楼下开过一家赌场,我

也住在那里。第二天早上，他来我的住所找我。他说：'你
要向我付钱。'我说：'我需要给你多少钱？'他说：'每周
十六美元。'"

"他说他把钱给谁了吗？"

"他告诉我他要把钱给某人。"

"谁来收的钱？"

"李希龄。他有时和李彩一起来，有时不和李彩一起，
和……"

"和一个警察吗？"

"一个警察等在楼下，我没有去楼下看。"

"你的意思是说他让这个警察在楼下等着？"

"是的，先生。"

"然后自己上来？"

"是的，先生，来收钱。"

黄杰说，尽管他已经向李希龄交了保护费，但是警察仍会突
击搜查他的番摊场地，然后他描述了一个警探如何弥补错误的滑
稽场景：

"在我经营这个赌场四个星期后，警探（约翰·）法灵
顿在星期一晚上9点来了。我的门卫立即叫喊道：'警察！'
我们关上了门。但法灵顿推门而入，把桌上的东西掷出窗外，
并砸了桌子，把我赶了出来。"

"你已经向李希龄交过钱了？"

"我给了。在那之后我去找李希龄。我说：'这是怎么

了？我一直给你钱，但警察过来砸场子赶客。'他问：'哪个警察？''法灵顿。''我马上去找他。'然后，过了一会，法灵顿回来了，拿了螺丝刀，把那个门修好了。"

黄杰向委员会提供了几名经营赌场的华人的姓名与地址。最后，莫斯公开表态，委员会将保护黄杰不因作证而遭受任何意外。[25]

每个人都从黄杰的证词中得到了自己想要的。莫斯和委员会的记录暴露了全市范围内普遍存在的警察贪腐问题的冰山一角。将李希龄和他的安良堂曝光，亦有利于黄杰及其同伙，因为他们希望取代李希龄，掌管他的帝国。

黄杰决意要让李彩受到法律制裁。他被李彩打过，后来又上了当，没能出庭指证李彩。黄杰的法律团队，包括弗兰克·莫斯本人在内，代表他就李彩一案向另一位法官上诉。该法官再次签发了李彩的逮捕令。[26]

然而，此时李彩已经消失了，这一消失就是近两个月。有一天，有人看到他进了勿街28号看望妻女，黄杰的协胜堂兄弟很快让他们的翻译、21岁的董方（Dong Fong）蹲守在大楼前。在观察了一整夜后，翌日凌晨，董方去了"坟墓"，要求警察逮捕李彩。虽然他们曾拒绝过，但这次他们有义务根据逮捕令缉拿他。

听到警察的敲门声，李彩的妻子大声说他不在。警察开始撬门，李彩跑到窗前，考虑重演他著名的"旧金山之跳"。但是下面站着一个协胜堂的人，威胁说等他落地后要痛打他一顿。在李彩犹豫之际，警察闯进，当着惊慌失措的李彩妻子的面逮捕了他，并把他带到"坟墓"。但很快他被以一千美元保释出去。

当晚，协胜堂一片欢腾。在莫斯的帮助下，他们让法庭强制逮捕了李彩，在与安良堂和警察的周旋中终于取得了小小胜利。更重要的是，黄杰在莱克索委员会前发表证词后，协胜堂开始获得"唐人街改革者"的声誉。《纽约太阳报》称协胜堂的成员是"值得尊重的东方人，渴望阻止罪恶在同胞间蔓延"。协胜堂被吹捧为改变肮脏华埠的最大希望。

他们或许确实在改变唐人街，但改变的方式不太正当。

1894 年夏莱克索委员会的听证会休会时，两个堂口之间发生了权力之争，不过主要采取的是非暴力手段，他们都设法让别人替自己干"脏活"。这场斗争始于 7 月初，当时《纽约太阳报》的一则报道称李希龄那份"有利可图、影响巨大的工作"[27]岌岌可危。

《纽约太阳报》称，李希龄因牵扯出唐人街不光彩的一面而变得不受欢迎，地位业已动摇。他没能阻止警察突击搜查黄杰的赌场，这个疏忽证明他没有能力阻止警方的行动。这篇报道还声称，唐人街公告栏上张贴了一张告示，诋毁他的人品，并声称当他试图收取"租金"（当然，这意味着保护费）时已遭遇抵制。

《纽约太阳报》的消息源无疑是协胜堂，莱克索委员会并不是他们唯一可用来打击李希龄及安良堂的白人机构，媒体的效果甚至可能更好——上面报道中的故事似乎是编造出来的。李希龄对唐人街的控制是因为他受人欢迎的说法近乎荒谬。事实上，使他掌握权力的是人们对他的恐惧，而不是他所组织的野餐和宴会。

然而，这场公关游戏并不是只有一方可以参与的，愤怒的安良堂决定向世人展示协胜堂的肮脏。三周后，李希龄在办公室接待了一名《纽约太阳报》的记者，他和几个商人告诉这名记者，协胜堂发布了一份价目表，要求商人们从当年夏天开始从他们那里购买服务。根据随后的报道，协胜堂已经加入勒索者的行列，并且希望更深入地参与其中。

《纽约太阳报》报道，他们计划每周向各家赌场收取十六美元，向鸦片馆收取十美元，向妓院收取三美元，但没有打着将这些钱交给警方的旗号。协胜堂只是威胁要把他们的地址告知莱克索委员会，相信莱克索委员会迫使警察将其关闭，而这些铺子此前与安良堂达成的协议无法保护他们。显然，这是勒索，而非"服务"。[28]

8月初，另一批商人告诉记者，协胜堂是一个"以敲诈为唯一目的"的社团。[29]纽约协胜堂大约有一百人，据说全部是职业打手，"任何华人都可以雇他们来惩罚自己的敌人"。他们"做事"（打人）的价格是（打）一个人收二十五美元。与此同时，他们通过"个人暴力、抢劫和砸铺的威胁手段"，勒索信誉良好的华商。

换句话说，安良堂卖的是免受警察骚扰，而协胜堂卖的是免受它的骚扰。

据这些商人说，协胜堂现在吹嘘自己已经成为"唐人街的主人"，比安良堂甚至警察都更有权势。"协胜堂在唐人街攫取哪怕一分钱，"他们誓称，"都会激起我们的反抗。"

第四章
华人帕克赫斯特协会

1894 年一整年，纽约各家报纸一直在报道莱克索委员会听证会上那些耸人听闻的细节。纽约市警察局遭到大规模起诉，那些曾经宣誓服务和保护美国公民的执法者，正面临着严重腐败、敲诈勒索，甚至更糟糕的指控。

莱克索委员会指控警察局包庇卖淫和赌博并从中牟利。委员会揭露了警官如何敲诈妓院和赌场老板，索取贿赂。它还曝光了警官在选举过程中滥用职权，通过逮捕、恐吓以及其他残忍手段对待共和党选民、投票站监督员和工作人员等，这都是为了使坦慕尼协会的候选人能够成功当选。委员会认为警察局高层和分局局长都要对这些罪行负责，他们滥用人事任免和分派任务的权力，并从中渔利。

坦慕尼协会虽然强大，但并不是不受挑战，在其一直持续到 20 世纪的漫长统治期内，它的成员偶尔也会被纽约选民赶下台。1894 年的选举便是一例。在经济不景气的大环境下，帕克赫斯特协会的呼吁和莱克索委员的揭发足以推动选民支持清理警务部门。主张改革的威廉·斯特朗当选市长，他是二十年来第一个担任政府要职的共和党人。

斯特朗市长致力于根除城市腐败。1895 年 1 月 17 日，莱克索委员会向他提交了一份改革执法机关的建议书，这份长达万页的报告正是斯特朗急需的。

莱克索委员会主张纽约市警察局局长和副局长的任命不应顾及党派利益，而行政管理权应集中在局长手中。它还呼吁建立一套公务员体系以规范警察的晋升。斯特朗市长接受了这一建议，很快罢免了市警察局四名局长、副局长，特别是在其中三人公开反对改革后。1895 年年初，他任命了新的局长和副局长。[1]

其中最引人瞩目的是美国公务员委员会的负责人西奥多·罗斯福，他是公务员制度改革的长期倡导者。他出生于曼哈顿的一个名门望族，曾在州议会任职。他于 1886 年参加纽约市市长竞选，但以失败告终。自 1889 年成为公务员委员会主席以来，他使这个位于华盛顿、刚刚成立六年的委员会变得引人注目。他根据业绩而非所谓的"分赃制度"来任命联邦政府官员。他还采取措施使联邦工作人员专业化，不过这项改革遭到国会抵制，后者尤其不满罗斯福以贪污和行为不端为由解雇与议员有关系的联邦雇员。[2]

考虑到罗斯福有这样的经验（更不用提他的声望），斯特朗市长选择他来改变名誉扫地的纽约市警察局便不难理解了。对于罗斯福来说，警察局局长可以作为自己今后仕途的踏板，他迫切需要另一个机会来让人们记住他持之以恒地反对腐败和裙带关系，特别是在他的出生地纽约。于是，罗斯福接受了市长的邀请，返回纽约，并于 5 月 7 日宣誓就任新局长。[3]

尽管从理论上讲，局长罗斯福的地位只是略高于其他副局长，但由于他张扬的个性，很多旨在使警务现代化的改革都被归功于他。他的第一个任务就是尽可能地清除党派的政治影响。后来，罗斯福回忆道："我接受任命时就很清楚，我管理下的警察局将完全摒弃党派政治，我只是站在一个好公民的立场，想着如何增进所有好公民的福祉。"[4]

罗斯福在短暂的任期内（他于1897年返回华盛顿就任海军部助理部长），提高了聘用和晋升标准，开始强调警察的业绩和能力。他在惩罚违规行为时，从不考虑党派关系。他最出名的行动是带着记者深夜巡检，曝光和惩罚那些执勤时睡觉的警官。他还致力于建立现代化警务制度，如训练警官的枪法、建立摩托车小队、在街头安装警用电话亭以便巡警能以最快速度联络警署。他最主要的失误是强制酒吧必须在凌晨1时以后与星期天歇业，这项法律早已存在，但从未被严格执行。他和市长因此失去了许多市民的支持。[5]

罗斯福以免于起诉为条件勒令原刑侦局局长托马斯·伯恩退休。伯恩从警三十二年，帕克赫斯特牧师称他是"像其他警察一样的罪犯"。罗斯福任命了新的代理刑侦局局长和几名代理警督，包括拒绝接受李希龄贿赂的"坏费吏"，第六分局局长尼古拉斯·布鲁克斯，以及他的前任、侥幸躲过罗斯福扫荡的"好费吏"约翰·麦克莱。伊丽莎白街警察局的警探罗伯特·扬被提名为代理局长。[6]

嗅到了机会的协胜堂在罗斯福上任后不久就试图接近他。1895年7月19日，操着娴熟英语的王查向罗斯福控诉伊丽莎白街警察局接受安良堂贿赂，包庇唐人街赌场。他声称，如果罗斯福能从市警察局调两名警探，他就可以帮助解决这个问题；相反，如果罗斯福拒绝合作，他会将这个信息提供给帕克赫斯特协会，届时该协会肯定会让警署难堪，迫使其采取行动。[7]

罗斯福对此并无所动，可能是对王查的威胁不满，也可能是因为罗斯福已经听说王查人品不佳，因为这个华人在几年前曾被指控贿赂和勒索，或者是因为罗斯福认为任命罗伯特·扬已经足以解决这个问题了。因此，罗斯福仅仅委托助理向王查了解情况，而这名助理又将他推给了级别更低的人。总之，罗斯福并未接受协胜堂的提议。

1895 年 3 月，李彩就去年袭击黄杰一案接受审判。尽管两位法官撤销了对他的指控，大陪审团也拒绝起诉他，但原告法律团队中的弗兰克·莫斯誓将李彩送上法庭，他指出司法腐败是使李彩逃脱法律惩罚的主要原因。因此，他发起了第三次上诉，并成功地使法官同意受理此案。3 月 23 日，李彩被裁定犯有三级伤害罪，但陪审团主张宽大处理。最后，李彩被处以二百五十美元罚金。李彩从随身携带的厚厚一沓钞票中抽出几张，立即缴清了罚款。[8]

"成功将李彩定罪，意味着打破了唐人街赌场与警察局的利益勾连，"莫斯在判决后得意地说道，"一个在纽约某些政治活动中颇有名气的人曾找到黄杰和他的朋友，威逼利诱他们撤诉，但遭到了拒绝。李彩在本案中展现的影响力让人惊讶，这证明了勿街赌博集团的强大势力。"[9]

有权有势的大人物之所以愿意出面干预李彩案，肯定与李希龄有关，后者为此还特地举办了一场答谢宴。宴席过后，他拿出最好的雪茄招待客人，雪茄的烟气很快飘进了协胜堂总部。[10]

尽管出现了越来越多相反的证据，但在莱克索委员会及许多记者眼里，黄杰依旧是一个勇敢的改过自新者，放弃了罪孽深重的赌博营生。他为了揭发李彩，不惜将自己置于险境。既然黄杰已然成为一个致力于消除华人社区陋习的基督徒，那么他所在的协胜堂一定是一个值得尊敬的组织。[11]

因此，协胜堂的地位得到显著提高，它被认为是华人的帕克赫斯特协会，这一点在 4 月 4 日斯特朗市长拜访唐人街时显露无遗。斯特朗是第一个正式访问唐人街的纽约市市长，他傍晚到达，在披露街 24 号豪华的万里云饭店就餐。尽管他是应多也街中国剧院老板、安良堂富商赵晃（Chu Fong）的邀请前来，但站到舞台中心的却是协胜堂。

在与宴会厅相邻的一个装点着鲜花、陈列着黑檀木家具的小房间中，一个瘦削的协胜堂年轻人发表了欢迎词，并引导市长坐到铺着精致席子的座位上。然后，他熟练地制作了鸦片药丸，向市长展示如何吸食鸦片，甚至还递给市长一根烟斗。当然，市长礼貌地拒绝了。[12]

这个年轻人名叫麦德（Mock Duck），绰号"素鸭"。尽管他已被海关检查员认定为"本市最活跃的华人走私者"，但市长和其他政客显然第一次听说这个人，不过不会是最后一次。在此后的许多年里，纽约人将经常听到这个名字，并为之恐惧。[13]

19 世纪 90 年代余下的时间里，堂口之间虽相互对立，但尚不致厮杀。他们所争的仅是警察局的看重与外界的认可。

1895 年 8 月，警察因怀疑有人玩番摊而突击搜查了黄杰在披露街 12 号的住所，这可能是因为安良堂人告密，但也很可能是因为当地警察对黄杰不满——他曾在莱克索委员会面前作证，指控警察腐败，仅凭这一点他们就非常愿意找他麻烦。

一周后，认为自己永远不会被第六分局公平对待的黄杰，直接向位于桑树街的纽约市警察局告发勿街30号的番摊正在安良堂的保护下运营。黄杰声称他多次向局长扬投诉，但扬一直无动于衷。当然，这无疑是在暗示扬及其下属都受李希龄指使。这次对安良堂及其警察同伙的巧妙攻击明显发挥了作用。8月10日，与安良堂没有任何关系的市警察局派警员突袭检查了番摊，逮捕了二十八人。

扬事前对此次行动一无所知，他在警察局看到黄杰时十分愤怒。

"你撒谎说你没有从这里得到满意答复。"扬说。

"我没有，"黄杰尖锐地回击道，"我一直向你举报这些赌场，但你从未采取行动。"

"你有什么权利去市警察局投诉？你不能证明这些华人当时正在赌博。你生气是因为我不允许你经营赌场。"扬痛斥黄杰。随后他又补充道："我一定会修理你的。"[14]

尽管黄杰指证，被逮捕的七名协胜堂成员只是来收集证据，并没有参与赌博，但是扬仍然坚持拘留了所有人，而且不允许保释。他这种充满恶意的行为激怒了弗兰克·莫斯。

"我跟扬没完。"莫斯威胁道。[15]

协胜堂继续寻求提升自己的社会地位。1896年下半年，协胜堂的律师向布鲁克林最高法院提交了公司章程，并于11月5日获得批准。根据章程，该团体的目标被设定为：

> 建立并永久维持会馆，以使成员能远离鸦片馆和赌场等
> 不良场所。会馆会举办宗教仪式，组织社交活动，以便人们
> 消遣娱乐，学习英语。
>
> 进一步从法律上规范纽约和布鲁克林区的华人，使他们
> 远离政治交易、赌博、卖淫和其他不道德行为。设立检举违
> 法犯罪行为的相应渠道，提高华人居民的话语权。[16]

换句话说，这一章程所规定的目标与协胜堂的真实目的截然
相反。据说此时协胜堂已有三百名成员，并决定在次年1月举行
组织大会。

安良堂不甘示弱，于1897年2月4日（农历正月初三）通
过奥尔巴尼的华商协会起草了一份章程，自称拥有超过两百名会
众。他们聚集在勿街14号顶层，选李希龄为主席，李观长为副主
席，李来（Lee Loy）为秘书长，赵昂（Chu Gong）为司库。[17]

为庆祝公司成立，安良堂获批燃放了五万响鞭炮。他们将鞭
炮从自己的大楼连到街对面的另一座建筑上，鞭炮声足足响了十
分钟，方圆一公里之内都能听到。十七桌开幕宴席之上，身着华
服的政客与到场的会众，在摇曳的音乐声中推杯换盏。

在接下来的几个月里，协胜堂处处打着帕克赫斯特协会的旗
号。1897年4月，协胜堂的翻译、三年前协助抓捕李彩的董方，
在一次斗殴中被捕。董方袭击了一名警察，被以扰乱治安罪逮捕。
他在警察局里威胁要让抓他的警察丢掉工作。

"我认识莫斯委员长，"董方夸口道，"我会让那个警察失业。"[18]

董方可能高估了莫斯的权力，但他确实与莫斯关系亲密。莫斯在当年出版的书中提到了董方：

> 他是一个大胆无畏、果决真诚的人。他心胸宽广，愿意为朋友牺牲自己……我任职于莱克索委员会期间，在唐人街调查时，只要董方在我身边，我就觉得十分安全……董，我欣赏你，信任你，我知道你永远不会背叛我，当你在我的身边，我就无畏隐伏在唐人街暗处的那些伸向我的棍棒和匕首。[19]

在法庭上，辩护律师乔治·格莱兹指控警察之所以逮捕董方，只是因为他属于帕克赫斯特协会。他还为董方的名誉辩护，就像以前一样。[20]

"法官大人，这位先生正在唐人街打击犯罪，他是不会参与斗殴的。"格莱兹向法官保证。

"我相信这名警官，"法官答道，"董方需缴纳五美元罚金。而警官，如果你在市警察局遇到任何麻烦，可以向我求助。"

但协胜堂高层的意见并不统一，这导致了8月29日召开的一次会议演变成暴力事件。对于所有愿意看到真相的人来说（弗兰克·莫斯不在其中），它的伪装正一点点被剥落。

"协胜堂内部出现了问题，"《纽约太阳报》警告道，"协胜堂自诩由渴望改革的华人组成，但唐人街的商人并不认为他们是改革者。这个堂口为了纠正唐人街的恶习而建立，但它的进路艰辛，成员麻烦不断，相互争吵。"这一时期的《纽约太阳报》对唐人街进行了业内最深入的调查，同时报道了争论双方的意见。当月下句，它刊登了一篇称赞"素鸭"的文章，称其为"协胜堂的耀眼之光"和一个"坚定的帕克赫斯特人"。

年轻的"素鸭"在堂内地位急升。据说他于1879年在旧金山出生，不过没有任何记录可以证明这一点。他纤细瘦弱，身高不到1.67米，体重57公斤，穿38.5码的鞋，行为举止像个女孩子，脸方肩窄，看上去弱不禁风，似乎无法对任何人构成威胁。但是，在这样温和、年轻的外表下隐藏着"老虎的精魄"。

"耀眼之光"作为先锋，帮助协胜堂巩固了对披露街的控制，这里一直被协胜堂视为自己的地盘。他知道直接与背后有警方支持的安良堂较量并不明智，因此找了一个更容易对付的目标——龙冈亲义公所。这是一个宗亲会而非堂口。大部分宗亲会都由同一个姓氏的人组成，并只为同一个姓氏的人服务，但龙冈亲义公所有所不同，它由四个小姓氏共同组成。在纽约唐人街，赵家领导着龙冈亲义公所。

9月21日，"素鸭"造访赵乐（Chu Lock）位于披露街22号的赌场，要求赵乐每周向协胜堂缴纳10美元保护费。赵乐的心腹将"素鸭"踢下楼，赶到大街上，于是"素鸭"前往警察局报案。但当警察到达披露街时，赵乐已经从现场移除了所有可能被用来定罪的证据。

次周，一场持刀械斗在同一地点爆发。混战中，赵乐的兄弟与"素鸭"都负了伤。"素鸭"的左腿被砍了一个大口子，另一名协胜堂门生肩部被刺伤。随后是一连串法律诉讼：赵乐被控严重伤害罪，赵乐则反诉协胜堂人作伪证；大陪审团以严重伤害罪起诉"素鸭"、董方和第三个人。但是最终没有人被定罪。

　　1897 年年底，李希龄设宴款待了坦慕尼协会成员。这是一步妙棋，因为坦慕尼协会正准备夺回市政府的控制权。为了确保这个大都市继续保有经济与商业的优势地位，选民已经投票批准将曼哈顿、布鲁克林、皇后区、斯塔滕岛和布朗克斯并入大纽约市区，纽约政府的管辖范围将大幅扩大。新的行政区将于元旦午夜正式成立。

　　反对合并的斯特朗没有寻求连任。他的继任者罗伯特·凡·威克是坦慕尼协会的人，他的参选口号是"让改革见鬼吧"，并以此轻松地击败共和党对手。虽然凡·威克拒绝了李希龄的邀请，但 11 月 23 日晚，其他七十多名坦慕尼协会成员在唐人街过了夜。《纽约论坛报》(New York Tribune) 对此评论道，唐人街的大佬们已经疲于应付警察对不法窝点的突袭检查，他们希望从一开始就能和新政府和谐相处，在坦慕尼协会重回政坛之际，开始一段安定生活。[21]

　　宾客们受到盛情款待。他们在华人社区最奢华的餐厅——素有"中国的德尔莫尼科"之称的万里云餐厅享用了鱼翅、燕窝和三种不同的中国烈酒，然后被接到中国剧院看戏。

　　李希龄也没有忘记唐人街的居民。一年之后，位于勿街 16 号唐人街市政厅的中国寺庙被翻修一新，这项工程由李家出资。新的敬神之地装饰有大量画像、挂毯、乌木雕刻的挂件和家具。在每道菜二十美元的贺宴上，李希龄对归化国美国以及华人在此受到的待遇大加夸赞："我们生活在自由、开放、簇新的白色光芒中。我们是这个伟大民族的一部分、一分子;我们永远不会给其带来伤害、麻烦和耻辱,只会带来幸福。"[22]

在与协胜堂的公关战中,安良堂利用出版于 1898 年的《纽约唐人街》(New York's Chinatown)一书给予协胜堂沉重打击。该书作者路易斯·贝克是一名白人记者兼私人侦探,他以公正的视角观察纽约华人的日常生活。贝克善于发掘细节,他全面描述了唐人街的人、风俗和制度(其中包括对鸦片馆和赌场的描写),还介绍了唐人街的堂口和重要领导人物。此般叙述还属首见。

然而,贝克的素材主要来自安良堂。他在描述安良堂时多溢美之词,绝口不提它的恶行;述及协胜堂时则毫不犹豫地称其为犯罪团伙,不承认它象征着改革。

根据贝克的叙述,1898 年协胜堂有四百五十名成员,"他们中的每个人按照我国的标准衡量都是犯罪专家,都应当被送进州监狱,甚至送上电椅"。但他也提及了部分华人对协胜堂有不同看法。"他们并不被华人视为罪犯,那些人的道德观与西方文明有着巨大差异。尽管他们恶行昭彰,但仍可与同胞融洽相处。"

贝克认为协胜堂门生"冷血、无情、残忍",可以"毫不犹豫地大开杀戒"。他还写道:"实际上,为了金钱,门生随时准备犯罪,不管作伪证还是谋杀;一旦他落入法网,曾发誓与他同生共死的结义兄弟则定会设法保其平安。"[23]

与其说贝克夸大了协胜堂的恶行,倒不如说他对安良堂的不法勾当视而不见。安良堂显然犯过贿赂罪,他们惯以诬告和制造伪证来打击敌人。他们更倾向于雇凶行恶,而协胜堂主要依靠自己的帮众打打杀杀。两堂的唯一的区别在于,安良堂以勒索所得贿赂警察，寻得庇护；协胜堂则通过揭发检举、武力威胁来敛财。

两堂的策略都十分有效，而且都获利不菲。谁能赢得最后的胜利尚未可知，但双方都将为此付出恐惧、财富，乃至生命的高昂代价。流血冲突即将开始，没有人知道它将以怎样的方式结束。

第五章

斗　起

刚刚进入新世纪不久，杀戮便再次开始。

第一个死者是协胜堂的罗金（Lung Kin）。[1]1900 年 8 月 12 日晚，阿姆斯特丹大道洗衣店的洗衣工罗金像以往每个星期天一样，照例来到披露街 9 号的一栋廉租公寓。他在阴暗的走廊里遭31 岁的洗衣工龚永忠（Gong Wing Chung）枪击。

腹部中弹的罗金被迅速送至哈得孙大街医院，但最终还是因失血过多而死。杀害他的凶手除了龚永忠，还有辛可（Sin Cue）及其他三人。他们被赶来的警察擒获，并从身上搜到左轮手枪、金属棍棒、指节铜环、匕首和其他致命武器。一群白人聚集在披露街，高呼"处死中国佬"，并且声言他们是"拳匪"，也就是义和团——近来各报纷纷报道"拳匪"在中国与美国人及其他外国人的冲突。随后，警察把几名凶徒带到伊丽莎白街警察局。

坊间传言，当晚龚永忠和罗金玩番摊时，后者出了老千，令前者输了不少钱。[2]但事实上，此次事件与赌局无关，而是安良堂精心策划的一场针对协胜堂的报复行动。虽然报纸称凶手来自"蒙古共济会"（严格地说，这是指联谊堂），但它想说的肯定是安良堂。出现这种失误不难理解，因为两堂的主事都是李希龄。

据警方调查，这场行动的目标本来是四个协胜堂人，但除了罗金，其他人都逃脱了。根据现场搜到的凶器判断，安良堂有预谋地添置了新武器，而在此之前，警方从未在唐人街发现这类武装犯罪团伙。[3]

罗金被杀事件拉开了第一次堂斗的序幕。在这场为控制唐人街非法利益而进行的长达六年的冲突中，双方手持棍棒、砍刀、左轮手枪械斗，纵火，伏击敌人，恐吓陪审员，袭击证人，披露街、勿街、包里街和多也街成了他们的战场。[4]

龚永忠被以谋杀罪起诉，还押候审，但他的案件从未开庭审理。关押在"坟墓"监狱期间，他被认定有精神疾病，并被移送至收容精神失常罪犯的纽约州收容所。他的几名同伙则被以严重伤害罪和携带隐蔽武器罪起诉，最后被获准保释。[5]

龚永忠被传讯一个多月后，协胜堂开始报复。9月21日，辛可和他的朋友阿斐（Ah Fee）一同前往披露街（阿斐是纽瓦克的一名裁缝，同时也是安良堂人），两人在位于披露街和多也街交会处的和安中国杂货铺停下来买包装纸。下午4时，埋伏在披露街的六名协胜堂打手得知他们现身后赶至，其中一个人把胡椒粉撒在辛可脸上，另一人挥起铁棍痛殴他们。

辛可和阿斐从披露街逃脱后，"素鸭"和38岁的协胜堂洗衣工苏兴（Sue Sing）对他们紧追不舍。矮胖的辛可逃进披露街23号，"素鸭"掏出一把六发式左轮手枪透过双层门朝他开枪。"素鸭"没有击中目标，但一颗流弹击中了路人玛丽·玛索。24岁的玛丽·玛索当时正和两个孩子坐在门前的台阶上，那两个孩子也受了轻伤。

苏兴在披露街追赶阿斐时冲他开了一枪，子弹打中阿斐的后背，贯穿了右肺，留在身体里。阿斐踉踉跄跄地从街角拐去勿街，走到 24 号时摔倒在路上。附近一个警察跑过去，掀起他的外衣和背心时，血喷了出来。

阿斐叫喊着说："我要死了。"[6]

警察奔向罗斯福改革期间设置的警用电话亭，叫了救护车。除了苏兴，其余打手都逃跑了。苏兴在被捕前扔掉了他的六发式左轮手枪，这是堂斗中尽可能快速消除证据的常用方法。

救护车赶到的时候，阿斐已经没了脉搏。虽然他在哈得孙大街医院醒了过来，但医生认为他挺不到第二天。得知这一事实的警察把苏兴押到医院，阿斐指认苏兴便是冲自己开枪的人，不过拒绝解释原因——苏兴在隔天的提审中也没有开口，他被拒绝保释。当晚 10 时 30 分，阿斐过世了。[7]

李希龄向媒体证实，这宗凶杀案源于唐人街两个社团的纠纷，但他同样表示不了解阿斐被杀的原因。李希龄无疑是心知肚明的。辛可和阿斐都在协胜堂的暗杀名单上，前者是罗金案的帮凶，阿斐则为龚永忠作了不在场证明。暗杀是协胜堂精心策划的，因为杀死证人阿斐可以确保龚永忠被定罪，否则龚永忠很可能逍遥法外。[8]

就任纽约市警察局局长两年后，西奥多·罗斯福被威廉·麦金莱总统调任为海军部助理部长。1898 年任期满一年后，他辞职组织"莽骑兵"，在古巴的圣胡安山之战中出尽风头。当年年底，他当选纽约州州长。尽管在州任职，但他对坦慕尼协会的敌视如故，而且仍然在关注着纽约市的警察队伍。罗斯福注意到，纽约县检察官阿萨·加纳德被控腐败，后者是在 1898 年坦慕尼协会重新掌权后担任此职的。1900 年年底，罗斯福罢免了他，任命尤金·菲尔宾检察官出任该职。[9]

菲尔宾为人正直，向媒体发誓要以罗斯福为榜样，"劲头十足"地推动改革。他上任不过数日便开除了多名前任班底，宣布对恶势力开战；数月之内，便开始对赌场老板及赌博业者发起指控，并着手清理警察内部的腐败。

菲尔宾从他的前任那里接办了唐人街谋杀案。多家报纸报道了此案，开办赌场与鸦片馆已是足够恶劣，现在华人竟然开始自相残杀。菲尔宾需要做出强有力的回应，他决定从苏兴案入手追查协胜堂，也就是他眼中所有麻烦的根源。[10]

菲尔宾的副手，25 岁、耶鲁出身的助理检察官弗朗西斯·加文向媒体透露，"正直的华人"李希龄协助他们收集协胜堂人谋杀阿斐的证据。庭审中，苏兴为避免死刑选择承认犯有二级谋杀罪，被判处终身监禁，并被押往兴格监狱。但菲尔宾坚信这起谋杀案是秘密会社所为，他发誓对苏兴一伙彻查到底。

与此同时，协胜堂悬赏三千美元追杀李希龄。苏兴被判刑后，李希龄告诉加文，四个华人在跟踪自己，从勿街的店铺一路跟到 161 街的家。一天晚上，他们甚至敲响了他家的门，被李夫人打发走后，直到后半夜还潜伏在暗处。加文向李希龄允诺，警察会保护他。[11]

"他们正在追杀我，"李希龄对一个朋友说。"总有一天我会……"他一边说，一边打了个不祥的响指。不久之后，他收到一封警告信，这封信可能出自他的朋友或敌人之手，那人在洛杉矶，署名"W"。信中写道："小心，H 的五名成员正在去纽约暗杀你的路上。"[12]

李希龄很清楚"H"意味着什么。虽然这没有阻止他协助新上任的地方检察官，但他每时每刻都带着一把上了膛的枪。

菲尔宾和加文对协胜堂展开了不懈的追查。歃血的誓约犹在，苏兴没有供出任何一个兄弟，但是地方检察官办公室（以下简称地检）已经从李希龄等商人处获取了它需要的所有信息。因致玛丽·玛索与孩子受伤，协胜堂人被控严重伤害罪；因暗杀阿斐，他们被控一级谋杀罪。除了在监的苏兴，包括"素鸭"在内的五名成员被起诉。[13]

得知自己被起诉后，这些协胜堂人全都逃跑了。纽约于1888年开始使用电椅，如果谋杀罪成立，他们完全有可能坐上电椅被执行死刑。但李希龄和辛可决心追查到底。警察抓捕了五人中的三人；其余两人，一个行踪不明，而"素鸭"则逃到了布法罗。李希龄派人跟踪他到布法罗，并向警察报告了他的行踪，因此"素鸭"的结局已在意料之中。逮捕令发布两个多月后，"素鸭"自首了。[14]

由于"素鸭"的袭击案已经在法官的待审清单上，当他的一级谋杀案开庭时，检察官亚伯拉罕·列文申请暂缓两天提交起诉书。

"我正努力使他以伤人罪起诉，"列文对法官鲁弗斯·科恩抱怨道，"结果反倒成了一起谋杀案。"

"你继续下去，"科恩法官在同意他的请求前说道，"就会亲手把他送上绞架。"[15]

但是在正式开庭之前，6月3日上午7时许，披露街16号发生了火灾。杏花楼饭店二楼厨房中的一锅油燃烧了起来，火势迅速蔓延到这栋摇摇欲坠的老楼的三、四层，几个安良堂人正在那里休息。有人叫了消防员，睡觉的人也被惊醒。虽然大部分人都逃脱了，不过三个人最终葬身火海。最先被发现的两名死者倒在床铺旁边，第三名死者忍着高温和浓烟跑到三楼阳台，从上面直直地栽了下去，当场毙命。外面围观的人见状惊恐万分。[16]

死者中包括39岁的辛可，他是阿斐的同伙，曾参与袭击罗金。他也是"素鸭"谋杀案的关键证人。[17]

当局认为火灾是一场意外，但安良堂很清楚背后的真相。协胜堂需要铲除辛可，使他不能出庭作证。那天早上，黄杰看到辛可的尸体时，脸上露出灿烂的笑容。[18]

助理检察官加文声明，辛可的死固然对案件的审理影响极大，但并不是致命的。他对媒体说："尽管困难重重，但是我坚信我们可以让嫌疑人受到法律制裁。"[19]

他并不知道，这到底会有多么困难。

1897年，凡·威克当选市长，这标志着坦慕尼协会东山再起，能够像以往一样再度操弄钱权交易。虽然这对改革者造成了阻碍，但并未阻止他们打击腐败的努力。1900年，在一场纽约精英集聚的会议上，"十五人委员会"成立了。该委员会致力于调查全市范围内的卖淫业与赌博业，以及提出补救法案。[20]

长岛铁路公司总裁小威廉·鲍尔温担任这个由纽约无党派知名人士组成的蓝带委员会的主席，而银行家雅各布·希夫、乔治·皮博迪等杰出人物也位列其中。他们雇佣调查员前往纽约的妓院、鸦片馆、赌场，在热心市民的帮助下，获取了大量翔实的信息。[21]

然而，对于唐人街，他们发现自己掌握的情况像早期改革者一样模糊。他们无法伪装成华人，也不会讲汉语，几乎没有办法独自打入唐人街的核心圈子。不过幸运的是，几个领路人非常乐意亲自引导调查员见识一下唐人街版的地狱。[22]

其中一人便是黄杰，他是帕克赫斯特协会和莱克索委员会的红人。协胜堂在与帕克赫斯特协会和莱克索委员会的合作中已经尝过甜头，他们不会放弃另一个可以用来打击安良堂的"棒子"。英语流利的协胜堂人王阿卢（Wong Aloy）也给调查员提供了与唐人街恶行相关的信息，还带他们参观了唐人街。

王阿卢带领委员会的调查员阿瑟·威尔逊前往位于且林士果广场 12 号的迈克·卡拉汉酒馆。虽然这家酒馆不是华人经营的，但它为许多华人顾客提供服务。威尔逊来到酒馆后面的房间（这里的年轻女孩以"衣着暴露，语言粗俗"闻名），接待他的是安妮·吉尔罗伊小姐，她住在勿街 11 号，这座建筑的主人是李观长，属安良堂地盘。后来威尔逊汇报说：

> 这个女人拉我和王阿卢先生、我的朋友罗格斯去了那儿，她告诉我每人花三美元即可与她过夜。她说她那儿还有一些 18~20 岁的漂亮小姑娘。她还说，住在那里的每个女孩都向警察交保护费。保护费一般都交给管理人或他们的代表。每个女孩每月要交十二到二十美元不等。她告诉我，只要往勿街 11 号打电话，她就可以介绍女孩陪我共度良宵，任何一

个晚上都行。她那里还有一个华人女孩，她会让那个女孩脱掉衣服，给我看看中国女人长什么样。

这个吉尔罗伊女士对我说，她痛苦不堪，过度吸食鸦片摧毁了她的神经系统。她曾和四个有地位的中国男人同居。她还告诉我，如果我想看看上城区女性（她们中的一些人来自上层家庭）光顾的鸦片馆，她很乐意带我和我的朋友去参加她们的派对——只要王阿卢也一同出席。她说："我看到女人们吸食鸦片后靠在沙发上，她们一般都衣衫不整。我经常能看到这样放荡的行为，还能看到和这些女人一起去这家鸦片馆的华人男性。"[23]

从事吉尔罗伊小姐和她的朋友所在行业的女性基本都是白人，鲜有例外，因为1900年纽约州华人男女比例接近五千比一。这是1875年美国国会通过的《佩吉法案》导致的结果，该法案明文禁止亚洲娼妓入境。[24] 来美国的少数华人娼妓通常会在妓院工作四五年，直到她们还清赴美路费、给"蛇头"的钱、父母在她们身上支出的费用，而且还要让妓院从她们身上赚到一笔利润。此后，如果没有因为性病或其他可怕的疾病丧命，她们就可以自由婚嫁，去往其他地方工作，或者返回中国。许多人留在当地结了婚，因为在美华人妇女的数量较少，所以她们的际遇会在赎身后有所改善。[25]

根据"两个人"在《唐人街内幕》中的记载，华人娼妓基本"都属堂口高层所有，这些娼妓即使自立门户，也要与他们保持良好关系。一般来说，为了避免麻烦，她们不得不给堂口的男人行方便"。"两个人"补充道，这意味着她们必须优先服务她们的华人管理人。"各堂口均垂涎于卖淫业带来的丰厚收入（虽然比赌博少得多），他们对该行业的控制权展开了争夺。"不过，"两个人"继续写道："总体而言，这只是引发堂斗的次要原因。"

白人站街女把她们的生意做到了唐人街。她们或者趁早晨男洗衣工不忙的时候去洗衣店，或者去廉价餐馆为餐馆工作人员服务，以换得一顿饭和一些小费。除了站街女，唐人街也有妓院，有一些还是华人开的。这些皮条客每单生意抽成一美元，包括五十美分的床费和五十美分的房费，其余的都归接客的女孩。

王阿卢带威尔逊近距离参观了那些妓院。威尔逊描述了华人保镖是如何保护这些妓院的——一有危险迹象，他们便发出警告。堂口提供的服务仅仅是保护妓院免受敌对帮派和无赖的骚扰，不包括阻止警察搜查。据威尔逊说，警察会直接向妓女索贿。

王阿卢成功地欺骗了十五人委员会的调查员，就像黄杰和"素鸭"早期对帕克赫斯特协会所做的那样。"从昨晚王阿卢在走访中表现出的热忱和激情来看，他是一个可以信赖的人，"威尔逊亲切地说，"他说他的主要目标是摧毁赌场，阻止他的同胞被华人赌棍掠夺，阻止警察索要好处费和勒索赌场及妓院。"[26]

王阿卢没有说的是，如果安良堂控制赌博业的局面被打破，协胜堂便可乘虚而入。

十五人委员会的报告没有点名具体的组织。它侧重于阐述整体问题和可能的解决办法，唐人街没有任何一家不法场所被关闭。尽管如此，这份报告曝光了警察和地下势力之间的联系，这有助于将坦慕尼协会再次逐出政坛。

近来成为哥伦比亚大学校长的前布鲁克林（布鲁克林于1898年与纽约合并，成为纽约的一个区）市长、改革家瑟斯·劳，在1901年获得了他本人所在的共和党和反对坦慕尼协会的民主党人的支持，成功当选纽约市市长。他在1902年元旦走马上任。一个月后的农历新年庆祝活动为安良堂提供了一个取悦新当权者的绝佳机会。2月17日，安良堂在总部举办了一场宴会，邀请了所有他们能想到的有用之人。[27]

李希龄和安良堂人在19世纪90年代饱受批判，被描述为唐人街的"邪恶领主"，但他们在新世纪多少挽回了一些作为正派公民的声誉。现在，协胜堂被普遍认为是恶霸、黑帮。安良堂（又称"中华商会"）被越来越多的人视为唐人街商人的代表组织。它的成员被认为是华人社区中最值得尊敬、最富有的人，所以他们举办的宴会很受欢迎。

虽然瑟斯·劳市长并未出席，但是与会者中不乏地方执法和司法部门的重量级人物。尤其令人感到意外的是，几个此前对李希龄并不友好的人也出席了宴会，如新任纽约市警察局局长约翰·劳帕特里奇、注定要在调停堂斗的过程中起重要作用的地方刑事法庭法官沃伦·福斯特、来自帕克赫斯特协会和莱克索委员会的威廉·杰罗姆（他接替尤金·菲尔宾出任纽约县地方检察官），这些人过去对安良堂并无好感。中国驻纽约总领事也受邀赴会。李希龄很有风度地邀请了为"素鸭"辩护的四名律师，但遭到了他们的拒绝。

挂满整条勿街的十万响鞭炮齐鸣，晚宴宣告开幕。一百多位宾客围坐在铺着亚麻桌布的小圆桌前，每桌供应二十七道菜。李希龄的儿子李锦纶发表了演说，李希龄则遵照中国的习俗绕着整个房间给每一桌敬酒。宾客们收到了精致的菜肴作为礼物，最尊贵的客人则得到了象牙筷子。宴会结束后，劳帕特里奇警监和他的同事们参观了唐人街。

晚宴大获成功。"当政客、官员离开时，"《纽约论坛报》特别提到，"他们都感到，在待客之道上，他们没什么能教给这个黄种人的。"28

宴会结束后的第二天，"素鸭"谋杀案开庭。杰罗姆的副手、助理检察官阿瑟·特雷恩作为本案的公诉人上庭。他也是前一天晚上安良堂宴会的座上宾。29

此时"素鸭"已经是纽约协胜堂堂主，地位甚至高于黄杰，因此协胜堂聘请了最好的律师为他辩护。律师亚伯拉罕·列文、乔治·格莱兹和令人敬畏的弗兰克·莫斯均加入了他的辩护团队。

第一道难关是挑选陪审员。在冗长的审查陪审员的过程中，每个陪审员候选人都被问及"是否对华人有偏见"，许多人回答"是"。阿道夫·鲍赫承认他的偏见会影响裁决，因此被从陪审团除名。约翰·弗伦奇引用布雷特·哈特的话说："异教中国佬，就是不一般，手段不见人，花招耍过人。"他也被除名了。多尔蒂先生认为，应该颁布法律让"中国佬"待在老家，这样美国洗衣女工就能拥有更多的工作机会。乔治·卡特是一个裁缝，鄙视所有不信基督教的华人。和上述这些人相反，神学院学生弗兰克·费希尔称自己比周围的一些白人"更相信华人"，他被留在了陪审团。30

"如果还挑不出陪审员，"一名疲惫不堪的检察官打趣道，

"我们可能得诚请'素鸭'先生认罪或自杀了。"[31]

陪审团的人数终于凑齐了。2月21日,控方的白人证人埃玛·荣申诉自己受到了恐吓。她说一个叫李朗(Lee Lang)的人在刑事法院大楼前威胁称,如果她敢作证目睹了这起谋杀,就会挖出她的心脏。李朗当时正在法庭旁听,他立即被拘留,后以五百美元保释,最终因干扰证人被定罪。[32]

这并不是个例。另一个白人证人、摔跤手里奥·帕德罗交给特雷恩一张自己收到的纸条,纸条的上半部分沾着血,落款为"地狱,2月21日"。纸条上写着:

> 上周五你作为控方证人指认我的兄弟"素鸭"。你撒谎,警察撒谎,地方检察官撒谎,每个人都撒了谎。当你决定去做证人的时候,你已经犯了大错。你会死,今天就会死。胡椒粉会撒在你的眼中,子弹会射入你的心脏,你活不了了。华人和华人打架,那是我们自己的事,和白人无关。所以,你死了最好,这样你就再也不能指证华人了。[33]

这张纸条的署名仅写着"一二三"三个字,这可能是堂口暗号,地检承诺要查清这些字的含义。至于陪审员是否也受到了类似的威胁则不得而知。最终,陪审团没能在审判意见上达成一致,法官不得不宣布审判无效。在认真讨论了七个小时后,十名陪审员主张有罪,两名主张无罪,陪审团陷入僵局。[34]

不过,"素鸭"案并未就此结束,他被送回"坟墓"监狱等待新的审判。

不到一个月后,"素鸭"再次以谋杀的罪名受审。这次,没有人指控他扣动了扳机，但主张他精心策划了这起行动。

　　控方证人指证"素鸭"当时在案发现场等待阿斐和辛可从披露街 19 号的和安商铺出来。还有几个人作证说看到"素鸭"指着那个商店，而且听到他对其他人说"等他们出来再动手"。还有人作证他曾经开过枪。玛丽·玛索指认他就是伤害自己的凶手。住在他隔壁的邻居记得看到他在枪响后不久回到房间，脱下一件防弹背心，并从口袋里掏出一把枪。

　　共有二十七名证人出庭证实控方的指控或反驳辩方证人的证词。李希龄的儿子李锦纶也坐上了证人席，表面上是证实辛可已经死亡，所以无法出庭作证，但实际上是在暗示辛可是被谋杀的，因为他将出庭指证"素鸭"。

　　弗兰克·莫斯交叉盘问了多名证人，不过陈述辩护理由的是格莱兹律师。他的主要论点是"素鸭"有不在场证明——枪击事件发生时，他和他的朋友正在富尔顿大街的市场。他们在那里买鳖——一种名贵的中药材，据说药效很强。然而，他还有另一套说辞。他把责任推给辛可和阿斐，称先开枪的是他们。这样，苏兴杀死阿斐就不是谋杀而是自卫。如果苏兴没有犯谋杀罪，那么即使陪审员认为"素鸭"确实出现在披露街，他也不能被当作谋杀案的共犯。

　　控方律师询问几名辩方证人是谁动员他们出庭作证的，他们回答是黄杰。同样地，辩方律师也把矛头指向了安良堂，这当然是在暗示证词是证人们在遭遇威胁、勒索的情况下提供的。庭审结束时，人们自然而然地得出结论：许多证人是被收买的。

　　莫斯显然很担心他的当事人被陪审团定罪。他在结案陈词中展示了极佳的口才，尽其所能渲染死刑的恐怖。他对陪审团说：

如果"素鸭"真的被判死刑，几个月后，在兴格监狱，电流开启，"素鸭"的鲜血在血管中翻涌，热量熔化了他的身体组织，饱受煎熬的神经在极度痛苦的状态下被踩躏，他的灵魂被自动送往造物主面前，当这一切发生时，你们认为狱卒真的会去关闭电流吗？先生们，让我来告诉大家，如果那样的事发生在这个活生生的人身上，那它也会发生在你们的身上，陪审团主席沃尔夫先生、第二陪审员比克斯比先生、第三陪审员帕斯帕瑞先生、第四陪审员派因先生，还有在座的各位，它可能会发生在你们每一个人的身上。

他还试图通过坦白自己的偏见来消除陪审员对华人的偏见：

我敢保证，倘若"素鸭"是白人，在证词相同的情况下，我根本不需要辩护。但是他不是……今天早上，当我走进法庭履行职责时，我意识到自己路过他时并没有向他伸出手去，如果他是一个和我拥有相同肤色的人，我想我会那么做……我承认我这么做了，但这种做法是错误的，是种族歧视……我能有这样的想法，是因为同一位上帝创造了你和他，因为我们有同样的灵魂。

公诉人特雷恩在结案陈词中强调，辩方实际上提出了两种相互抵触的辩护理由，因为他们找了两组证人来证明两种相互矛盾的观点。他声言，"素鸭"在被诉之初选择逃跑，在阿斐身亡七个月后才拿出不在场证明。他还指出，"素鸭"的不在场证明并不可靠，证人分别是一个无足重轻的小人物、一个酒鬼、一个吸食鸦片成瘾的烟鬼，而其他证人都是被收买的。

特雷恩不断激发着陪审员们潜在的种族主义思想。他讽刺一个华人证人是"喋喋不休的中国佬"，还试图用"他们看起来都一样"的拙劣说辞质疑一个证明案发时"素鸭"在富尔顿大街市场的白人证人：

> 试问哪个人，哪个活人，能够记住一张中国佬的长相？当……他们有很多华人客户的时候，如何能在把鳖卖给顾客十八个月后还记得他的长相？

特雷恩还预言，如果陪审团投票宣判"素鸭"无罪，控方证人将遭报复：

> 如果这个人被无罪释放……他和另一个人将回到唐人街。如果我们这么做的话，我已经能想到在本案中出庭指控他的证人的下场。自 1900 年 9 月 21 日以来，唐人街一直平静无事。但是，如果这个人被判无罪，我想你们将再次听到枪声。

法官指示陪审团不要考虑辩方两个辩护理由中的一个——苏兴在自卫。他直截了当地说，如果陪审团认为阿斐是在被苏兴追赶时被苏兴从背后击中的，那么不管是不是阿斐先开枪，这都是谋杀，简单明了。这样，能使"素鸭"脱罪的只有不在场证明了。但是，法官也明确表示，陪审团必须要认定"素鸭"在苏兴杀害阿斐的过程中曾协助和教唆过苏兴，才能做出有罪判决。如果他们认为"素鸭"在案发时不在披露街，那么必须判他无罪。

经过近两周的法庭辩论，陪审团否决了"素鸭"策划暗杀的说法。经过二十一个小时的通宵讨论，陪审团陷入僵局，票数比为十一比一。然而，这次多数人赞成无罪。[35]

"素鸭"虽然被释放，但袭击旁观者的罪名依在。第三次审判原定于 4 月 28 日开庭，但公诉人特雷恩决定放弃对被告的所有指控。他的理由是，此前针对"素鸭"的两次庭审花费巨大，而谋杀和伤人的证据基本一样，定罪非常困难。况且被告人已经在"坟墓"监狱中被监禁了九个月，这样的惩罚已经足够了，没有必要再次开庭。[36]

两周后，为庆祝"素鸭"和弟兄们出狱，协胜堂在杏花楼摆了一场一百多人参加的宴席。歌声穿过高悬在酒楼前的协胜堂大旗，飘荡到了街上。[37]

这个酒楼对协胜堂来说有特别意义——指认"素鸭"的辛可就死在这里。

第六章
包里街枪战

1904 年 11 月 3 日凌晨 1 时 30 分，当 "素鸭" 走出披露街 18 号的地下室时，街对面大门走出一名枪手，一言不发便朝 "素鸭" 开了两枪。其中一颗子弹与他擦肩而过，另一颗子弹则射中他的胃，他倒下了。如果不是因为他的皮带扣使第二颗子弹稍稍偏离了弹道，他已是一具死尸。[1]

闻声而来的警察抓住了正要逃跑的凶手，把他带到 "素鸭" 旁边。痛苦蜷躺在沟槽里的 "素鸭" 意识尚存，指证眼前这个人就是凶手。此时三个拿着左轮手枪的协胜堂人突然出现，欲为首领报仇。警察迅速把凶手拉进屋里保护起来。随后，十几名警察赶到，三个协胜堂门生被迫逃跑。[2]

在哈德孙大街医院，"素鸭" 的伤势被诊断为重伤，一家报纸甚至刊登了一篇题为《被谋杀的中国佬》的文章。枪手是 32 岁的李星（Lee Sing）。他和在 19 世纪 80 年代把李希龄的眼睛打青的那个胖子利胜（Lee Sing）并不是同一个人。这个李星是来自马萨诸塞州戴德姆镇的洗衣工，他受雇杀人。他被关在伊丽莎白街警察局，等待审讯。警方在枪案现场发现了一把长 12 英寸（1 英寸约合 2.54 厘米）、0.32 英寸口径的史密斯·威森牌六发式左轮手枪，两枚空弹壳，以及一把 8 英寸长的刀。

李星在审讯中拒绝开口。帕克赫斯特协会的负责人托马斯·麦克林托克突然出现在庭上，声称枪击是由于近期"素鸭"帮助帕克赫斯特协会对白鸽票赌场进行了突袭检查。与此同时，他以嫌疑人有逃跑动机为由，要求拒绝他保释。[3]

麦克林托克利用从"素鸭"等协胜堂人那里收集的情报，说服新任纽约市警察局局长威廉·麦卡杜突击搜查了唐人街赌场。麦卡杜是爱尔兰裔，曾经是民主党众议院议员、海军部助理部长，1904年年初接任纽约市警察局局长。[4]他一直是纽约市市长候选人小乔治·麦克莱伦的坚定支持者。小乔治·麦克莱伦是坦慕尼协会成员，也是美国南北战争时期的将军、曾经的民主党总统候选人乔治·麦克莱伦之子。1903年，他击败了欲竞选连任的前市长瑟斯·劳。这标志着1901年的瑟斯·劳同盟瓦解，坦慕尼协会重回政坛中心，而其影响将延及十年。

实际上，长期受益于惩恶不严、执法不力的坦慕尼协会，对任命麦卡杜是存有争议的。他们担心麦卡杜会破坏游戏规则。这一直觉是准确的。麦卡杜甫一上任，便宣称将竭力清除贪腐，禁止卖官鬻爵。这似乎使他与主张改革的帕克赫斯特协会站在了一边。

帕克赫斯特协会从一名法官那里取得了搜查令。不过，他们要求麦卡杜绕过似乎总是对华人手下留情的第六分局，派市警察局的警察和他们一起搜查唐人街赌场。麦卡杜同意了他们的要求。1904年7月21日，市警察局派出十几名配备了撬棍、斧头、警棍、左轮手枪的警察，与六队帕克赫斯特协会的人一起，突击搜查了多也街20号，披露街20½号、23号，勿街17号、18号、30号的白鸽票赌场。斧头在勿街18号李希龄的铺子派上了大用场，警察用它劈开了四道门，逮捕了十五名华人——他们都是安良堂人。[5]

但是，麦卡杜和帕克赫斯特协会的利益实际上并不一致。"突击搜查是我们推动警察做的，"麦克林托克向新闻界透露，"他们不仅对我们的突击搜查一无所知，而且以前也从未对这些地方采取任何行动，甚至可以说，他们实际上和这些人是一伙的。但是，我们很快就会抓住他们。"[6]

此番言论尤其令第六分局感到难堪，而这正是麦克林托克的目的。时任伊丽莎白街警察局局长的弗朗西斯·基尔试图推卸责任，声称在过去六个月里，他的手下逮捕了一百多名华人赌徒，只是无法定罪。作为统管各个分局的市警察局局长，麦卡杜对第六分局也负有责任，他显然无法坐视舆论对警察暗中收受贿赂的批评，很快出来为他们辩护。

麦卡杜要求麦克林托克拿出证据。他访问了唐人街，然后公开宣称："如果麦克林托克先生能提供任何证据，警察局将全力追查，必将涉案人员绳之以法。如果他们被证明确实有罪，我们非常乐意配合地检让他们受到应得的惩罚。"

全国报纸都对"素鸭"遇袭一事大加报道。大多数报道依旧将协胜堂人视为改革派，认为他们一直致力于清除唐人街的罪恶，而"素鸭"遇袭正是因为撼动了邪恶赌博集团的利益。其他报道则未探讨个中缘由，直接将其定性为帮派枪击。[7]

几份报纸称此次枪击是"素鸭"的仇人为阿斐、辛可之死报复，不过麦克林托克给出了一个更为直接的原因——当月"素鸭"将作为 7 月赌博案的主要证人出庭。他一直隐藏行踪，因为他知道安良堂会不惜一切代价阻止此。麦克林托克称，安良堂为此开了一次秘密会议，抽签决定暗杀"素鸭"的人选，最后李星和另外两人被选中。外地人比本地人更适合行凶，因为他们在案发后更便于逃匿。[8]

协胜堂和安良堂之间的冲突第一次被称为"堂斗"。《纽约世界报》将堂口与其他族群有组织犯罪集团进行比较，以夸张的口气称，"这个华人秘密社团与意大利人的'黑手党'一样杀人不眨眼，甚至更具组织性"。[9]

"素鸭"被转送到贝尔维尤医院，最终完全康复。但是，《纽约世界报》发布了不祥的警告："在唐人街的黑暗迷宫中，两个人正手持 0.44 英寸口径左轮手枪和长砍刀等着他离开医院。"[10]

1904 年，唐人街有大约六十个番摊场和三十个白鸽票厅。李希龄及安良堂提高了保护费金额，现在番摊场每星期每桌要交十五美元，白鸽票厅每星期二十美元。这笔钱除了应对警方突击搜查，还有其他用途。[11]

每笔保护费中，五十美分将上缴唐人街事实上的管理机构中华公所。它的总部设在勿街 16 号的中国寺庙，由唐人街权贵把持。它是六大公司在纽约的分部，但资金全部来自当地。[12]

五十美分流进了赌业魁首安良堂的口袋，七十五美分用于资助附近公园街的华人医院。此外还有五十美分上缴商会（Merchants Association）——虽然安良堂也经常使用这个英文名，不过它其实是另一个组织。[13]

当然，还有数量不明的金钱进了坦慕尼协会头目和纽约权贵的腰包。

这样的分配体系即是乔治·普伦凯特常说的"诚实贿赂"。

普伦凯特是纽约州参议员、坦慕尼协会分选区负责人，偶尔也是一个空想政治哲学家。他利用内幕消息倒卖地产，一跃成为百万富翁。他对"政治家"和"掠夺者"作了区分。"掠夺者只追逐自己的利益，不考虑他的组织和城市，"他说道，"政治家在顾及自身利益的同时，也兼顾其所在组织和城市的利益。"[14]

李希龄并非"只追逐自己的利益"。积累个人财富当然一直是他的目标，他绝不是仅仅通过卖雪茄就成了唐人街首富。当利益受到侵犯时，他会毫不犹豫地下令攻击他的敌人。但是，自19世纪70年代末来到这里以来，他始终在考虑华人社会的整体利益。

相比之下，"素鸭"及协胜堂人似乎更类似于普伦凯特所说的"掠夺者"。他们从非法生意中攫取的保护费全都进了自己腰包，华人医院无半分好处。他们所谋仅为自己。当"善良的华人"的面具日渐脱落，协胜堂只顾敛财的暴徒面孔赫然浮现出来。[15]

纽约唐人街的麻烦开始引起其他各大华埠的警觉。在旧金山，六大公司商讨设议事庭裁决争端，并考虑请求华盛顿特区的中国公使馆出面调停；纽约的中国领事馆张贴公告，呼吁两堂放下武器；《纽约世界报》甚至建议联邦政府介入。[16]

1904年10月，《纽约太阳报》刊登了安良堂于月前给协胜堂的一封信：

　　我们邀请你们于本月9日7时在中国寺庙见面，一起谈谈我们之间的争端。我们想停止争斗，共享和平。我们想成立一个代表双方的六商人委员会，以便唐人街赌场照旧营业；

所得利润部分上缴中华公所，以让他们照旧掘棺抬尸，送骨还乡。[17]

把信交给《纽约太阳报》的麦克林托克将这封信看作安良堂的认罪声明——它承认自己确实涉及赌业。他和协胜堂认为这只是安良堂为套取协胜堂名册所耍的花招。他们忽略了这其实也可能是安良堂为化解冲突而示好，它很可能已经准备做出让步。毕竟，这场缠斗成本高昂，而且安良堂蒙受的损失更大。

如果这封信是安良堂抛出的橄榄枝，那么它无疑是失败的，因为它没有得到任何回应。当月下旬，就在"素鸭"出院的那天晚上，包里街12号协胜堂总部外悬挂的旗帜被盗，这无疑是挑衅之举。协胜堂为此高度戒备，他们担心安良堂再对"素鸭"下手，一为除旧怨，二为阻止他对李星做出不利证言。[18]

没过多久，他们的担心就变成了现实。12月26日凌晨，当几个刚刚离开中国剧院的协胜堂人走到协胜堂总部门前时，一场被《纽约太阳报》称为"包里街枪战"的冲突爆发了，枪声、尖叫声、哭泣声响彻街道。目标人物"素鸭"并不在场，但即便如此，袭击还是发生了。[19]

枪战只持续了几分钟。迅速赶至的警察逮捕了四名协胜堂人，同时带走了两个安良堂的目击证人。挑事的安良堂人被当作证人，这进一步显示此次事件是他们与执法人员共同策划的。警察从协胜堂搜出了大批防护衣，包括两套不锈钢材质的盔甲、一套布制护衣、一套人发编制的护衣。一件背心以钢丝编成，重达七十五磅，虽可防弹，但穿着者几乎不能动弹，反而更易被擒获。在第二天的庭审上，这些装备作为物证令"坟墓"的法官深感不安，他命人立即将其移出视线。[20]

枪战中没有一个华人受伤，却波及了三个路过的白人。其中一人被打伤臀部，另一个人被打伤耳朵，最后一个腹部中枪，后来不治身亡。死者名叫约翰·鲍德温，当晚在包里街 10 号的凯利酒吧喝酒。

不久前才死里逃生的"素鸭"决定离开。但过不了多久，他将回来。而当他回来的时候，他将做好战斗的准备。[21]

鲍德温重伤死亡，原本仅被指控严重伤害罪的四个协胜堂人现在被控谋杀。事涉白人丧命，每个人都意识到事态严重。

据《纽约世界报》报道，帕克赫斯特协会"准备倾其所有"来帮助被起诉的协胜堂人，"揭露某些人想要将他们送上电椅的阴谋"。[22] 作为一流的法律人才，弗兰克·莫斯再次登场。他采用了和麦克林托克一样的哗众取宠的辩护风格。他在法庭上尖锐地抨击了地检和警察局，并推断唐人街将因为他们迎来更多的杀戮：

> 如果不能阻止唐人街的赌博，那么还会有无尽的谋杀、枪击和争斗，我想让地检认清这一点。赌业的掌控权是这两大华人秘密会社——协胜堂和安良堂争执的焦点。阻止这一争执的唯一办法是清除唐人街所有赌场。在这方面令我惊讶的是，警察局和地检明显在包庇赌博集团。[23]

助理地方检察官弗朗西斯·加文在协助地方检察官威廉·杰罗姆办理此案。不出所料，他对莫斯的批评非常不满，要求莫斯为他的指控提供证据。莫斯对此回击道："你站在这里替安良堂讲话，就像那个臭名昭著的组织付钱请的律师。"[24] 他显然忘记了一个事实——这样的话完全可以用来形容他本人与协胜堂的关系。

莫斯将包里街枪战归咎于警方，声称警察为了保护安良堂的利益而惩治协胜堂。他举例说："一周以来，唐人街的每一个协胜堂人都被警察和便衣搜身，就为了找到武器罪证。但值得注意的是，没有一个安良堂人被搜查，他们正忙于向警察指认协胜堂人。"[25] 不过，莫斯有意回避了警方从协胜堂搜出的名副其实的武器库；与此相比，所谓的"利益"就不那么值得注意了。莫斯还批评警察在当晚巡逻时没有保护好那栋楼，并声称警察局有充分的理由预计会发生袭击。

帕克赫斯特协会自认需要为整件事担责。"我们让这些华人陷入了目前的困境，"莫斯告诉《纽约世界报》，"我们要支持他们。"但由于协胜堂的名声越来越差，帕克赫斯特协会的其他人开始反对条件反射式地支持协胜堂。麦克林托克向《纽约太阳报》一名记者保证，帕克赫斯特协会并没有被这个华人组织"收买"。他继而解释道，对赌博问题忧心忡忡的华人基督徒与"自愿混入赌场的线人"一起，催促帕克赫斯特协会突击搜查这些赌场。他随即补充道："某天早上，帕克赫斯特协会发现这些线人恰巧都是协胜堂人。"[26]

当然，麦克林托克肯定知道，事实并非如此。从一开始莫斯招募黄杰时，帕克赫斯特协会就知道自己在与协胜堂合作，他们只是拒绝承认合作伙伴的真面目而已。《纽约太阳报》对此评论道，尽管麦克林托克知道其他地方的协胜堂人是"暴徒、杀人犯、奴隶贩子、勒索者"，但是他认为纽约协胜堂会众是"值得尊敬的人"。继而,《纽约太阳报》嘲讽道:"大西洋微风中的某些东西或许可以软化最凶狠的协胜堂人的本性,使他们的心灵变得纯洁。"

事实上,协胜堂和帕克赫斯特协会的亲密关系就要到头了。麦克林托克和帕克赫斯特协会的改革者们在接下来的几年里虽然还和协胜堂合作,但关系日渐疏远,直至分道扬镳。在大多数评论家看来,协胜堂已经暴露了其真实面目。只有莫斯仍顽固地与他们保持着朋友关系,一如既往地相信他们。

"我不想说警察不能阻止华人的赌博,"地方检察官杰罗姆在回击莫斯的谴责时说道,"但这将是一项非常困难的任务。"[27] 他有充足的理由支持这种说法。即使不考虑腐败的因素,警察想给唐人街赌场主定罪也是十分困难的。警方向赌场渗透是不可能的,警察局中没有能够这样做的华人警察。虽然有时可以招募华人线人,但他们常常有自己的打算。此外,法官和陪审团倾向于贬抑华人的证词,认为大部分证词是假的。定罪通常需要警察证明他们在实施逮捕时看到金钱易手,但在绝大多数情况下,当警察冲进赌场时,赌桌上的现金已经消失不见了。[28]

协胜堂率先采取了下一步行动。当安良堂人冒险在伊丽莎白街警察局辖区外开设赌场时,他们看到了机会。1904 年年底,一个安良堂人在摆也街 34 号的四楼租用了一个房间,声称将用作华人基督徒的会议室。他提前支付了一个月的租金,然后开始安装设备,将一根电话线从前门接到四楼,这样如果前门的护院发现了麻烦,就可以向楼上发出信号。一群祷告的基督徒为什么需要预警系统，没有人提出类似的问题。

协胜堂听到赌场开张的风声后，立即通知麦克林托克。后者又与爱列治街警察局的警察一起突击搜查了这家赌场。后者拥有摆也街的管辖权，并且没有证据显示它和安良堂有任何关系。一辆巡逻车往返三次才将被捕的五十六名安良堂赌徒全部送到法院。除了护院与赌场老板，其余人都被免于起诉。[29]

报道称，现在协胜堂使安良堂疲于奔命，安良堂越来越难以为赌场提供保护。《纽约太阳报》评论道，接下来安良堂只有两个选择：要么允许协胜堂加入权钱交易，要么继续枪战。这是一个精到的分析。不幸的是，安良堂在选择前者之前，率先选择了后者。[30]

在突击搜查摆也街两周之后，安良堂人开始报复。但他们的计划并没有涉及殴打或谋杀，而是羞辱——一个简单的圣诞夜恶作剧。

阿来（Ah Lah）和另外两个安良堂人乔装成城外来的洗衣工，引诱十五个协胜堂人到番摊赌博。赌局设在勿街5号的地下室，他们默默看着协胜堂人采取必要的预警措施——在地下室楼梯顶部安装一条电话线，用来拖住突击搜查的警察的脚步，并向屋里的赌徒们警告临近的危险。

凌晨2时左右，一个安良堂人向伊丽莎白街警察局举报这里有人赌博，一批警察被派来清理赌场。电话线发挥了作用，两名便衣警察在门口被绊倒。听到风声的赌徒们疯狂地寻找出路，钱和赌具散落在各处。这时，一个安良堂人拉动一个铁环，打开了地板上的活门。协胜堂人二话不说，一个接一个跳进了两英尺深的下水道里。

　　当最后一个人在地板上消失的时候，阿来砰的一声把门关上，他和他的两个兄弟站在活板上面，赌徒被困在下面。当警察最终进入房间时，他们注意到了这个活门，它像极了传闻中的唐人街逃生通道。尽管他们推断赌徒们可能已经跑远了，但还是决定一探究竟。他们掀开活板，发现一个大约五英尺深的坑里满满塞着十五个愤怒的协胜堂人。他们浑身湿透，骂声不断。

　　第二天，涉案的十八个人全部在"坟墓"法庭接受审讯。由于警察没有真正看到他们用钱赌博，所以除了一个"庄家"，所有人都被释放了。不过，协胜堂聘请的律师预测："三个安良堂人要躲上一阵子了。"[31]

　　当涉嫌枪击"素鸭"的李星在"坟墓"监狱等待传讯时，安良堂竭尽全力救他出狱。1904年11月底，曾与帕特里克·卡尔一起逮捕李星的便衣警察迈克尔·鲍尔斯收到一封匿名信，警告他不要在李星的审判中出庭作证：

　　　　你不能将李星定罪。一旦他被定罪，一百个华人将丧命。"素鸭"永远不能出庭指证李星了。如果卡尔和鲍尔斯坚持将这个人定罪，他们就会和他一起消失。[32]

　　但是，死亡威胁并不是安良堂唯一的策略。12月初，他们试图为李星案制造足够的疑点，从而避免开庭。他们的策略是将罪名推给一个叫陆周（Lu Chow）的人，这个人名声很坏，并且已经返回中国。他们让几个证人发誓作证说，"素鸭"在遭枪击前刚刚因一名白人女子与陆周发生争执，陆周拔出一把左轮手枪朝"素鸭"开了两枪，然后消失了。[33]

审判于 1 月开始，弗兰克·莫斯代表协胜堂上庭，普赖斯为被告辩护。"素鸭"不在城里，无法作证，而原告的其他证人可信度不足。辩方通过传讯大量证人证实了陆周的存在与行凶动机，从而在法官心中播下怀疑的种子。经过八次庭审，法官最终驳回了对李星的指控。[34]

这起案件中势必存在着卑鄙的伪证，但谁又能证明这一点呢？堂口不习惯法治，因为那时中国还处在清朝统治下，司法非常腐败。那时的华人很少把法院看作公正的司法机关，更多是将其看作打击敌人的有利场所。但是，我们不能因为他们对法律体系的怀疑而指责他们，因为在这个体系中，他们的证言并不被采信，法官和陪审团常常对他们抱有根深蒂固的偏见。于是，对华人而言，招募、教唆、收买证人无关道德，它们仅是做生意的另一项成本。

第七章
悬赏李希龄人头

1905 年 1 月最后一天的午夜 1 时，又一个协胜堂人倒下了。

一阵阵冷风扫过勿街，万籁俱寂中，只有悠扬的长笛声从中国寺庙三层的窗口飘出。当 40 岁的协胜堂人许方（Huie Fong）从且林士果广场的街角转出时，长笛的旋律立即急转直下——这是一个信号。

一名男子从勿街 16 号的糖果店地下室出来，疾步走上楼梯，穿过街道，尾随许方走进勿街 17 号的铺子。一个协胜堂人在这样的时间来到这里并不寻常，因为勿街 17 号是安良堂的地盘，显然有安良堂人在等着许方。长笛声戛然而止，随后传来三声枪响。

一个警探隔着两间铺子迅速冲到现场。他发现许方呼吸困难，"像岸上的鳟鱼一样扑腾着"，血从胸前的两个弹孔中涌出。这个警探随即制服了一个正准备逃走的华人。前来支援的警察赶到后，许方被带到街上。但他不能说话，所以无法指认袭击他的人。他死在救护车到达之前。被逮捕的那个华人只是重复着一句话："他们在等他！"[1] 这暗示着许方是被人引诱到案发地的。他后来供认，自己叫李易（Yee Lee），是一名安良堂洗衣工。

摆也街事件后，恼羞成怒的安良堂已经放话："警方搜查一次，协胜堂陪葬一人。"[2] 鉴于两天前警方曾发动了一次突击搜查，袭杀许方被视作安良堂的报复。尽管警察没有从李易身上搜到武器，但仍以谋杀罪起诉了他。

在李易被逮捕的次日，安良堂的管家、李希龄的另一个表亲李来（Lee Loy），出庭为其作证。李来45岁，19岁那年来到美国，在俄勒冈州住了十五年后一路向东，先在纽约州北部城镇做洗衣工，继而又到了纽约市。他还在法庭上指控协胜堂悬赏安良堂高层的人头。[3]

这个情况不难意料。安良堂已经明目张胆地试图暗杀现纽约协胜堂堂主"素鸭"，协胜堂只是以牙还牙。1905年2月初，就在农历新年之前，唐人街已经贴满了红色告示，悬赏三千美元取李希龄的项上人头。

李来在庭上作证："四个来自波士顿的杀手伺机杀死李希龄，赚取赏金。不仅仅是李希龄的人头，其他三个人的人头也分别被悬赏一千美元，包括我们堂口所有管事的。"经确认，另外三个人分别是李观长（Charlie Boston）、赵昂（Chu Gong）和龚老金（Gin Gum）。[4]

龚老金出生在中国，曾在旧金山做过厨师，之后被以伪造支票的罪名在圣昆汀被判入狱三年。当他的上诉最终被加利福尼亚州最高法院受理时，他已经在阿拉米达县监狱服完了大部分刑期，因此被释放。1900年左右，出狱的龚老金来到纽约，加入安良堂，并且迅速上位。操着一口熟练英语的龚老金，逐渐成为堂口中不可或缺的人物。[5]

李希龄向他的警察朋友申请了保护令。三名警员严密监视着勿街14号的安良堂总部的动向，四名警员被布控在勿街18号李希龄的办公室——那里已经配备了四名华人保镖。不过，恐吓并没有干扰安良堂的春节庆祝活动。2月3日农历新年当天，安良堂总部像往年一样对外开放。唐人街更是锦旗飞扬，鞭炮齐鸣，锣鼓喧天。华人忙着走亲串门，给小一辈发红包，与新朋旧友互相拜年。[6]

李希龄甚至接受了《纽约世界报》的采访，主要谈协胜堂的恶行：

> 美国人因唐人街发生的凶杀而指责所有华人。但是，只有少数恶棍和协胜堂需要对此负责，我尽量不让这些恶棍进入唐人街。协胜堂有一个网络，观察华人在什么地方开了洗衣房。他们惯常的手法是，租下华人洗衣房隔壁的房间一个月，另开一家洗衣房，以降价挤兑相胁，要求店主付给他们一百美元，否则不会离开。他们说，我洗衬衫只收七分钱，而你却收十分。要不就是我留下，把你挤走；要不就是你给我一百美元，我走。

李希龄继续说道：

> 华人洗衣工每周工作六天，只有一天时间去玩像你们的象棋和多米诺骨牌那样的游戏。如果我们安良堂人玩像白人俱乐部里的那些游戏，协胜堂就索要一半的分成，否则他们就会告诉帕克赫斯特协会。[7]

当然，李希龄没有提到，他的安良堂多年来一直在做同样的事，唯一的区别是抽水远远低于百分之五十，而且警方也从中牟利。如果该记者还不清楚警方保护李希龄的决心，他只需望一眼窗外边成群的警察便会打消所有疑虑。

据《纽约太阳报》报道，协胜堂已经提议不再举报，交换条件是安良堂一次性支付一万美元。这样的提议似乎可以平息冲突，问题在于安良堂虽然负担得起这笔钱，但并不相信协胜堂会遵守承诺。《纽约太阳报》报道，安良堂认为，即便他们付清了这笔款项，协胜堂也会在几个月后再次要求他们付钱。[8] 安良堂无疑是对的。

蛇年初四早上 8 时，龚庆（Ching Gong）的侄子在布朗克斯区的洗衣房里发现自己的叔叔倒在狭小的卧室门口，头骨碎裂。

像当时大多数纽约华人一样，龚庆没有住在唐人街。1905 年，大纽约地区约有七千名华人，其中只有不到两千人居住在勿街附近。由于洗衣房需要与主顾比邻，因此华人遍居于曼哈顿、纽约的其他区和新泽西市。勿街则逐渐从华人居住区演变为商业区。华人只在晚上和星期日才去那里购置杂货食品、逛酒楼、泡烟馆、进赌场、参加社团活动。[9]

龚庆是协胜堂人，曾当过警察线人，身份暴露后被赶出唐人街。他已经失踪两天。死亡现场显示，凶徒很可能是打破后窗而入的，不过现场并没有发现凶器。龚庆似乎是安良堂的"警方搜查一次，协胜堂陪葬一人"威胁的最新受害者。[10]

作为报复，李希龄的另一个表亲、堂口头目李宇（Lee Yu），在披露街被一颗子弹射穿脑袋。58 岁的李宇参与过未遂的"素鸭"谋杀案、11 月的包里街枪战，而且很可能是龚庆案的幕后主使，这使他成为协胜堂悬红的重要目标。射杀他的嫌疑人被锁定为董方——弗兰克·莫斯的亲密伙伴。虽然帕克赫斯特协会负责人托马斯·麦克林托克证明，枪杀事件发生时他正与董方一起散步，但警方并没有买他的账，还是抓走了董方。

协胜堂没有尸首可炫耀，因为李宇并没有死。但是他们仍然兴奋，因为自认为已经盖过敌手一头。[11]

当安良堂觉得自己的运气开始不顺时，1905 年 5 月，更糟的消息传来——"素鸭"回来了。[12]

"素鸭"，这个可怕的协胜堂恶棍，自去年出院后就离开了纽约。有人说他回了中国，但实际上他只是去了加州。当他再次出现时，街头流传着他带着四个旧金山门生回来向李希龄和安良堂寻仇的消息。

果然，不到三天，李希龄、龚老金和其他安良堂高层的追杀令再次出现在唐人街。龚老金发觉自己被跟踪了。龚老金和李希龄向地方检察官威廉·杰罗姆寻求保护，后者不久前受邀参加了安良堂的农历新年庆祝活动。伊丽莎白街警察局局长基尔很快便出动手下所有便衣到唐人街巡逻。

《纽约电讯报》（*New York Telegraph*）头版以一首打油诗调侃现状：

> "素鸭"逃到旧金山，
> 李希龄啊喜开颜。
> "素鸭"回到他身边，

李希龄啊哀嗟叹。

"素鸭"不是吃素的,

刀口舔血玩命的。

李希龄啊要完蛋,

一个跟头地颤颤。[13]

　　但是,协胜堂是认真的。3月18日黄昏时分,当安良堂司库赵昂在街头现身时,披露街11号的暗影里走出三个人,其中一人便是"素鸭"。他向其余两人挥了挥手,27岁的刘卫(Louie Way)和32岁的罗工(Lung Gow)立即掏出左轮手枪。如果不是一个便衣及时出手,赵昂已经中枪。两个门生当场被捕,但"素鸭"消失了。[14]

　　李希龄也消失了。他只出现在刘卫、罗工的庭审上,同时出庭的还有龚老金和李来。李希龄在法官查尔斯·惠特曼面前指证"素鸭"就是谋杀的策划者。李希龄称他"比蒙克·伊斯特曼凶残得多"。伊斯特曼是纽约黑帮中极度危险的传奇大佬,势力盛极一时,因袭击罪被判刑十年,当时正在兴格监狱服刑。《纽约时报》在一篇题为《"素鸭",他很坏》(标题中的"very"被故意写成"velly",这多少有嘲笑华人口音的意味)的文章中,援引李希龄的话,称"他(指'素鸭')不怕警察,并且喜欢杀白人"。事实上,"素鸭"从来没有杀死过一个白人,李希龄之所以这样描述,可能是认为警方更关注被害者是白人的案件。[15]

　　刘卫和罗工的保释金被定为两千美元。次日,"素鸭"在协胜堂总部被捕,被指控涉嫌袭击赵昂。如果检察官仅就赵昂遇袭一案起诉"素鸭"的话,那么"素鸭"是可以被保释的。但是地方检察官杰罗姆决定再次以 1900 年谋杀阿斐的罪名起诉他。此前阿斐案已开庭两次，但都因陪审团无法达成一致而宣告审判无效，杰罗姆最终不得不撤案。杰罗姆并没有打算使法庭第三次审理阿斐案，这只是为了使"素鸭"不得被保释而采取的权宜之计。杰罗姆认定，此举将有助于维护唐人街的和平。[16]

杰罗姆曾坦言："我不在乎这些华人沉迷番摊，但是当他们杀人的时候，我们必须做些什么来阻止他们。"他又补充道："为了这个目的，我把'素鸭'关了起来。"[17]

"素鸭"再度出山，让媒体有机会把他重新介绍给公众。虽然在现存的照片中，"素鸭"看起来身材瘦弱，但是据《克利夫兰实话报》（*Cleveland Plain Dealer*）报道，"一心复仇的素鸭……是一个矮胖的华人，圆脸上总是挂着一副和蔼的微笑，看起来并不阴险"。根据《纽约邮报》的报道，"素鸭是个温和的'天朝人'，拖着辫子，戴着一枚巨大的钻石戒指"。《纽约时报》（*New York Post*）写道："他只有 26 岁，看起来甚至更加年轻。"[18]

听证会结束后，"素鸭"在牢房里用标准的英语说："我不想杀任何人。"他还说："我来此并不是为了杀李希龄，我与李希龄被悬赏追杀一事无关。我不曾去过旧金山，也没有带任何想要犯法的人来纽约。"[19]

但是，只有在"素鸭"被安全地关进监狱后，李希龄才走出藏身处，安良堂才开始庆祝。安良堂在其总部楼下的万里云酒楼大宴宾客，还在客人告辞时以雪茄相赠。[20]

第二天，当弗兰克·莫斯因为"素鸭"的案件在地方刑事法庭上出现时，他和杰罗姆几乎要动起手来。十年前，两人曾是同事，一同为莱克索委员会提供法律服务。但在1903年的一起过失杀人案中，两人站在了对立面，自此彼此敌视。在帕克赫斯特协会开始对地检进行无情的抨击和讥讽攻讦后，两人昔日的同事之谊荡然无存。

莫斯向法院提出动议，请求释放"素鸭"，因为针对"素鸭"涉嫌谋杀的指控早在十一个月前就已经被杰罗姆自己撤销了，而即便"素鸭"涉嫌袭击的指控成立，他也是可以被保释的。莫斯强调，"'素鸭'是唐人街最没有攻击性的人"。这个协胜堂的忠诚伙伴继续说道：

> 几个月前，刚从赌场走出来的"素鸭"身中两枪。尽管凶手被当场逮捕，六名证人也对凶手进行了指证，证据充足，但涉案人还是被无罪释放了。"素鸭"知道在这里得不到正义，于是去了芝加哥，在那里过着体面的生活。但是，他离开纽约时落下了一个装有贵重物品的行李箱。当听说自己遭枪击一案即将提交大陪审团时，他决定回来在需要时作证，并拿走他落在这里的箱子。[21]

当然，除了莫斯，没有人相信"素鸭"是"最没有攻击性的人"。杰罗姆极具讽刺地回应道：

> 辩方律师所描述的这个单纯的、天使般的生物已经因涉嫌谋杀两次被起诉。第一次，陪审团的投票比是十比二，至少十个人相信他犯有谋杀罪。我确实同意撤销对他的谋杀指

控，那是因为我怀疑最终能否定罪。我现在仍然存有疑虑。但是，有人向我提供了有价值的情报，我判定"素鸭"打算回到纽约策划谋杀，我不能让有这样动机的人成事。

然后，他忍不住对帕克赫斯特协会加以嘲讽：

> 我或许可以补充一点，在这座城市的某个协会开始"捣乱""插手"东方人事务以前，我们只听说过唐人街的赌博。而自从这个协会介入后，枪击频频发生。[22]

杰罗姆承认他实际上并不会就谋杀案第三次起诉"素鸭"，而且只要"素鸭"同意离开，他甚至愿意撤销袭击的指控。他解释道："我就是想让他离开这座城市，离开这里。"

法官拒绝了莫斯的动议。他甚至褒扬了杰罗姆使"素鸭"被逮捕的努力，并补充说，"杰罗姆已经为这座城市的安宁做了很多努力"。法官宣布"素鸭"涉嫌袭击赵昂案的保释金为一千美元，但同时警告，如果此案不能在合理的期限内开庭，他将撤销指控。

杰罗姆与莫斯，这两名昔日同事离开法庭时没说一句话。走出法庭时，杰罗姆正撞见龚老金以及协胜堂高层李堂（Tom Lim）。这个愤怒的地方检察官刚好有话要传给这两个堂口。他一只手抓住李堂的绣花衬衫，另一只手的手指钩住龚老金的衣服扣眼，说道：

> 非常高兴见到你们，先生们，尤其高兴见到你们平平安安地凑到一起，现在听我说几句。

告诉你的社团或者帮会、堂口，随便你们叫它们什么，告诉你们的老大，我想见他们，他们最好接受我的要求。也就是说，我的意思是——我叫他们来，他们就要来。这个星期三或者星期四往后的一周内，我会派人去接他们。记住这个日期，别找借口。告诉他们，他们必须达成协议，在唐人街停火。

然后，在我们协商期间，你们这些家伙可以做做平日干的事。玩番摊吧，我不管你们这个。当然，玩番摊也是错的，但这归警察局管。别杀人，这是我的底线。如果你们不自己叫停战争，我将插手。我不会叫警察，我会派几个我的人去唐人街。我也不会大兴抓捕，但我保证，你们到时候会发现世界并非像你们想的那么和平、快乐。你们明白了吗？

他们回答说明白了，然后像杰罗姆与莫斯一样一言未发地离开了大楼。

五天后，"素鸭"终于被从"坟墓"监狱保释出去。令人意外的是，保释人不是他的堂口兄弟，也不是帕克赫斯特协会，而是一个为唐人街餐馆提供家禽的白人经销商，"素鸭"很可能是他的主顾之一。这个商人缴纳了一千美金，"素鸭"重获自由。而杰罗姆在听证会上说的那番言论也让很多人推测，"素鸭"很可能会离开这座城市。

杰罗姆不是唯一受够了唐人街枪战的人。虽然赌博确实是那里生活的一部分，但这并不意味着大多数华人对杀戮习以为常。

唐人街动荡不安时，守法的居民受其所累。不过，大多数商人乐见赌业萧条，因为它带来的麻烦令他们的生意受损。根据一些人的说法，赌博使唐人街的金钱外流，导致人们意志消沉。

有人向纽约《环球报》（*Globe*）的记者抱怨道："这些店铺给赌博社团交钱，但钱都跑去哪里了？它们进了上城区某个人的口袋（我不知道到底是谁），而那个人会帮助赌场继续开张。"[23]他当然是对的。尽管除了警察局，我们很难确定献金的其他流向，但是李希龄花费如此大的精力结交坦慕尼协会上层，不可能一无所图。所以，这样的怨声合情合理。站在食物链上游的官员从唐人街罪恶中谋得的利益并不逊于地方警察。

一封华人写给市警察局局长威廉·麦卡杜的信，从另一个角度批判了警察局的贪腐，抨击了警探们肆意敛财的恶行。尽管表达磕绊，但是这封信的观点很清晰，它这样写道：

> 现今，唐人街的警探可以任意恐吓、抓捕每一个华人。我知道很多华人都是受害者。如果他们想不被抓，钱就会被警探拿走。一个华人在房间里读信，被捕。一个华人在披露街12号读书，警探进屋打砸，把所有钱都拿走了。一个华人长得不讨警探喜欢，也会被捕，给了钱才能走。3月，这样的事大约有一百起。这简直是生活在地狱里，连狗都不如。如果你不让警探离开这里，他们将致富。警察是好人，但是警探是真正的小偷，敲诈勒索，残忍无情。我向上帝发誓我说的是真的。[24]

麦卡杜公布了这封信，不过隐去了作者的姓名。但是他辩称，敲诈华人的不是真正的警探，而是冒牌货。"诚然，在这个世界上，任何一个拥有警徽的人都有机会压榨这些可怜人，"他说道，"但他们并不能区分警察和敲诈者。"[25]

《纽约太阳报》的记者到唐人街寻找这封信的作者，虽然没有成功，但是遇到了一个能用英语精辟描述华人现状的人。"偷盗敲诈的是警察，不是什么冒牌货。"他直截了当地反驳了麦卡杜蹩脚的声明：

　　骚扰已经持续很多年了。当一个警察或警探需要钱时，他就会假装搜查一个赌场。每个人都必须给他钱，否则就会被逮捕。如果他得到了钱（他总能得到钱），那么就没人会被逮捕。他们很聪明，知道这里与外界隔绝，无人会置喙。

　　后来出现社团相争。警方先与赌徒合作。另一个流氓团伙也想要分一杯羹……他们与帕克赫斯特协会一伙。满埠恐怖。正如写信的人所言，这里什么也没有，只是地狱。像我一样爱好和平的人真希望这些社团成员被扔进大海里淹死，我们好躲避子弹。

　　目前这一切对警探大有好处。他们有了很多突击搜查的借口。每次搜查，他们都赶出很多华人。这些人大部分是洗衣工，他们来这里是和他们的乡亲待在一起，享受一晚的社交乐趣。他们吃吃饭，玩玩纸牌。与你的朋友玩牌是犯罪吗？当然不是，除非你是华人。警探破门而入，如果你不付钱，就抓你去警察局。因为你是华人，治安官认为你是骗子。反正不管怎样你都会被惩罚，那么为什么不给警察一些钱来节省点时间，省去些麻烦呢？一切就是这样发生的。[26]

　　像写那封信的人一样，这个受访者多少在为警察开脱，而一直在控诉和谩骂警探。他的描述比上面那封信更加直接。正如他所说，一些警探直接从受害者那里敲诈钱财，而不需要中间人。这些严厉的谴责并非构陷，警察贪污是唐人街日常生活的一部分。唐人街的乱象不能全部归咎于华人移民，从既存乱象中谋得暴利的还有其他人。

　　当《纽约邮报》的记者找到李希龄时，他正在安良堂总部的台阶上，穿着芥末色的人字斜纹大衣，抽着雪茄。记者问他对这封信的看法时，李希龄以不太流利的英文作答：

　　　　"你认为这是由协胜堂一个成员写的吗？"
　　　　"根本不用想，肯定是。"李说。
　　　　"所以，这不是真的吧？"
　　　　"这就是真的。"
　　　　"解释一下，汤姆。"记者说。
　　　　"这个非常容易解释。二十年前，也许十五年前，华人耍他的牌九，没有给任何人惹麻烦，与勿街的警察也相安无事。没有人射杀意大利人，没有人射杀李希龄。然后来了门生。我们是善良的美国公民、基督徒，门生不是美国公民。他们是恶劣的华人，非常坏。他们很快制造了大量麻烦。他们没有工作，不做洗衣工。他们卑劣极了。"
　　　　"我工作很辛苦，卖了很多茶。现在这帮流氓来对我说：'汤姆，你给十美元。'我给了他。'汤姆，你给二十美元，我要开洗衣店。'他是个大骗子，他们从没开洗衣店，就是敲竹杠。很快我生气了，不再有十美元、二十美元。然后他们开始乱射一通。杀死白人，白人女子，杀死更多的白人，把'素鸭'带来。"

"'素鸭'是流氓头子，把警察局也搞腐败了，与他狼狈为奸。他把牌九弄臭了，一切都臭了。警察很快学会了这套……素鸭把自己隐藏起来，非常害怕杰罗姆先生。他非常狡猾，像蛇一样摆动着肚子，朝我开枪，还杀了两个白人。他是坏人，他吓倒了体面的华人，敲他们竹杠，直到那些体面的华人把买卖都给他了。"

"但是你怎么阻止警察局贪腐呢，汤姆？"记者插话。

"杀死'素鸭'或者把他扔到兴格监狱二十年……素鸭这个大坏蛋，但对杰罗姆先生来说，是小意思。"[27]

第八章
中国剧院起杀戮

1905 年 4 月 23 日晚 7 时 45 分，一列婚礼队伍从且林士果广场到达勿街，停在了显圣容堂对面。这支队伍由十二辆四轮车厢马车带路，大汽车押后，唯一缺少的似乎是新娘的马车。[1]

但是，那天是复活节，无人结婚。每辆车上载的也不是婚礼客人，而是六名警察和一个华人线人，每辆马车都被指派到一个赌场。九辆四轮马车驶往勿街，其余三辆车驶往披露街和多也街。警察们挥舞着铁撬棍和斧头从车上下来，直奔各个赌场。在后方监督此次行动的是前侦缉警司威廉·艾格，一个有着十二年警龄的老警察。他被麦卡杜任命为代理警监，负责领导市警察局的一个特别行动小组。[2]

警察一进赌场便迅速逮捕了望风者，以防他们示警。然后，警察开始撞击几英尺厚的加固门。他们在门锁周围钻孔，用左轮手枪射击，迫使里面的华人让他们进去。

这次突袭搜查特意定于星期天，曼哈顿以外地区的华人会在每周的这一天到城里购物，顺道去唐人街赌博，番摊和牌九赌场人满为患。这一计划在执行前一直被严格保密，直到所有警察都上了车，艾格才透露具体的任务，并禁止他们中途下车。换句话说，李希龄不可能有机会提醒和警告赌场老板们停止营业。整个行动非常顺利，从开始到结束只用了十分钟。

十二辆警车载着第十四街以南所有可用的预备警员停在选定的目标建筑前。预备警员迅速下车封锁了街道。数百人（主要是华人和意大利人），从他们的窗户、阳台、屋顶和火灾安全通道处观望，白人观光客也透过"夜览唐人街"汽车的窗子观看这两百多人被捕的全过程。被捕者与作为证据的大量赌具、左轮手枪、刀具、现金一起被送至曼哈顿七个不同的警察局。

这是对唐人街规模、声势最大的一次突击搜查。根据警方的说法，这也是纽约市历史上规模最大的一次突击搜查。[3]

帕克赫斯特协会主席托马斯·麦克林托克声称，"他的"华人探员王詹（James Wang）为此次突击搜查提供了最关键的情报。王詹一直以来都与艾格过从甚密，他既是卫理公会派的平信徒读经员，也是一个有犯罪记录的资深协胜堂成员，不过麦克林托克没有提到后一点。纽约市警察局局长麦卡杜与麦克林托克的关系一直很紧张，他绝不会让帕克赫斯特协会在突击搜查一事上沾一点光。麦卡杜坚称帕克赫斯特协会与此次行动无关，"这个想法是在这里产生的，每项行动都是在这里策划的，警察局没有与任何社团或个人合作"——麦卡杜的说法显然不是事实，因为每辆车上都有一个华人线人。[4]

麦卡杜重申，没有证据表明华人赌场老板的钱进了警察的口袋。从严格的法律意义上说，他的说法是正确的，但是他确实收到了控诉当地警探贪腐严重的信件。因此，尽管联合突击搜查搜捕行动的目标区域全部在第六分局的管辖范围内，但是伊丽莎白街警察局事前完全不知情，也没有在行动后接收任何一个被捕的嫌犯。[5]

考虑到可能存在的报复，艾格下令将两名巡警布置在协胜堂外，以备万全。尽管大多数被捕的人都是赌徒，不属于任何一个秘密会社，但是这次突击搜查可以被视为协胜堂的重大胜利。因为它表明，李希龄及安良堂不能为他们管辖下的赌场提供保护，其对赌业的控制被严重削弱。

但是，任何天真地以为赌博问题已经解决的人都大错特错。突击搜查两小时后，艾格派人返回一间刚刚被查封的勿街赌场，发现那里的赌局已经恢复了。[6]

第二天，"坟墓"法庭弥漫着马戏开锣的气氛，旁听席几乎座无虚席。助理地方检察官弗兰克·洛德和阿瑟·格雷恩代表公诉方出庭，安良堂聘请李希龄的朋友、前国会议员丹尼尔·赖利作为辩护律师出庭。

如果说前一天警方的行动是一次计划周密的作战，那么今天的庭审则可用乱作一团来形容。首先，警方没办法弄清楚每个人的身份。警探们提供的名单相互冲突，前一天获准保释的人中至少有四十人没有返回法庭，一些人甚至花钱雇了替身。一筹莫展的治安官向王詹求助，让他帮忙识别囚犯。王詹派一个中年协胜堂人赵永（Chow Yong）前去。被告根据被逮捕时的地址依次被传唤，当他们排成一列纵队前进时，赵永仔细查看每个人，说出了一些人的名字和地址，包括被指控枪击"素鸭"的安良堂人李星。

然而，当七八个在勿街17号被逮捕的人走向前时，治安官转头望向别处。在这一刻，这七八个人与赵永目光相对，每个人都用手指划过喉咙。赵永脸色惨白，立即表明他不认识这些人中的任何一个。

二十一名嫌犯的身份通过这种方式得到确认，大多是赌场的堂倌，其他无法被确认身份的嫌犯都被释放了。然而，在随后的骚动中，三名被确认的嫌犯逃跑了，剩下十八名嫌犯的保释金被定为五百美元。听证会后，赵永被警察护送至协胜堂，《纽约太阳报》称，协胜堂人和"两个金发白人女郎"一起庆祝。[7]

但是，他们的喜悦并没有持续太久。到了中午，唐人街头就出现了悬赏六千美元追杀赵永和王詹的告示。[8]

如日中天的帕克赫斯特协会决定全力一搏。他们悄悄取得了对李希龄的逮捕令，指控他每周从一个名叫冯堂（Tom Wing）的男子处收取十五美元以帮助披露街21号的番摊赌场违法运营。帕克赫斯特协会主席麦克林托克告诉纽约市警察局局长麦卡杜，他有一张针对一名华人赌徒的逮捕令，但并没有明确说出逮捕的对象，以防麦卡杜阻挠。麦克林托克请求市警察局调拨两名警员帮助他抓捕这名男子，于是麦卡杜派了艾格的两名部下来执行这项任务。1905 年 4 月 26 日，李希龄被捕，在缴纳五百美元保释金后在监外候审。

当天晚些时候，麦卡杜将李希龄和"素鸭"召至位于桑树街的市警察局——"素鸭"出狱后并未像人们预料的那样离开纽约。麦卡杜继续与一个月前被地方检察官杰罗姆威胁过的那些人谈判。龚老金、艾格都在，而麦克林托克显然没有受到邀请。麦卡杜不会再给帕克赫斯特协会抢自己风头的机会了。

后来，麦卡杜对外宣称："我告诉他们必须停止唐人街的赌博营生，我不关心他们的帮派，每个人都必须遵守相同的法律。"他继续说道："我告诉他们不得继续携带手枪。"麦卡杜还提到了另一个重要事实——他已经召回了伊丽莎白街警察局的警探，派他们去城市的其他地区巡逻，并将唐人街置于艾格警监和市警察局的直接管辖之下。

"素鸭"和李希龄都微笑着走出会议室，但"素鸭"更有理由这样做。麦卡杜的决定意味着任何与安良堂有瓜葛的警察都不会再巡查唐人街。这也保证了被派遣至勿街和披露街的新警察只能依靠线人提供的信息来了解当地情况。协胜堂人迅速介入，试图填补这一真空。[9]

对于安良堂人来说，接下来的情况变得更糟了。第二天凌晨1时，两个艾格麾下的警探闯入勿街18号——李希龄的产业之一。

龚老金问："你们想要什么？"

他们回答："我们要搜查这个地方。"然后他们开始翻箱倒柜。

会英语的龚老金多少懂些法律，他并没有草率行事。他问道："你们的搜查令呢？"

"哦，上帝！听听，中国佬在说搜查令！"这是唯一的回答。随后现场爆发了冲突。两个试图阻止搜查的安良堂人被警察用警棍打到流血。警察在另外两人身上搜到了枪，并逮捕了所有人。

"这是我听过的最无理、最无端的攻击之一。"大卫·劳埃德律师抗议道。劳埃德曾是助理地方检察官，后辞职成为一名私人律师，现今是本案中安良堂人的辩护律师。他说："两名警察在没有搜查令的情况下闯入私宅，殴打两名无攻击行为的公民。我打算控告这些人严重伤害罪。"考虑到白人的证词总是比华人重要，他补充说道："我有五个白人证人，他们都表示，这是他们在唐人街见过的最不公正的暴行。"但是，警察辩称他们看见两个"恶棍"偷偷溜进勿街18号，到了现场后，龚老金和他的同事朝着他们做出一些"威胁动作"。[10]

5月9日星期二，法官在清理积案方面取得了进展。地方检察官杰罗姆称，对复活节逮捕的十八人定罪将非常困难，因而法官驳回了案件。法官还驳回了因持有枪支而在堂口被逮捕的两名安良堂人的案件。当天审理的第三起案件是李希龄案，由于缺乏证据，该案也被驳回。

枪击李希龄表亲李宇的嫌犯董方就不那么幸运了。他自2月底被传讯以来一直被关押在"坟墓"监狱，而后在5月中旬的庭审中被指控蓄意开枪杀人。尽管帕克赫斯特协会主席麦克林托克为董方提供了不在场证明，声称枪击事件发生时他与董方在一起，但董方还是认罪了，可能是为了换取较轻的刑罚，不过这也使麦克林托克的可信度遭到严重质疑。董方最后被判处一年半到五年有期徒刑，送至兴格监狱。[11]

在复活节灾难性的突袭抓捕之后，李希龄一直保持低调，不过并没有无所事事，向来足智多谋的他在暗中部署。唐人街的管辖权从伊丽莎白街警察局转移到市警察局后，李希龄与第六分局警探们的关系网失去了用处。为免协胜堂从中捞得好处，李希龄想到的第一件事就是谋求与警方再次合作。他不会不经战斗便将唐人街移交给新露头的协胜堂。

于是，李希龄派赵昂和李来前去收集可能对警方有用的证

据。他们收集了一份协胜堂下辖的十几个赌场的名单。然后，龚
老金前往市警察局，详述协胜堂的斑斑劣迹。

在艾格看来，自己的任务是整顿唐人街。他并不关心消息从
哪里来，或者谁会蒙受损失。更何况他对协胜堂素无好感，因为
协胜堂人经常向帕克赫斯特协会提供材料，后者用这些材料攻击
他的上司麦卡杜和警方。因此，艾格非常愿意与李希龄坐下来谈
谈。李希龄建议他在勋章日（阵亡将士纪念日的旧称）进行下一
次突击搜查，因为在法定假日会有更多的华人去唐人街赌博。

1905 年 5 月 30 日下午，艾格从七个警局借调警力，派二十五
名便衣在五十名警员的协助下包围了协胜堂的地盘披露街。他们
搜查了几个赌场，收缴了赌具和鸦片用具，逮捕了赌徒，挥舞着
斧头将不需要作为证据的桌子、椅子等全部销毁，然后将赌场的
所有物品付之一炬。因为警方此前从未这样对待过安良堂，所以
协胜堂非常恼怒。赵昂甚至询问现场的一名警员能否借给他斧头，
他要自己动手。

最后，在唐人街有史以来规模最大的白日突击搜查中，包括
王詹在内的六十人被逮捕。其中二十六人被安良堂线人指认为赌
场经营者，被关押在第六分局，其余的人都被释放了。[12]

当这一切发生时，李希龄正在远离纷争的地方。一名记者在
李希龄上城区的家中找到了他，当被问及是否与唐人街当天发生
的事情有关时，他淡淡地答道："勋章日是一个好日子，是一个在
墓前献花的好日子。"[13]

在不到一个月的时间内，安良堂对王詹进行了第二次打击。
此前，安良堂曾悬赏他的首级，而这一次他们则控告他敲诈勒索。
在复活节行动中充当眼线的王詹曾帮助指认被捕的华人，而其中

两个安良堂人后来告诉助理地方检察官弗兰克·洛德，王詹敲诈过他们。他们说，王詹曾向他们提出，只要每人给他四十美元，他就可以不在传讯时指认他们，让他们恢复自由。于是，王詹再次被捕。安良堂成功地将王詹引以为豪的杰作——复活节突击搜查变成了对他的沉重打击。[14]

警方并不经常巡视位于多也街的中国剧院，因为这里一直以来都被默认为中立地带。工作一天后的协胜堂和安良堂的人都可以来这里听戏，所以这里此前一直太平。美国人偶尔也会来这里听戏，不过人数不多。[15]

1905年8月6日，一个男子戏班上演了一出名为《帝女花》的粤剧。它在民间非常受欢迎，所以在星期天晚上的这场演出中，拥有四百个座位的剧院仅剩下站席。在演出开始前，协胜堂人安静地坐到前排和后排——所有华人观众都没有注意这点，抑或他们衣服下面藏着的0.44英寸口径左轮手枪。

突然，当戏剧进行到一个关键时刻，一名协胜堂人从前排座位跳起来，点燃一串鞭炮扔到舞台上。受惊的演员立即四散躲避，后排的四名协胜堂成员同时站起来，拔出手枪，向人群射击。惊慌失措的观众或者钻到座位下面，或者冲向大门。事毕，枪手挥舞着武器消失在多也街拐角。

他们发射了一百多颗子弹，打破了窗户，打碎了墙上的灰泥，打裂了长椅。枪手看似随意射击，但是他们实际上仔细选择了目标。当警察冲入硝烟弥漫的剧场时，他们发现四个安良堂人倒在地板上的血泊之中，还有一些人蜷缩在长凳下面。

警察叫来两辆救护车将伤员送往哈得孙大街医院。一个41岁的餐馆老板被射中右太阳穴,死在去医院的路上;一个39岁的杂货店老板叶立(Yuck Li)被射中胸部,也死在路上;叶立的弟弟叶余(Yuck Yu),一个37岁的洗衣工,胸部受伤,在到达医院后死亡。只有一名被射中腹部的安良堂人幸存了下来,不过也没有活太久[16]

很快,一队警察突袭搜查了包里街的协胜堂总部。他们逮捕了屋内的三个人和藏在屋顶的四个人,其中两人持左轮手枪,而且刚开过火。他们被带到医院,一名受伤的幸存者在死前指认他们是凶手。不久,警方根据一个安良堂人的情报逮捕了"素鸭"。当他被带走时,几个人在咒骂他。他向不理解华人语言的警察抱怨说:"他们威胁要刺杀我。"

警方继续抓捕行动,一共逮捕了二十一个协胜堂人,但是遗漏了真正策划枪击案的两个人。一个是出生于旧金山的辛多(Sing Dock),他因有条不紊的作案手法而得到了"科学杀手"的绰号。辛多身材矮小,19岁时在加州加入协胜堂,终生迷恋枪支。另一个是余才(Yee Toy),也来自旧金山,初到纽约时为一家富人做厨师。余才外表阴柔,绰号"白面小生",但是他的胆魄与其瘦弱的身材明显不符,枪是他的强项。不过,警方在枪击案后完全忽略了辛多和余才。[17]

安良堂早就预料到会有麻烦。一个星期前,李来告诉记者,他听说他们中的十几个人已经被协胜堂盯上,随时可能遇袭。但没有人预料到杀戮会发生在一直被当作中立地带的剧院。龚老金告诉警察,一个被枪杀的人曾经出庭指认过"素鸭",这次袭击是报复。他还说,在枪击发生之前,他看到"素鸭"带领枪手进入剧院，在戏剧开始之前又独自离开。这可能是一个谎言，因为事实若果真如此，安良堂肯定会加强戒备。[18]

除了两个不具备保释资格的枪击嫌疑人，其余协胜堂人都被取保候审，包括"素鸭"。尽管两名目击者称他在现场，但他还是在缴纳一千美元保释金后被释放了。[19]

8月10日，李希龄主持了叶立、叶余两兄弟的葬礼。警察局的马车分别停在勿街两头，现场有四十名警察维持秩序。去往柏树山墓园的葬礼队伍经过唐人街时，协胜堂没有再惹麻烦。他们已经赢得了这轮较量。[20]

出于对伤亡的四个弟兄的哀悼，安良堂在一个星期内就进行了反击。两堂冲突进一步升级，血腥程度远超以往。[21]

这次的受害者是42岁的李浩（Hop Lee），他是11街的洗衣工。8月12日凌晨1时，两名警察从他的房前经过时听到吵闹声。他们冲入屋内，看到了一个可怕的场景：四个华人将李浩按在他的熨衣板上，两个人站在他的头边，两个人站在他的脚边；另一个人正用一把巨大的切肉刀狠狠地砍他。

警方的调查结果是，当晚李浩睡得很熟，五个安良堂人突然闯入他家，把他从床上拖了起来，拉到熨衣板上。他们本可以一下子杀死他，却选择将其折磨致死。那个拿着切肉刀的人反复砍他的身体和头，甚至野蛮无情地割下了李浩的鼻子。

凶犯见警察赶到便夺路而逃。其中两人——周查（Charlie Joe）和李彩（Lee Toy），跑到了楼顶。经过一番搏斗，周查被制服。李彩就是在1891年袭击王查、1894年袭击黄杰的暴徒，他跨过五英尺的空隙跳到附近的另一栋建筑上，然后又跳向第三栋建筑，由于第三栋建筑和第二栋建筑之间相隔二十英尺，他从第二栋建筑上掉了下来，经过一番挣扎后被逮捕。第三个逮捕的是穆恩（Mon Moon），他在逃跑时从楼梯上摔了下来，摔断了几根肋骨，轻易被擒。

可怜的李浩被送往贝利维拉医院，在临死之前指认了穆恩和周查，但没有指认李彩。在贝利维拉医院治疗的周查被逮捕，而李彩被判可以交纳五千美元取保候审。[22]

警方确定这次袭击是对剧院凶杀案的报复。然而，为什么针对李浩是一个谜。尽管他没有直接参与堂斗，也不知道最近发生的谋杀事件，但是作为"素鸭"的朋友和协胜堂人，他不免成为报复的对象。[23]

在李浩死后的第四天，李希龄便被助理地方检察官弗雷德里克·科诺肯请去谈话。这位耶鲁毕业生参加过美西战争，他想就最近的堂口冲突与李希龄会谈。李希龄答应了，同时要求允许自己的律师大卫·劳埃德一同前往。[24]

但是，两人并未会面。

李希龄受生命威胁已有数月，此时有些放松了警惕。他独自一人前往中央大街与富兰克林大街交会处与劳埃德见面，但律师迟到了。龚老金和李观长追上了他，气喘吁吁地警告他，"素鸭"和其他三个协胜堂人埋伏在四周。其中两个人埋伏在伦纳德大街，另外两个人埋伏在富兰克林大街。或许他们是尾随李希龄而来，又或许他们通过其他办法知道了这次会面。

李希龄立即冲进附近的警察局。他向两名警察描述了自己的遭遇，把他们带到事发地点，果真发现法院大楼阴影处的一辆卡车后面藏着两名华人。尽管这两个人逃跑了，但是李希龄认出其中一人是"素鸭"。他告诉警察，他听说协胜堂自2月以来一直悬赏三千美元追杀他。他决定如果没有保镖跟随，不会再离开自己的住所。

既然协胜堂已经尝试过要取李希龄的性命，接下来就轮到安良堂反击了。这一次，安良堂的目标是许氏家族全员。虽然许家与协胜堂关系密切，但并非所有族人都是堂口中人。2月，安良堂人已经在勿街杀死了许家的许方。[25]

对许家的新一轮袭击经过了精心谋划。8月20日上午9时，几个安良堂人按照计划在勿街总部对街的屋顶开了六枪，成功吸引了警察的注意力。艾格警监的手下本来在唐人街中国剧院前值岗，此时匆匆从岗位上赶来。当他们搜捕枪手时，真正的行动在披露街展开。

在艾格的手下被调虎离山时，伊丽莎白街警察局的警察接到了报警。尽管严格说来，他们不再对唐人街有管辖权，但是他们还是来了。警察们赶到披露街18号三楼，发现许家的一个人正紧紧抓着自己的右胳膊，三个人在地板上痛苦尖叫，八个人正在帮忙救护。房间一片狼藉，墙上满是弹孔。警察在现场为其中一人绑了个止血带，这可能救了他的命。随后，这人和另一个同负枪伤的家人被送往医院。两个伤势不重的表亲在现场被简单包扎，然后和其他五个人作为证人被带至警察局。

艾格非常愤怒，痛骂被其派往唐人街的部下，因为枪杀就发生在他们的眼皮底下，而第六分局的警察反而率先赶到现场。第六分局的人有足够的理由幸灾乐祸，因为他们看到在自己原来的辖区内，三名华人中枪身亡，至少五人负伤。

提审时，安良堂秘书长李来指责协胜堂策划了许家凶案。他给出了一个非常牵强的理由：许家兄弟对李希龄及安良堂人很友好，而这引发了协胜堂的忌恨。"素鸭"则强调许家的堂兄弟虽不是协胜堂人，但他们拒绝安良堂的延揽，因而招致祸端：

> "你不害怕安良堂迟早会找到你吗？""素鸭"被问道。
>
> 他答道："一点儿也不。看，他们是懦夫，他们都害怕我。"[26]

事实上，他们确实害怕他。但是即便如此，警方仍然认为安良堂很快就会报复。披露街和多也街交会处的布告栏上张贴了一张告示："被悬赏一千美元的协胜堂人，本周内不要上街走动。"[27]

这是一个很好的建议。

中国剧院的杀戮是一个分水岭。在那以前，虽有华人身亡，但这些命案似乎是孤立的，可以被归结为个人恩怨。但多也街的凶案，以及近期对许家的袭击，明显是帮派仇杀。不可否认，他们已经越线了。

帮派之争已经在纽约持续了半个世纪，纽约人对此耳熟能详。例如，近年来报纸经常报道伊士曼帮和保罗·凯利以意大利裔为主的五点帮之间的地盘之争。伊士曼帮是盘踞在纽约东部的一伙犹太暴徒，经营卖淫业和赌业，保罗·凯利的五点帮的地盘在其西面。两个帮派在文顿街和艾伦街的激战距离现在还不到两年。这场混战起于一场扑克游戏，最后演变成一场屠杀。三个警察局出动了包括预备警察在内的所有警员才平息了这场持续五个小时的混战，而这场混战也引发了公众的强烈抗议。[28]

多也街凶案之所以被举国报道，部分原因在于它发生在《纽约世界报》所称的 1905 年纽约"犯罪浪潮"[29]的背景下。该报在 8 月的报道中详细列举了前一个月发生的重大盗窃、抢劫、暴力事件，并称"这是纽约多年来爆发的最严重的一次犯罪浪潮"。甚至连助理地方检察官杰罗姆也不得不承认，犯罪活动有所增加。

惶惶之中，深感不安的纽约人把问题归咎于大量涌入的新来者。当年，纽约港的移民人数约占美国入境人数的百分之八十，创历史新高。从 1905 年 1 月到 4 月，将近二十九万人从海外入境美国，比 1904 年同期增加了百分之四十以上。5 月的一个星期天，超过一万两千名外国人在埃利斯岛登陆。公众本就认为外来的意大利人和犹太人导致纽约犯罪率飙升，而今唐人街的暴力事件更让他们不胜其扰。[30]

普通华人也为唐人街的帮派冲突感到担忧。现在即便在中国剧院这样的中立地带，人们也难以安心。而暴力事件也给生意带来了负面影响。唐人街通过为白人游客提供纪念品和饮食取利，一旦游客害怕遇到激烈交火而另寻他处游赏，唐人街的商业将大受影响。[31]

"麻烦一现唐人街，"《纽约时代》（*New York Age*）报道称，

"警察就先找'素鸭'。"[32]

到了 1905 年，"素鸭"已经成为传奇。《纽约论坛报》报道，唐人街的孩子称他为"鬼怪"，认为他有超能力。据说他的大耳朵能够听到掉在一个街区外地面上的针的声音，他炯炯有神的眼睛能够看清前面拐角处的东西，他能够读出对面的人打算从衬衣下掏出手枪的念头，他的厚皮肤无法被黄种人的子弹射穿。[33]

然而，声名在外的"素鸭"并没有被证明确实杀过人，甚至连警察也称他们始终无法确证他杀过人，即使他们怀疑他策划了不止一起谋杀案。

"素鸭"在接受《纽约论坛报》采访时坚称："我没有杀过一个人。我不是坏人，我不恨任何人。"尽管他频繁出现在警察局的警司和治安法庭的法官面前，该报还是将他描述为"无辜的受害者"。[34]

不仅"素鸭"的罪行被夸大，唐人街的公众形象也被污名化。"多年来唐人街一直是邪恶的同义词，"《布法罗快报》（*Buffalo Express*）写道："它是纽约最堕落的渊薮。这里藏着最危险的暗杀集团、最不受控制的赌徒团伙、最大胆的鸦片走私者和偷渡者，他们在大都会的下层社会蓬勃发展。"[35]

这些描述与事实完全不符。1904 年，第六分局仅逮捕了三千人，而第五、第十二、第二十二分局逮捕的人数几乎是它的两倍，第十九分局逮捕的人数是它的三倍；以上各分局只有一个不属于曼哈顿下城区。同年，第六分局有九十五人因赌博被逮捕，而其他十一个警局逮捕的赌徒人数均大于这个数字。鸦片据说是唐人街的大问题，而唐人街仅有十八个人因违反鸦片相关法规被捕。据警方统计，1904 年有三百三十四名华人在纽约被捕；相比之下，爱尔兰人被捕人数接近两千人，意大利人超过一万三千人，俄国人超过一万两千人，德国人超过一万一千人。事实上，在1904年警方所统计的二十三类"被捕者出生地"中，华人排在倒数第二位。同年，曼哈顿发生了六百多起命案，而只有一人在协胜堂和安良堂之间的冲突中身亡。[36]

一直以来，偏见与表象，而不是事实，助长了公众对唐人街的怒火。《巴尔的摩美国人报》（*Baltimore American*）抱怨，纽约华人得到的关注与他们的人口远远不成比例。它说"叙利亚人和亚美尼亚人的内部之争不会进入治安法庭"，尽管他们人数众多，"但是华人——人数很少的一群外国人，习俗古怪、心理殊异，而且并不努力使自己适应他人创设的制度，在过去六个月里，因为自己小小的私人恩怨，几乎让该市所有法律机构都卷了进来，包括地检、治安法庭、警察局"。[37]

白人的偏见，而不是任何事件，使纽约人将唐人街看作这座城市最让人头疼的麻烦之地。与其说华人有计划地让纽约所有法律机构都参与进来，不如说这些法律部门决心侵入华人的生活。白人一直将唐人街视为神秘之地，而不是一个受困于帮派斗争，但主要是望得安宁的守法人的栖身之所。

新闻中的唐人街是一个危险、邪恶的地下社会，小巷里满是别着手枪、吸食鸦片的帮会分子。《纽约世界报》称它是"纽约市最糟糕的贫民窟""城市的污点""逃犯的避难所""罪犯的大本营"。它把唐人街斥为"犯罪活动中心五点区和桑本德的翻版"（这两个城市中最臭名昭著的混乱社区都在唐人街附近）。该报还将唐人街贬低为"一个下流、肮脏，具有东方神秘色彩的地方"。[38]

唐人街的一些白人混混积极地煽动着这一扭曲的观点。这些混混有时也被称作"跑堂",称呼由来已无从知晓。他们以组织游客夜游唐人街为营生。他们带领游客参观假赌场和假鸦片馆,带他们去找唐人街"堕落的"白人妇女——这些妇女主要服务于来贫民区满足荒淫需求的上城区顾客。查克·康纳斯就是这样一个跑堂。他为坦慕尼协会工作,被外界视为"中国城城主",尽管没有华人会这样称呼他。他在唐人街人脉很广,而且利用坦慕尼协会的关系尽力结识权贵,因而成了白人权势集团与唐人街沟通的桥梁。但他还是选择以向本地白人与外地游客展示他们想要看到的肮脏、充斥着异国风情的唐人街为生。[39]

与报界、坊间的观点相比,警察的态度对大众的影响更大,而他们对华人的看法更加偏颇。市警察局局长麦卡杜并没有将唐人街看作华丽、神秘之地,而仅将它看作"市貌的一个溃疡斑点,如果能将它夷为平地、推倒重建,那将好得多"。[40]

纽约已经见证了半个世纪的有组织犯罪活动,而爱尔兰、意大利、犹太移民团伙的犯罪行为远远比唐人街的堂口杀斗更令人发指。但出生于爱尔兰的麦卡杜甚至不认为有组织的意大利裔犯罪活动真的存在。他写道:"我从不相信存在一个组织严密、分布广泛的秘密社团,比如传闻中的黑手党,在某个不知位于何处的总部操纵着美国各地的犯罪活动。"[41]

他对堂口却深信不疑:"他们获得了一定的信任,因而得以分配唐人街的利益。他们庇护赌场,许诺赌场老板将免受警方骚扰。他们给人留下一种'拉'住'美利坚'头面人物的印象,为庭上的被告请律师,在庭外给予明智建议。"在麦卡杜看来,他们是"嫁接到西方文明之上"的一伙"肮脏、卑鄙、吝啬、狠毒的不法分子"。

唐人街的情况也是中国外交官的一大担忧。在美华人依然是皇帝子民，他们担心移民的不良品行会令中国的形象受损。8月21日，华人领事夏楷复（Shah Kai-Fu）拜访了纽约县地方检察官，请求其介入以平息争端。[42]

杰罗姆建议夏楷复同纽约市警察局局长麦卡杜面谈。

尽管唐人街的犯罪率被过分夸大了，但它确实很难保持平静。在许家表兄弟遇袭之后，寻仇成为意料中事，唐人街因而处于高度戒备状态。主道五十英尺外驻扎着市警察局的制服警察，警探和夏楷复领事雇用的私人密探几乎无处不在，监视着唐人街的每一个人。

这一时期，唐人街当铺和五金行的武器被销售一空，大口径左轮手枪尤其受华人欢迎。警方则密布法网，从大约五百名华人身上搜出了几百件武器，除了枪支，还有砍刀及一把粗制弹簧折刀。安良堂的重量级人物李彩也遭搜身。警察在他身上搜出了一把枪膛装满子弹的0.44英寸口径左轮手枪，随即将他逮捕。[43]

每个人都准备好了流血，但几天来没有任何事情发生——这无疑是因为警方的强硬措施。堂口成员很精明，不会在警方戒备森严时贸然行事。8月27日，艾格的部下听说中国剧院可能又要有麻烦了。这条情报似乎很可靠——现在轮到协胜堂发动袭击，而且有人在剧院附近看到了"素鸭"。艾格本来已经在舞台、通道和大厅前部署了制服警察，现在又增派了五名便衣，并下令对当晚的每名观众搜身。由于没有找到枪支，他允许演出继续进行；但为防万一，他在剧院里留了几个人。[44]

然而，局势依然紧张，而且也不乏谣言。"素鸭"告诉艾格，安良堂的探子假扮成洗衣房的供货商，正监视着上城区协胜堂的洗衣店，为未来的袭击做准备。8 月 28 日，龚老金去了第六分局——虽然它已经失去了对唐人街的管辖权，但依然与安良堂保持着良好关系。他告诉新近被任命为伊丽莎白街警察局代理局长的帕特里克·特雷西，五名全副武装的协胜堂杀手正从费城赶来。龚老金说，有人打电话告诉他，这些人正乘火车前来，他们不仅要刺杀李希龄，还要大批屠戮李希龄的追随者。

特雷西派出便衣警察监视哈德孙河的各个火车轮渡码头，指派二十名警探监视两堂总部，命令警察发现任何可疑之人即刻逮捕。艾格也派了十五名手下支援。但是当晚，华人暴徒没有出现；或者他们确实来了，但没有被发现。

1905 年 8 月 29 日，法医开始为中国剧院凶杀案的受害者验尸。在这起案件中，四个安良堂人被枪杀，包括"素鸭"在内的九个协胜堂人被指控蓄意谋杀。"素鸭"和李希龄都出现在刑事法庭上，但是庭审前分别待在不同地方：一人在验尸官办公室，另一人在地检。助理地方检察官科诺肯担任公诉人，依莱·罗森伯格担任被告的辩护律师。第一个被传讯的证人就是"素鸭"。

这个狡猾的协胜堂人否认 8 月 6 日晚身在剧院，并提供了一个无懈可击的不在场证明——谋杀事件发生时他在橡树街警察局为赌徒朋友交保释金。他声称，他是在警察局得知凶案发生的消息：

科诺肯问道："你为什么去警察局？"

"素鸭"回答："为了保释我的朋友。"

"到了唐人街以后，你最先去了哪？"

"我见了罗昂（Ong Lung），他让我去警察局。我在披露街见到了他，然后为被捕的人找来律师。"

"你知道百老汇大街313号哈特利公司的枪店吗？"

"不知道。"

"在周五的枪击事件发生之前，你在那里买了手枪吗？"

"没有。"

"在周五的枪击事件发生之前，你试图在那里买过子弹吗？"

"不，我从没去过那个地方。"

"在周五的枪击事件发生之前，你试图在其他地方买过子弹吗？"[45]

此时，"素鸭"的律师建议他不要再回答任何问题，以免入罪。

接下来被传讯的是中国剧院的看门人，他说在凶杀案当晚看到"素鸭"出现在剧院，和七八个人拿着像是鞭炮的东西。他还指认了六个被告。一个安良堂人附和了他的证词，指认了所有被告。"素鸭"对购买左轮手枪的否认也被驳斥。一个白人记者称，在枪击事件发生前几天，他看到"素鸭"在百老汇的哈莱姆区买手枪和子弹。

死因裁判官判定，"素鸭"对谋杀案负直接责任，可以取保候审，保释金五千美元。四名被告被送往"坟墓"监狱候审，不得保释。剩下的四名嫌犯被判可以交五百美元取保候审。

然而，审讯永远不会发生。在当年余下的大部分时间里，"素鸭"都被关在狱中。地方检察官肯定知道他们缺乏足够的证据给他定罪。枪击案发时他不在现场，而且所有针对他的证据都是间接的。但是，他们并不急于将他释放。直至圣诞节前夕，检察官才撤销了对他的指控。[46]

"素鸭"再次逍遥法外——这个消息让唐人街许多人不寒而栗。

第九章

分　利

1906 年 1 月 24 日，唐人街灯笼高挂，彩旗飞扬，马年的庆祝活动开始了。鞭炮声传遍整个街区。

喧哗声掩盖了枪声。

将近下午 2 时，"黑鬼彩"李彩和另外三个安良堂人到披露街 32 号的旅店给朋友拜年。六名协胜堂人走进隔壁的胡同，他们可以从那里看到外边而不会被人发现。另有几人在披露街 28 号地下室的楼梯上监视着李彩的动向。

李彩等人刚走出旅店，一连串枪声旋即响起。窗户破碎，观光者和行人四处躲避。遇伏的四个安良堂人中，一人胸口中弹，另一个人头上挨了一枪，挣扎时又被无情地补了一枪，下巴掉了一大半。在救护车到达之前，两人都不幸身亡。另有两人身负重伤。被协胜堂恨之入骨的李彩胸口中了两枪。

当枪声响起时，正在街角附近的特雷西局长惊呼："这听起来简直像葛底斯堡战役（美国南北战争期间的一场决定性战役。——译者注）。"警员现场抓捕了两名安良堂人和包括刘卫（Louie Way）、余才在内的四名协胜堂人。刘卫此前曾试图暗杀安良堂司库赵昂，"白面小生"余才曾参与策划中国剧院枪击案。余才两肩和头部中弹，被送往哈德孙大街医院。除了余才，再无人受伤。他们被带到伊丽莎白街警察局。两个受伤的安良堂人被警方持械保护，以防他们再次遇袭。[1]

警方在查验两个死亡的安良堂人的尸体时，发现其中一人身上有数美元红包。这是给孩子的"压岁钱"，但这些钱永远用不上了。[2]

特雷西对给嫌犯定罪抱持乐观态度。"如果我们能够让一个或者两个在押的华人被判刑，"他预测道，"就有机会阻止杀戮。"[3]

披露街的凶案着实让人错愕。首先，依据传统，农历新年讲究重续友谊、减免债务、宽恕仇敌，在这样一个时间挑起战端，显然有悖于华人的习惯和感情。

其次，农历新年也是修补旧错的良机，更何况当地华人在年前已经开始积极谋求解决堂口之争。在这种情况下，凶案的爆发出乎大多数人意料。据报道，农历新年前，有"华人法庭"之称的中华公所已经促成两堂达成了休战协议。与此同时，1月20日，代理局长特雷西也确实受邀参加了一场在唐人街市政厅举行的会议。尽管特雷西并不知道休战协议的细节，但他确信这两个堂口已经同意和解，在新的一年里，唐人街将实现和平。[4]

但这正是关键所在。严格说来，披露街的枪击事件并没有违反休战协议，因为根据规定，停火从达成协议的次日起生效。而在这个截止日期到来之前，协胜堂要为清理旧账尽最后的努力。死因裁判官决定将协胜堂嫌犯收押进"坟墓"监狱，并宣布不得保释。他很快得出结论，这又是一起枪杀证人案，这类案件已经屡见不鲜。此案的两名受害者将在下星期作为证人出现在大陪审团面前，为去年夏天残杀洗衣工李浩的嫌犯提供不在场证明。不过，虽然他们再也无法为待审的嫌犯开脱，而且大陪审团决定起诉李浩案的几名嫌犯，但最终没有一个人被定罪。

在庆祝停战协议的宴会上，乐师奏唱，宾客盈门，唯缺两堂之间的信任。尤其在披露街凶案发生后，安良堂人甚至没有赴宴。为此，报纸断言，安良堂人的缺席，无论是自我防范抑或蓄意侮辱，都预示着战火将至。[5]

枪击案发生的次日，《纽约太阳报》评论道："唐人街的春节从未如此安静。"[6]

纽约市警察局局长麦卡杜不满艾格警监的表现，解散了他的"华人小队"——《纽约邮报》曾这样谑称艾格麾下的唐人街探员。与此同时，麦卡杜还恢复了特雷西局长的第六分局对唐人街的管辖权，并于 1905 年年底将艾格调任布鲁克林区。麦卡杜向媒体宣称："这里容不下弱者。"[7]这多少是对艾格的羞辱，原因可能是麦卡杜听到了艾格无意间的一句话，因而认为后者没有忠诚、严格地服从自己。

"我会继续做一名警司，但麦卡杜先生可能不会久任局长。"艾格的无意之词竟一语成谶。[8]

1905 年，成功连任纽约市市长的乔治·麦克莱伦指责麦卡杜惩恶不力，当年年底即要求麦卡杜辞职。退役陆军准将西奥多·宾厄姆接任其职，参加过美西战争的莱茵兰德·沃尔多被任命为副局长。[9]

宾厄姆毕业于西点军校，曾在政府任职，是众所周知的反犹主义者和种族主义者。像很多纽约人一样，他指责外来移民是造成城市高犯罪率的罪魁祸首。他尤其敌视犹太人，并将唐人街称作"一个不应该被允许存在的瘟疫之地"。沃尔多尚未满 30 岁，虽然没有任何从政经验，但属于第五大道的精英阶层。他出身于古老的荷兰裔家族，现在已是百万富翁。勇敢的沃尔多曾在菲律宾服役。"那里一分钟出现的华人比纽约一年的都多，"《纽约太阳报》向读者保证，"所以他知道他们的把戏和规矩。"[10]

1 月 26 日，沃尔多在特雷西的陪同下访问了唐人街，这是他上任后的第一个官方活动。他们的第一站是勿街 18 号，马年刚过一天，庆祝的彩饰犹在。被坊间称为"唐人街市长"的李希龄与龚老金接待了他们。李希龄递给沃尔多一支雪茄，向他解释说，安良堂由热爱和平、坚决反对暴力的商人组成，协胜堂则充斥着打手和暴徒。沃尔多礼貌地请求李希龄利用其影响力来维护唐人街和平，李希龄答应会竭尽全力。

沃尔多的下一站自然是包里街 12 号。在那里，"素鸭"和黄杰也是套话连篇——协胜堂是改革者，是帕克赫斯特协会的盟友，一直致力于禁止赌博。沃尔多没有被会客厅墙上的中国神祇吸引，反而将目光投向对面的蜡笔画像，画中之人正是十年来一直在为纽约协胜堂辩护的弗兰克·莫斯。临走时，沃尔多暗含威胁地表示，如果纷争不止，警察将涌入唐人街，铐走所有生事者。"素鸭"听后神情自若。[11]

沃尔多对特雷西局长说："你把这个分局管理得这么好，我向你致敬。"他又补充道："我想你可以平定堂斗。"[12] 然而，特雷西局长在伊丽莎白街警察局的任期很快就结束了。不到一个月后，对他印象不佳的局长宾厄姆便将他调到纽约的牙买加湾。到那里几年后，特雷西因涉嫌贪污被停职。而与特雷西调换辖区的是从警二十一年的赫尔曼·谢洛特曼局长，他将成为唐人街新掌门人。

1906年1月，一个由六十二人组成的中国代表团，在两名清廷特使的率领下，前来美国学习政治文化、社会制度。代表团的随行医官——30岁的唐博士（Froman F. Tong），曾负笈美国，此次来美计划申请哥伦比亚大学的博士后项目。他后来被任命为驻纽约副领事。

唐博士与夏开复领事以及唐人街几位头面人物一起拜访了地方刑事法庭的沃伦·福斯特法官，请求他出面调停唐人街的冲突。福斯特是民主党人、坦慕尼协会成员，曾应邀出席安良堂的晚宴。他欣然答应，表示将尽其所能为唐人街带来和平。

1月30日，当天地方刑事法庭休庭，他与两堂代表共十一人见了面。李希龄和"素鸭"均未出席，坐镇两边的是安良堂副堂主龚老金与协胜堂司库许皋（Huie Gow），两堂律师也齐齐到场。福斯特坐在一张大桌子后面，两堂代表在他对面围成半圆形，安良堂人和协胜堂人分坐两边。福斯特强调自己并不是在行使法官职权，而仅仅在调停流血冲突。虽然此前当局也曾让两堂代表坐在一起协商，但是由法官出面召集且仅事调停的会晤还是第一次。

福斯特强调："冲突已经过火了，必须立刻停止。"他警告说："堂口之争已经损害了城市的名声，并威胁到该地区的商业。现在，如果你们希望生意兴隆，希望观光客去唐人街，就必须停止杀戮。如果你们不能自行解决，迎来的将是法律的制裁。"[13]

显然，这样的威胁毫无分量。福斯特的调停本身即说明法律无法遏制杀戮。双方的律师都声称，他们的当事人希望和平共处——这可能是真的，毕竟流血冲突已经持续了数年。夏领事闻此便立即建议双方发布停战声明，并在一个星期内拟就一份有约束力的书面协议，届时两堂将委派实权人物在协议上签字。[14]

商议后达成的协议规定：堂口中人不得购买或携带致命武器；除了会费，堂口不得向当地商户索要钱财或低价强购商品；两堂保证不干涉对方地盘。协议还规定，每堂每月指派一名代表与华人领事共同裁决两堂的违规行为，惩罚会众的不当行径；每堂需缴纳一千美元保证金以确保将遵守所有条款。[15]

以上仅是公开协议。两堂私下里还就条约中没有明文规定的地盘划分达成了默契。勿街今后将被视为安良堂的地界，披露街则是协胜堂的势力范围，多也街处于中立。

尽管协议明确规定堂口不得收取保护费，但是堂口将继续这个营生也是共识。唯一改变的是，协胜堂可以在自己的地盘披露街向商户收取费用了。

"协议的真相将令福斯特法官感到惊讶，"《纽约时报》断言，"它意味着安良堂同意与协胜堂分享唐人街赌场的保护费。"[16]

签署协议的日子定于 2 月 6 日。安良堂代表准时到达地方刑事法庭，但协胜堂人迟到了；待协胜堂人来时，安良堂人已经气愤地离开了。唐博士劝说协胜堂人无论如何都要签字，于是张蓬星（Chong Pon Sing）、许皋、宋业（Yip Shung）分别代表主席、司库、秘书长在协议上署了名字。两天后，安良堂人也在协议上签了字。按照计划，双方将举行会议批准协议，正式交换副本，随后举行庆祝活动。与此同时，两堂需向法官交纳保证金，以确保协议能够得到遵守。[17]

安良堂人签署协议后，协胜堂便在披露街万花楼举行了一场三百多人参加的新年宴会。纽约市警察局局长宾厄姆、副局长沃尔多，纽约州最高法院和地方刑事法庭的法官，当然还包括帕克赫斯特协会的麦克林托克，均收到邀请函。李希龄及几个安良堂人也在受邀之列，但是他们没有出席，而是派人送去了一封致歉信。虽然没有一个安良堂人赴宴，但现场仍有四十五名警察维持治安。很快，这场新年宴会便成了协胜堂的庆功宴。[18]

李希龄的缺席并不意味着协议无效，而是一种防范之举。纵然互有协议，安良堂也很难信赖他们的宿敌，特别是在协胜堂的地盘披露街。第二天晚上，安良堂在勿街举办了一场较为低调的宴会。龚老金坚称他邀请了协胜堂人，但是考虑到前一晚安良堂人的冷落，协胜堂人不论愿意与否，为了保住颜面也不会前去捧场。[19]

现在，双方达成了一项协议，一方面承诺将一劳永逸消除唐人街暴力，同时暗自为双方划定了地盘。该协议为当局所乐见，而且有保证金支持。至此，第一次堂斗正式结束。如果有胜利者，那肯定是协胜堂。因为无论以何种标准衡量，协胜堂都让此前一手遮天的竞争对手付出了代价。

但是，对安良堂而言，这样的结局也不算坏。冲突的代价高昂，不仅耗费金钱，也使赌场歇业，导致收入锐减。签订协议可以让安良堂保住面子，而且如果与协胜堂分食唐人街利益可以换得和平，同时又能增加收益，那么此举无疑在经济上也是有意义的。

乐观主义者会认为，该协议将在一定程度上带来安宁，至少是一段时间内的安宁；只有极度乐观的人才会相信，这份协议能够带来永久和平。

当美国人看到这份协议时，肯定想知道为什么执法部门不能制止唐人街的暴行，为什么当局要为两个彻头彻尾的犯罪组织调停。几年后，《纽约时报》也对该协议提出质疑："通过几个高官来促成两个帮派的和谈……而不是通过警方的严格执法和法庭的定刑量罪来达成最后的协议，这令人感到愤怒和羞耻……签订这份协议的人……构建了一个封闭排外的'国中之国'，他们在这个小王国掌握着生杀予夺的大权。"

《纽约时报》指出，与美国法律相比，华人似乎更服从自己的规矩，而这些规矩又格外强调忠诚于兄弟会或其他类似组织的首领。[20]

这个评论在一定程度上是正确的。赴美华人几乎不曾接触过公正执法的无私官员。他们习惯于古老国家的强权统治——在家族内，受族长管理；在乡里，由里正规范；在地方，由地方官裁决刑事、民事案件。纵然乡里小吏仅仅处于以皇帝为首的行政机器的末端，但他们或许是偏远地区的中国农民所能接触到的最有权势的人。赴美的大多数华人移民恰是这些生长于乡里的农民。赴美以前，他们的大多数问题都在乡里内部解决。

华人离境赴美时，中国尚没有成熟的法律体系，而且他们遇到的问题可能也不需要复杂的法律制度来仲裁。通常情况下，争端都是由里长或有威望的族长根据他们对传统与公义的理解来公断；少数情况下，争端会上诉至地方衙门，但是对这些诉讼做出裁决的地方官员大多非常腐败。[21]

华人移民自然而然地寻求复制他们所熟悉和习惯的制度，而新规则也是在旧有规则的基础上发展出来的。宗亲会协调旧金山和纽约华人的家族问题，就像在台山一样。按照地域组织起来的会馆负责调解成员之间的问题，它在美国的作用甚至比中国更大。

超出会馆管辖范围的问题由中华公所解决,它是会馆联合组织。在某些关键时刻,中国外交官也会介入。[22]

基于历史背景与生活习惯,华人不喜欢用法律手段平息冲突。遇到纠纷时,他们通常在唐人街内部谋求解决,尽量避免法庭或当局的干涉。只有在牵涉非华人,或者涉嫌走私、赌博、贩毒、吸毒、卖淫、殴斗和谋杀等违法行径时,华人才被迫进入司法程序。

通常情况下,华人认为让外人介入内部纷争没有任何好处。但是,他们可以借助警察局和法院从战略上提升自己对抗敌人的能力,因此这些执法、司法机构常常成为堂口的合作对象。例如,李希龄定期向赌场收钱并贿赂警方以避免检查。操纵警察袭扰、逮捕敌人也是常见的策略。欺瞒当局、逃避公正裁决、贿赂或者威胁证人作伪证,甚至谋杀将要出庭的证人,或是在证人作证后施以报复和恐吓,这些都是有用的手段,可以根据情况使用。

就其本身而言,《纽约时报》的观点是合理的,华人确实不会按照美国的规则行事。但是,如果报纸能将视野放宽,就可以做出更加公正的评价:在大批华人来到纽约半个世纪之后,他们仍然处于如上文所说的"封闭排外"的状态,这是谁的错呢?

如果说华人在美国曾经受到过欢迎,那也是短暂的。1875年,美国出台了历史上第一个限制性移民法《佩吉法案》。虽然其目的是阻止亚洲妓女前来,但是在实践中,它阻止了所有华人妇女进入美国,从而使唐人街成为单身汉的社会。1882年的《排华法案》不仅阻止了绝大多数华人进入美国,而且清楚地表明,美国只是勉强容忍已经入境的华人——他们不得归化,绝大多数不能携家人前来。1888年的《斯科特法案》禁止华人劳工离开后再返回美国，并且不怀好意地使数以千计暂时返家者滞留在中国（他们原本打算回到美国）。1892 年通过的《基瑞法案》再次延长了《排华法案》。1902 年的《斯科特法案》使《排华法案》永久有效。对于那些不能证明自己是合法进入美国，因而无法登记的华人来说，这是一项沉重的法律负担。

法律清楚地表明，华人不是美国人。与其他外来移民不同，华人没有任何成为美国人的希望。美国法律剥夺了他们在各级政府的代表权，同时也使他们无法对统治自己的法律发声。这使他们的主要娱乐方式，例如无受害者的赌博，被认定为违法活动，他们可能因此遭受处罚，有时甚至是严惩。因为没有合法入境证明，大量无法登记的华人被边缘化。他们生活在恐惧中，时刻担心遇到警察并因此被监禁或驱逐出境。与此同时，他们也失去了在法庭上伸张正义的机会。

美国社会对华人的态度甚至更加恶劣。华人觉得自己是在异国不受欢迎的客人。事实上，甚至连许多在美国出生的人，英语也说得磕磕巴巴，这表明他们很少有机会走出自己的圈子。种族偏见使他们无法从事许多职业，这虽然算不上严格意义上的种族隔离，但显然说明美国人对华人没有什么情谊。美国人也会访问唐人街，但往往只是为了观看吸食鸦片成瘾的赌徒和妓女的"低贱"的生活方式。他们憎恶华人，对他们很不友好。

尽管《纽约时报》的社论对警察和司法制度寄予厚望，但在现实生活中，华人根本不可能指望它们为自己带来公正。在坦慕尼协会掌权时期，纽约警方对华人行使着几乎不受约束的权力。在警察局里，从局长到警探无不是臭名昭著的腐败分子。低薪的警察恣意压榨商家和个人，对拒绝行贿的人威胁恐吓，甚至不惜暴力相向。与此同时，警察也对华人有很深的偏见，把他们视为祸患。不仅如此，被捕的华人同样不能指望得到检察官的同情或法庭的公正审理。只要法官和陪审团继续对华人存有偏见，信任白人而非华人的证词，华人又怎么可能得到正义呢？

这些原因虽然都无法为唐人街发生的暴行和谋杀开脱，但解释了为什么这么多华人不认同美国价值观。试想，他们为什么要接受一个公然敌视他们的制度呢？这就是为什么他们对抽象的司法体系和法治的信任不能取代对家庭和社团的忠诚。这也可以解释，为什么他们对法庭持怀疑态度，为什么他们视法庭为实现自己目的的工具，而不是可以依靠的正义殿堂。

"素鸭"既未在谈判结束后出面签署协议，也没有出席庆功宴，这说明"素鸭"并不赞同停战协议。有报道称他失去了在协胜堂的话事权。2月13日，令人惊讶的消息传来，据说他组织了一个新堂口，和他搭档的是老朋友黄杰。[23]

1905年，协胜堂的权力结构发生了很大变动。因涉嫌策划中国剧院凶杀案，"素鸭"在1905年下半年的大部分时间都在监狱候审。而黄杰则于1904年年底返回中国，在那里度过了1905年的大部分时光。在此期间，协胜堂选举了新主事。当黄杰从中国返回，要求重拾权柄时，他遭到了拒绝。而就在最近，他因经营赌场被逮捕，并且声称此举并非安良堂的操弄，而是协胜堂线人告密。这一切表明，他已经与以前的兄弟水火不容。[24]

新堂口的出现是一个不祥之兆。《纽约太阳报》援引帕特里克·亨利的"和平、和平"一语揶揄道："中国人大喊'和平、和平'，可'素鸭'心里无和平，这个像唱诗班小孩一样玲珑英俊的中国人，时刻都像一只斗牛犬。"《纽约时报》也披露，这个新的、还没有名字的堂口，没有加入此前的和平协议。[25]

1906年2月18日星期日，刚刚成为第六分局局长的谢洛特曼便把火烧到了唐人街。他对几家赌场进行了突击检查，拘捕了十七名华人。而后"素鸭"来到警察局，向新局长介绍了自己，然后为每名嫌犯支付了五百美元的保证金。

当然，他做的不止这些。在一次警方对披露街18号白鸽票厅的突击搜查中，"素鸭"的一个表亲和一个朋友被捕。为了使他们被释放，"素鸭"塞给一名警探二十美元，另一名警探五十美元。警探不仅拒绝了他，还当场将他拘捕，指控他企图行贿。2月20日，"素鸭"在特别法庭接受审讯，被判可在缴纳五千美元保释金后监外候审。他的律师丹尼尔·奥赖利抗议保释金过高，因为"素鸭"并没有犯罪，但法官不为所动。[26]

"什么？你说一个人给警察行贿请求释放嫌犯，这不是犯罪吗？"法官不客气地反问。

"是的，对华人来说不是，"奥赖利答道，"华人并不认为这是犯罪。"[27]

但是，没有人来交保释金。协胜堂人没来，之前经常为"素鸭"提供保释金的帕特赫斯特协会也没有来。"素鸭"的一名律师在庭审时暗示，这次逮捕是由麦克林托克本人策划的。如果这是事实，那么这表明帕克赫斯特协会终于意识到，"素鸭"从来不是他们所认为的改革者。[28]

如果"素鸭"创立新堂口的消息是真的，那么他此时无人保释的处境说明这个堂口的资源有限。事实上，这个所谓的新堂口

李希龄，1880 年被任命为纽约县副治安官，是纽约历史上第一位担任公职的华人

"坟墓"，曼哈顿下城区的监狱，因外观与埃及陵墓相似而得此绰号。它于 1838 年建成，1902 年被拆除，纽约市治安法庭也设在这里

联泰的白鸽票，联泰是19世纪末20世纪初位于勿街18号的一家赌场。白鸽票是一种与彩票类似的赌博游戏，在华人当中非常流行

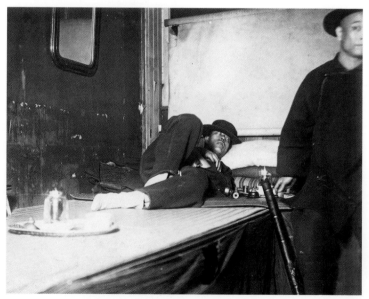

纽约唐人街的一家鸦片馆，调查记者雅各布·里斯摄于1895年

李彩，李希龄的侄子和助手，摄于
1896 年左右

黄杰，协胜堂秘书长、顾问、翻译、
发言人，代表协胜堂签署和平协议，
摄于 1906 年左右

协胜堂大佬"素鸭"，摄于
19 世纪末 20 世纪初

查尔斯·帕克赫斯特牧师，
摄于 1896 年左右。这位长
老会牧师猛烈抨击坦慕尼协
会政客

西奥多·罗斯福，摄于 1896 年纽约市警察局局长任内

勿街南，摄于 1900 年。照片右侧的勿街 14 号是安良堂总部，顶楼可见会徽。相邻的勿街 16 号是中华公所总部（也被称为唐人街市政厅），内有中国寺庙。照片左侧有突出遮阳棚的勿街 18 号是李希龄的地产

披露街和多也街，摄于 1900 年。照片最右侧是位于披露街 19 号的和安商铺，阿斐在此门前中弹身亡

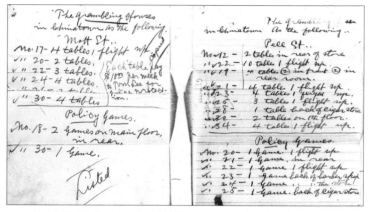

1901 年，协胜堂人黄杰和王阿卢提供给十五人委员会的唐人街赌场名单

律师、改革家弗兰克·莫斯，协胜堂的长期
盟友，曾在帕克赫斯特协会、莱克索委员会
和地方检察官办公室任职

威廉·杰罗姆，莱克索委员会的法律顾问，后任纽约县地方检察官，摄于 1905 年左右

纽约市警察局局长威廉·麦卡杜，后任纽约市治安法庭庭长，摄于 1910 年左右

We're going to Chinatown on this coach to-night at 8 P.M. 1/32.

STARTS FROM NEW YORK THEATRE, BROADWAY & 44TH ST., (OPP. HOTEL ASTOR)

正如这则 1905 年的广告所示，唐人街的夜间旅游很受游客欢迎，但堂斗对这门有利可图的生意构成了威胁

多也街的华人剧院，摄于1908年左右。1905年，协胜堂在此发动了一场针对安良堂敌人的屠戮

1906年1月24日，春节搜捕中被抓的华人与逮捕他们的警察在伊丽莎白街警察局门前合影

莱因兰德·沃尔多,摄于1908年左右。1911年,他被任命为纽约市警察局局长

沃伦·福斯特法官因努力调停堂斗而被称为"唐人街的白人教父"

《纽约世界报》呼吁夷平唐人街,改建公园

1909 年 7 月 6 日,警方预测新的堂斗即将爆发,派警探驻守唐人街

将包金带来纽约的洗衣工陈来

包金仅存的照片，她的谋杀引
发了纽约第二次堂斗——龙冈
之战

1910年4月，赵梅任被杀后的旅顺楼餐厅。照片右侧的勿街11号是李观长的
地产，里面有一家妓院。1912年，协胜堂为暗杀安良堂一名高层险些将其炸毁

披露街 24 号的万里云酒楼，摄于 1910 年左右。1910 年 6 月 26 日，两名四姓堂人在该建筑外受伤；当年晚些时候，各堂在此设宴庆祝和平协议的签署

1911 年 12 月，李观长入狱后不久在亚特兰大监狱的体检记录

"素鸭"，摄于1905年。他于1912年因经营赌场被捕，入狱服刑

多米尼克·莱利局长，摄于1910—1915年间。第六分局的工作使他不堪重负，职业生涯就此落幕

李希龄，摄于1913年左右

1918 年 1 月 14 日，唐人街的商铺因"市长"李希龄的葬礼而暂停营业。李希龄的送葬队伍是唐人街史上规模最大的，包括 3 支乐队，5 辆汽车和 150 辆马车

位于勿街 41 号的安良堂新总部 1921 年落成启用，耗资十五万元。十年后，这座大楼被抵押，为在大萧条期间失业的堂口兄弟筹集资金

1922 年 12 月 1 日，警方突击搜查了协胜堂总部，缴获了一批武器

陈杰来，加入协胜堂的前安
良堂大佬，他是导致第四次
堂斗的罪魁祸首

1931 年，协胜堂和安良堂都在纽约市举行全国大会。这张照片摄于 1931 年 4 月 27 日，协胜堂人正在他们的地盘——披露街游行。从照片中依稀可见远处的一条安良堂横幅，协胜堂人将其视为挑衅

协胜堂秘书长龚恩英（左起第四人）与堂口兄弟在 1933 年的合影。右侧的墙上挂着孙中山先生的画像

再也没被提到过——或许是"素鸭"的努力失败了，或许消息从一开始便是错误的。不管是哪种情况，交不出保释金的"素鸭"再次被关进"坟墓"监狱。

虽然停火协议已经签署，但是公众对这份协议的持久性和价值并不看好。正如《纽约世界报》的评论文章所反映的，他们甚至认为"该协议仅仅是在重划地盘"，只是使堂口之间"互不干涉彼此的犯罪活动"。这篇文章为一劳永逸地解决根本问题，提出了一项激进的建议——将唐人街从地图上抹去，改建为公园。[29]

从 2 月下旬开始，《纽约世界报》发表了一系列相似的文章和社论，它们均提出要摧毁"纽约市最糟糕的贫民窟"，认为这个有损市容的场所充斥着肮脏、疾病和被奴役的白人妇女。它拥挤不堪的破烂建筑内挤满了卑劣的人。用《纽约世界报》的话来说，夷平唐人街是"净化城市的工作"。[30]

桑本德便是先例。它紧邻纽约最恶劣的五点区，那里曾是臭名昭著的罪恶和疾病的滋生地。1897 年，桑本德原有的建筑被拆毁，成功改造为公园，总投资不到一百五十万美元。在桑本德的例子中，动迁的居民被安置到临近区域的新房，而这些新房则是根据最新的建筑条例修建的。"若要维持良好的道德，最佳的办法是清除污染源，"《纽约世界报》总结道，"而不是一直设置屏障，或是试图补救和治愈它所产生的罪恶。"[31]

《纽约世界报》的具体建议是将摆也街、包里街、且林士果广场、公园大道、沃思街和桑树街范围内的区域改造成公园，作为桑本德公园的延伸。这样，华人聚居的披露街、多也街、勿街都会消失。预计购置土地的费用约为二百万美元。该建议得到勿街显圣容堂的欧内斯特·科普神父的支持，他声称"基督教的手段无法应付唐人街的恶劣现状"。如果需要，神父愿意看到自己的教会在这个过程中被夷为平地。[32]

政府有权将较小的城市区域改造为公共空间，开放给市民。3月1日，《纽约世界报》向乔治·麦克莱伦市长提交了一份改建案，市长拿到改建案后立即表示支持，并下令全面研究该计划。改建案也得到了纽约市卫生部门负责人以及警察局局长宾厄姆的支持。在随后的日子里，出租物业委员会主席、消防局局长、公园管理委员会主席及市审计长纷纷表示支持，甚至连帕克赫斯特牧师也赞成这个计划。[33]

对这个改建提案的评估进展迅速。3月20日，在曼哈顿区长的指示下，改建委员会召开听证会。由于会上没有反对声音，提案似乎肯定会通过。但是，当天在市政厅，唐人街的业主和商人第一次对此事发声。

地产业主协会会长詹姆斯·康威指出，纽约"东部比唐人街更拥挤"，那里更适合改造成公园。而代表五十二家华人商户的威廉·比彻更坚持认为，唐人街没有比其他地区更糟糕，而且纽约城中也没有比华人更守法的人。他预测此项目成本较高，需要八百万美元才能完成。与此同时，唐人街业主、律师巴托·威克斯也声言，法律没有授权城市通过毁坏私有财产、拆除建筑来解决社会问题，打击道德败坏者是警察的职责，改善不健康的卫生条件是物业单位委员会的工作。[34]

《纽约世界报》的报道讽刺这些反对者是"贫民窟业主"，它援引代表纽约神职人员的麦迪逊·彼得斯牧师的话，写道："反对的根本原因是贪婪。这些贪婪的房东，如果能够获得足够的冰来冷却租金，他们就会把地产租给魔鬼，用作地狱在人间的分部。"[35]

尽管有这些反对声音，《纽约世界报》仍然宣称提案通过已成定局。第二次听证会后，改建委员会通过了精简后的版本，并将其提交决定预算和土地用途的预算委员会。[36]

改建唐人街的流言传得满天飞。当年4月，在五点帮大佬艾尔·卡彭的发家之地、挨着布鲁克林的红钩区，意大利裔和爱尔兰裔码头工人中间流传着一个令人震惊的消息：新的唐人街将建在其海滨。7月，布朗克斯区流传着一则故事：几个富裕的华商正在谈判购买149街和莫里斯大道的房产，那里住着许多德裔和爱尔兰裔。到了8月，有传言称富裕的华人已经在布鲁克林新威廉斯堡大桥尽头的另一片德裔、犹太裔聚居区购买了很多房产。[37]

预算委员会终于在次年通过了预算案，授权市政府在一块较小的土地上建公园，面积约为1.5英亩，以包里街、披露街、多也街和勿街的一部分为界，预算为58.3万美元。然而，预言唐人街将被夷平为时尚早。李希龄的朋友、最近在"素鸭"行贿案中担任辩护律师的前国会议员丹尼尔·奥赖利成为唐人街的恩人。他既是为了那些不愿搬迁的华人朋友，也是为了他自己，毕竟他从华人客户身上获得了不菲的收益。奥赖利说服预算委员会撤销授权。1907年7月，《纽约世界报》的构想彻底落空了。[38]

李希龄等人结交纽约权贵的努力换得了回报——唐人街及其堂口仍然留在原地。

1906年3月末，唐人街为庆祝久违的和平，在勿街的旅顺楼餐厅举办了一场宴席,邀请了三百名宾客,每桌十八道菜。两堂高层被安排坐在一桌,这是前所未有的。

和平似乎就这样到来了,和平的缔造者福斯特法官被奉为上宾。晚宴延续了五个小时。尽管已经休战,但席间气氛依旧紧张。当一个服务员不小心打碎盘碗,发出很大声响时,"不明所以的华人或者站起来,或者躲开"。[39]

4月中旬,"素鸭"的律师成功地使法官降低了"素鸭"的保释金。他认为此前的保释金过高,法官并未依据罪行的性质(该案仅涉及贿赂而非谋杀),而是依据"素鸭"之前的(犯罪)记录定下了金额。保释金被削减到两千美元,"素鸭"交了钱,从已经待了两个月的"坟墓"监狱中被保释出来。[40]

当被问及是否打算维持协胜堂与安良堂之间的和平时,他避重就轻地答道:"我绝不会开枪,我不是坏人,警察误会我了。"[41]李希龄当然不相信他的说辞。"素鸭"出狱还不到一个小时,李希龄就出现在地方刑事法庭,试图说服法官让"素鸭"做出停战承诺,即便他没有在协议上签字。但法官们都已经回家了。

三天后,北加州发生大地震。旧金山唐人街大部分木建筑虽然没有被震塌,却毁于随后的大火中。当时旧金山是美国华人最多的城市,纽约有很多人在旧金山有朋友和亲戚,他们组织了一个委员会,为华人遇难者筹集资金。唐人街的三名商人率先领头,在五天内筹款五千美元。李希龄在捐助者名单之首,捐款五十美元。[42]

几天后,"素鸭"再次进了监狱。4月24日,二十六名华人在多也街11号的赌场中被捕。"素鸭"被指控是赌场的主人,但由于证据不足,很快获释。被捕华人辩称,当时他们并不是在赌博,而是在讨论如何将捐款运往旧金山。事实上,没有任何证据表明"素鸭"与救济委员会有所关联。一直以来，李希龄和安良堂积极参与慈善事业，而"素鸭"和协胜堂并无作为。[43]

即便在美国，即便在20世纪，华人妇女有时也会被买卖——或者为牟利，或者为清偿债务。甚至连那些所谓的已婚人士也经常没有合法的婚姻证明。黄杰与一个做过妓女的白人女演员弗洛伦斯·富斯至少同居了八年，后者有时候也被称为弗洛伦斯·黄。后来的人口普查记录又显示，他有一个在中国出生的华人妻子方曦（Fong Shee）和两个孩子。但是他的这两段婚姻都没有正式登记。[44]

与此相反，李希龄和王查都通过正式、合法的仪式娶白人为妻。不过，由于出身良好的白人女性不被鼓励与华人来往，而且绝大多数华人男子都处于社会底层，因此他们通常只能从下层女性中选择妻子。这意味着，他们基本只能选择来自爱尔兰、英国、德国和意大利的女性移民。[45]

1902年，"素鸭"与一个白人女性一起生活；可到了1906年，报纸称他娶了一个叫陈邰莠（Tai Yow Chin）的华人女子。他们的婚姻可能也是不合法的。这个女人身高约一米六二，高挑丰满，性情柔顺。1906年3月，彼时"素鸭"还在监狱，陈邰莠现身罗德岛。有传闻称她是被安良堂人绑架到那里的，但是黄杰否认安良堂与此有关。普罗维登斯警察判断，陈邰莠是被带至罗德岛卖淫的，于是将她收押。但当"素鸭"的亲戚从纽约赶到罗德岛后，警方又将她释放。几个月后，她又一次被从费城一个肮脏昏暗的房间里营救出来，当地警方确信她是"为了不道德的目的被囚禁起来"。她已经在费城待了三个星期。

"素鸭"当时已经被保释，听到消息后赶到费城去救陈邰莠。虽然警方不相信陈邰莠确实是"素鸭"的妻子，但是他们仍然允许他探视。"素鸭"在探视时一定教了她如何回答法官的问话。第二天，治安官不仅听取了这个协胜堂人的证词，还传讯了当地几个安良堂人。虽然安良堂人声称，这名女子被带到费城是为了还清"素鸭"欠下的一千美元债务，而且她并不是"素鸭"的妻子，但法官认为警察在逮捕她时犯了错，于是释放了她。"素鸭"强行将她带出法庭。[46]

陈邰莠和"素鸭"一起生活时并不是单身。她在旧金山与一个名叫陈盟（Chin Mung）的珠宝商结了婚，那是她的第一段婚姻。而陈盟早前和一个白人女子结过婚，但是她在 1901 年生下一名女婴后不久就去世了。陈邰莠就是在那个时候嫁给陈盟，并搬到陈盟在曼哈顿的家的。1905 年，陈盟也过世了。后来，陈邰莠带着这个叫阿绮（Ha Qi）的小女孩搬到多也街，和"素鸭"一起生活。[47]

虽然没有正式的收养记录与婚姻登记，但是"素鸭"成了阿绮事实上的继父。这个孩子和这对夫妇住在多也街 10 号干净的四室公寓里，与他们住在一起的还有"素鸭"年长的表亲和爱尔兰裔女管家贝德利亚——她能说英语（不过爱尔兰腔很重），也可以说一些汉语。几乎所有人都觉得，阿绮是一个可爱的孩子，被照顾得无微不至。"素鸭"对她甚至有一些过度保护。他没有把阿绮送到家对面的"晨星使命"幼儿园——虽然那里的老师曾邀请阿绮去他们那里——而是为阿绮请了一位家庭教师。虽然"素鸭"让阿绮与朋友们玩耍，但是不允许她自己在街上玩。[48]

这个孩子有一些白人的特征。她的皮肤呈淡黄色，黑头发被编成辫子，但是又大又圆的眼睛是蓝色的。她总是穿着华人的服装，生活在完全使用中文的环境中，不会说一句英语。[49]

1907 年 3 月 19 日上午，防止虐待儿童协会的两名工作人员带着警察，用力敲响了多也街 10 号的门。起初，贝德利亚不让他们进来，声称家人还在睡觉。但是当他们说自己在执行公务时，管家为他们开门放行。他们走进公寓，发现孩子正睡在"素鸭"表亲的怀里。待"素鸭"和陈邰莠起床后，工作人员向他们解释了此行的目的。[50]

防止虐待儿童协会通常被称为格里协会，因为埃尔布里奇·格里是它的创始人之一。不久前，该协会收到一封信，称一个六岁的白人基督徒的孩子被"素鸭"奴役、殴打、虐待。这封信文法不畅，格里协会推测应该出自华人之手。信中还称，这个小女孩的头发已被染色，借以掩饰她的人种。写信人请求协会立即把阿绮从这个家庭中解救出来。[51]

这对夫妇向协会的工作人员解释了阿绮的来历，并强调写这封信的人是"素鸭"的仇家。他们保证自己会爱她、照顾她，不让出现任何意外，恳求不要带走这个孩子。但是工作人员坚持要带走这个女孩，并告诉这对夫妇，阿绮将被带到儿童法庭，由法官决定她的命运。[52]

此刻，这个经常出入监狱，两次被控谋杀，令唐人街闻风丧胆的无情男人"素鸭"，窝在小阿绮的床上哭泣了起来。[53]

这对夫妇出席了庭审，法官听取了控辩双方意见。他指示格里协会照顾这个女孩两天，其间它的工作人员要去调查她的背景和她在"素鸭"家的待遇。这给了这对夫妻信心，认为她会回到他们身边，因为他们不认为自己养育、照顾阿绮的方式有任何问题。

然而，就在再次开庭前夕，格里协会却请求延期，因为当他们解开小女孩的辫子，仔细洗完她的头发后，发现她实际上有着一头金发。他们认为她可能是白人，而且怀疑她遭到绑架。于是，他们让阿绮分别穿上中国人和美国人的衣服拍照，把照片送到旧金山，希望他们的同行可以查清她的身世。[54]

基于小女孩的外表，格里协会认定，"阿绮的小身体里没有一滴华人的血"。尽管当时所有出生记录都在火灾中被毁，但是格里协会在旧金山的同仁却断然宣称，这个女孩的父母都是白人，她的母亲是一个女仆，"把她遗弃给了华人"。

"素鸭"决心使用所有可能的法律手段来争夺监护权。他聘请了律师，并申请了人身保护令。案子被上诉到纽约州最高法院。在法庭辩论中，"素鸭"的律师强调，他和陈郶莠对阿绮照顾得很好，理应继续抚养她。而格里协会则坚称，鉴于"素鸭"过往记录，他并不是合适的监护人。[55]

法官询问了"素鸭"两项涉嫌谋杀的指控和正在等待开庭的行贿案的情况。4月12日，法官宣布最终裁决：这个孩子是白人，与"素鸭"和他的妻子并无"种族纽带"，更何况"素鸭"无论如何都不是合适的监护人。于是，阿绮的监护权被判给了格里协会，他们决定为她找一个新家。阿绮再也见不到"素鸭"和陈郶莠了。[56]

在当年的年度报告中，格里协会对他们在此案中的表现感到自豪。报告写道："最令人满意的是……把一名美国儿童，从华人罪犯的堕落生活中解救出来。"[57]公众舆论也完全支持格里协会，唾骂"素鸭"。这对悲伤的华人夫妇收获的唯一同情来自一封落款为"世界公民"的人写给《纽约先驱报》的信，作者很担心阿绮的未来：

> "素鸭"被裁定无权抚养白人孩童阿绮。很好，非常好。但是，仅仅因为他被指控和怀疑犯下了法典里的每一项罪行，那些表明"素鸭"爱她、为她慷慨花钱的行为便失去了意义吗？更何况我们不是没有任何能将他定罪的证据吗？莎士比亚曾问道："犹太人没有五官四肢，没有知觉，没有感情，没有血气吗？"如果他也针对华人发问，答案也会是相同的。那么"素鸭"犯下了什么罪行呢？"素鸭"犯下了"生为异类"的罪行。而快乐的小阿绮啊，她虽然被从异教徒的关爱和奢华的生活中解救出来，但是以后只能在某个基督徒家庭内部辛苦操劳，并沦为嘲弄对象。[58]

第十章

持枪纵横

纽约并不是协胜堂与安良堂发生冲突的唯一之地。[1]

19世纪末20世纪初，两堂都开始向美国东部和中西部的其他城市扩张，而起自加利福尼亚州的协胜堂也陆续在西海岸其他城市扎根。当某个城市的华人足够多时，当地就会成立分堂，纽约有时也会派人来帮助组织、管理分堂。

例如，早在1889年，协胜堂在费城就很活跃，有报道称他们试图阻止证人在一起涉及敲诈勒索和赌博的案件中出庭。1895年，黄杰去了华盛顿哥伦比亚特区，可能是为了筹建协胜堂分堂口，也可能像《华盛顿邮报》（*Washington Post*）所说的那样，"为了勒索当地的洗衣工和华商"。他和另一名堂口管事以殴打或诬告的方式威胁当地洗衣工，让他们每周交二到十美元不等的保护费。至于安良堂，它在波士顿、克利夫兰和匹兹堡的势力特别强大。两堂在芝加哥的影响力旗鼓相当。

虽然纽约仍然是堂口活动的重心，但到了20世纪，两堂继续在各地发展分堂。虽然各个城市的分堂之间一直存有非正式的合作关系，但直到20世纪初，正式的统筹机构才得以建立。负责安良堂波士顿分堂的司徒美堂（Meihong Soohoo）因在1905年组建了"安良总堂"而获得赞誉。之后协胜堂也在1918年的旧金山全国大会上建立总堂。[2]

安良堂的各个分堂都选举了自己的堂主、副堂主、秘书长和司库。各分堂堂主共同组建了一个相当于"执行委员会和仲裁委员会"的总堂最高委员会。这个委员会不仅有领导之权，还要调解各分堂之间的争端，并且要选出总堂高层——一名堂主、一名副堂主、两名秘书长。总堂高层负责组织年度会议，帮助各地分堂保持紧密联系，在各分堂需要帮助时促其互助。[3]

有时候这种互助表现为提供打手。当一个堂口需要攻击和暗杀别人时，通常的做法是从其他分堂口招募"斧头仔"[4]。这些人可能是堂口兄弟，也可能是雇用的枪手。他们被带进城，完成任务后迅速逃走。与当地人相比，他们更不容易被认出或被逮捕。

尽管总堂口使一盘散沙的分堂团结在一起，但同时也增加了区域冲突蔓延至其他分堂的可能性。随着时间的流逝，这将成为一个越来越大的问题。到了20世纪20年代，这个问题集中爆发出来。

1907年8月中旬，纽约的安良堂人和协胜堂人再次共同举办宴席，以庆祝两堂和平共处了一整年。这场在采花酒楼举办的昂贵宴席从晚上8时开始，午夜未散。整场晚餐气氛良好，水果和雪茄陆续上席。受邀前来的九十人中，不仅有地检全体工作人员，还有中国政府的代表、纽约金融界人士和各行业的专家。[5]

福斯特法官（《纽约太阳报》称他是"唐人街的白人教父"）在祝酒词中提到了促成和平的一些事，并宣称停战协议一直被忠实地遵守。他还向听众保证，最近费城和波士顿的暴力事件与纽约的这些人毫无关系。[6]

然而，最后一点证明，他既天真，又犯下了严重错误——协胜堂与安良堂之间的仇恨已经超出了地理界限。费城的堂斗始于1906 年,起因与早些时候发生在纽约的冲突相同。6 月,费城的安良堂人枪杀了一名协胜堂人,后者帮助警察组织了一次对赌场的突击搜查。协胜堂兄弟展开回击,四人中弹,许多人因此被捕。不久后的另一场冲突导致三名华人和一名唐人街基督教布道所的白人领袖遭枪击,其中一名华人死亡。两名安良堂人被定罪,随后两堂签署了和平条约。但是一年后,两名协胜堂人被枪杀,战火重燃。在这次冲突中,专程前来帮助费城安良堂兄弟的纽约安良堂元老李观长被捕。[7]

协胜堂有时也会派杀手从纽约前往其他地区。中国剧院谋杀案和披露街枪击案后,"科学杀手"辛多和"白面小生"余才前往波士顿,在那里策划了另一起惊人的暗杀。1907 年 7 月,辛多和余才带着十几名纽约协胜堂人抵达波士顿,住在唐人街附近的出租屋内。几天之后,他们就在当地的牛津巷枪袭当地安良堂人,造成三人死亡,七人受伤,这是波士顿唐人街有史以来最严重的暴力事件。[8]

这些事件都是互有关联的。这次杀戮是来自费城的杀手对波士顿安良堂的报复,后者据信参与了费城枪击事件。虽然辛多和余才避开了抓捕,就像中国剧院谋杀案一样,但波士顿警察逮捕了其他七名协胜堂人,他们被控过失杀人,不得保释。据说在第二天被捕的三人中,有一人是"素鸭"。他在马萨诸塞州昆西的一间洗衣店被捕,随身携带着一把左轮手枪。

一场报复在纽约酝酿。罗伯特·杜利局长在唐人街派驻了十名警察,其中一人被命令对每一个进入中国剧院的观众搜身。前一年 10 月,纽约警察局进行了有史以来最大的一场人事调动,八十六名警监被调离原岗，而杜利正是在此时被市警察局局长宾厄姆任命接管伊丽莎白街警察局。[9]但是他不必担心，至少不必担心所谓的"素鸭"被抓。8月5日，笑眯眯的"素鸭"悠闲地走进《纽约时报》办公室，手里拿着当天早晨的报纸，上面详细报道了他在波士顿被捕的情形。他告诉记者："我从来没有去过波士顿。我猜某个华人只是为了好玩才告诉记者我被捕了。"[10]

"素鸭"还确认自己已经退出协胜堂。他将自己在1900年因谋杀阿斐被捕和最近因行贿被捕都归咎于之前的兄弟。他说，他现在与两个堂口的关系都不好。

"我必须非常小心，"他告诉《纽约时报》，"出门的时候，我会警惕周围的一切，而且晚上就待在房间里。""所以没有人能在晚上杀死我。"他补充道。[11]

他如此谨慎是对的。几个月后，他的房子险些被烧毁。有人在其迪威臣街42号的房子里点燃了两块沾满汽油的旧衬裙。不过，在造成伤害之前，火就被扑灭了。而在过去三个星期里，这栋楼里曾两次发现沾上汽油的抹布，警察强烈怀疑这是安良堂的阴谋。一天后，这样的油布再次出现在"素鸭"家附近。由于1908年3月初又发生了三起类似事件，警方预测堂斗将再度爆发。[12]

3月，波士顿和费城迎来了正义。在波士顿，经过二十九天的审判，8月唐人街枪击案中被捕的协胜堂人中，九人被判一级谋杀罪，另外一人已经死于狱中。这九人中包括了分堂堂主王查，他曾在纽约与李彩发生冲突，随后搬到波士顿。在费城，前一年7月被捕的两名安良堂人被处以绞刑。[13]

纽约当局对此感到不安。市警察局局长宾厄姆在唐人街安排了五十名便衣。即便如此，十天后勿街还是发生了一起谋杀案。

它就发生在显圣容堂前，当时恰巧经过唐人街的助理检察官西奥多·沃德目击了这起谋杀案。[14]

受害者是协胜堂人应莫（Ing Mow），他长得高高瘦瘦，曾做过洗衣工，在"素鸭"离开协胜堂后进入领导层。遇袭时，应莫独自走在勿街，三个华人突然挡住他的去路，争吵时他的耳后根中枪。凶犯得手后掷枪逃跑，而应莫则倒在教堂附近牧师家的台阶上。尽管在救护车到达之前，沃德一直照看着应莫，但这名华人男子还是在去医院的途中断了气。[15]

人们普遍认为，应莫因为帮助警方发现了一些将费城凶案杀手定罪的证据而遇害。事发第二天，《纽约论坛报》称："协胜堂刚为它最可敬的敌人安良堂列了一份长长的账单，昨天这份账单又添了一笔账。"[16]

长年累月的报道使读者误以为纽约唐人街所有华人均加入了堂口——不是安良堂，便是协胜堂。但实际上，堂口兄弟只占华人总人口的一小部分，只不过他们吸引了全部注意力。

堂口虽然可以自由招募各行各业的华人，但不像会馆或宗亲会那样可以自动获得会员。为了吸引和留住门生，堂口不得不给他们胡萝卜或大棒，或者二者并用。堂口的非法行径和暴力活动使其成员担上恶名，堂口兄弟的身份（堂口作为秘密会社不会公开其成员名单）为其他华人及美国人所不齿。

"两个人"在《唐人街内幕》中提到了堂口的一些内情：

各个阶层的华人加入堂口，主要是为了寻求经济保护，有时候是为了报复。除了高层和斧头仔，大多数堂口成员是受剥削的普通受害者。他们不会吹嘘自己是堂口兄弟，因为华人之间有一种普遍的感觉，只有当一个人走投无路时他才会加入堂口。在堂口成员中，斧头仔被认为是坏人。正是他们发动了堂斗，并从中获利，虽然他们只是听命行事。

大多数堂口成员原本是清白、安静的华人。他们被压迫或被剥削到了忍耐的极限时，才会要么加入压迫者的堂口以要求赔偿，要么加入对手堂口以寻求保护和报复。与华人总人数相比，堂口人数很少。[17]

换句话说，许多普通人为了躲避骚扰才加入堂口。他们或者为勒索自己的堂口效力，或者加入对家阵营；而不论哪种情况，他们都会获得保护。

报纸头条从未告诉读者，堂口兄弟在整个华人社会中占比很小，而且并不是每个堂口兄弟都是杀手。事实上，绝大多数华人都是倒霉的旁观者，他们并未参与堂斗。但当所有华人的名声都被堂口玷污，游客和商户纷纷逃离唐人街，政府制定、实施严苛的法规管理唐人街时，他们同样无法幸免。

通过维系与纽约权贵的关系，安良堂继续巩固着自己的势力。多年来，李希龄一直与托马斯·福利保持着深厚的友谊。福利是坦慕尼协会的探子，也是"大汤姆"酒吧的老板。1906年1月，他宣誓就任纽约县治安官，并出席了当年为庆祝堂口和平而举办的宴会。反过来，李希龄参加了福利举办的年度野餐会。他带着二十名穿着体面的华人向其展示了敬意与支持。多年来，他和福利一直保持着良好的友谊。[18]

"素鸭"在纽约几次险些被烧死，于是决定离开。他去了芝加哥，和协胜堂的老伙计们一起将当地商人的"保护费"从每周二十美元提高到六十美元。1908年11月，他前往丹佛。他出现在那里不过数日，丹佛历史上第一次堂斗便爆发了，原因依然是争夺赌场的利益。11月19日，有人在唐人街的一条胡同里发现了罗叶（Yee Long）的尸体，他是被毒死的。当地警察弄清了这起凶杀案的背景——"素鸭"被一个番摊老板叫去，这个老板想要借助"素鸭"的力量进入赌博业，而罗叶是这场斗争的受害者。[19]

离开丹佛后，"素鸭"去了旧金山。1909年春，他鲜衣怒马地回到纽约。《纽约太阳报》用了很长的篇幅描写别在他领带上"耀眼"的马蹄形别针，他手腕上"闪闪发光"的手表和手指上四克拉的钻戒。坊间传言，他从丹佛的生意中赚了三万美元，不过他本人否认了。[20]

"素鸭"没能及时回来参加停战协议签订三周年的晚宴。当然，即便他及时赶回，也不会接到邀请。宴会依旧在旅顺楼餐厅举行，李希龄再次大出风头。赴宴宾客名流云集，包括福斯特法官和新任联邦助理检察官大卫·劳埃德，后者曾经是安良堂律师，这次晚宴也由他主持。最后一位在宴会上发言的是当地法院的验尸官，他打趣道："既然他们已经可以在唐人街和平共处，那么就不会需要我的服务了。"[21]

但是，他的服务很快就会被需要了。

第十一章
龙冈之战

1909 年 6 月 18 日，在唐人街工作的二十二岁白人传教士埃尔茜·西格尔的半裸尸身，在第八大道炒杂碎餐厅楼上的一个旅行箱内被发现，尸体已接近腐坏。西格尔的祖父是内战英雄。她已经失踪了一个多星期。西格尔是被一根窗帘绳勒死的，这根绳子还留在她的脖子上。[1]

西格尔的谋杀很快被判定为冲动犯罪。嫌疑最大的是一个名叫刘凌（Leon Ling）的华人服务员，因为她的尸体就是在刘凌房间中发现的。两人曾是情侣，但他们的关系遭到西格尔父母的强烈反对。最令人生疑的是，30 岁的刘凌和他的一个朋友突然消失了。[2]

这起谋杀案成为全国新闻，追捕随即展开。纽约警方逮捕了阿瑟港餐馆老板赵盖（Chu Gain），他同样与西格尔关系亲密，也是后者的追求者。刘凌的同伴在纽约州蒙哥马利县阿姆斯特丹被捕，被连续审问了三十个小时。他明确指认刘凌为杀死西格尔的凶手，杀人动机是对西格尔与赵盖之间恋爱关系的嫉妒。但是他坚称自己并不清楚刘凌在哪里。[3]

纽约市警察局局长西奥多·宾厄姆高度关注这宗案件。他别无选择，因为这起残忍的案件被广泛报道。他下令将刘凌的照片和对其相貌的描述分发给全国各地的警察部门。但是到了7月初，宾厄姆突然被撤职。他厉行改革的决心、严治警务的手腕，以及纽约市警察局频繁的人事变动，最终导致了这样的结果。不过也有人认为他因为未能抓获西格尔案的凶手而突然遭解职。

刘凌就这样消失了，而他的罪行却给唐人街投下了挥之不去的阴影。这起跨种族情杀案煽起了公众偏执的怒火，引发了歇斯底里的反应，唐人街的生意因此一落千丈。李希龄向《纽约时报》抱怨说，自谋杀案发生后，唐人街店铺的营业额减少了七成，"游客们似乎不敢再来唐人街，即使有少量观光者，他们也会犹豫要不要进华人的店铺"。[4] 更糟糕的是，他继续说道，民间自发组织的义警开始袭击华人，抢劫他们的店铺与公寓。

西格尔之死，以及随之而来的耸人听闻的新闻报道，激发了民众强烈的反华情绪。纽约唐人街的华商由于担心人身安全，甚至派代表团前往华盛顿向中国使馆的代办施压，让他出面请求联邦政府提供特别保护。这一诉求通过纽约州长转达给了宾厄姆下台后新上任的代理纽约市警察局局长威廉·贝克。他确实加强了唐人街的警力。[5]

中国驻美大使伍廷芳意识到这一案件对美国华人生活的威胁，呼吁所有华人帮助缉拿凶手。纽约华人精英组织东方俱乐部悬赏五百美元缉拿凶手。素有华人共济会之称的致公堂也被迫与刘凌划清界限。他们给《纽约时报》写信解释称，虽然刘凌曾被引荐入会，但他并非致公堂成员。[6]

刘凌确实不是协胜堂或安良堂成员，不过加入了另一个华人社团——四姓堂。有人怀疑四姓堂将他藏了起来。四姓堂与彼此冲突不断的堂口不同，它不是秘密会社，而是宗亲会。虽然一直行事低调，但当利益受到威胁时，它有足够的资源和动力来维护自身利益。

该组织的正式名称是龙冈亲义公所（龙冈是广东一间寺庙的名字），据说其历史可追溯至 17 世纪，不过这种说法是杜撰的。它由刘、关、张、赵四个人数较少的姓氏组成。它在北美的组织首先成立于旧金山，而后发展至北美其他唐人街。纽约四姓堂总部位于披露街 22 号。[7]

1897 年，当"素鸭"试图敲诈赵乐开设在披露街的赌场时，协胜堂与四姓堂之间的矛盾业已存在。赵姓大多属于四姓堂，包括刘凌的情敌赵盖和香港出生的多也街剧院前业主赵晃（Chu Fong），后者是四姓堂堂主。不久后发生的一起令人发指的事件导致四姓堂与安良堂的关系急剧恶化，事件的起因是一个女人。

当警察正在唐人街掘地三尺寻找刘凌时，1908 年 8 月被判谋杀的九名波士顿协胜堂嫌犯中，五人被判处死刑，电椅执行。几乎每个人都在担心这项判决会引发新一轮堂斗。虽然有三十名便衣和三十名警探在唐人街巡视，李希龄还是接连几天不敢冒险走出勿街 18 号，六名保镖一直待在其身边。后来在紧张的警探们的催促下，他才返回曼哈顿上城区的家中。[8]

每当发生暴力事件时，"素鸭"总被当作嫌疑人。这次，他主动走入伊丽莎白街警察局，告诉警察他将前往康尼岛以避纷争。他还特意要求一名警探随行，以见证他确实将离开曼哈顿。尽管如此，人们并不相信他会永远置身事外。不到一周，一家报纸便宣称"素鸭"已经与协胜堂言归于好，重新成为该堂的"匿名成员"。[9]

　　因为没有任何麻烦发生，额外的警力被撤回。但在接下来的一个月里，悲剧再次上演。1909 年 8 月 15 日凌晨 2 时，惊慌失措的华人男子陈来（Chin Lem）从勿街 17 号跑到大街上，发疯似地寻找警察。

　　他看见街对面有一名警察，于是高喊"谋杀"。他将警察引到勿街 17 号的后巷，沿楼梯走到二层，推开虚掩的门——一具尸体赫然出现。那是一个 21 岁的华人女子，圆脸，身着黄色丝绸上衣和蓝色丝绸裤子。她躺在血淋淋的双层床旁，腹部有一道斜着的伤口。一把长七英寸、沾满血的猎刀直插在尸体旁的地板上。从喉咙处的伤痕和衣服的情况判断，她在被刺死前曾被勒住脖子。她手上的伤痕表明她曾与凶手搏斗，最后被两次刺穿心脏。[10]

　　警察把 31 岁的失业洗衣工陈来带到警察局见迈克尔·加尔文局长，他是在宾厄姆离职前不久得到任命的。陈来告诉加尔文局长，他就住在犯罪现场对面的勿街 22 号，那栋建筑属于安良堂——陈来刚刚加入安良堂。警察在那里找到了一个箱子、两把新柯尔特左轮手枪和六把长柄猎刀——它们与尸体旁发现的那把几乎一样。箱子里有死者的衣服、珠宝和她与陈来的合照。警察在死者房间里发现了几封信，包括要求支付珠宝费用的催款单。[11]

　　陈来告诉加尔文局长，死者名叫包金（Bow Kum），是他的妻子。当天，他出去玩牌，把死者独自留在家中，回来后发现她已遇害。他强忍着泪说道，在二人相遇前，她一直住在旧金山的一个教会里。她拒绝了一个叫刘堂（Lau Tong）的追求者后同意嫁给自己。陈来先回纽约，然后才把她叫来。

　　三周前，刘堂来到纽约，声称包金是他的人，要求陈来付给他三千美元。陈来指责刘堂是谋杀包金的凶手。不过，警察在房间中一扇木百叶窗上发现了陈来自己的血手印。陈来解释说，他曾扶起这名年轻女子的头以确认她是否已经死亡，血手印是那时留下的。[12]

在接下来的几天里，警方了解了包金的悲惨身世。她生于中国，后作为仆人被带到旧金山，但在抵达后即被卖掉。她被湾区著名传教士唐纳蒂娜·卡梅隆所救，被带至长老会之家，在那里住了六个月。最终，她被允许离开，嫁给了成功的洗衣店老板陈来。刘堂似乎更像是她的主人，而不是追求者。刘堂要求归还的"财产"包括包金和她的珠宝。[13]

当警方询问陈来夫妻二人为什么不同居时，陈来的解释无法令人信服——他说包金曾经和他住在一起，但后来搬到了勿街17号。这虽然解释了为什么她的一些东西还在陈来的房间，却使人对他们之间的关系产生怀疑。警察推测包金是一名妓女。据传，唐人街的"许多男人"都向这个年轻女子"大献殷勤"，而这对夫妻的分居生活似乎证实了这一点。

陈来作为本案的重要证人与犯罪嫌疑人，被允许以五千美元保释，不过没有被以谋杀罪起诉。他没有交保，而是继续留在"坟墓"监狱。警方对他严加看管，以防止其自尽。第二天，法医检验了他身上残存的血迹，以确定是否是死者的血。[14]

有迹象显示，这是一起冲动谋杀，杀害包金的凶手正是陈来。警方找不到其他嫌疑人，而且没有证据证明陈来指控的刘堂来过纽约唐人街。不过，除非警方能够找到确凿的证据，否则将陈来定罪的希望很渺茫。

安良堂筹集了几千美元为陈来聘请律师。8月18日，他们筹足保释金后将陈来保释了出来。陈来和安良堂兄弟商议后，宣称有好几个证人可以到警察局指认杀手，加尔文局长立即拒绝了——正如大多数人所能想到的，这显然只是安良堂排除异己的阴谋。[15]

陈来的安良堂兄弟龚老金为可怜的包金办了一场体面的葬礼。第二天，人们将精致的瓷器、一副纸牌、一把梳子、一把刷子、一面镜子放入这个不幸的女孩的棺木中，用四轮马车将其拉到布鲁克林的柏树山公墓安葬。只有陈来趴在她的棺材上痛哭。[16]

警方向唐人街居民打听包金的情况，并收到了来自加州的消息。葬礼第二天，他们逮捕了两名旧金山华人男子，一个是34岁的刘堂，另一个是他的亲戚、23岁的洗衣工刘嵩（Lau Shong）。[17]

案发当晚，有人在包金楼下的院子里看到了刘家兄弟，两人后来一起离开。警方又在刘堂衬衫袖子上发现了血迹，有证据显示他曾用酸清除血迹。陈来的供词似乎是可信的。虽然在审问中刘家兄弟均不承认谋杀了包金，但1909年9月10日两人还是被以谋杀罪起诉。

旧金山警方的记录显示，刘堂被控参与八起枪击案，并且曾被定罪入狱。旧金山警方还证实，包金实际上相当于刘堂的奴隶，在警方的一次突击搜查中被一名教会工作人员解救，后来被带到长老会之家并在那里遇到了陈来。[18]

警方还发现，刘堂得知包金的下落后马上来纽约找她回去，遭到拒绝后便坚持让陈来赔偿三千美元。陈来表示拒绝，刘堂便威胁要杀了他们。在案发当天的最后一次碰面中，双方仍未达成共识，包金因此遇害。[19]

　　刘家兄弟是四姓堂成员。当陈来拒绝付款时，这个问题就不再仅仅是他和刘堂的个人恩怨，而成了他们各自所在社团的矛盾。陈来曾将这个问题反映给安良堂高层，后者认为这个女孩是陈来通过教会认识的，而不是直接买来的，因此无须支付赔偿金。

　　事实证明，安良堂的裁决不仅导致包金遇害，也引发了堂口间的全面战争——第二次堂斗，又称龙冈之战。在这场堂斗中，双方开始使用左轮手枪和其他枪械，并招募了斧头仔。中国剧院再次成为战场，披露街和一个地下通道也是如此。这场斗争将持续一年多，经过数次调停才得以平息。

　　尽管唐人街巡警和警探密布，但是 1909 年 9 月 12 日下午还是发生了暴力事件：39 岁的四姓堂洗衣工关凯（Gun Kee）在安良堂总部门前遭枪击。袭击者李瓦（Lee Wah）是安良堂人，也是李希龄的表亲。[20]

　　警察目击了李瓦用手枪近距离朝受害者后背开枪。关凯倒在人行道上，不过实际上只受了轻伤。李瓦随即被捕。虽然李瓦拒绝透露开枪动机，不过警察确信这起事件与包金案有关。

　　关凯被枪击并非偶然。据龚老金回忆，正当他和其他安良堂成员准备就包金之死在大陪审团面前作证时，关凯曾在同一地点企图暗杀他。9 月 13 日，刘家兄弟因谋杀青年女子被"坟墓"治安法庭传讯。他们拒不认罪，每人获准以三千美元保释。

　　这一轮战争的爆发与赌博毫无关系。事实上，唐人街现在已没有太多的赌博活动。当宾厄姆将 39 岁、警龄十七年的迈克尔·加尔文升为警监，并在 1908 年春将他调至第六分局时，他明确表示，加尔文的首要目标是清理唐人街。这意味着，加尔文不仅要关闭赌场，还要打扫"乱室"（指违法行为或破坏社会公德行为发生的地方）。

加尔文定下最后期限，要求不能证明与华人结婚的白人女性（绝大多数是妓女）必须在这天之前离开唐人街。虽然这一行动的合法性存疑，但仍被严格执行。截至7月，一百二十五套白人女性租住的公寓被腾空；到了9月，二百套公寓被清空。为了解决赌博问题，加尔文首先关闭了一家有代表性的赌场——位于勿街14号安良堂总部的赌场，并在外面派驻了一名警卫。与此同时，他还突击搜查了披露街22号的协胜堂赌场。截至7月，五十六个赌场被关闭，其中约三分之二属于协胜堂，三分之一属于安良堂。[21]

加尔文在其他人失败的地方取得了成功，但为此心力交瘁。从西格尔案到包金案调查期间，他每天工作二十个小时。在担任局长的头几个月里，他瘦了将近二十公斤，8月甚至经历了一次精神崩溃。医生警告他，如果再不休息，他会死。他不得不请假。不过，到了深秋，他又回到了工作岗位。[22]

尽管很多人宣布停火协议已经名存实亡，但实际上该协议并未因关凯案破裂。这场冲突与协胜堂无关，与安良堂为敌的是一个完全不同的对手。四姓堂认为安良堂犯了三个错误：拒绝为包金付赔偿金，导致杀害包金的两名嫌疑人被捕，使一个四姓堂兄弟受伤。

每个人都支持复仇。李希龄将他的保镖增加到六人。警察获悉，上周有两箱大口径短筒手枪被送到安良堂总部，而协胜堂也收到了一批军火。二十五名制服警察和二十五名便衣奉命挨家挨户搜查武器。9 月 13 日，他们强行闯入两堂总部，但还是晚了一步，枪支早就被分给了堂口兄弟。[23]

10 月中旬，在气氛最紧张的时候，波士顿传来消息——三个被判犯有一级谋杀罪的协胜堂人被执行死刑。突然之间，协胜堂、安良堂似乎剑拔弩张。但是真正有所动作的是四姓堂，它在 11 月 5 日开始行动。[24]

当天夜里，两名准备出庭指证刘家兄弟的安良堂人在且林士果广场遇袭受重伤。四姓堂从外地招募了四名暴徒，尾随证人到了多也街街尾，紧接着拔出左轮手枪向两人开火。一个目标人物被打穿肺部，倒在人行道上。四名暴徒被捕并在同一天被提审。[25]

加尔文警监料到会有袭击发生，但是没想到会在包金案宣判之前。他确信，如果包金案嫌犯被判无罪，肯定还会有麻烦。与此同时，警方也了解到，这两个组织都在从波士顿招募枪手。四姓堂已经派在 1897 年"素鸭"遇袭案中被判无罪的赌场老板赵乐到那里招募斧头仔。波士顿警方报告说，十几个有犯罪记录的华人正在前往纽约途中。

加尔文希望避免另一轮仇杀，因此趁四姓堂总堂主刘信（Sam Lock）来纽约时替双方调停。11 月 15 日，加尔文拜访了这位从旧金山赶来安排为刘家兄弟辩护的总堂主。与此同时，他还试图召集两个组织和谈，但李希龄拒绝了邀约。不过，龚老金向《纽约时报》保证："我们不会威胁任何人，即使有麻烦，也不会是由安良堂挑起的。"[26]

然而，到了 11 月底，安良堂还是挑起了事端。它没费一颗子

弹，也没流一滴血——它驱逐了四姓堂人。由于安良堂是堂口，
而四姓堂是宗亲会，因此一些人同时加入了两个组织。不过，自
包金案发生后，双方的敌意变得过于强烈，以至于安良堂的掌权
者决定先发制人。安良堂总部贴出一张公告，宣布五十四人因拖
欠会费被开除会籍。当然，没有人相信这是真的，而且名单上的
人全都是四姓堂成员。也有人认为，安良堂此举只是为了保全颜
面，因为他们提前得到风声，这些人已经打算集体退出安良堂。
甚至有人猜测，被驱逐的人已经申请加入协胜堂。[27]

　　一个月后的 12 月 27 日，两个七十多岁的四姓堂兄弟在披露
街 30 号的房间里遭枪击。一人当场死亡；另一人是四姓堂干部，
他身中三枪，受了致命伤。在弥留之际，他告诉警方，四个暴徒
突然闯了进来，其中两人开火。虽然他没能认出他们，但所有迹
象都显示，这些人是受安良堂指使。安良堂与四姓堂之间的战争
现已全面展开。[28]

　　三天后，阿虎身亡，此前他已在死亡边缘游走数年。

　　阿虎是中国剧院的喜剧演员兼助理。协胜堂不喜欢他，因为
他曾在节目中取笑协胜堂。1906 年，他刚从旧金山来纽约后不久，
便被协胜堂列入暗杀名单。35 岁的阿虎住在且林士果广场 10 号，
离中国剧院很近，剧院的演员与歌手都住在这里。凌晨 2 时，他
在四楼房间外的走廊遭枪击，头部中弹，当场丧命。[29]

　　关于阿虎被杀的原因，有两种说法。一种是他曾加入旧金山
四姓堂，有人威胁他，要他退出纽约安良堂。不过，警方更相信
另一种说法：杀害阿虎是为了给此前遇害的两名年迈的四姓堂兄

弟复仇，凶手很可能是来自波士顿的枪手。[30]

阿虎早就知道自己成了杀手的目标。遇害前一天，一份威胁要杀死他的恐吓信被钉在他的房门上。为此，他甚至计划离开纽约，同时还向警方申请保护。加尔文局长派两名警探护送他来往于剧院并监视剧院大厅——警方认为枪击很可能发生在这里。[31]

遇害当晚，阿虎很紧张。他没有吃晚饭，并缩短了表演时间。然而，剧院里什么也没发生。不过，为了安全起见，警察护送他从剧院后门离开。他们护送他穿过后院，来到且林士果广场10号的后门，然后再沿着楼梯走到四楼，看着他安全进入房间后才离开。谋杀就发生在他穿过走廊去洗手间洗漱的几分钟里，没有人看见凶手。[32]

阿虎被杀一年后，多也街的拐角第一次被人称为唐人街的"血腥角"。阿虎并没有死在那里，遇害当晚他甚至没有踏足多也街，所以这个名字必然与发生在这条小巷的其他事件有关。这个钝角拐角使披露街和且林士果广场上的人看不见彼此。虽然一直流传着交战堂口会利用这里的地形事先埋伏好，然后悄然发动袭击的说法，但类似事件似乎从未发生过。因为多也街表面上是中立地界，所以这里的冲突比勿街和披露街少得多。不过，1905年中国剧场凶杀案中的协胜堂杀手确实是从多也街逃走的，所以"血腥角"的名字很可能由此而来。[33]

在阿虎被谋杀后，报纸上到处都是关于纽约堂斗再起、休战协议被打破的报道。虽然战争确实在进行，不过由于协胜堂并没有参与，因此也就谈不上再起。但是阿虎被暗杀以后，人们都明白，安良堂和四姓堂之间的矛盾将进一步恶化。

随着四姓堂的崛起，有迹象显示协胜堂正在衰落。后者的纽

约分堂又被要求为他们的波士顿兄弟提供资金援助，支付他们的
律师费，而且这一案件的上诉程序旷日持久，堂口的负担很重。
加尔文局长关闭赌场、驱逐妓女的措施，使堂口的经济状况进一
步恶化。与此同时，协胜堂在"素鸭"离开后也流失了很多会员
及会费。[34]

也许正因为时运不济，协胜堂决定与四姓堂联手反对他们共
同的敌人。1910 年年初，双方正式开始合作。1 月 3 日，唐人街
公告栏贴出了如下通知：

> 披露街和多也街所有社团和堂口，即四姓堂、协胜堂和附
> 近所有小姓宗亲会，已经向勿街势力强大的安良堂公开宣战。
> 几天前，安良堂人悄悄溜进两位长者的房间。这两人在四姓堂
> 中资格最老，体弱又无武器，没有还手之力，却惨遭杀害。[35]

如果上述威胁成真，安良堂将遭遇极大挑战，但实际上什么
也没有发生。唯一值得一提的是，参加刘家兄弟审判的不仅有旧
金山四姓堂堂主刘信，还有"素鸭"。1909 年春天，"素鸭"从西
部短游归来后，再次返回丹佛处理未完成的事情。此事与一个被
买卖的华人女性有关。"素鸭"花了四千美金买下了叶莉（Lilly
Yem），而她却像包金一样寻求教会工作人员的帮助，"素鸭"赶
至那里正是为了要回他的"财产"。如今，他再次回到纽约，重获
协胜堂青睐。[36]

纽约县最高法院刑事法庭正式开始审理包金案，被告请特伦
斯·麦克马努斯担任辩护律师，公诉人则是近年升为首席助理地
方检察官的弗兰克·莫斯，他已经担任助理地方检察官多年。他

的上司是刚被任命为地方检察官不久的查尔斯·惠特曼，后者曾担任纽约县地区法院法官。[37]

莫斯首先对陪审团说，包金案是他所在地检起诉过的最残忍的案件之一。法医和几名警察出庭作证后，莫斯传唤了现任安良堂堂主李观长作为他的第一名华人证人。虽然他和安良堂关系不睦，但在此案中，他知道这个证人会和自己合作。

敦实的李观长穿着中式长袍作证说，这两名被告在案发前找过他，让他劝陈来同意他们的要求。而李观长在事发前与那对夫妇见过面，包金本人表示愿意在未来向刘堂支付一千五百美元，但是陈来拒绝了。当李观长被问及他自己社团的情况时，他回答说，安良堂仅仅是一个商人团体，并未染指赌博。旁观席传来一阵嗤笑声。[38]

在交叉质询中，李观长称安良堂已经召开会议讨论使陈来免罪的策略。他说李希龄已经承诺出资为陈来辩护，并发誓不会陷害任何人。[39]

检方的主要证人是陈来本人，他穿着时髦的西式服装，短发梳向一边。他讲述了自己如何遇见包金，如何与她成婚，如何把她带到纽约，以及四姓堂人怎样找到包金，如何索要赔偿。交叉质询持续了一个小时，辩方极力诋毁陈来，试图使陪审团相信他才是真凶。陈来显然难以招架。麦克马努斯使陈来承认，他在纽约找不到工作；当陈来无法解释他到纽约后如何谋生时，麦克马努斯便暗示他用包金的钱过活。麦克马努斯还指出，陈来与包金的婚姻并不合法，因为他在中国有另一个妻子。

"你知道根据美国法律，你不能有两个妻子吗？"麦克马努斯问道。

"我遵照中国的法律。"陈来回答。

"难道不是因为你一直强迫她过着不道德的生活，她才想离开你去波士顿吗？"他问。

"不是。"证人反驳道。但辩方律师的潜台词一目了然。[40]

麦克马努斯还告诉陪审团，报案时陈来双手沾有血迹，而且他有数把猎刀，和尸体旁边的那把非常相似。

第二天，莫斯找来大批证人，他们都是陈来的朋友。所有证人均指认被告曾出现在谋杀现场，而且措辞完全一致，以至于辩方律师大声讽刺道，他们是不是邀请了一支铜管乐队，一边在大楼前聚会，一边等待案发。当然，更可能的情况是，安良堂总部召开的那次会议，已经敲定了为陈来辩护的策略以及如何收买证人。

当天，辩方律师也在法庭上陈述了案件。他强调，安良堂为了推卸陈来的责任，使无辜的被告成为替罪羊。刘堂也当庭申辩，他并不认识陈来，也没见过包金，他第二天早上才得知包金的死讯。刘堂的不在场证人（既包括白人，也包括华人）都证明那天晚上他在别的地方。[41]

控辩双方做完总结陈词后，案件交由陪审团裁定。《纽约时报》评论道："初次见识了一个陌生民族的嫉妒与道德后，困惑的陪审员们不得不在两条截然相反的证据链之间做出抉择。"在涉及华人的案件中，这样的情况司空见惯。当朋友的生命和自由受到威胁，或是当一方或另一方愿意为有帮助的证词慷慨买单时，诚实便会缺席。[42]

经过几个小时的商议，陪审团认定被告无罪，刘家兄弟立即向他们鞠躬致谢。[43]

加尔文局长预测刘家兄弟的无罪释放将引发两个组织的冲突，如果不是因为枪手错将 28 岁的日裔男仆西户由人当作目标，冲突本应在 1910 年 1 月 23 日爆发。西户由人因不幸酷似一个指证刘家兄弟谋杀包金的安良堂人，在多也街 4 号遭四姓堂人赵庆（Jung Hing）枪击，背部中弹。

赵庆身高 1.67 米，体重 56.7 公斤，身着时髦的美式服装，穿着皮鞋，紫色袜子外露。案发后，他扔下左轮手枪，逃入披露街 4 号，但被一名巡警逮捕。受害者在死前指认了他，目击凶案的两个白人"跑堂"也指认他就是凶手。[44]

尽管有人被杀，而且枪手的目标确实是安良堂人，但是由于没有一个安良堂人因之惨死，所以安良堂没有报复。在接下来的一个月里，安良堂举办了除夕晚宴——转眼间安良堂与协胜堂之间的和平已维持了四年。

市警察局近半警探应邀赴宴，这充分证明安良堂已经与他们建立起良好关系。尽管唐人街的管辖权已经回到伊丽莎白街警察局，但是总部警察曾经介入华人事务，以后很可能还会介入。而且，由于当协胜堂希望警察突击搜查安良堂的非法生意时，他们总是直接与高层联系，所以改善与市警察局的关系明显对安良堂有利。总之，拉近与市警察局的距离终究没有坏处。

千万鞭炮炸响，欢迎宾客到来，每位客人都收到一支白色康乃馨，并将其别在领口作为停战的象征。但这是安良堂的宴会，宾客名单上并无四姓堂、协胜堂成员。作为主人的李希龄、李观长、龚老金不仅邀请了警方人士，还邀请助理地方检察官戴维·劳埃德当宴会主持人，另外也邀请了1901年阿斐案与1904年包里街枪击案中担任公诉人的弗朗西斯·加文。出席的还有地区法院法官福斯特、法医伊斯拉埃尔·范伯格。宴会现场高朋满座，一名客人盛赞李希龄，后者笑逐颜开。[45]

《纽约太阳报》刊登了一篇短文，以讽刺的语气准确解释了安良堂为什么要结交其中的一些客人："这里有检验他们尸身的法医范伯格、审讯他们的法官科里根、起诉他们的十五名助理地方检察官，以及为他们辩护的律师。"[46] 而席间劳埃德不住挖苦警方，则等于公开宣告了地检与警察局的不和。他评论道，如果餐厅的窗户是开着的，那么"某些局长"就会听到他的话——如果不是警察们偏帮一半打压另一半，唐人街的暴力犯罪会减少一半。

一周后，协胜堂不甘示弱，在披露街举办了自己的晚宴。他们同样邀请了执法部门的贵客，包括几名助理地方检察官、市警察局和第六分局的警察，当然还有帕克赫斯特协会的人。[47]

唐人街现下似乎平安无事，但安良堂和四姓堂的账终究要算，首付款不久就会付上。

46岁的赵梅任（Chu Moy Yen）是第一个，也是最幸运的受害者。作为四姓堂中排名仅次于刘信的角色，赵梅任通常不会冒险去安良堂的地盘。但在1910年4月10日星期日，他有事不得不前往勿街。当天下午，他经过勿街7—9号的餐馆时，一个高个子华人突然朝他开枪，然后逃入一栋大楼。赵梅任右腿中了两枪，虽然他清楚地看到了枪手，但拒绝向警察指认枪手的身份。[48]

仅仅过了几个小时，四姓堂就开始报复。尽管赵梅任遇袭后，警察潮水般涌入唐人街，但是矮小、结实的四姓堂洗衣工赵赫（Chu Hen）还是在勿街枪杀了安良堂人赵福（Chung Fook）。他在逃跑时撞入一名警察的怀里，立即被逮捕，毫无逃脱机会。警察发现他穿着数层防护物，包括一层钢板、三层皮革，外面还罩着丝绸。[49]

警龄十四年的理查德·恩赖特在加尔文因健康问题被纽约市警察局局长威廉·贝克调到康尼岛后，被任命为伊丽莎白街警察局代理局长。他调用麾下全部后备警力，在其他分局的支援下，派一百多名警察前往唐人街，并疏散了游客。大家都在等待事情的后续。[50]

几家报纸将这次纷争的爆发归咎于包金案。其他人提到了西格尔之死和禁赌。还有人指出最近唐人街住民减少引发的紧张局势。加尔文局长前一年进行的一次非正式人口普查显示，在警方关闭赌场、驱逐单身白人女性后，超过半数居民已经迁走，只剩下一千多人，而此前这里曾住着两千多人。西格尔案发生后，绝大多数白人游客不再去唐人街，现在甚至连华人也不再去了。星期日的外地游客从五六千人减少到不足一千。《纽约论坛报》甚至预测唐人街会在六个月内消失。[51]

星期日枪击案发生之后，与四姓堂和安良堂均无瓜葛的两名华商，请求福斯特法官再次调停。据说，安良堂因不愿冲突持续导致自己的利益受损，迫切希望和解，但是四姓堂拒绝了。"我愿意尽我所能帮助唐人街恢复和平，"福斯特告诉《纽约时报》，"但困难在于，四姓堂不愿意参与会谈，或许过几天会有一些进展。"[52]

实际上，他们花了很长时间才取得了些许进展。调停持续到了4月底。4月13日，四姓堂的律师麦克马努斯起草了一份和平协议，但安良堂没有同意。[53]

不过，福斯特法官并不是唯一在为两堂调停的人。就在麦克马努斯着手起草新协定的同时，一场不需要翻译的谈判也已经开始。华盛顿的清朝驻美公使向纽约派驻了一名参赞以促成和解。4月14日，年初卸任的清朝驻纽约领事杨毓莹（Yung Yu Yang）与杨一起先后会晤了李希龄及勿街商人，然后前往四姓堂总部。他告诉记者，清朝驻美公使在这件事上不会偏帮任何一方，"我们所做的一切，都是为争取和平和伸张正义"。[54]

但是和平仍旧难得，因为四姓堂本身就是分裂的。到了4月21日，两堂已接近达成协议。当唐人街上张贴出一张宣布和平即将到来的公告时，一个年轻的四姓堂人将它撕了下来，这是对两堂首领的公然侮辱。这一明显的代际矛盾促使安良堂公开强调，如果四姓堂不能控制自己人，那么签署和约便毫无意义。他们如今要求四姓堂保证，将严惩堂内青壮派的不当行为。[55]

由于上述情况，尽管外交官极力斡旋，而且唐人街商人也施加了很大的压力，两堂仍然未能达成协议，流血冲突似乎不可避免。四姓堂在人数上超过了安良堂（据说前者有一千名成员，后者仅有三百人），而且它认为安良堂还有债要还。[56]

恩赖特警监只是代理第六分局局长，真正的局长"大比尔"威廉·霍金斯于4月中旬到任。霍金斯是个圆胖的爱尔兰人，从警多年，以对帮派强硬闻名。他拜访了李希龄，并与他谈及了四姓堂问题。随后，霍金斯将这一地区的警力增加了一倍，这表明他未能与李希龄达成共识。《纽约时报》对此评论说，唐人街的警察多到"几乎挤在一起"。[57]

霍金斯无法说服李希龄,因为后者对四姓堂内部分裂的担忧是正确的。四姓堂确实分裂为两派,占总人数将近一半的青壮派不再听命于领导层,而实际上所有枪击事件都是他们策划和执行的。四姓堂青壮派憎恨安良堂,又得不到堂内元老的信任,因此纵使他们期待和平,也绝不能与安良堂妥协。因为任何安良堂可以接受的条约都必须得到四姓堂两派的认可,这意味着两堂不可能达成协议。[58]

1910年6月10日,陪审团对4月10日的报复枪击案做出裁决。尽管有六名白人证人宣誓作证,但穿着数重防护衣被捕的赵赫还是被判无罪。这个结果激怒了安良堂,而另一厢四姓堂却为此欢欣鼓舞——他们决定举行盛大的宴会以庆祝赵赫重获自由,并纪念四姓堂成立两千周年(它是这么宣称的)。[59]

四姓堂很清楚这样的宴会是一种挑衅,因为赵赫获释已经让安良堂非常愤怒。这样的大型聚会对于四姓堂本身也是危险的,因为这为敌人提供了袭击他们的绝佳时机。当宾客们入场时,一切似乎都很平静,"大比尔"霍金斯也松了一口气——他预计会有麻烦,于是与两名警察一起来到披露街宴会现场。[60]

突然间,披露街枪声大作。六名安良堂人从勿街拐角处冲了出来,开始向宾客开火。他们的目标是现场的贵宾赵赫,但他并没有被击中。一听到枪响,几个四姓堂人就拔枪反击。破碎的橱窗玻璃散落在窗框上,铁质阳台和消防栓上的弹痕见证了这场纷争。不过,在这场冲突中负伤的都是四姓堂人。

这场枪战持续了不到两分钟——突然开始，突然结束，最后警方逮捕了八人。不到半个小时，一百名警员涌入唐人街，封锁街道，禁止游客入内。但是当天的晚宴仍按计划进行，再也没有其他麻烦。[61]

几周后，15 岁的四姓堂人赵安（Chu On）犯了一个错误——前往勿街购物。他已经离开纽约数月，前一天才刚刚返回。他以为勿街不会有人认识他，于是不顾警告前去购物。但是，当经过勿街 11 号时，他被五发子弹击中，受了致命伤。警方有理由相信，他就是半年前枪击阿虎的嫌犯，这可能正是他离开纽约以及遇袭的原因。

8 月，类似事件再次上演，这次的受害者是 49 岁的赵痕（Chu Hin）。三年前，他在多也街 11 号和勿街 20 号之间的地下通道开了一家餐厅，生意不错。赵痕是四姓堂作战部的重要角色，他早就知道自己被盯上了。数月前，有人在他的餐馆门上贴了一张威胁字条。

自那以后，他便销声匿迹。但是在 8 月 16 日晚上 8 时左右，他冒险进入地下通道的勿街段——这是安良堂的地盘。有人朝他连开五枪，四枪击中头部，他当场毙命。[62]

一个不明身份的华商向《纽约论坛报》解释了四姓堂在最近的战斗中受挫的原因："安良堂专门养了一些枪手，为他们提供食宿，每月还发给他们三十美元；而四姓堂将这场冲突看作家族之难，成员理应出力，因此四姓堂人的积极性不高。"[63]

此外，四姓堂还需要面对的问题是，法律诉讼与混战耗尽了他们的经费，他们不得不强迫其成员贡献资金。四姓堂是宗亲会，只能招募四姓族人，而且又不能像堂口那样参与不法交易，因此只能要求每名成员提供高达五十美元的资金以支持这场战争。不过，冲突同样使安良堂的利益受损。赌场歇业与商业衰退意味着可用来资助战争的收入减少了。

基于上述理由，双方均有意停火。经过几个月的谈判，1910年12月18日星期日，唐人街市政厅外的布告栏上贴出了一张告示，双方同意从下个星期六开始暂时停战。公告以中华公所和中国驻美领事的名义发布。他们一直秘密与两堂协商，现在认为两堂可以在一周内达成一项永久协议。[64]

虽然实际花费的时间比预计的长，但主要是由于商界的压力与资金的枯竭，协议还是在年底前签署了。12月29日，两堂代表用毛笔在六英尺的羊皮纸上签名，宣布双方重归于好。显然，四姓堂已经解决了内部分歧。随后双方代表举杯庆贺，人们点燃鞭炮，奏起中国乐曲。

该协议对两个组织在全美各地的分堂均有效力。它规定：以后若有凶杀案发生，凶手将向警方自首；禁止血债血偿，取而代之的是金钱赔偿，具体金额通过协商确定。协议还规定不得干涉待审案件，归还被没收的财产，清偿债务——包括归还被安良堂驱逐的四姓堂人的会费。[65]

龙冈之战终于结束了。可战争到底为何旷日持久？一名主张谈判的华商讽刺道，和平协议"本来早就可以达成"，"但警察不希望和平，律师也是"。[66]

这种说法可能有失公允。当社团成员不断被逮捕、传讯，被控袭击和谋杀，而停战协议迟迟无法达成时，律师当然可以借机牟利。但是没有证据表明，律师为了自身利益有意拖慢庭审进程或使诉讼程序复杂化。而且除了上述评论，没有其他人质疑律师。

至于警察，当他们能够从赌场的收入中分成时，他们当然乐于庇护赌场以保护既得利益。但是，上述评论或许适用于第一次堂斗，当时警察从赌场老板那里获得的非法收入受到了威胁，但现在的情况已截然不同——如今唐人街赌场寥寥，而龙冈之战也无涉赌博。

龙冈之战起于一场由女人引发的私人纠纷，由于两个社团均试图操控案件的审理而持续了下去，又由于双方均不相信对方会遵守协议而旷日持久。冲突使双方筋疲力尽，而继续对峙的代价过于高昂，因此双方最终坐到了谈判桌前。很难看出警察或市政高层有什么理由要让这场战争继续下去。

然而，这场战争确实与另外一个因素有关，甚至可以说唐人街所有冲突或多或少都受其影响。面子，这一为亚洲社会所重视之事，一直是堂口成员为受伤害或蒙冤的兄弟复仇的重要动机。面子与荣誉、威望息息相关，为了保住面子，人们不惜付出高昂代价，必要时甚至不惜牺牲性命。

而在堂斗中，保住面子即意味着有仇必报，绝不能忍气吞声。举例来说，当赵赫杀死赵福后，为其复仇便是安良堂最为迫切的事。陪审团做出的无罪判决被安良堂视为奇耻大辱，如果法庭不能为他们伸张正义，他们为了挽回面子只能自行回击。这就是当四姓堂在披露街为赵赫举办庆祝宴会时，安良堂发动袭击的原因。尽管枪手没能得到赵赫的首级——这自然是安良堂人最想要、最合适的战利品，但是杀死任何一个四姓堂人都能让他们保住面子，因为冲突的对象已不再是个人，而是组织。

同样的原则也适用于第一次堂斗。不幸的李浩与多也街剧院的杀戮没有任何关联，但因为他是协胜堂人，是"素鸭"的堂口兄弟，这就足以使安良堂人将其残杀在熨衣板上。他的死挽回了安良堂的面子。不幸的是，保住面子通常是一个零和游戏，只会导致冤冤相报的恶性循环。

中国著名作家、语言学家林语堂在20世纪30年代写道，面子——

> 男人为它奋斗，许多女人为它而死……它使官司延长，家庭破产，导致谋杀和自尽……它比任何其他世俗的财产都宝贵。它比命运和恩惠还有力量，比宪法更受人尊敬……中国人正是靠这种虚荣的东西活着。[67]

林语堂指出，在关乎面子的事情上，"压根儿就没有什么实质的东西在阻止双方达成一致的意见。他们唯一需要的是一个体面地退出的办法，或者是承认错误的合适措辞"。然而，在堂口门生的世界里，过于频繁地寻找"体面地退出的办法"通常是一个曲折、重复、代价高昂的过程。

《唐人街内幕》的作者"两个人"写道："挑起一场战斗很简单，但只有在双方都认定自己已经成功复仇而且已无财力继续时，战斗才能止息……每个堂口都要经过一个'保全面子'的过程，他们表面上叫嚣威胁着要再起战端，但最后还是会安排一场和平的宴会，发表一份联合声明。"[68]换句话说，一旦挽回了面子，花光了金钱，冲突就没有意义了。

　　四姓堂与安良堂之间的堂斗亦如此。签署协议后的例行宴会为新的一年带来了一个不错的开头。尽管唐人街的和平注定不会长久，但宴会确实标志着四姓堂将不再参与堂斗。四姓堂人无疑为此感到高兴，这个社团将重新回归宗亲会的角色。

　　从此以后，堂斗又仅成两堂之事。

第十二章
"素鸭"运尽

1911 年 1 月 25 日，联邦海关突击搜查了第七大道的两个鸦片馆。海关部门得到情报，几个月来，已有价值数万美元的毒品走私入境，并通过东部若干城市的华人分销出去。海关人员通过情报盯上了两个出售茶和雪茄的商店。

为了获得证据，卧底探员留起杂乱的胡须，将衣领立了起来，在脏兮兮的脸上涂上滑石粉，使自己看起来像"烟鬼"。他们来到这两家商店买"荔枝"——鸦片贩子通常将熟鸦片塞进荔枝壳，每个"荔枝"的售价是五十美分。

海关人员取得了搜查令。他们包围了两栋建筑，拔出手枪冲了进去。四名华人男子也拔出了枪，但没来得及开火便被制伏。海关人员缴获了价值一万美元的鸦片，还有一些制毒工具。这是全国性打击非法鸦片交易行动的一役。

海关人员在缴获鸦片时，还在现场发现了大量信件、电报、账簿和备忘录，强烈暗示大量警察参与了这个肮脏的生意。他们发现了一些政府公职人员写给安良堂堂主李观长的感谢信，而这两家被搜查的商店的主人正是李观长。他们还发现了费城、波士顿、匹兹堡的警察分局局长为李观长写的介绍信，以及数份纽约警察名单。这些证据显示，一个庞大的毒品走私、分销网络业已存在，它覆盖了美国主要城市，并且得到了警察的默许。

联邦探员故意未向纽约市警察局请求支援，甚至在行动前完全没有通知对该地区有管辖权的西 37 街警察局。这是明智之举，他们有理由怀疑当地警察可能参与违法活动。即使在封锁现场后，他们也不允许当地警方进入。[1]

李观长和李希龄早已卷入毒品买卖。早在 1883 年，李希龄就被指控从当地的鸦片馆收取"许可费"。李观长牵涉的程度更深。他不仅对交易"征税"，还自己经营生意，而且他的客户也不仅仅是华人。1899 年，他在 66、67 街之间百老汇的某处经营着一间鸦片馆，各色人等都会去那里吸上几口，放松一下。[2]

然而，该行业的风险最近大大增加了。以前鸦片受到州政府管制，而联邦政府仅对其征收重税，但在 1909 年，联邦通过了禁止进口鸦片的法律。在社会改革者、禁酒主义者和基督徒的压力下，罗斯福政府敦促国会通过了《鸦片禁例》。新法案禁止进口、持有和以吸食为目的的使用鸦片——这在华人当中十分流行。不过，该法案并未禁止为医疗目的使用鸦片——这在白人当中更常见。

联邦检察院用一天时间整理了没收的信件，又花了几天时间翻译。媒体得知波士顿和匹兹堡的警员也牵扯其中，便立即与当地警察部门取得联系，并刊出了他们的否认声明——这是预料之中的。一些信件提及了鸦片入境过程。还有一些信件是白人女性写给李观长的，地方检察官拒绝评论，但是暗示信中可能有秽语杂言。经营妓院的李观长向来喜好女色。[3]

所有证据都显示，李观长正领导着一个全国性的走私、贩卖毒品的犯罪集团。该集团主要通过加拿大边界、波士顿、旧金山、西雅图输入鸦片。联邦探员带着逮捕令前去逮捕李观长，却得到了他已经逃往费城的消息。

实际上他并没有逃跑。经过五天搜捕，联邦探员在勿街的安良堂总部门口抓到了他，当时他穿着时尚的西装，戴着尖尖的礼帽，帽檐压得很低，挡住了眼睛，三枚硕大的钻石戒指戴在粗手指上。经过短暂的争执（李观长要求穿上大衣，并要求和李希龄交谈一分钟，但这些都被拒绝了），李观长一路被枪指着押送到"坟墓"，在那里他将被指控涉嫌走私。李观长被捕可以说是纽约华人犯罪史上最重要的一次逮捕。[4]

在"坟墓"，李观长承认自己是被查封的两家商店的合伙经营人之一，但绝口不提鸦片买卖。第二天，他被提审，保释金定为两千五百美元。2月20日，大陪审团决定以走私鸦片的罪名起诉李观长。[5]

虽然报纸有时会报道当地鸦片商向安良堂缴纳保护费之事，但是堂口头目因涉嫌走私和分销毒品被捕却是首次。更令人震惊的或许是，这不仅仅是地方事务，李观长经营着一个全国性的犯罪集团。

安良堂最初怀疑，向海关告密的是正与他们发生冲突的四姓堂。但是这一猜测很快被否定，告密者其实是协胜堂，后者一直试图插手利润丰厚的鸦片生意。此前，李观长一直利用与警方的良好关系打压竞争对手，并掌控了纽约大部分鸦片买卖。协胜堂不满自己的份额，决定发起反击。他们故技重施，像19世纪90年代一样，试图让联邦政府替自己铲除异己。除掉李观长将使他们更加顺利地扩大鸦片市场的份额。[6]

位高权重的李观长被捕以后，没有人相信和平还会继续。警方在那两个所谓经营雪茄和茶叶的商店里发现了与堂斗相关的文件，包括近期发生的枪击事件中付给枪手报酬的详细记录。[7]

人人都在想，复仇又要开始了。

拜新市长所赐，赌博在纽约再次兴盛起来。

1910 年 1 月 1 日，前州最高法院法官威廉·杰伊·盖纳在坦慕尼协会的支持下击败了两名候选人，成为新市长。不过，盖纳并没有对坦慕尼协会唯命是从。他是一名改革者，任命技术专家为市政官员，而非坦慕尼协会希望的人选。盖纳不喜欢赌博，但是他为治理赌博而采取的非常规手法反而使赌场老板长期受益。

盖纳是一名自由主义者，强烈反对警察的无法无天、胡作非为。作为法官，他尽其所能制止警方在没有搜查令的情况下突击搜查以及警察的暴行。他也不认同帕克赫斯特协会。甚至在成为市长之前，他便要求麦克莱伦市长免去西奥多·宾厄姆纽约市警察局局长的职务，指责宾厄姆以打击犯罪之名肆意践踏法律。[8]

许多人批评盖纳市长粗暴干涉警察局工作，威廉·贝克便是其中之一。贝克虽然在盖纳上任之前就被任命为纽约市警察局局长，不过他的大部分任期是在盖纳的领导下度过的。贝克显然不喜欢盖纳。他在离职数年后，描述了盖纳治下纽约泛滥的赌博劣行。

贝克说："盖纳来了之后，声称政府部门要严格按章办事。他警告我不要在没有证据的情况下逮捕嫌疑人，不得在没有搜查令的情况下进屋搜查。"结果，"赌场快速蔓延，根本无法控制"。但是真正让贝克恼火的是，自 1910 年 6 月起，所有警察都必须穿上制服。盖纳颁布该命令的原因是，他认为便衣警察常常向违法者索要贿赂。但是新规定却使警察无法有效搜集赌场罪证。

贝克回忆说："这个命令造成部门内一片混乱。当我们穿着制服进入赌场时，我们有多大机会得到犯罪证据呢？这个命令把主动权交给了赌徒。"[9]

虽然一直以来便衣警察对唐人街的作用有限，但是在盖纳市长的治理下，赌局似乎遍布整座城市。赌博的人越多，堂口的收入自然也越高。

令人意想不到的是，李观长被捕后，唐人街一切如常。1911年4月，各个堂口甚至合作举办了一次义卖活动和游行，为中国的饥民募资。《纽约太阳报》讽刺地写道，协胜堂、安良堂和四姓堂的人走在一起，"好像他们从未想过置对方于死地"。他们收到的捐款超过七千五百美元。三堂也和平地参与了7月4日的独立日游行。[10]

堂口的斗争仍在继续，但以内斗为主。曾共同策划了中国剧院和波士顿凶杀案的协胜堂人辛多和余才关系已经破裂。辛多没有退出协胜堂，但和致公堂（Chee Kung Tong）组成了一个新联盟。致公堂也称金兰公所（Kim Lan Association），是洪门的分支。辛多的新社团吸纳了大约两百名成员，其中许多人曾经是协胜堂人，但因为对协胜堂心灰意冷而选择退出。"白面小生"余才无法接受辛多的做法，前者仍然是协胜堂的重要杀手。余才与辛多发生激烈争吵，并在近距离向没有武器的辛多开枪，辛多腹部中枪殒命。但是，这次暗杀并没有激起安良堂的报复，因为安良堂并未卷入此次事件。[11]

联邦政府花了很长时间为起诉李观长做准备。12月中旬，该案终于开庭，李观长已在狱中待了近一年。李观长的律师替他作了无罪辩护，辩护理由是从事非法生意的商铺并非他所有，虽然他在审讯期间说过相反的话。数名市政官员作为检方证人被传唤上庭，他们寄给李观长的信件和"优待卡"现已成为检方的物证。这些市政官员给亲朋好友的"优待卡"虽然不能使对方免罪，但足以显示其与政府中人有密切关系，当收到卡片的人被控违反联邦法律时，寄送卡片的人多少会感到尴尬。[12]

然而，在法庭还未曝光涉案官员的名字时，这个堂口头目就改口认罪。李观长在其同伙的劝说下意识到，如果自己不认罪，安良堂经营多年的警政关系网将被严查，进而危及安良堂的朋友和生意。李观长选择让步，为堂口牺牲自己。12月12日，他被判入狱十八个月，再监外执行三年。一个星期后，他被送入佐治亚州亚特兰大联邦监狱。

随着李观长在加拿大的一些同伙相继落网，海关十分满意摧毁了他的鸦片帝国。不过，对于安良堂来说，李观长入狱的影响体现在另一个方面。李观长长期向安良堂提供强大的财政支持，与四姓堂的冲突所需的资金、安良堂人被捕时缴纳的保释金等均出自李观长的口袋。与此同时，李观长与政府人员的关系也是安良堂重要的财产。[13]

每个人都知道安良堂想报复。鉴于李观长的地位，很多人认为报复手段必然相当激烈。第三次堂斗的种子已经埋下，只待开花结果。

然而，或许由于中国时局的变化，安良堂并未立即报复。自

17 世纪中叶就开始统治中国的清朝濒临崩溃边缘，革命浪潮席卷中国大地。10 月 10 日，中国中部城市武汉爆发了武昌起义，建立了军政府。几个月后，幼帝溥仪宣布退位，清王朝的统治结束，民国建立。

1911 年 12 月中旬，迫切需要资金的革命党人呼吁海外华人捐款，纽约华人决定为国家尽自己的一份力量。12 月 12 日，就在李观长定罪当天举行的一次会议上，协胜堂、四姓堂和安良堂各自许诺捐献一千美元支持革命。

会上，李希龄以《纽约太阳报》所说的"近乎兄弟般的情谊"向其他两堂高层喊话。他甚至称赞了"素鸭"的爱国精神。当时在场的还有黄杰，他曾返回中国，又在 1910 年回到美国，像"素鸭"一样恢复了在协胜堂中的地位。

"兄弟们，我们要埋葬清政府，把斧头插在清朝统治者的胸口。"李希龄的话赢得了与会者的掌声。然而，他没有说的是，安良堂的斧头对准的其实是近在咫尺的胸口，即将被埋葬的并不仅仅是清王朝。[14]

不过，在此之前，各堂还是最后一次展示了团结。1912 年 1 月 1 日，唐人街为庆祝中华民国的诞生举行了庆典。从中国进口的十万响鞭炮在广场上点燃。李希龄在数千名旁观者的注视下，带着游行队伍到达唐人街市政厅，那里悬挂着一面新的中华民国国旗，革命之父孙中山先生的画像取代了孔子像。为防万一，警察搜查了所有看起来像枪手的人。但这是一个为国家骄傲和庆祝的日子，没有人心存恶意，蓄意破坏。[15]

1月5日晚7时30分，寒风阵阵，街道冷冷清清，四名男子离开安良堂总部前往披露街。他们穿着美式服装，把领子立起以抵御寒风，每个人都把一只手藏在大衣下面，悄悄走向披露街。四人在披露街21号的赌场门前停下脚步，放风的看守不知去向，没人提醒里面的人危险迫近。

这些人经过一个小门厅进入一个大房间，里面有大约二十个华人正围着四张桌子赌博。保镖在旁边观看，背对着门，没看见他们进来。协胜堂副堂主梁右（Liang You）坐在最左边离门最近的桌子，他正在玩番摊。在他身后的那张桌子，堂主张蓬星正在推牌九，而坐在他对面的庄家正是"素鸭"——这间赌场的所有者之一。[16]

安良堂人一进门便从大衣里掏出史密斯韦森左轮手枪，向人群开了二十多枪。50岁的梁右身中五枪，跌靠在墙上，当场毙命。与他同岁的张蓬星胸口、胳膊、腹部均受了致命伤，摔在地上。随后，枪手们迅速扔掉手枪，消失在冬夜里。[17]

当警察到达时，屋子里剩下的七个人聚在一起，好像什么事也没有发生。"素鸭"也在其中，没有受伤，看起来并没有被几分钟前发生的事吓到。没有人关心躺在桌子底下受了致命伤的人，或是靠在墙上的尸体。警察进来询问死者的身份，"素鸭"给自己沏了杯茶，漫不经心地说不知道。大厅里的所有人都被警察当作证人扣押了起来，然后警察为一息尚存的张蓬星叫了一辆救护车。[18]

在此期间，一个协胜堂人把警察领到安良堂总部前，他在那里指认了两名枪手。警察把这两人铐了起来，并带他们去医院。护士把张蓬星扶起来靠在枕头上，张蓬星指认这两人就是行凶者。

警察继续将他们带回警察局，将他们随机排在十四个人的队伍当中，要目击证人指认犯罪嫌疑人，证人同样指认了这两个人。翌日，张蓬星过世。

被捕的两个安良堂人被控谋杀，保释金一万美元。"素鸭"只被指控经营赌场，当天他没做其他错事。不过，从被没收的赌具来看，他的犯罪证据确凿。他坚称，自己到达案发现场时梁右已经死亡。最后，"素鸭"在交了一千美元保释金后被释放。[19]

逮捕、监禁安良堂的二号人物李观长无疑是刺激安良堂对协胜堂高层展开报复的主要原因，不过协胜堂其他敌对行动无疑也助长了安良堂的怒火。11月，两个协胜堂人在克利夫兰杀死了一个拒绝向他们交保护费的安良堂人。李希龄的一个亲戚也在芝加哥被协胜堂的枪手谋杀。

已经目睹了两次堂斗的警方，竭尽全力避免历史重演。他们既然无法查清协胜堂人被谋杀的原因，便自然而然地用起了禁赌的老办法。他们发动了一场唐人街数年来规模最大的突击搜查。[20]

1月9日上午，地区法院首席法官、前纽约市警察局局长威廉·麦卡杜签署了二百二十一张针对华人赌徒的逮捕令，每张逮捕令的对象都只是简单写着"华人无名氏"。下午5时，1911年被任命为第六分局局长的弗兰克·蒂尔尼与约翰·达利督察一起，率领八十名警察前往且林士果广场，封锁唐人街。所有警察被分成二十八个小队，每队二至六人。他们拿着斧头、刀棒和撬棍涌向披露街、勿街、多也街的赌场。

警察打破玻璃，撬锁砸门，进入赌场，查获了番摊和其他赌局常见的赌具，还搜到了三个转盘，此前它从未在唐人街出现过。为保持公允，他们同时查封了"素鸭"和李希龄的赌场。截至午夜，警察逮捕了大约七十五人。警方的情报来自一个波士顿日裔教会工作人员，他已经潜伏在唐人街一个月，悄无声息地搜集了很多证据。他为了避免暴露身份，带着面罩指认了每间赌场的主人。[21]

但是，七十五人被捕并不能阻止第三次堂斗爆发。许多堂口高层都将成为这场战争的目标。它始于对鸦片贸易控制权的争夺，但很快演变为纯粹的面子之争。这场战争持续了将近一年半，参战者使用了唐人街从未见过的可怕武器。未来的一年将是血雨腥风的一年。

安良堂人肯定知道，斩杀协胜堂魁首的行动必然招致协胜堂的报复。2月底，报复如期而至。17岁的恩兴（Eng Hing）和30岁的李道（Lee Dock）在勿街李希龄的楼里射杀了李希龄的侄子。

晚8时许，这两个人偷偷穿过两年前四姓堂餐馆老板毙命的那条地下通道，来到勿街。他们把帽檐拉低，竖起衣领，尽量避免吸引任何人的注意。他们的目的地是勿街18号李泊明（Lee Po Ming）的水果店，几个安良堂人正聚在那里。两人猛地撞开门，跪在地上，拔枪开火。一个安良堂人中枪倒下，其他人拔枪反击。协胜堂的年轻人退回来时的地下通道，安良堂人紧追不舍。最后，一名协胜堂枪手中弹，另一人成功脱身。

这次袭击的目标人物很可能是安良堂副堂主李泊明（杀死他是对协胜堂领导层遇刺的恰当回应），不过中弹的却是李希龄的侄子、32岁的李凯（Lee Kay）。他腹部中了一枪，失去意识，被送进医院。一同被送进医院的还有朝他开枪的恩兴，后者左臂和背部中弹，好在第二颗子弹与肺差之毫厘，因此伤口并不致命。赶到现场的警察逮捕了追击恩兴的两个安良堂人，指控他们犯有严重伤害罪，保释金三千美元。警方随后逮捕了另一名协胜堂枪手李道，李凯在医院的病床上指认他就是犯人，李道被收押，不得保释。

如果这次袭击是为了警告李希龄，那么它达到了预期效果。不管受害者是他的侄子，还是他的兄弟，对于李希龄来说，都不是好消息。自从协胜堂堂主、副堂主遭枪杀后，李希龄就没有在公开场合露过面。他明白，自己的人头现在已成为协胜堂敬献给已故堂主的最佳祭品。他给伊丽莎白街警察局打过两次电话，声称在上午之前会遭到暗杀，要求警方派人保护自己。随后他就一直龟缩在唐人街的住处，那里就像一个军火库。[22]

几个星期后，三个安良堂高层侥幸逃过一次类似的袭击。他们刚走进勿街 11 号的杂货店，四个用雨伞遮住脸的人突然打开门，朝店内开了二十多枪，然后逃跑。店内的一个华人和一个意大利人受伤，但安良堂的三名大佬安然无恙。警察随后逮捕了两个协胜堂嫌犯。

1912 年 4 月的第一个星期是圣周（复活节前的一周），勿街的显圣容堂牧师恩斯特·科波斯担心教区居民在礼拜路上遇到枪战，因而在一些唐人街领袖的好意成全下，他促成了堂口间的临时停火协定。停火时间是 4 月 3 日至 4 月 17 日。不管是传统上的安良堂地盘勿街，还是协胜堂的势力范围披露街，所有人都可自由通行。这份协议被张贴出来，果真换得几日安宁。[23]

6 月，法院开庭审理"素鸭"涉赌案，这是协胜堂堂主遇害当晚地方检察官唯一能对"素鸭"提起的诉讼。警察作证说，当他们赶到案发现场时，"素鸭"正在数一卷钞票，而且他已经承认钞票和赌场都是他的。一名翻译也出庭作证说,以往的物业登记资料显示,赌场由黄杰、"素鸭"等三人共同持有。

但是,"素鸭"强调,当时他之所以出现在赌场,只是因为遭暗杀的协胜堂堂主张蓬星欠他数百美元,而这家赌场的实际拥有人也是张蓬星——死人当然不会开口说话。"素鸭"称,他进入赌场后发现张蓬星已经中枪,而因为张蓬星生前允诺会偿还欠款,所以当他看到桌子上的钱时,便拿走了两张二十美元的钞票。

与此同时,"素鸭"否认自己拥有这间赌场,并且坚称当警察询问他是不是赌场的主人时,他没理解警察的问题。对于出现在赌场的私人文件,他辩称因为自己不能读写,因此经常让张蓬星帮忙写信。这无疑是谎话,他显然能读英语。他曾于1907年前往《纽约时报》总部,嘲笑该报一篇称他在波士顿被捕的错误报道。不过,为了证明他不识汉字和英文,以及虽然他在旧金山出生但无法用英语对话,他在庭上的全部证言都由一名译员翻译成英语。但是,他的证词疑点重重,难以令人信服。陪审团认定这个狡猾的被告有罪。[24]

在量刑之前,一位曾两次受理"素鸭"谋杀案的法官称,"素鸭"过往的运气实在太好了,"他可能是这座城市最臭名昭著的华人,但从未受法律制裁"。但是这一次,好运气终于不再垂青"素鸭"。法官对这名"初犯"处以最重的刑罚——在兴格监狱监禁不少于一年、不超过两年。[25]

甚至在宣判之前,"素鸭"的辩护律师就已对外宣称他们打算上诉。他们申请纽约州最高法院签发《合理怀疑证明书》,这份文件通常是在法院判决有误,可能被上诉判决推翻的情况下,为避免被告入狱而签发的。辩方的上诉理由是,华人玩的白鸽票和美国所规范的赌博形式不同，因而"素鸭"并未触犯相应的法律条文。7月6日，纽约州最高法院签发了《合理怀疑证明书》，"素鸭"案将再次开庭。但由于当时是上诉庭的休庭期，所以"素鸭"交了三千五百美元保释金后被释放，等待法院安排审判日期。由此，唐人街马上风传，"素鸭"将前往旧金山，然后回到中国——他不会冒被监禁的风险。[26]

"素鸭"被定罪几天后，安良堂除掉了协胜堂第一枪手"白面小生"余才。余才是1906年在披露街谋杀两个安良堂人的凶手之一，参与策划了中国剧院和波士顿凶杀案。与此同时，他还无情地杀害了他的协胜堂兄弟辛多。一名警察目击了余才被杀的全过程。他刚刚走出披露街24号的万里云酒楼，一名枪手便从披露街18号现身，近距离朝他开了五枪，子弹射穿了余才的手、腹部和胸部。[27]

枪手是在中国出生的厨师赵庆。他行凶后逃向勿街，然而不幸地在转角处撞上另外一名警察。这起案件证据确凿，一名警察目击了犯罪全过程，六名目击证人也从一排人中指认了他，其中几个证人还是白人。[28]

然而，赵庆并不是安良堂人。他就是1910年误杀日裔男仆的那个四姓堂枪手，他已经加入了过世的辛多在去年组建的致公堂分堂。他很可能是为被余才杀死的"科学杀手"辛多复仇，不过也可能是为了赏金。根据《纽约论坛报》的报道，安良堂为协胜堂人开出的赏金通常是五百美元，而为可憎的余才开出的赏金高达四千美元。即使杀手坐上电椅，他的家人也可以获益。[29]

不过，协胜堂认为本堂最致命的斧头仔之死必然与安良堂有关，再加上两名堂主刚刚惨死，他们绝不会善罢甘休。不管是谁扣动了扳机，他们都认定在背后出钱的安良堂难逃干系。作为回应，他们决定采取一种令人震惊的新手段——炸飞安良堂总部。

1912 年 6 月 23 日，有人用一把万能钥匙潜入安良堂用于祭拜和议事的香堂，偷偷把炸弹放在神龛下面。炸弹上装了定时装置，晚 10 时一过就会爆炸，这是安良堂人拜关公的时间。但是定时装置出了问题，炸弹提前半个小时爆炸，当时房间里空无一人。

爆炸在勿街引起了恐慌。炸弹爆炸时，一家天主教堂正在庆祝圣贡萨加节，被吓坏的演奏者扔下乐器逃跑了，活动因而中断。传言称数十名安良堂人被杀，不过这并非事实。虽然炸弹将神龛下面的地板炸出一个大洞，摧毁了香堂，而且波及下面的房间，但实际上并没有人受伤。[30]

7 月 1 日发生了第二起爆炸事件，对象是安良堂堂主、绰号"大刘"（Big Lou）的路易斯·华（Louis Ling Hoa）。这次暗杀同样没有成功，"大刘"离开勿街 11 号三分钟后，炸弹才在一楼门厅爆炸。这栋建筑的业主是李观长，安良堂经常租用大楼后面的几个房间用来开会，就像当晚他们在那里所做的一样。"大刘"身高一米八二，是唐人街最高的华人。因为身高，枪手很容易发现他，所以他对最近协胜堂针对安良堂高层的暗杀十分忧虑，出行必有保镖相随，而且申请了警察保护。[31]

火药可能是中国人发明的，但是纽约没有一个华人是炸药专家。在此之前，堂口中人只使用刀、斧头和枪。因而安良堂认为，协胜堂雇用了意大利黑手党。正如《纽约太阳报》所暗示的，爆炸是"意大利人的战斗方法"。协胜堂元老龚恩英多年后声称，余才一直在用炸药做试验，但实际上他在爆炸事件发生前已经死亡。[32]

考虑到爆炸可能不是由华人实施的，龚老金在几家英文报纸上公开悬赏通缉爆炸事件的嫌疑人：

> 1912 年 6 月 23 日晚勿街 14 号顶楼和 1912 年 7 月 1 日上午勿街 11 号发生了两起爆炸案，任何可以确保将懦弱的刺客逮捕或者定罪的人将获得一千五百美元奖金。任何人如有与这两次暴行相关信息，可与纽约市勿街 24 号华商协会秘书长龚老金联络。[33]

警方认为这次爆炸是协胜堂对余才及其他高层被杀的报复。他们还担心引进这种新武器可能会使堂斗进入一个更可怕、更致命的阶段。

"多也街 13 号死了一只猴子。"[34]

1912 年 7 月 15 日晚，唐人街的白人居民莫伊·哈里斯这样告诉巡逻的警察。警察知道这个歧视性的称呼是对华人的蔑称——如果遇害者是白人，哈里斯肯定会简单地说"死了一个人"。警察随着报案者来到枪响的建筑前，穿过狭窄的门厅，来到一扇虚掩的门前。

里面是何凯云（Hun Kem Yun）半裸的尸体。自从余才死后，何凯云就成了协胜堂第一枪手。他擅长在番摊坐庄，是"素鸭"最信任的盟友之一。他已经几天没有在唐人街露面。被发现时，他的手臂、心脏和太阳穴均被子弹射穿。

何凯云早已知道自己在安良堂的暗杀名单上，证据就在他身上——他的尸检显示，除了当晚的致命伤，他几星期前还受过枪伤。警方推测他参与了安良堂总部爆炸案，此后便销声匿迹，但是一心复仇的安良堂人还是找到了他的藏身之处。由于多也街13号毗连安良堂的地盘，警方猜测凶手爬上屋顶，然后顺着消防梯滑下。

当月，另一个协胜堂人、30岁的厨子赵查（Jow Chuck）也遭遇了厄运，可能因为他此前退出安良堂，加入协胜堂。堂口绝不会对退出者温柔以待，更不用说背叛者了。案发时，他正在披露街11号的饭店后面削土豆，一名枪手从多也街的一处建筑远距离朝他开枪，五颗子弹穿过厨房的窗户，两颗子弹击中他的脖子，第三颗子弹击中他的头。警察推测，安良堂可能害怕他泄露秘密而把他除掉。

10月中旬，披露街又发生了一场混战，《纽约先驱报》称之为"唐人街历史上最壮观、最具灾难性的一场战争"。这次争斗发生在协胜堂枪手刘卫（Louie Way）从兴格监狱获释后不久。[35]

1905年，刘卫在披露街试图暗杀安良堂司库赵昂未遂，并因此被判一级伤害罪。协胜堂人认为安良堂作了伪证才使刘卫被定罪。刘卫虽然被判九年六个月徒刑，但服刑刚满两年便因精神疾病转移到丹尼莫拉州立医院，并获得了减刑。他上诉失败，申请被遣返中国也没有成功。到了1912年8月中旬，服刑刚满六年的他终于获释出狱。[36]

不管是否患精神疾病，他出狱后立即着手报复。10月14日下午近 3 时，刘卫走出协胜堂总部，朝一个从披露街 23 号出来的安良堂成员开枪。不到五分钟，一场枪战全面爆发。三组安良堂人从披露街的不同地点同时开枪，协胜堂以同样的方式回击。在第一轮交火中，一个站在万里云酒楼阳台上的协胜堂枪手中弹身亡，另一个协胜堂人也在交火时被击中，倒在大街上。

警察到达后也开始射击，华人枪手开枪回击。警方最终控制了局面，但这场战斗最引人注目之处在于出现了很多无辜受害者。一个 29 岁的俄国犹太裔锁匠与一个不明身份的男子死在街上。一名 58 岁的泽西城货运管理人重伤不治，两名协胜堂人也遭此厄运。

此外，十人在枪战中受伤，包括两名妇女。现场一片狼藉，披露街两侧六栋建筑的玻璃碎片散落一地，两匹马中弹负伤。警方在现场以涉嫌谋杀的罪名逮捕了两名协胜堂人和三名安良堂人。[37]

地方检察官认为，这起事件的直接原因是前一天恩兴、李道被以谋杀罪起诉，两人被指控在 2 月枪击李希龄的侄子李凯，后者在 6 月因伤重过世。[38]

11 月，金兰公所的赵庆谋杀协胜堂头号枪手余才案开庭审理。因为此案有几名目击证人，所以对赵庆定罪本应是十拿九稳之事。但是被告律师辩称这是一起乌龙案，证人认错了人，赵庆是被协胜堂陷害的。陪审团花了十个小时讨论，但一名陪审员坚持认为他无罪，陪审团因此无法做出一致裁决。不过，该案在 12 月再次开庭时，陪审团一致认定他有罪。[39]

蒂尔尼局长向唐人街增派了警力。12 月 7 日，警察带着盖纳市长要求的搜查令强行进入协胜堂总部。他们先前的担忧被证实，里面藏了一个小型军火库：七把刚擦完枪油、装满子弹的 0.38 英寸口径左轮手枪，一把双管温彻斯特步枪。警察相信自己将一场规模不小的枪战掐灭在萌芽状态。[40]

12 月 13 日，法官决定将赵庆送上电椅，死刑将于 1 月 20 日前一周执行。但是在上诉中，赵庆的律师成功地将死刑判决减轻至七年六个月到十九年六个月有期徒刑。[41]

出乎很多人意料，"素鸭"并没有为了避免坐牢去中国，但是他的妻子回去了。在"素鸭"被捕前一个月的 1911 年 12 月，他的妻子陈郆莠返回中国。她有没有再次回到美国尚不清楚，但不论如何，"素鸭"已经和她分手了。两人虽然没有办理正式的离婚登记（他们很可能也没有办理结婚登记），但 34 岁的"素鸭"于 1913 年 1 月 16 日在马萨诸塞州匹兹菲尔德迎娶 18 岁的新娘弗朗西斯·唐（Frances Toy）为妻。她出生在曼哈顿，母亲是古巴出生的白人约瑟芬·蒙德，父亲是已故华商查尔斯·唐（Charles Toy）。[42]

"素鸭"和唐刚结婚一个月，可能还没来得及度蜜月，新郎便于 1913 年 2 月 28 日被定罪，5 月初被送入兴格监狱。

随后发生了一件不同寻常的事。安良堂秘书长龚老金——这个 50 岁的鳏夫，和 37 岁的约瑟芬·唐（Josephine Toy）恋爱了。约瑟芬·唐就是弗朗西斯的母亲，也是"素鸭"的岳母。后来流传的故事说，龚老金通过中间人给他的宿敌传话，向约瑟芬求婚。尽管约瑟芬是翻译，有自己的收入，但是她很可能同"素鸭"和弗朗西斯生活在一起。考虑到当时人们对女人的看法——女人需要男人照顾，委托中间人传话很可能确有其事。[43]

1913年4月29日，龚老金与约瑟芬·唐在俄亥俄州托莱多的中央卫理公会主教教区结婚了。即便"素鸭"不同意这门婚事，他可能也没办法反对，因为当时他还在纽约州的奥斯宁镇坐牢。就这样，安良堂人龚老金成了协胜堂人"素鸭"的岳父。

1913年5月底，和平近在眼前。[44]

中国驻美领事会见了安良堂、协胜堂和金兰公所的人，试图促成和谈。这项努力失败后，他转而求助地方检察官查尔斯·惠特曼。惠特曼决定采取强硬态度，威胁将以敲诈勒索罪和共谋罪起诉任何一个胆敢拒绝协议的人。

谈判在华商协会、蒂尔尼局长和一直关注此事的福斯特法官的帮助下进行。一个阻碍在于，金兰公所坚持要求协胜堂赔偿一大笔钱，因为协胜堂杀了金兰公所的几名成员。不过协议最终还是达成了。5月21日，唐人街贴出了一张写着协议内容的告示，落款为三大社团和华商协会。

回顾这段时间发生的事情，便可以找出达成这份协议的原因。查封鸦片馆令唐人街损失极大。警察缴获了大量金钱、毒品、武器和赌具。两个协胜堂人和一个安良堂人被判死刑，正等待处决。披露街枪战后的几个月里，唐人街相对平静，再加上赌博渐渐恢复，唐人街的商业再度繁荣。所有人都希望继续如此。[45]

5月28日，协议在福斯特法官的办公室正式签署，第三次堂斗表面上结束了。龚老金和其他四人代表安良堂签署了协议。李希龄从来不会出现在这样的场合，尽管他一直是安良堂最高权威，但是并没有一直担任堂主。协胜堂总堂主方福良（Fong Foo Leung）——一个36岁、出生在中国的医生，带着五名下属代表协胜堂签字。金兰公所派了三名代表出席。值得注意的是，与会人员均着西装，只有两三个人穿着中国传统服装。这显然意味着，清王朝覆灭后，他们开始以华裔美国人而非中国人自居。[46]

和平协议规定，唐人街对所有社团开放，因此从理论上讲，安良堂与协胜堂的地盘将不再存在。它还规定，一个堂口必须归还从另一个堂口夺来的财产；堂口兄弟要尽量克制，不要制造事端，亦不得干预待决的司法案件。解决争端的方案应首先由华商协会制定，如争端未解，则交由警察局局长处理。

6月12日，为庆祝和平协议的签署，一场大型晚宴在勿街的旅顺楼举行。由于纽约的停战协议也适用于其他城市，所以芝加哥、圣路易斯、匹兹堡、波士顿、费城等东部城市的代表们也被邀请到曼哈顿。宴会一共上了六十一道菜，赴宴的宾客达数百人。[47]

除了各堂代表（甚至包括刚刚出狱的李观长），纽约各界名流也来到了宴会场。地方检察官另有安排，但是六名助理检察官前来捧场。福斯特法官自然不会缺席。百万富翁约翰·雅各·阿斯特四世的儿子，商人、慈善家文森特·阿斯特也出席了宴会。主张妇女参政的女权主义者伊内丝·马尔霍兰盖和科拉·卡彭特、国会议员亨利·金德霍格、纽约县治安官尤利乌斯·哈伯格、著名律师亚伯拉罕·格鲁伯和爱德华·劳特巴赫等均出席了晚宴。中国领事自然也在被邀之列，整晚他都神采飞扬。[48]

然而，甚至在宴会开始之前，人们就已对协议能否长期发挥作用表示怀疑。地方检察官听到唐人街的一些人在抱怨，作为纠纷仲裁者的华商协会其实并不中立。唐人街不大，华商协会的很多会员必然也是安良堂人。因此，人们很难指望它能公正地履行自身职责。

协议关于仲裁的条款本身也有问题，它在几个方面与堂口兄弟入堂时立下的誓言矛盾，因此很可能得不到遵守，特别是当堂口中人触犯法律时。最后，有人担心如果法官判某个堂口成员死刑，这个脆弱的协议就很可能被打破。[49]

警方对该协议的态度也是悲观的。尽管他们欢迎协议的签署，但并没有放松警惕，唐人街依旧遍布着警察。[50]

第十三章

唐人街：翻新、消毒、疏散

1910年夏，一名心怀不满的前纽约市政府雇员枪击市长威廉·盖纳，一颗子弹留在盖纳的喉咙里，折磨了他三年，直至其去世。市议长约翰·米切尔暂代市长处理政务。不久，他便与市警察局局长威廉·贝克产生龃龉。10月，盖纳收到一份书面报告，称贝克不服从上级，也不称职。其中一项指控是，他不仅未能管控住科尼岛的恶习与不法行为，而且还恢复使用盖纳曾明令禁止的便衣警察。

几天后，贝克下台，接替他的是布鲁克林律师、盖纳的好友詹姆斯·克罗普西。但是，从未在执法部门待过的克罗普西很快与市长产生摩擦。几个月后，他因违背了从文职人员名单中挑选警察的指示而离职。警察局首长的频繁变动想必使盖纳感到难堪，所以他最终选择了一个知名人物——莱茵兰德·沃尔多担任纽约市警察局局长。沃尔多曾在西奥多·宾厄姆手下担任第一副局长。[1]

沃尔多曾被盖纳任命为消防局局长，任内表现优异。他严格遵从盖纳的规定，坚持从公务员名单中选任部门人员。他还以清廉和公正著称。1911年5月23日，他就任新职。[2]

新上任的市警察局局长决心一战成名。上任之初，他立即任命了一个二十人的特别小组以打击帮派势力和预防犯罪。这个强力小组很快就因为行事残忍和虐待被捕者而声名狼藉。他们在唐人街不算特别活跃，但是他们的恶行很快令沃尔多饱受批评。有报道称，强力小组的一名成员为了阻止他的前商业伙伴在法庭上做出对他不利的证词，便将其灭口。尽管没有人指责沃尔多本人腐败，但是关于警察部门腐败的连篇报道最终引发了要求他辞职的呼声，理由是他无能、玩忽职守。在沃尔多的众多批评者中，最知名的当属地方检察官查尔斯·惠特曼。

沃尔多进退两难。如果不为属下辩护，他自身的信誉将受损；但是他也意识到，本部门确实存在腐败。因此，他决定在反击的同时推卸自身的责任。[3]

他声称，腐败是因为警察收入过低。入职一年的警员年薪只有八百美元，其中不到百分之二用来缴纳养老金。对于一个已婚警察来说，这不足以养家糊口。据估算，一名警察每月至少需要赚一千美元才能应付开支，一千四百美元才能有一些积蓄。"腐败的动力就在于此，"一名评论家写道，"拮据的生活使他们成为坏人。"因此，在1913年的预算案中，沃尔多要求将新警员的起薪定为一千美元，而老警察的薪水则根据任职时间调整，每年增加一百美元。与此同时，他还直截了当地要求将自己七千五百美元的薪金增加一倍。[4]

沃尔多也回击了惠特曼。他公开宣称，如果法官和检察官能够做好自己的工作，赌博会少得多。为了证明这一点，他采取了一种不同寻常的方式——他公布了去年警方突击扫荡的近四百个赌博窝点名单。沃尔多不仅公布了赌场老板的名字，还公布了他们租借的物业所有者的名字，其中不少是纽约知名人士。尤其值得注意的是，随后只有少数人被定罪。他的言外之意是，这是司法系统由于错误原因未能采取行动所致。[5]

沃尔多的名单包括唐人街的几处房产，它为我们提供了一个难得的机会，可以一窥到底谁是赌场真正的主人。尽管一些物业与过去一样继续以私人业主的名义运营，但这份名单清楚地表明，堂口已经深入赌博勾当。

　　名单中的唐人街物业如下：

　　赵氏（Chu Company）：多也街 12、14、19 号，披露街 20½、24 号

　　安良堂：多也街 15 号，勿街 15、16、17、24、26、32 号

　　协胜堂：多也街 17 号，披露街 8、10、16、19 号

　　赵乐：多也街 16、18 号，披露街 23、25 号

　　"素鸭"：披露街 21、22 号

　　四姓堂：披露街 13、20 号[6]

堂口早期仅仅向私人赌场收取保护费。而今这张清单显示，堂口已掌握了很多赌场的所有权，而且这种情况可能已经持续了一段时间。因为协胜堂的赌场显然不会向他们憎恨的安良堂支付费用，所以造成他们之间的摩擦的原因已经改变了，谁为警察和赌场牵线搭桥已经不再是争论的焦点。

安良堂的垄断如今已明显成为过去，不过最近发生的冲突还有其他原因：一个年轻女人的"所有权"；堂口兄弟遭逮捕；暗杀告密者与堂口头目；干扰证人的庭审证言。虽然"保护费"仍然存在，但是未来的争斗将集中于惩罚叛徒、保护兄弟、保住面子。

大多数斗争都未正式宣战，而只是表现为个人纠纷。

主持签订 5 月停战协议的华商协会认为，另一场堂斗将给商业带来毁灭性打击。但是，他们像警察局一样仍然固执地认为，打击赌博是确保和平的最好办法。1913 年夏，他们开始采取行动以实现这一目标。

该协会成员花费数星期收集唐人街赌场的证据，现在赌场似乎越来越多。8 月初，华商协会会长李锦纶将这些证据交给助理检察官艾伦·康伦。他还带了九名华人男子同行，这些人愿意证明名单上的这些物业确实是赌场。

此举实际上是条约规定的协会职责的一部分，即协会有义务协助执法机关起诉犯罪者。为显公正，协会提供的十八家赌场（这份名单肯定和沃尔多的名单非常相似）中同时包括了安良堂和协胜堂的产业。[7]

尽管康伦保证将突击搜查这些赌博窝点，但我们并不清楚这项行动最终是否被执行，因为就在次月，盖纳市长在大西洋航行中突发心脏病去世。沃尔多是民主党人（提携他的盖纳同样是民主党人），而接任的市长共和党人阿道夫·克莱恩并不喜欢他。虽然克莱恩没有立即采取行动，但是人们都知道沃尔多将被解雇。沃尔多又待了一百多天，在盖纳任期届满后就被解职了。

赌场老板迫不及待地想看到沃尔多下台。他们预计他的离开可能会结束针对他们的行动。然而，这位市警察局局长决心在留任期间继续对赌场施压。[8]

盖纳去世两周以后，沃尔多突访唐人街，对目之所见极为不满。9 月 25 日将近午夜时，他突然现身唐人街，走下汽车四处巡视。他在披露街 18、26、28½ 号发现了赌博的确凿证据。而后，盖纳遇到了蒂尔尼警官和两名警察，带着他们到披露街 18 号，看见入口处已被三层"冰箱门"挡住。这些门是用几层新木头以交叉的方式钉在一起，非常坚固，所以能够拖延警察破门而入的时间，使里面的赌徒有充裕的时间藏匿证据和逃跑。9

"我们该怎么办，局长？"蒂尔尼问道，"破门吗？"

"不，"沃尔多冷冷地回答，"如果这扇门不能在五分钟内以合法方式打开，你就不再是局长了。"10

他是认真的。在第六分局待了两年的蒂尔尼局长并没有认真抓捕赌徒。当然，沃尔多其实在暗示，赌场是在蒂尔尼的默许下运营的，因此只要他一句话，主人就会打开门。几分钟后，沃尔多看着手表说："你只剩下一分钟了。"

三十秒后，一把钥匙出现了。

没有人被捕，因为赌徒有足够的时间销匿证据。但是沃尔多心知肚明。他命令蒂尔尼局长和那两名警员回警察局，然后剥夺了他们的警衔，命令他们把警徽从制服上摘掉，当场停职。第二天，他任命多米尼克·莱利为代局长。

从格林威治街警察局调任第六分局的莱利牢记前任的教训。但是，他在曼哈顿西区的成功经验——让卧底警察乔装成赌徒来收集罪证，在唐人街并无用处，因为警察局里并无华人，而白人警察也不可能伪装成华人。唐人街的侦查需要华人的配合，但这样的华人并不容易找到，也未必值得信赖。

　　莱利决定亲自实施突击搜查。第一次，他搜查了六个协胜堂赌场。为了表示他不是安良堂的同伙，接下来他又搜查了两个安良堂赌场。10月2日晚，他发现勿街11号的"冰箱门"未锁，便悄悄进去，发现四十名华人正在赌博。尽管他身着便衣，但还是被认了出来。

　　当华人纷纷跑向出口时，他问道："这是谁的赌场？"虽然每个人都知道这是李观长的地盘，但没人敢开口。莱利见迟迟得不到答案，便宣布："如果这里没有主人，那么一定是被弃的财产。"说完他便放华人离开。随后，他吹响哨子，命令属下没收了八张番摊桌、一万两千张鸽子票、两个铁保险箱。这一幕在他的下一站勿街16号再次上演，警方缴获了七张番摊桌和一应物品。[11]

　　莱利在第六分局尽心尽力，但任期很短。同此前的加尔文局长一样，他没能承受住压力。两个月以来，他每天工作十八个小时，几乎没有休息。11月9日晚，他在工作时晕倒，被送回布鲁克林的家。尽管保住了性命，但他的职业生涯走到了尽头。[12]

　　唐人街累垮了他。

　　协胜堂人恩兴、李道涉嫌谋杀案第一次审判结束，陪审团未能做出一致裁决。1913年年初，对这两个协胜堂人的第二次审判结束，他们被定罪，然后被送至兴格监狱等待死刑执行。而后，两名被告上诉，死刑被推迟。11月下旬，他们的律师特伦斯·麦克马努斯向州最高法院提交证据，证明两名证人在安良堂的指使下作了伪证，麦克马努斯曾为被控谋杀包金的四姓堂人辩护。[13]

麦克马努斯雇用了一名熟识的私家侦探。这名私家侦探秘密记录下常年在唐人街厮混的白人——"橡胶"的话。27岁的"橡胶"真名是弗兰克·特里格里亚，他也是私家侦探，不过受雇于安良堂。麦克马努斯的侦探在34街的一间公寓里安装了一个窃听器，并安排两人在隔壁房间监听。然后，他邀请"橡胶"来那间公寓参加聚会。"橡胶"带来了鸦片，而这名侦探带来了两个年轻漂亮的女孩，她们不断恭维他，从而套出了他的真话。

"橡胶"吸了几口鸦片，变得飘飘然起来，开始谈论庭审。这两个女孩引导他谈到了素有"中国弗洛西"之称的王茜（Flossie Wong）和格蕾丝·麦克（Grace Mack）——她们的证词使被告被定罪。

"女孩们去了那里（法庭），但其实她们什么都没看见，""橡胶"主动说道，"她们只是去了那里，发誓说看见了这些中国佬。"

"难道她们没看见他们吗？那是谁让女孩们那样说的？"

"中国佬告诉她们的……那些女孩和安良堂的人同居……安良堂的人让她们发誓说她们看到这些年轻人开了枪，她们就去了。她们自然知道开枪的是一个安良堂的人，但她们才不管被捕的人到底有没有罪。"

"但是这些姑娘呢？"

"不管什么案子她们都能作证，""橡胶"说，"那些女孩已经出庭了好多次，做过好多次证人。"

"她们是怎么做到的？"

"别人怎么教，她们就怎么说。有人告诉她们该怎么说。"[14]

两名显然在誓言下说谎的女孩也被秘密地在另一个场合录了音，麦克马努斯留下所有录音记录作为证据。12月，他要求法院重新审理该案，理由是判定他的当事人有罪的证词是伪证。

令人惊讶的是，他的请求被驳回。不过被告的死刑被延期执行，这样他们的律师就可以搜集更多证据，再次请求重审此案。1914年10月初，托马斯·克雷恩法官在地方刑事法庭受理了辩护律师提出的动议。格蕾丝·麦克出庭并承认自己此前说了谎，不过她解释说这是因为生命受到了威胁，"那就是唐人街其他白人女孩不敢站出来说出真相的原因"。[15]

但是地方检察官用另一名白人女性莉莉·威尔逊的证词反驳格蕾丝·麦克的说法。最后，法官认为新证据不足以推翻以往的判决，拒绝了动议。对于安良堂诱导、威胁证人的指控，他写道："如果说安良堂为使被告被定罪施加了影响，那么协胜堂为了使他们无罪释放也做出了相应的努力。"无论这个法官是否公正，他的这个评论肯定是中肯和正确的。[16]

死刑被重定于1914年11月2日执行，但是法官接到了纽约州州长马丁·格林的指令，再次推迟了执刑日期。1915年1月28日，在囚犯被处死的前几天，律师们再次来到格林法官面前，要求重新审理此案。

"我们绝对相信他们是无辜的，我们会尽一切努力挽救他们的生命。"说这话的不是别人，正是弗兰克·莫斯。直到1915年，他还没有结束与协胜堂长达二十年的盲目热恋。尽管事实一再证明，协胜堂并不值得他赞美和保护，甚至连他在帕克赫斯特协会的前同事都不再支持它，但是莫斯仍然花了一整年时间与其他律师一起坚持上诉。[17]

莫斯找到了四名新的白人证人，证明这一案件存在漏洞。但法官并未因此动摇，而是提出了自己对这一伪证指控的看法：

> 如果安良堂想要为李凯之死报仇雪恨，但又不知道凶手到底是谁，那么我认为他们会制造伪证将矛头指向协胜堂的大佬，而不会去指控一个像恩兴这样的年轻人……和一个像李道这样刚从费城来的堂内小角色。[18]

莫斯的上诉请求被否决，他们不能继续上诉，被告只剩下一条路——州长特赦。莫斯牵头给州长写信。1914 年 11 月，莫斯提交了请愿书，以及支持被告的信件、证人的宣誓书，甚至还有龚老金 1898 年在加利福尼亚因伪造支票被定罪的记录，因为据说正是龚老金在第一次审判中唆使证人作伪证。

莫斯坚持不懈，决心奋斗到底。递交请愿书后，他又发了一封电报继续请求特赦。2 月初，死刑再次被延期执行，但州长拒绝赦免犯人。最终，在 1915 年 2 月 5 日早晨，恩兴和李道的运气走到了尽头。他们在纽约奥西宁兴格监狱的电椅上接受了三次致命的一千八百五十伏电击。[19]

莱利局长离开后，纽约市警察局局长沃尔多将警龄十七年的约翰·福尔克纳警督调至伊丽莎白街，晋升其为局长。但福尔克纳很快就迎来了新上司。1913 年 12 月 31 日，克雷恩市长在任期的最后一天将莱茵兰德·沃尔多调走，任命其副手道格拉斯·伊姆里·麦凯担任市警察局局长。但是，在阿尔德曼·约翰·米切尔接替克雷恩继任市长以后，麦凯与米切尔的合作关系并不比贝克与沃尔多的关系更好，所以麦凯只在这一岗位待了五个月。然而，他是一个改革家，在短暂的任期内，积极打击街头帮派，遏制犯罪。[20]

在麦凯的暗示下，福尔克纳局长对唐人街采取了严厉措施。1914 年 2 月，在麦凯听到堂斗复起的传言后，福尔克纳突击搜查了协胜堂在包里街 16 号的寄宿寓所。但是这次，他要找的不是赌具，而是武器。他们发现了一间暗室，里面藏着斧头、匕首、左轮手枪和重达五百磅的子弹。两名协胜堂人被逮捕。[21]

这仅仅是开始。福尔克纳毫不留情。他在第六分局待了两年，在头一年半里，他销毁了一百多张番摊桌。与此同时，他四处设置暗探，并招募了一名华人便衣与两名日裔密探潜入赌场。在不间断的突击搜查的压力与财产损失加剧的情况下，许多小赌场主选择了阻力最小之路。他们卷起筹码向别地转移，纽瓦克、新泽西成为他们的首选。

随着他们的离开，曼哈顿唐人街的商业受到打击，因为它不再是华人周末的目的地了。娼寮和鸦片馆的生意也因此蒙受损失。埃尔茜·西格尔谋杀案后，唐人街一度消沉的白人旅游业已经出现复苏的征兆，但是依然依靠向外人展示唐人街生活肮脏面的方式求存。据警方估计，截至 1915 年中期，已有两千名华人离开了唐人街。一些曾经住满了华人的公寓被租给意大利、犹太移民。正如《纽约太阳报》所言，"唐人街正在被翻新、消毒、疏散，变得文明化、基督教化"。这篇报道还补充写道："炒杂碎正在给意大利面和犹太鱼饼让路。"[22]

李希龄也在哀叹唐人街的颓势。"可做之事越来越少，"他向

《纽约论坛报》的记者叹息道，"没有生意，没有白人来参观，华人都走了。以往洗衣工常在星期六晚上来这里，看看朋友，抽抽旱烟，偶尔也会小赌一把。现在，华人都去新泽西玩。商铺关闭，唐人街从未如此萧条，看起来就快要消失了。"

李希龄把这些归咎于警察的过分热心。"这不是因为禁赌，"他说，"华人不反对禁赌，反倒很高兴看到赌博消失，因为它只会带来麻烦和死亡。但是由于警察不让我们自己做这件事，唐人街正在消亡。这里、那里，披露街、多也街的商店都关门了。甚至连从事正当行业的商人也被警察赶走了。" 23

在福尔克纳治下，警察变得咄咄逼人，一部分华人不得不开始反击。1915 年 4 月，勿街商人何普（Hor Pooh）和余来（Yee Loy）来到法院，申请针对纽约市警察局局长亚瑟·伍德、乔治·韦克菲尔德督察和福尔克纳局长的限制令。伍德也是一名改革者，他得到米切尔市长的任命，接替麦凯。勿街商人指责上述官员不断派警探"检查"他们的经营场所，这对他们构成了滋扰。辩方律师用过去六个月的几次突击搜查记录来反驳他们的指控。这些记录表明警方在行动中收缴了大量赌具。法官否决了两名华人商人的指控，随后上诉庭法官再次驳回了他们的请求，但没有做出任何解释。 24

李益友（Lee Yick You）也提出了类似的诉讼。他在披露街34 号经营荣和昌（Wing Woh Chong）公司已有三十多年，经常受到警方的烦扰。他操着非常流利的英语对法官说，警察一直在他的商店前盘问他的顾客，不分昼夜、随时随地非法搜查他的房子。警官甚至还威胁他本人，恐吓他的雇员，却从未指控他有任何违法行为。然而，法官听说对原告的"骚扰已经停止"，因此同样拒绝了他的申请。[25]

10月底，一个由三十名唐人街业主组成的协会向市长提出了正式抗议。业主中有很多白人，他们在唐人街的利益遭受了重大损失，警方频繁骚扰导致唐人街房产空置率高企，而且在每次突击搜查中，都有门窗被打破，这些都是他们的财产。市政厅很快就把他们的抗议函转交给市警察局，后者表面上发起了一项调查，但是除了一场由市警察局副局长主持的听证会，没有记录显示警察采取过其他行动。市长办公室其实也知道警方不可能满足业主的要求，毕竟警方正是使这些人不满的根源。[26]

警察局开始表现得好像所有华人都是罪犯。无辜的华人受到骚扰，所有司法救济措施都无济于事，向来站在警方一边的法院似乎也没有为华人提供有效的援助。

政府各机构的想法一致。它们已厌倦了堂斗，即便消灭堂斗会殃及众多无辜者，甚至摧毁唐人街，也在所不惜。

安良堂老狮子们的时间已经所剩无几了。1915年年中，长期担任安良堂秘书长、翻译、发言人、和谈代表的龚老金过世，终年52岁。杀死他的不是协胜堂的子弹，而是心脏病。他死于勿街24号的房间中，当时费城正在举行安良堂全国代表大会。得知他的死讯后，许多人在返回故乡前到纽约为他送行。

安良堂为他举办了近年来唐人街最盛大的葬礼。按照他的遗孀约瑟芬的心愿，葬礼以基督教的丧仪进行。安良堂人分批向他们的老战友深深鞠躬。在唐人街居民的注视下，一百二十八辆车组成的送葬队伍经过包里街，驶向布鲁克林柏树山公墓。其中十辆马车实际上是由协胜堂租下的，一辆车上还载着安良堂的死敌"素鸭"，他在两年前成了龚老金的女婿。考虑到与安良堂过往的纠葛，"素鸭"和妻子弗朗西斯没有参加葬礼，但是加入了送葬队伍。"素鸭"解释说："我们可以在墓地悼念龚老金。"[27]

李希龄的身体也不太好。1913 年，离开美国已有七年的李锦纶回纽约看望年过花甲的老父亲。李锦纶曾去中国学习，并留在那里，从事浸信会教育工作；1911 年，他被任命为广东省外交事务局局长。李锦纶加入了孙中山的国民党；1913 年，孙中山为躲避政敌逃离中国，李锦纶作为商务专员在美国停留一年。他已经成婚，有三个孩子，他很想让父亲和弟弟小汤姆见见自己的家人。小汤姆曾在马戏团当杂技演员，后来成了司机。[28]

李希龄在 1916 年仍然很活跃，但 1917 年年初妻子过世后，他极少会客。1918 年 1 月 10 日，这位年近七十，看上去总是很斯文的"唐人街市长"在床上平静地去世，结束了近四十年的统治。[29]

在勿街 18 号安良堂三楼的办公室中，身着丝绸寿衣的李希龄躺在金属棺材中。棺椁被安置在裹着黑纱的灵床上，两旁摆着烛台。花束洒满整个房间，并蔓延进相邻的两个房间。两天以来，来自纽约各行各业的哀悼者——商人、服务员、银行家、洗衣工，白人、华人，协胜堂、安良堂、四姓堂的兄弟，依次向这位生前所言皆被视为金科玉律的华人大佬送上临别致意。前来吊丧的有坦慕尼协会的重要人物——前治安官、第二选区助选人"大汤姆"福利，以及 1923 年纽约州州长、1928 年民主党总统候选人阿尔弗雷德·史密斯。

葬礼直到 1 月 14 日才举行，以使从远方来的哀悼者能够到达纽约。当天早晨，李希龄生前帮助建立的联谊堂（它是素有"中国共济会"之称的致公堂纽约分堂的前身）为他举办了简单的葬礼。随后，他的两个儿子又为其举行了基督教式的葬礼。当棺木被李氏家族的成员沿着狭窄的楼梯抬到街上时，一个意大利铜管乐队开始演奏圣诗《更近我主》。[30]

李希龄的送葬队伍在下午 2 时离开勿街，唐人街所有店铺都暂时歇业。他的送葬队伍是迄今为止唐人街规模最大的。当三个军乐队、五辆公共汽车和一百五十辆马车分作两列通过华人社区时，数千人在街道两侧旁观。六匹黑马拉着放置李希龄棺椁的灵车向威廉斯堡大桥进发，并继续前往柏树山。

尽管李希龄从未得到过普遍的爱戴，但是他确实赢得了人们的尊重。他离世后，许多报纸都刊登了他的讣告，其中最令人感动的可能是下面这篇被几家报纸转载的悼词：

> 最近几篇专栏文章都在写他华丽的葬礼，而报道华埠事件的两代记者都还记着，在他们遇到人生中每一个可以想象的挫折和转折时，李希龄都能给出忠告。所有真正了解他的人都相信，如果这位华人大家长出生在美国，他会比那些插队的人更堪胜任纽约真正的市长。[31]

但是现在"市长"过世了，老唐人街也消失了。

在市长米切尔和市警察局局长亚瑟·伍兹的领导下，警察部门在改革、专业化和打击全市犯罪方面取得了巨大进步。伍兹毕业于哈佛大学，是一名社会学家。他在任期内将政治排除在这个部门之外。他优化了警务系统，给警察提供了更高的薪酬与更长的假期。在他任职的前三年，纽约的谋杀案从1913年的二百六十五起减少到1916年的一百八十六起。"虽然这不能被归于单一原因，"他说，"不过，谋杀案数量一直在减少，这……与警方大力消灭有组织犯罪，切实打击非法持有左轮手枪和其他危险武器的努力是同时发生的。"[32]

直至第一次世界大战前夕，李希龄抱怨的冷清的唐人街一直是伍兹工作的一部分。1917年，约翰·海兰接替米切尔成为纽约市市长，坦慕尼协会重新掌权，华埠又维持了数年的和平。

1917年，美国对德国宣战，征募18~45岁的男性入伍，甚至连不具备公民资格的人也需要登记，不过实际没有参军。已经加入美国籍的华人公民是征募对象。截至1920年，在美华人中有三成在美国出生，一百多名纽约华人在美国军队中服役。但他们大多没有直接参与战斗，只被安排做些卑微杂役。在全国范围内，共有三十八名安良堂人参加了"一战"。[33]

唐人街也在其他方面贡献了自己的力量。1917年，全国各地的报纸都刊登了纽约安良堂堂主刘福（Lou Fook）的一张照片，他认购了价值五十美元的自由债券。全美华商都在认购自由债券，虽然他们中很少有真正的美国公民。据1918年4月的《纽约世界报》报道，伴随着"东方特色的音乐与表演"，在勿街举行的华人自由债券筹款集会"展示了美国人真正的爱国主义"。[34]

1919年4月，协胜堂、安良堂和四姓堂齐聚一堂，为参与一战的纽约华人举办了一场欢迎宴会，参加宴会的人中就有一个真正的华人英雄——辛凯（Sing Kee）。辛凯在加州出生，于20世纪初搬到纽约，加入安良堂。在第一次世界大战中，他独立完成了所在团信息中心的工作，即使在德军释放毒气、投放炸弹的情况下仍能履行职责，体现了"非凡的英雄主义"，成为唯一被授予铜十字英勇勋章的华裔美国人。华人在第五大道游行，然后又举办了一场盛大的唐人街宴会来迎接辛凯及其他"一战"英雄。[35]

此时两堂的关系虽称不上亲密，但相安无事。1921年年末，当两千名安良堂兄弟从全国各地赶至曼哈顿，以庆祝耗资十五万美元的勿街41号豪华新总部大楼落成时，当地的协胜堂人也是座上宾。当协胜堂前堂主方福良医生在1922年7月因癌症去世时，安良堂人敬献了一个十英尺的花圈。[36]

"唐人街是个笑话！街上的人连追赶一只猫的力气都没有，"一位资深巡警在1922年年初说道，"五年前这里有很多古怪的事情，但是现在多也街就像是伍德劳恩公墓的人行道。鸦片？不够填满一支烟枪。枪手？可能有，但他们没有在我巡逻的时候惹事，瞧吧。"他认为七年前著名的恩兴、李道的死刑阻止了暴力。"就是它——电椅，这就是让坏人害怕的原因。"[37]

报纸也持同样看法——两个死囚阻止了唐人街的杀戮。但是人们的记忆是短暂的。实际上，在他们被处决的两年之前，和平协议已经达成。第一次世界大战结束后，堂口变得安静，双方开始专注于自己的生意，有时还会合作。挑衅虽时有发生，但并没有演变为大规模冲突。

令人意外的是，甚至连协胜堂总堂主刘柯（Ko Low）被谋杀都不足以引发新的对抗。1922年8月7日晚，42岁的刘柯在披露街被枪杀。他当时正与两个华人男子、两个白人女子在万里云酒楼用餐。一行人将要离开餐厅时，其中一名男子借故走开，来到餐厅的阳台（大多数唐人街餐厅都在二楼，都有突出到人行道的浅阳台）用手帕擦了擦额头。这可能是一个信号。当刘柯穿着刚熨过的英式花呢大衣，挽着两个精心打扮的女人，朝他在多也街拐角的家走去时，两名持枪歹徒朝他开了十几枪，其中一人用的是卢格尔自动手枪。

只有一发子弹击中了刘柯，却造成了致命伤。他在前往比克曼街医院的路上拒绝向警方描述攻击者。第二天早上，他过世了。但是这起枪击事件明显出于私人原因——刘柯身上的一千美元现金和价值数千美元的珠宝都失踪了。[38]

报纸推测幕后黑手是安良堂。《纽约时报》甚至刊登了一篇题为《堂斗正在进行》的文章。虽然报纸很快做出了判断，协胜堂却没有匆忙下结论。在指责安良堂之前，当地分堂堂主李叶洪（Lee Yee Hong）明智地先行展开调查。[39]

在华人线人的协助下，警方拘留了两个布鲁克林人——32岁的学生叶堂（Tom Yee）和33岁的杂碎店老板赵詹（James Chuck）。目击证人指认了他们。叶堂在6月底时被刘柯的一个堂弟打断了两根肋骨，最近刚刚出院。他不是安良堂人，他的动机被认为是复仇。[40]

刘柯的葬礼几乎和李希龄的葬礼一样隆重。他的遗体被安放在协胜堂总部，人们为他送别，壮观的送葬队伍行经整个唐人街。安良堂为证明他们没有参与谋杀刘柯，献上了华丽的花圈。披露街和多也街角的布告栏上史无前例地贴出了盖着协胜堂、安良堂印章的公告。两堂一致裁定，刘柯之死并不是两堂的对立导致的。[41]

然而，警方并没有排除再度发生袭击的可能性。唐人街的卧底警员注意到，李叶洪出入协胜堂总部从来不走正门，而且身边必有两名保镖随行。他显然预计会有麻烦，所以出入都是通过相邻建筑物的屋顶。警方还注意到，协胜堂人趁夜色悄悄把物品运进总部，这预示着肯定有事即将发生。

12 月 1 日，当地警方和联邦官员决定先发制人，突击搜查了协胜堂总部。他们逮捕了李叶洪和他的保镖，没收了至少十五把手枪，一盒匕首和铜指关节，还有数千发子弹。在一个会议室里，他们发现了十四包鸦片和一百包用以提取毒品的罂粟花头。警方在地板下发现了更多的鸦片，估计价值几千美元。[42]

或许因为协胜堂人已被解除武装，更可能是因为两堂都无争斗的意愿，纽约没有发生新的堂斗——至少暂时如此。

第十四章
陈杰来叛变

到了 20 世纪 20 年代，安良堂和协胜堂纷纷在华人聚居的美国东部和中西部大多数城市开疆辟土。两堂在费城、芝加哥、匹兹堡、克利夫兰、华盛顿、明尼阿波利斯、纽瓦克和斯克内克塔迪均建立了分堂。安良堂在波士顿、巴尔的摩、哈特福特、底特律、普罗维登斯和其他至少六个城市都很活跃。协胜堂在发源地美国西部仍然很强大，在旧金山、西雅图、波特兰、丹佛、博伊西、比尤特和斯波坎等地都成立了分堂。与此形成鲜明对比的是，在纽约起家的安良堂止步于美国中西部。

各地分堂和总堂在全国范围内形成了一个伞状组织。总堂管理各分堂，每年在各地召开会议，裁度异见，协调矛盾。然而，各分堂联系紧密的后果是，一个城市的冲突很容易挑起另一个城市的事端。安良堂在各地的分堂从纽约那里继承了对协胜堂的敌意，协胜堂各分堂也是如此。因此，任何一地的意外事件都可以轻易点燃一个炸向全国的火药桶。随着各分堂的壮大，他们的行动越发独立。而星火一旦燎原，总堂便难以将其扑灭，终至局面彻底失控。

叛变引发了第四场，也是最后一场堂斗。这次堂斗波及十余个城市，断断续续进行了近十年。冲突在东部、中西部各堂口间反复爆发，始终无法平息。由于各堂口不时雇用杀手而且使用了自动化武器，因此此次堂斗造成的伤亡为历次之最。任何一个警察局局长、检察官、调停人，乃至总堂主都无法凭借一己之力促成和平。随着堂斗规模不断扩大，局面越来越失控，对堂口之事已经不再有耐心的联邦政府，终于决定采取前所未有的大规模干预行动。由于联邦政府的强力手腕，在消弭暴乱、驱逐华人的过程中，很多与堂口无关的人也被殃及。

1924 年，堂口间的和平被打破，不过策源地并不是纽约。引发第四次堂斗的是老于世故的餐馆老板、鸦片贩子陈杰来（Chin Jack Lem）。他是安良堂的重要人物，管理芝加哥分堂近二十年，还担任过安良堂总堂主。[1]

1924 年 4 月，在匹兹堡举行的安良堂年会上，身陷激烈派系纠纷的陈杰来和其他十三人被指控资金使用不当，遭到驱逐。陈杰来愤恨不甘，秘密加入协胜堂，并承诺将带一百名安良堂兄弟一同前来，包括据说对他忠心耿耿的匹兹堡、克利夫兰分堂全部成员。[2]

协胜堂内部产生了意见分歧。众所周知，陈杰来知晓安良堂所有秘密与弱点，因而安良堂不可能看着他加入敌对阵营而无动于衷。协胜堂决定在 9 月斯波坎召开的协胜堂年会上表决是否允许陈杰来入堂。在此之前，陈杰来及其追随者暂时搬到了克利夫兰。但是，他们申请加入协胜堂的消息业已传开。安良堂开始行动，追杀陈杰来的追随者。刚被驱逐出堂的前克利夫兰分堂堂主在其位于安大略街的商店门前遇伏，身中五枪，不过奇迹般地保住了性命。[3]

仍忠诚于安良堂的克利夫兰分堂司库王兴（Wong Sing）向警方举报陈杰来及其党羽。他指控他们持枪胁迫他将当地价值七万美元的堂口地产转交给他们。这很可能是真的，因为此前陈杰来就曾吹嘘，如果协胜堂接受他，他将使克利夫兰的安良堂改换门庭。7月1日，陈杰来被起诉，交纳五百美元保释金后被释放。但是他弃保潜逃，返回芝加哥。不久之后，一封匿名信被寄至克利夫兰安良堂，威胁要杀死克利夫兰、匹兹堡、芝加哥的安良堂高层。

是否接受被驱逐的安良堂人人会，成为协胜堂年会的首要议程。协胜堂纽约分堂堂主反对接受他们——根据坊间传言，这是由于他接受了安良堂的贿赂。但因为纽约代表团多数人都同意接受陈杰来入会，所以他的提议被否决，纽约分堂最终投了赞成票。协胜堂决定接受安良堂的叛徒，这与宣战无异。[4]

每个人都知道战争即将到来。纽约的中华公所试图在战争爆发前促成双方签署和平协议，但遭到了协胜堂的拒绝。纽约警方召集两堂高层前往市警察局，协胜堂人没有现身，他们正在备战。[5]

10月8日，纽约的一名安良堂人在迪兰西街的一间餐厅遇害，这起事件拉开了第四次堂斗的序幕。10月11日，一名协胜堂洗衣工在布鲁克林遭遇枪击，另一名成员在代顿被杀，还有一名成员在芝加哥遇袭。10月12日，在距离曼哈顿十五英里的新泽西路上发现了一名华人男子尸体，有证据显示他在生前曾遭枪击、绳勒、棍打。这起谋杀案促使纽瓦克警方挨门逐户搜查了唐人街。与此同时，匹兹堡、波士顿和斯克内克塔迪也发生了类似的暴力事件。在接下来的几天里，费城、底特律和密尔沃基也传来类似消息。[6]

10月15日，携带自动武器的陈杰来在芝加哥被逮捕。他向警方解释说，因为安良堂悬赏一万五千美元追杀他，所以他需要武器自卫。他还出示徽章以证明自己曾被任命为副治安官，可以合法携带枪支。但由于他仍遭克利夫兰通缉，因此还是被逮捕了。奇怪的是，随后他又以五千美元的保释金获释，并且再度失踪。他的任命和获释无疑都证明，他在经营芝加哥安良堂期间结识了不少有权有势的朋友。[7]

在接下来的几天里，一个30岁的纽约安良堂人在其艾伦街公寓中受了致命伤。一个64岁的安良堂人被砍死在其皇后区的杂碎餐馆里。那是一个可怕的场景：他的头和身体几乎分离，身上有十四处刀伤。涉嫌此次谋杀的协胜堂人在扬克斯被捕，他告诉警方，自己收了餐厅厨师五百美元，协助后者完成了谋杀。

在纽约，中国领事张祥麟（Ziang-Ling Chang）和纽约市警察局局长理查德·恩赖特会面。恩赖特从警二十二年，曾于1910年短暂署理过伊丽莎白街警察局，在1918年被任命为市警察局局长。他们和中华公所一起组织了几次和谈。[8]

虽然过去签署的和平协议最终都被打破，从未长期有效，但是休战似乎仍然是阻止流血冲突的最大希望，除此之外，当局不知道还能做些什么。这场斗争无涉赌博、毒品抑或女人，所以搜查不法场所无济于事。到了月末，他们达成了为期两周的停战协议，休战的截止日期为11月13日。它不仅适用于纽约，也适用于全国其他地区。尽管在谈判会场外，一名协胜堂人身中四枪而死，会议也因此一度被打断，但双方最终还是签署了协议。[9]

后来，纽约警方得到消息，陈杰来正前往曼哈顿。11月9日，等候在宾夕法尼亚车站的五名便衣在陈杰来到达后将其逮捕。第二天，他被正式起诉，获准以两万美元保释，并等待接收来自克利夫兰的罪犯引渡文件。在他被捕后，张祥麟宣布，两堂已同意将停火协议再延长两周。[10]

　　警方认为抓捕陈杰来可能会结束这场堂斗，但是他们错得离谱。

　　1924 年 10 月 26 日上午，一辆出租车停在披露街和包里街的拐角处，三个形迹可疑的华人男子从车上走了下来。他们一看到两名警察即欲逃跑，警察确信他们是堂口枪手，便将其逮捕。不久后，另一辆出租车停在勿街和披露街的拐角处，车上下来了七名华人乘客。他们中的一些人十分虚弱，需由其他人背着前进。他们同样遭遇了警察的追捕，交火后被擒获。

　　在警察局，这些人承认他们都是协胜堂人，其中只有三个是本地人，其他七人来自外地。纽约协胜堂已经损失了大半枪手，只能引入外援。不过，他们并不是从波士顿、费城，或者其他寻常地区招募来的。一个月以前，他们还在香港。他们被召至纽约（很可能是总堂招募来的），同安良堂人作战。协胜堂付给他们每人二百美元，许诺每天提供两餐，而且一到美国就有工作。于是，他们被像货物一样，两人装进一个木箱，乘"斯盖尔王子"号重载船偷渡过来。

　　这些人因营养不良和脚气病而性命垂危，被送往医院。只有一半的人被认为有可能幸存下来。当天晚上即有一人死亡，几天后又有一人死亡。三名蛇头被联邦大陪审团正式起诉。[11]

　　除了招募枪手，协胜堂还四处购置武器。10 月 28 日，警方在接到线报后突击搜查了上城区的一家中餐馆。他们逮捕了协胜堂服务生刘旺楚（Long Wong Chue），并没收了从匹兹堡运来的两枚催泪弹。刘旺楚一直拒绝承认这些武器是用来对付安良堂的，他说这些是他打算运往中国的样品，但是警方并不相信他的说辞。他们早就知道刘旺楚，他在一个月前就因经营鸦片馆被逮捕，交了一千美元保释金后获释。

纽约市警察局副局长卡尔顿·西蒙博士对记者说，如果其中一枚炸弹在密闭空间被引爆，房里的每个人肯定都将遇难。[12]

停火期即将结束时，61 岁的浸信会牧师、前中华公所主席李拓（Lee Tow）与华人基督徒一起，为止息干戈奔走呼号。然而在旅顺楼餐厅的一场激情洋溢的演讲中，李拓突然中风，再也没有恢复意识。他被认为是这场堂斗中的又一个殉难者，而堂斗在感恩节再度爆发，起因是一次复仇。[13]

感恩节当天，在布鲁克林一间洗衣房内，一个安良堂人的儿子被协胜堂杀手用自动武器扫射而死。第二天在纽约，又有两个安良堂人倒下。一个是 43 岁的洗衣工，另一个遇害者 40 岁，在埃尔德里奇街的家中遇袭，经过一番搏斗后从窗口跃出，跌落而死。[14]

与此同时，陈杰来正在就引渡问题与当局斗争。他同时被两州通缉，在俄亥俄州是因为敲诈勒索和弃保潜逃，而伊利诺伊州以弃保潜逃的罪名要求引渡他。纽约州州长艾尔弗雷德·史密斯签署了俄亥俄州的引渡文件，陈杰来的律师提出异议。最后，到了 11 月 29 日，这名囚犯被判移交给克利夫兰的警探。然而，在离开法院前，陈杰来和他的律师收到州最高法院的书面命令，允许陈杰来交保候审，保释金三万美元，尽管他已两次弃保潜逃。州最高法院的理由是，由于是他从芝加哥逃到纽约，所以应先被移送芝加哥。[15]

由叛变引发的敌对行动还在继续。安良堂无法忍受叛变，也誓为遇难的兄弟报仇雪恨。坊间传言，全国各地的斧头仔正涌向纽约。有人称，协胜堂已从外地招募了七十名枪手。1921年搬到纽约的协胜堂总堂秘书长龚恩英对这种说法嗤之以鼻，他反驳道："认为我们愿意花二百美元从西海岸招募七十个杀手的想法很荒谬。"不过，实际上协胜堂已经从比那更远的地方引进了杀手。"我们的社团没有钱，"他继续说道，"如果真有枪手要来这里，应该当心的反倒是我们。"于是他向纽约警方申请保护。当地安良堂首领梅含瑞（Henry Moy）和李观长也申请警方保护。与此同时，所有人都购买了防弹背心。[16]

陈杰来在纽约的这段时间，与他一同被控敲诈的七个人都在克利夫兰被定罪，他们的刑期从三年到二十五年不等。一个星期后，在已无法律漏洞可钻的情况下，陈杰来最终被引渡到俄亥俄州，他被戴上手铐脚镣交予一名警探。在克利夫兰的法庭上，他穿着厚钢背心出庭，拒绝认罪。令人吃惊的是，他不仅未被羁押，居然又一次获得自由——他获准以一万五千美元保释。[17]

杀戮还在继续。在芝加哥，买凶杀人的价格是一千美元，致人伤残三百五十美元，破坏别人生意场五十美元。芝加哥梅姓族长在圣诞节被两名协胜堂人枪杀。1925年1月3日，另一个芝加哥华人遇害。随后，两个芝加哥洗衣工在熨衣服时被挥舞着短猎枪的枪手袭击。

在纽约，陈氏家族惨遭屠戮。1924年12月14日，40岁的水果商贩陈嵩（Chin Song）在勿街的家中被割下头颅，而他并未加入这两个堂口。1925年1月4日，一个协胜堂餐馆员工陈兴（Chin Hing）被安良堂人枪杀。三天后，哥伦比亚大学毕业生、

35 岁的华人牙医陈华（Wah S. Chan）在勿街办公室被割断颈静脉。陈华也并非两堂之人，但与其他遇害人一样，都属于陈氏一族。这并非巧合，因为陈杰来也是。[18]

2 月 9 日，陈杰来终于出庭受审，黄杰仍然是他必不可少的翻译。陈杰来申辩说，在所谓的敲诈发生时，他并不在克利夫兰。虽然这是事实，但是陈杰来仍被判处在俄亥俄州监狱服刑十五年。庭审法官称陈杰来是"一个无可救药的坏人"。随后，陈杰来被带到县监狱，他在上诉期的保释金高达两万五千美元。这次，他没能交保释金。2 月 23 日，他被送至哥伦布市的俄亥俄州立监狱羁押。[19]

"这一判决意味着在过去六个月里导致四十一人遇害的堂斗已经终结。"芝加哥安良堂的秘书长李培威（William P. Lee）在接受媒体采访时说道。就像早些时候一样，这样的预测过于乐观了。3 月 3 日，一名协胜堂人在纽约乌节街被人用刀砍死。3 月20 日，一个安良堂面包师被枪杀。这些事件使一场完全由华人促成的和平谈判的日程提前。

来自各地的十九名中华公所成员齐聚纽约，协助中国领事张祥麟为两堂调停。经过两周的谈判，两堂达成了一项旨在实现"全美各地协胜堂与安良堂之间长久和平"的协议。1925 年 3 月26 日，在二十名纽约警察的注视下，两堂高层在唐人街市政厅签署协议。为防万一，另有一百名警察在街上巡逻。[20]

协议规定，安良堂将不再追加指控协胜堂人，不再让更多证人出现在针对后者的庭审中。他们还同意不再骚扰已加入协胜堂的原安良堂成员。但是，安良堂人不希望看到他们的竞争对手蚕食自己的地盘，所以坚持要在某些城市禁止协胜堂成立分堂。[21]

协议签署后，几个月没有公开露面的两堂高层不再担心自己成为目标，纷纷走出藏身之处。每个堂口都举办宴席，邀请调停人赴宴。和平确实降临了。

不过仅持续了五个月。

1925 年的协议并没有终结冲突，将来还会有更多的屠杀。它终结的只是两堂公开宣布的战争。和平如此脆弱，以至于任何一件事都可能引发对抗。

1925 年 8 月底，冲突再次爆发。这一次，它始于波士顿。波士顿的一个安良堂人认为一个协胜堂人对他的妻子太过殷勤，两人举枪互射，双双负伤。枪战的消息迅速传开，其中涉及个人的内容被省去。消息不久便传到纽约，一个安良堂人在多也街杂碎铺地下室遭协胜堂仇家枪杀。随后，匹兹堡、芝加哥、巴尔的摩、明尼阿波利斯也相继发生凶杀案，各地华人因此提心吊胆。华盛顿特区的警察在周末的突击搜查中逮捕了四十八名华人，并部署警探在首都规模很小的唐人街巡逻。在新泽西地铁站，警方逮捕了三名持左轮手枪的华人。在纽瓦克，一个协胜堂人反复听到恐怖的砰砰敲门声，他不堪忍受，从窗口跳下，身负重伤。[22]

正如一份报纸形容的那样，两堂借由和平协议建立的关系"细若游丝"。虽然波士顿事件是导致它被打破的直接原因，但是该协议的终结几乎不可避免。协胜堂因协议限制其扩张地盘而愤愤不平。两堂在纽约和芝加哥人数相当，但是安良堂在克利夫兰、匹兹堡、巴尔的摩、费城、华盛顿、圣路易斯和波士顿的势力更加强大，而且希望在这些城市和美国东部保留特权。根据协议，协胜堂被允许在西部增设堂口，但是不得在东部城市——特别是波士顿——建立分堂。此项条款激怒了他们。事实上，他们早已违背承诺，悄悄在那里建立起了自己的堂口。

战端再起后，纽约协胜堂和安良堂高层火上浇油，发电报警告全国各地的兄弟要提防对手。警方徒劳地希望遏制战火重燃，一些城市加强了唐人街的警力。短短几天之内，就有一百多名华人在八个城市被捕。[23]

眼见和平协议没有奏效，当局加大了管制力度。首先，华盛顿的移民局官员宣布，所有因堂斗被捕入狱的华人都将在刑满释放后被驱逐出境。随后，费城警方开始搜捕所有不能出示登记证件的华人。自 1892 年以来，所有在美华人都需持有证明合法身份的证件。七十五人被带至警察局，除了十五人，其他人最后都被释放。在纽约，制服警察和便衣涌进唐人街，警方在常规警力之外还加派了一百五十名增援人员，每隔十五英尺便有一名警察站岗。此外，警察还挨家挨户搜查武器。[24]

纽约警方试图再次使双方坐到谈判桌前。警探把两堂高层带至警察局的不同房间，在四个小时的时间里，两名警监为他们传话。然而，他们之间的怀疑和敌意如此之深，以至于警监甚至无法说服代表们坐到彼此面前，更不用说让他们重拟破碎的停火协议。最后，警方威胁以共谋罪逮捕他们，这样才使他们同意次日在地检会面。[25]

在接下来的协商中，中华公所邀请安良堂总堂主、波士顿分堂创始人司徒美堂参加，因为获得他的认可是达成新条约的必要条件。得到坦慕尼协会支持而出任地方检察官的乔布·班顿主持了这次会议，协胜堂总堂主与两堂律师也受邀参加。双方一致认为，协议不是因为两堂宣战而被打破，冲突的原因是不幸的私人纠纷。[26]

两个小时后，双方都同意成立一个联合委员会以厘定违约责任。双方也一致同意，将班顿所说的"事实上的休战"延长到8月31日星期一。参加那天和谈的人数更少，双方决定废除早先达成的协议，重新拟定停战条款。由于两堂均对3月26日的协议不满，这似乎成了唯一的出路。他们承诺在达成新的协议前停止敌对行动。他们还呼吁全国各分堂首领来纽约与中华公所主席张理季（Chang Lee Kee）见面，批准新协议。[27]

然而，仅仅过了两天，几天前刚和其他安良堂枪手一起抵达纽约的19岁的冯杉（Sam Wing），就在布鲁克林的洗衣房枪杀了协胜堂人王堂（Tom Wong）。协胜堂马上还以颜色。第二天，一个50岁的安良堂洗衣工在曼哈顿被一名协胜堂人杀害，他的两个儿子也受了伤。[28]

尽管地方检察官不愿意公开评论这些枪击事件，但他明确表示自己将尽快处理针对这些持枪歹徒的案件。与此同时，他还计划再次召集两堂高层协商。有人直截了当地问黄杰，他是否认为停战协议已经失效，但黄杰拒绝表态。然而，在近期凶杀案中损失更大的安良堂人看到了夺取道德高地的机会。安良堂秘书长发表声明指出，自从战端重启以来，已经有五个安良堂人被杀，但是安良堂并未对此报复。"我们不会这么做，"他宣称，"除非出于自卫。"[29]

9月8日，班顿与纽约市警察局局长理查德·恩赖特、中国领事一起，向各方发出"最后通牒"。班顿代表纽约五名地方检察官发表讲话，并且暗示他已经得到了联邦政府的支持。"这个国家优秀华人的权利正被堂口损害，为了他们的声誉，我在此呼吁，"

他说，"华人领袖应使交战堂口明白，他们要么和平地在这个国家生活，要么离开。"[30]

然而，过去的经验表明，这样的呼吁是徒劳的，华盛顿联邦政府也开始失去耐心。联邦官员已经发誓要在堂口成员刑满之后将他们驱逐出境。而意图止息枪战的中国领事、中华公所和警方在管理堂口方面的失败，使他们准备采取更加严厉的措施。

在班顿发布"最后通牒"的那天晚上，两个协胜堂人在纽约身亡。愤怒的警方决定践行他们对堂口领袖的威胁，要让他们为后续的暴力事件负责。安良堂总堂秘书长李济民（Lee Gee Min）、纽约分堂秘书长梅含瑞被逮捕，他们在其中一起谋杀案中被以共谋的罪名起诉。这是不在现场的堂口领袖第一次被追究谋杀的个人责任。[31]

然而，在庭审中，这一策略暴露出巨大的漏洞。辩方律师称，没有任何证据表明堂口头目参与或策划了任何一场枪击，这次逮捕简直是"纽约有史以来最离谱的一次"。法官接受了这种说法，堂口领袖被当庭释放。[32]

纽约警方又突击搜查了唐人街，因为除此之外，他们已不知还有何事可做。他们没收了武器、鸦片，并逮捕了数名持枪男子。其间，警探与几名男子在勿街屋顶交火。其他地方的暴力活动还在继续。在宾夕法尼亚州的新肯辛顿，一名协胜堂人被杀；在芝加哥，一个安良堂人遭毒打。[33]

地方当局逐渐无计可施，华人凶杀案成为全国报纸的头条新闻，联邦政府认为介入的时机已到。纽约南区联邦检察官埃默里·巴克纳决定采取严厉措施，声称将把每一个无法证明拥有留美资格的华人驱逐出境。9月11日，他警告堂口头目："每一个没有身份证明的华人都将被送回东方，你们拥有的钱财与权力，你们的律师或者你们自认为拥有的资源，都无法阻止我们。"

1902 年的《斯科特法案》（它无限期延长了此前的《排华法案》）规定，每个住在美国的外国人都要向美国政府登记并取得身份证明，以备随时接受检查。登记要求申请人证明自己是合法入境，而许多华人无法提供证明，因此没有登记。

巴克纳威胁要利用这一点大规模驱逐华人以打压堂口，尽管该举措也会殃及许多和平的、与堂口无关的华人。但是，巴克纳并非虚张声势，而且也不是独自行动。美国移民局和联邦政府的四个部门已经同意和他合作，受够了华人堂口诡计的联邦政府也明确表示支持他。

搜捕行动于 9 月 11 日晚开始，直到次日凌晨才结束。联邦特工根据巴克纳的指令，抓捕了无法立即出示居留许可的华人居民，把他们带到曼哈顿的联邦大楼。数十名华人被捕后，消息传开，街道很快无人出没。华人逃向纽瓦克、泽西城、霍博肯、长岛、布朗克斯和其他地方。最后，六十八人被捕，他们在翻译的帮助下逐一接受移民官员的盘问。

在这些人中，六人能够证明他们是合法居民，十四人声称证明文件在家中，五人因持有枪械被移交警方，剩下的大部分是中国海员，他们留美时间均超过了美国政府规定的六十天。他们被逮捕、传讯，并被送到埃利斯岛关押，不得保释，等待被驱逐出境。

联邦政府的高压手段迫使堂口头目再次坐到谈判桌前。9 月14 日，在位于阿斯特广场的中国驻美领事馆内，两堂缔结了新的和平协议。双方争论的焦点在于，是否允许堂口兄弟转拜码头。

最后，与会者均同意，退堂者只有在两堂口发出正式通告后才能加入另一堂。协议在午夜签署，这则消息立即通过电报传到各地分堂。[34]

但联邦政府并不关心这些，搜捕仍在继续。当地警方封锁了唐人街，联邦探员搜查餐馆、赌场、中国寺庙、剧院和公寓。即使华人待在家中，探员也会把他从床上拖下。长着华人面孔的居民都被逮捕，共六百多人。联邦官员逐一盘问他们，大楼的灯经夜未熄。

最终，一百三十四人被认定违反了《斯科特法案》，他们被带至"坟墓"监狱，等待被驱逐。《纽约邮报》称："违反移民法的人就是在近期堂斗中制造麻烦的人。"这一说法显然是荒谬的，而且这篇报道也没有提供任何证据。事实上，很多堂口成员是合法居民，而且没有任何证据表明那些没有合法身份证明的人就是"制造麻烦的人"。

第二天，巴克纳声称，新协议的签署并不会阻止联邦政府的搜捕计划。"如果协胜堂与安良堂可以和睦相处，不再杀斗，这当然再好不过，"他郑重地说，"但是，不管是否存在堂斗，移民法就是移民法……那些非法滞留的人将被驱逐出境。"[35]

唐人街的平静并未维持太长时间，因为无论政府做什么都无法抑制堂口之间久存的敌意。1925 年 9 月 18 日，一个 30 岁的协胜堂裁缝走出商店时遭枪击，当场死亡。凶手是一个 32 岁的安良堂厨师，他行凶后一直躲在"小意大利"边界的门廊，被一个在附近工作的意大利房地产经纪人抓住。他使劲挣扎，但还是被牢牢控制住。几个目击了枪击事件的旁观者喊道："杀死他!"最后，警察赶到，狠狠打了他下巴一拳，使他安静下来。这是一起报复事件，因为就在几个小时前，他的表弟——一名安良堂洗衣工，被三个袭击者在其位于匹兹堡郊区的洗衣房枪杀、肢解。[36]

就在同一天，报纸报道，两堂仍在谈判中，宣布新协议为时尚早。尽管双方已经达成协议，但现在协胜堂不愿透露转投过来的安良堂人的姓名。这样的人有三百名之多，协胜堂认为公布他们的姓名有违堂规。双方无法在这个问题上达成共识，只能休会。

联邦特工和警察的搜捕行动还在继续。当晚，除了商铺、公寓，警方还搜查了协胜堂、安良堂，乃至中华公所的大楼。在协胜堂总部，警察险些被不知从何处飞来的斧子砍中——斧子最后卡在门框上。警方收缴了两堂藏有的左轮手枪、匕首、斧头、砍刀。警车载着至少三百五十二名华人到达联邦大厦，安良堂头目梅含瑞与李观长均在车上。其中七十二人将被递解出境。除了这三百五十二人，还有二百名能当场出示证件的华人也遭到了盘问。联邦助理检察官甚至在唐人街的人行道上举行了临时听证会。[37]

虽然华人没有公开反抗，但他们对联邦探员的敌意十分明显。几个愤怒的白人妇女因为她们的丈夫被捕而向联邦探员发出抗议。一些人能够证明她们的丈夫是合法留在美国的，或者至少他们是合法夫妇，几名华人男子因此获释。中餐馆、洗衣房和进出口公司的老板，认为大规模劳动力流失会严重影响他们的业务，也向联邦政府提出抗议。[38]

拘留者被关押在联邦大楼三层，直到警察可以腾出警车把他们运到拘留所。他们中有些人睡着了，有些人在抽烟，有些人看起来很平静，有些人在哭泣。所有被捕的人将被关押十天，以使他们有时间申请人身保护令，但联邦官员预测只有极少数人符合条件。据《纽约邮报》报道，联邦官员承诺将继续突击搜查唐人街，"直到该市所有不受欢迎的华人都被拘留并遣返中国"。[39]

9月21日，中国领事张祥麟和中华公所主席张理季在华尔道夫酒店主持了所谓的"永久和平协议"的签署仪式。李济民代表安良堂，黄杰代表协胜堂，在协议上分别签字。然后，他们按照美国人的方式握了握手，一名警监在旁观看。[40]

纽约会安静一段时日，但其他城市的冲突仍在继续，想来只有天真之人才会仅仅以字面意思去理解这一"永久"协议。

19世纪90年代，当协胜堂没能在安良堂赌业的不法收益中分一杯羹时，"素鸭"、黄杰和他们的兄弟巧妙地借助帕克赫斯特协会的力量为自己牟利。1900—1901年，他们曾尝试用同样的策略使十五人委员会为其所用。与白人组织合作的做法一直卓有成效，原先的策略似乎值得一试。这一次，他们计划借助联邦政府的力量打击安良堂，而且目标仅为安良堂。根据最新统计，联邦政府已经计划将二百六十四名纽约华人驱逐出境。

美国检察官办公室一直努力与联邦劳工局、联邦麻醉品管制局、联邦移民局协作，以清除纽约未登记的华人。然而，协胜堂决定向一个不同的部门——联邦贸易委员会发出吁求，践行他们富有想象力的策略——控告安良堂不当竞争。

1925年9月24日，协胜堂总堂的两个干劲十足的律师出现在委员会面前，指控安良堂在州际贸易和对外贸易中对九名协胜堂商人有阴谋、恐吓、暴力行为。这九名协胜堂的进出口贸易商、零售商分布在纽约、费城、匹兹堡、克利夫兰、芝加哥、波士顿、西雅图等地。根据协胜堂人的说法，安良堂筹集了一百五十万美元，目的是将协胜堂赶出这个行业。

这一行为不仅震惊了安良堂，也令协胜堂纽约分堂大吃一惊。后者的律师查尔斯·古尔德称，当地协胜堂人对此一无所知，他们甚至推测"这是一些聪明的律师新发明的一种赚钱方法"。[41]

安良堂的律师指出了这一指控的荒谬之处。"这是可笑而不可思议的，协胜堂竟然把联邦贸易委员会牵扯进来，"他说，"我们是一个严格意义上的兄弟会组织。尽管安良堂的成员都是商人，但是他们并不是为了商业目的结合在一起的。安良堂不是一个经营州际贸易的商业团体，而是根据纽约法律成立的社会团体。"[42]

协胜堂的指控虽富想象力，但显然毫无讨论的价值，委员会拒绝对此展开调查。

1925 年 10 月 14 日，警察受邀出席了一场两百人共聚一堂的和平宴会。然而，唐人街对这项最新协议多少有些不以为然。大多数人并不把它看作战争结束的信号，不过局势至少会有所缓和。[43]

那里虽然安静，但偶尔也能嗅到一丝紧张的气息。不过，到了 1927 年年初，和平又一次成为记忆。第一起流血事件发生在布鲁克林。3 月 24 日，两个厨房工人在国王茶室被枪杀，其中一人是协胜堂人。暴力迅速蔓延。当天，纽瓦克、芝加哥、曼彻斯特和康涅狄格州均发生了命案，匹兹堡、克利夫兰也发生了枪击案。

在前一天晚上，大约两百名协胜堂人到纽瓦克赌博、吸食鸦片。麻烦发生后，他们才意识到自己已步入险境。在那里，一个波士顿协胜堂人身中二十九枪而死。得知此事后，其他人惊恐不安。纽约协胜堂高层不得不雇用一名私家侦探，组织一支车队将受惊的人安全送回曼哈顿。

每个人想到的第一个问题都是，冲突爆发是否与正在中国发生的事件有关。此时全美国的报纸都在谈论，国民党军队攻占南京时，一些士兵和平民洗劫了在华外侨的房屋和商铺。几个外国人在堂口枪击事件发生当天被杀害，其中还包括一个美国人。但是没有证据表明，发生在两大洲的事件有任何关联。[44]

第二天，又有两名男子在芝加哥被暗杀，当地安良堂首领梅弗（Frank Moy）对此有自己的解读："安良堂是富商组织……协胜堂……主要由小商人、洗衣工和服务员组成，他们的头目与敲诈犯没什么区别。尽管安良堂的实力更强，但安良堂人的财产和商业收益更多，他们不会像协胜堂那样孤注一掷。因此，他们常常被迫购买和平。"他接着透露，前一次堂斗之所以结束，只是因为他们付给协胜堂价值二十五万至五十万美元的黄金。"现在协胜堂已经把这笔钱花光了，于是他们打破了休战协议，重燃战火。"[45]

在纽约，一名愤怒的地方检察官警告称，如果杀戮不止，他将把堂口成员"用货船运回中国"。1927年3月25日晚，华盛顿和马萨诸塞州又有华人被杀。一直否认战局已开的两堂首领写信确认1925年的停战协定仍然有效，同时敦促所有堂口兄弟尊重这一协议。班顿表示，他相信堂口头目无须为这次冲突负责。[46]

他们确实无须负责。第一个丧命的布鲁克林餐厅员工是陈杰来的表亲，人们自然会认为这又是一起堂口仇杀。但事实证明，这个人是因为其他原因被杀的，与安良堂无关。不过这起谋杀表明，和平仍很脆弱，以至于很多人无辜丧命。[47]

尽管陈杰来叛变所造成的创口已经溃烂化脓，而人们仍然惶恐不安，但在接下来的一年半里，唐人街维持着和平。唐人街彼时的景象正如纽约专栏作家麦金太尔所言，"甚至连街头玩耍的孩子都无精打采"。没有人认为和平会一直持续下去。[48]

1928 年 10 月 14 日晚，六名华人在芝加哥、费城、纽约、华盛顿被杀，数人受伤。几天后，一个 53 岁的协胜堂人在其位于第八大道的洗衣店里被枪杀。像上次一样，此次的暴力事件也是在没有堂口授权的情况下发生的，因此责任也容易厘清。年轻的中国领事熊崇志（Samuel Sung Young）博士在纽约发表声明称，暴力事件源于私人纠纷。他敦促在美华人"不要被谣言、恫吓所左右"，并承诺"每个华人都将一如既往地、和平地追求自己的事业"。[49]

和平确实又维续了九个月。到了 1929 年 8 月初，凶案率先发生在芝加哥、纽瓦克、波士顿，然后是纽约。当天，联邦检察官查尔斯·塔特尔效仿其前任，让两堂首领坐到一起，并当着熊崇志领事的面警告他们，如果枪击继续发生，联邦探员会突击搜查唐人街，包含各堂总部，驱逐无身份证明的华人。堂口首领再次抗议，声称冲突未经堂口授意，堂口之间未曾彼此宣战。[50]

但是，在塔特尔发出警告不到两小时后，一个华人在纽约被杀，两个协胜堂人在波士顿丧命。此时政府担心，堂口高层似乎已经丧失了控制局面的能力，无法约束枪手。为了避免更多警察围捕非法华人移民，两堂首领同意休战到晚上 10 时，他们会坐下来拟定一份和平协议。由于现今几乎没有华人敢冒险上街（以免闯进警察法网），唐人街大部分商铺都已歇业。第二天早上，在熊崇志领事的仲裁下，双方取得共识，并在塔特尔面前签署了和平协议。[51]

随之而来的声明将问题归咎于"误解",并下令各个堂口不要使用暴力。实际上,这份协议同以前的协议大同小异,但根本区别在于,它承诺未来任何堂口间的冲突都将由中国驻美领事馆仲裁。[52]

达成协议之初,无人能判断停战协定是否将真正奏效,因为各分堂、堂口中的个人显然不会完全受新协定约束。协议墨迹未干,芝加哥的一个协胜堂人就遭一个安良堂人袭击,身负重伤。不久之后,纽瓦克发生械斗。在波士顿,尽管冲突没有立即爆发,但是当地堂口成员不听警察和首领的指示,拒绝承认停火协议。[53]

最后,各堂口还是进入了短暂的休战期。随着大萧条的到来,华人与其他人一样开始忙于应对生存危机。但是,堂口之间的敌意并没有减弱,第四次堂斗也还没有结束。

第十五章
共　存

　　大萧条沉重打击了美国的华人社区，纽约华人也未能幸免。由于华人很少投资股票，因而他们并未受到 1929 年 10 月股市崩盘的直接冲击，但是由于他们的顾客与雇主的收入锐减，他们自身的生存同样受到威胁。据估计，仅 1930 年一年，唐人街内外就有一百五十多家华人餐馆被迫关门。次年，四分之一华人失业。到了 1932 年中期，纽约一共有四千名华人失去了生计。[1]

　　不止一人评论道，华人宁肯挨饿，也不愿光顾白人慈善组织的救济厨房，即使它们就设在唐人街。《基督教科学箴言报》（*Christian Science Monitor*）称赞道，尽管上城区紧急救援组织在多也街设立了一个救济点，但只有包里街的白人和黑人在那里排队，没有一个华人现身。披露街专门为华人开设的救济厨房只坚持了不到一个星期便关闭了，因为没有人光顾。[2]

　　当地华人转而求助他们的互助组织——家族、会馆，乃至堂口，在某些情况下，它们可以提供食物和住所。艰难的生存环境使堂口开始紧张，他们深知现在不是争斗的时候。长老会牧师考德威尔在 1932 年写道："交战堂口停止竞争，全力以赴投入共同的慈善事务中。"[3] 然而，这只是一个夸张的说法，合作和暂时的沉默绝不意味着对立真正结束。

李观长并不需要担心经济危机，因为这个安良堂最后的大佬在 1930 年过世了。他于 19 世纪 90 年代加入安良堂，自李希龄于 1918 年去世以后开始掌管安良堂纽约分堂，并被一些人尊称为"唐人街市长"。他临近去世前一直身体不佳。敦实的李观长的遗体被放在一个漂亮的青铜棺材里，在灵堂陈列了一个星期，以接受亲戚朋友的送别。在此期间，人们一直在讨论李观长的葬礼会是基督教式的还是传统中国式的。他的儿子一直在思量，是否要把他的遗体送回中国。在他看来，父亲李观长已经融入美国，"也许更愿意留在美国"。[4]

最后，在李观长的家人和安良堂兄弟的操持下，葬礼按照带着几分中国特色的基督教长老会丧仪进行。当地的华人组织和全美各地安良堂分堂均派代表参加了葬礼，不过一直憎恨他的协胜堂是否派人出席就不得而知了。在仪式结束后，一百多辆车载着送行者，连同李观长的肖像和无数花圈，在细雨中向布鲁克林行进。李观长被安葬在柏树山墓地，他的墓前摆满了鸡肉、米糕、蛋糕和葡萄酒，人们燃放爆竹以驱除邪灵。[5]

在李观长去世之前，李希龄和龚老金已经相继离世，黄杰于 1927 年回到中国，"素鸭"久未现身。可以说，安良堂与协胜堂的领导层已经完成了代际更替。[6]

尽管两个堂口在 1930 年的春节游行中表现和睦，但是某地分堂发生的争执依然可能导致两堂重新开始恶斗，而纷争的原因到底是个人仇杀还是堂口宿仇则难以分辨。2 月中旬，两个华人被控谋杀协胜堂人，但安良堂否认与此有关。6 月初，一个协胜堂杀手在艾伦街四楼的房间里被枪杀。第二天，张福（Cheong Fook）在海斯特街 104 号被 21 岁的邰杰（Tei Get）用面包刀刺中腹部而死，43 岁的刘星（Lui Sing）在布鲁克林洗衣房后巷身中五枪而死。[7]

新任纽约市警察局局长爱德华·穆鲁尼（Edward P. Mulroo-ney）34 岁，从警多年，升职前是刑侦科的负责人。他并不确定导致凶杀的原因以及堂口是否应对此负责。他拜访了新上任的纽约县地方检察官。这位检察官不是别人，正是曾审理过协胜堂成员恩兴、李道谋杀案的法官托马斯·克雷恩。第二天早上，两人决定召集堂口首领谈话，这已经成了所有人都习以为常的仪式。中国领事也照例拜访了联邦检察官塔特尔，以筹备另一场和谈。

穆鲁尼在第六分局担任副局长时学了些洋泾浜粤语，而他对于管理堂口事务也很有方法。会后，他对媒体直言不讳地说："无论引起这次杀戮的原因到底是什么，我们都把它当作一场堂斗。所谓星火燎原，只有从一开始就加以阻止，才能防止此类案件继续发生。我们希望协胜堂与安良堂能达成和平协议。显然，安良堂在防守，协胜堂在挑衅。我们还不清楚争执的原因是什么：毒品、赌博、叛变、泄密、勒索，还是典型的白人式的敲诈。"[8]

但实际情况比表象复杂得多。张福原来属于东安会馆（Tung On Society）——一个华人水手组织。犯罪嫌疑人邰杰也是该组织的成员。协胜堂总堂秘书长龚恩英（他刚刚写了一本关于堂战的书）告诉警察这是一场私人纠纷。但是，东安会馆俨然成为这场复杂而无休止的战斗中的新角色。[9]

6 月 7 日，双方签署条约。该条约被张贴于唐人街，并被电告其他城市。但条约墨迹未干，25 岁的王查（Charles Wong，与协胜堂高层王查不是同一人）便在其位于哈莱姆区的洗衣房遭人谋杀。两周前，王查离开协胜堂，加入安良堂，这可能是他的死因。与陈杰来一样，协胜堂总堂和各分堂同样无法忍受他的背叛。[10]

现在看来，尽管堂口高层不主张使用暴力，但暴力事件依然频发，而且似乎已不受控制。以往堂口高层签署的协议通常能够平息暴力，尽管和平无法持久。但现在，甚至连这样的权威都不起作用。当明尼阿波利斯的协胜堂人被谋杀，匹兹堡和芝加哥分堂下令重新开战的消息传到纽约时，纽约协胜堂的首领警告手下的兄弟，和平协议可能被打破，他们应该再次警觉起来。[11]

堂口首领又一次被中国领事带回谈判桌。两个小时后，他们迫于压力签订了一份新的协议，落款时间为当日。熊崇志领事将该协议翻译给新闻界：

> 安良堂商人总会和协胜堂总会因误解而破坏了彼此间和平的关系。现在，经由熊崇志领事和中华公所董事们的调解，他们已经解决了分歧，恢复了和平。现通知所有华人公民，他们的顾虑可以消除，他们可以继续各安其职。1930年6月7日签字盖章。[12]

这项新协议被称为《凯洛格和平公约》（Kellogg Peace Pact），取《凯洛格白里安公约》（Kellogg-Briand Pact）之名，后者是两年前法国和美国发起的一项国际协议，签署国宣布放弃使用战争作为国家政策的工具。[13]

7月，华人又开始自相残杀。包里街的中国剧院再次成为杀戮之地。在7月9日的一场表演中，有人从后排射出五发子弹。

大厅很快空无一人，当警察赶到时，常华宏（Chang Wah Hung）倒在剧院座位上，已经身亡。[14]

但这一次，死者既不属于协胜堂，也不属于安良堂，而是东安会馆主席。邰杰与最近的受害者张福都是该社团成员，而犯罪嫌疑人则来自安良堂。为了报复，东安会馆成员枪袭安良堂在勿街的分号，两个安良堂人因此死亡。第二天晚上，警方在布鲁克林华人社区的一间公寓里发现了九枚炸弹，其所含的硝化甘油炸药足够炸掉整个街区。

此次事件的导火索是一起失败的鸦片交易。东安会馆承诺给安良堂价值十四万美元的毒品，但没有交货。随后，四名东安会馆成员在纽约被捕，他们招募年轻人刺杀安良堂成员，每杀一人支付五百美元报酬。[15]

但这并不意味着协胜堂与传统竞争对手之间的关系良好。更多的枪击事件相继发生，尽管没有造成人员伤亡，但龚恩英告诉警方，他相信安良堂打算杀光协胜堂的人。纽约市警察局局长穆鲁尼和地方检察官克雷恩再次发出最后通牒。8月18日，穆鲁尼将协胜堂、安良堂、东安会馆和其他社团的十几名首领叫到自己的办公室，警告他们，如果麻烦没有停止，他将不再承认新的条约，不再努力斡旋，而将要求联邦当局在未来的一周内展开大规模驱逐行动。

但是驻华盛顿的中国大使已经设法让他们达成了另一纸新协议，原本定于8月19日签署。该协定将由六方签署，包括安良堂、协胜堂、东安会馆和其他三个小社团。它明确规定，一旦有人违反协议，签署方将与警方合作惩罚罪犯。但是该协议直到9月2日才被批准，因为每个签署组织都被要求交五万美元"定金"，当其成员违规时，这笔钱会被没收以作慈善之用，但是因为小社团无力承担这笔费用，所以这项条款被废除了。[16]

最终确定并交给联邦检察官查尔斯·塔特尔的二十项条款中有这样一条：成立一个由中国领事担任主席的签署人委员会以解决分歧；当委员会陷入僵局时，纽约市警察局局长穆鲁尼将投下决定性的一票。[17]

《纽约太阳报》对此有所疑虑，它刊文指出："事实上，在达成类似协议后，凶杀或早或晚总会发生，但以和平缔造者自居的白人似乎认为他们已经解决了这个问题，正如二十年前的沃伦·福斯特法官一样。然而，这种观点在唐人街，尤其在那些熟悉堂口及其行事方式的人当中并不流行。"[18]

但是，这份协议带来了一年的宁静。可以说，在股市崩盘之前，曼哈顿唐人街已经慢慢变成了一个合法的商业和旅游中心，恶行基本绝迹。1931 年的《纽约太阳报》写道："观光巴士卸下乘客，让他们漫游街区，游客们回家后会向其他人描述他们看到了一个多么邪恶的地方。""但事实上，如今的纽约唐人街几乎没有什么不好的地方。"《纽约太阳报》继续写道。不知是由于赌场已基本消失，还是大萧条导致商业凋敝，勿街"安静得像布鲁克林的一条小巷"。[19]

当时纽约华人人口约为八千四百人。大部分失业者在餐馆、洗衣房或曼哈顿及其他行政区的其他行业工作。不过唐人街仍然是华人社区的中心，大多数华人组织的总部都设在这里，包括勿街 41 号的安良堂总部和披露街 13 号的协胜堂总部。1931 年，双方都决定在纽约举行全国代表大会，而且开会时间也一样。协胜堂故意将第十四次全国会议的日期提前，使其与安良堂 4 月 27 日的第二十七次会议一致。这是一个挑衅行为。以往两堂从未在同一时间、同一座城市召开全国会议，曼哈顿下城区的警察局已经准备好迎接来自数十个城市的几千名华人麻烦制造者。《布鲁克林每日鹰报》（Brooklyn Daily Eagle）不安地写道，堂口兄弟将"互掷飞刀"。[20]

通常来说，这种制订计划、讨论问题、选举领导层的会议将持续几个星期。但是在当年的会上，两堂并没有讨论如何消灭对方，他们首先要考虑的是如何救助在大萧条时期失去生计的兄弟。

披露街、勿街、多也街挂满了数以万计的红色、白色、蓝色、绿色、黄色的彩灯，窗框上、阳台上悬挂着无数中国国旗和美国国旗。人们一抬头就能看见大楼上挂着的各式各样的欢迎各地代表的条幅，环视左右便会不由自主地注意到几十个防暴警察，以及他们别在腰间的左轮手枪。[21]

警察遇到的第一个难题是，他们是否应该允许由上千名挥舞着条幅的协胜堂人和舞龙者组成的游行队伍从安良堂总部前通过。治安官和警察花了很长时间讨论此举是否会引发两堂的正面对抗。最后，游行队伍确实经过了勿街 41 号。虽然他们没有在那里遇到欢呼的人群（一份报纸指出，那里弥漫着"明显的、不祥的反感情绪"），不过也没有遇到麻烦。

与此同时，安良堂人在披露街挂了一幅条幅，这里传统上被认为是协胜堂的地盘。该举动被看作明显的挑衅，协胜堂人要求安良堂人撤掉条幅。挂条幅的目的就是要还击协胜堂人，因此安良堂对这个要求当然置之不理。协胜堂副堂主向警方投诉此事，却被告知安良堂人已经获得了悬挂条幅的许可。[22]

4月27日晚，两堂都举行了宴会，随后许多堂口兄弟到包里街的中国剧院观看演出。那里大约有八九百人，包括大约五十名妇女和一百个孩子。警察确实逮捕了三个人，因为他们在大衣下藏着上膛的左轮手枪，但麻烦仅限于此。这可能是由于唐人街四倍于常的警力。《纽约太阳报》描述了中国剧院的情况：

> ……剧院里有八个大块头的警察，他们的肩膀与那里最高的华人一般高。他们转着用旧了的伸缩警棍，懒洋洋地躺在狭小的休息厅里。每个来这里的华人都要在一个警察冷峻的蓝眼睛的注视下进入剧场，那个警察的块头大得足以把那些人抱起来一分为二。另一个警察在剧院前的人行道上巡视。三四个警察埋伏在建筑后面巷子里的黑暗角落……剧院后台也有警察，大厅的前后里外都有警察，六个眼神凌厉的警探让人觉得他们几乎无处不在。[23]

事实上，堂口并没有冲突的情绪和想法。他们向当局保证没有彼此攻击的计划，因为他们有急需解决的难题。四分之一在美华人已经失业，两堂都在关注着如何为这些不幸的人提供食物和住所，以及如何解决他们的债务问题。到目前为止，双方只打算羞辱对方，正如协胜堂在勿街的游行与安良堂在披露街的条幅。

1932年2月28日晚上9时30分，一发子弹从一辆疾驰而过的汽车中射出，一名华人颈部中枪倒在纽瓦克马尔伯里街64号门口。如果子弹稍偏一点，他肯定会当场丧命，而那个华人枪手早已不知去向。

这名男子被送到纽瓦克医院，检查结果显示他仅受了皮外伤。随后他被带到警察局问话。他的英语不错，他承认自己是因赌债问题遭到协胜堂的袭击。

然而，虽然他一再否认，还是有警探认出，他就是"素鸭"——传说中纽约唐人街的祸首，二十年前从兴格监狱出狱后便几乎不再露面。[24]

其间，确实有人见过"素鸭"。1915年，他们夫妇参加了他的岳父龚老金的葬礼。据说几年后，他在披露街开了一家小公司。1928年，匹兹堡的一家报纸称他正在为当地协胜堂内部的敌对派系调停。他还在1931年给安良堂写过信，要求他们把条幅从披露街撤下。不过，"素鸭"确实多年没有抛头露面，很多人以为他已经死了。[25]

但是"素鸭"并没有死，他只是在用麦德的名字和警察周旋——麦德是他的本名。

虽然警方试图逮捕枪手，但与之相比，他们更在意"素鸭"的再现——特别是一个受了伤而心怀愤恨的"素鸭"，他可能带来更大的麻烦。但事实上，这很难算是"素鸭"的再现。尽管"素鸭"一直保持低调，但是警方很快发现，自1929年以来，他一直作为协胜堂总堂主在暗中向枪手们发出指令。他在科尼岛的隐匿处制定了近期战争中协胜堂的全国战略。现在他们知道，他已经回来重掌权柄，警察担心这个资深的协胜堂大佬会滋生更多事端。[26]

虽然在 1932 年余下的时间里，两堂基本保持着良好关系（至少相安无事），但一个比争夺披露街和勿街控制权更大的问题渐渐抬头：一方面，许多华人深感在大萧条期间的美国谋生不易，请求社团组织给予帮助；另一方面，日本对中国的侵略使堂口兄弟将爱国视为头等大事，心系故土与国内的亲戚。

在美华人对祖国最大的贡献即是倾囊相助。尽管经济不景气，但是堂口还是贡献了自己的力量。为了援助在美华人与救济遭受侵略的中国，他们为募集资金奔走呼号。[27]

两堂甚至搁置分歧，一起加入了新成立的华人爱国联盟。负责筹款的是协胜堂的龚恩英，他定期和安良堂高层会面，这一情景在早期是不可想象的。截至 3 月中旬，纽约华人已经筹集了一百万美元，类似的努力也正在其他地方进行。"目前我们不会考虑堂口利益，"龚恩英说，"我们中国人都意识到我们必须支持我们的国家。"[28]

就连 1933 年 1 月的春节庆祝活动都是在友好的气氛中进行的。尽管两堂并未共同举办庆祝仪式，但他们实际上还是向对方表达了某种程度的尊重。这一次，华人选用传统的舞龙表演为慈善事业募捐，表演队伍所到之处，两侧的建筑上都挂着装满现金的红色信封，以供巨龙收集。协胜堂的巨龙在勿街起舞，安良堂的舞龙队伍则向披露街行进，它甚至在协胜堂总部前鞠了三躬，以表尊重。[29]

7 月 21 日，一个协胜堂人在波士顿一家鸦片馆遭枪杀，当地分堂表现得十分克制。堂口高层要求调解人——中华公所的英文秘书陈同（George Chintong）确定行凶者是不是安良堂人。陈同期望在调查结束前，堂口间能维护和平，但他错估了他们的自制力。

7 月 23 日，一名华人被暗杀的消息从匹兹堡传到纽约。尽管唐人街增强了警备，但 7 月 29 日午夜刚过，40 岁的安良堂木匠冯进（Wing Gin）就在多也街 15—17 号的公寓楼梯上身中七枪。他在被送往医院后不久就去世了。正欲逃离现场的 46 岁的李宝（Lee Bow）被警方当场抓获。李宝虽然拒绝承认自己是堂口成员，但是警察非常肯定他是协胜堂的人。[30]

当天晚些时候，在"一战"中授勋的退伍老兵、当地安良堂秘书长辛凯现身警察局。他平静地告诉警察："唐人街要有麻烦了。"当被追问时，他简单地答道："发挥你的想象力。"但是这并不需要想象力，一切都再熟悉不过了。全部警力——包括三十名警探和五十一名制服警察被派往唐人街，开始检查每个华人的身份证件。他们还通知了联邦检察官乔治·米德利，他的前任为了防止堂斗复起，曾围捕非法移民并将其驱逐出境。[31]

就在冯进的尸身被送入布鲁克林的常青树墓地的同时，米德利要求警方将两堂首领带至警察局谈话。这已成惯例。他的前任曾致力于对这些被剥夺公民资格的人做公民教育，但是他认为此举效果不彰，所以采取了别的办法。1933 年 7 月 31 日傍晚，当辛凯与协胜堂的秘书长何乔（George Howe）走入联邦大楼时，他们被告知，尽管他们本人不是犯罪嫌疑人，但是他们掌握的信息可能有助于抓捕嫌犯，因此他们每人收到一张传票，将在联邦大陪审团面前作证。

审讯在第二天开始。大陪审团的表面目的是判定最近的谋杀事件是否与违反移民法或毒品法有关——这两个领域都属联邦管辖范围。何乔在接受传讯时带来了协胜堂与安良堂的会员记录与其他官方文件，辛凯也被要求于次日出示类似的文件。

没有记录表明大陪审团采取过任何行动。不过，双方在 8 月 17 日达成了停战协定——尽管两堂都坚称他们之间没有，也从未有过战争。新任中国总领事叶恭绰（Koliang Yih）宣布了这份简洁而有力的协议：

协　议

安良堂和协胜堂

1933 年 8 月 16 日

在此，作为上述堂口的全权代表，我们承诺自今日起致力于维护和平与安宁，无涉一切违法乱纪行为。

我们郑重许诺，两个堂口之间基于任何原因的任何性质的争端，都应提交于中国总领事、中华公所和地方当局仲裁。

（协胜堂签字处）

龚恩英

何乔

（安良堂签字处）

李豪（Howard Lee）

辛凯[32]

根据总领事的说法，堂口为了停止干戈"以加快经济复苏"而达成协议。[33]尽管这不是事实，但不失为一句漂亮话。不过警方认为，两堂是在联邦政府的压力下达成了协议。尽管最终没有起诉，但是联邦政府确实让堂口高层在大陪审团面前作证，并且要求检查他们的文件和记录。《纽约时报》评论道："这比过去简单驱逐出境的强硬手段更让堂口畏惧。"[34]

"两个人"在1936年出版的《唐人街内幕》中给出了一个更加简单的解释，这一说法可能最接近事实。"协胜堂缺乏资金，安良堂缺兵少将，两堂渴望达成妥协"，所以冲突的时间很短。[35]

尽管困难重重，但是这轮和谈与前几次截然不同，它不仅标志着第四次堂斗就此结束，也永久性地终结了似乎无休止的堂口战争。冯进是纽约臭名昭著的堂斗的最后一名受害者。但是，仅凭联邦政府更严格地审查堂口文件、记录，抑或两段略显敷衍的协议的权威性，并不足以完成警察、检察官、法官、外交官数十年来孜孜不倦工作却未能完成的任务——使堂斗最终消弭，让各堂将长达数十年的冲突抛在身后。

认真阅读本书的读者可能已经注意到了，除了1930年安良堂与东安会馆因毒品交易交恶，陈杰来叛变以后近十年来没有发生过一次公开宣战的堂斗。可以肯定的是，尽管自那以后，冲突频发，杀戮不断，但是绝大多数都是由于个人恩怨，或者至少没有明显的堂口意志，堂口基本都是被卷入其中。长期的怨恨和敌意确实已经使唐人街成为火药桶。不过，自20世纪20年代中期以来，虽然华人因为犯罪、证词、地盘、面子等问题常常爆发冲突，但堂口从未正式宣战。

此外，20世纪30年代的唐人街，与李希龄初来的19世纪

80 年代或堂斗初现的 19 世纪 90 年代以及 20 世纪头二十年的唐人街不可同日而语。[36] 20 世纪 30 年代以前，大部分纽约华人吃、住、工作、娱乐都集中在勿街、披露街、包里街形成的三角地带。那些不经常造访这里的华人，也会在周末来这里采买食物或洗衣店所需物品，用鸦片或女性的陪伴来缓解一周的疲劳，或把一周的收入全部赌掉。

尽管在 1882 年《排华法案》颁布后的几十年里，在美华人的总人口一直在下降，但美国东部的华人数量反倒有所增加。纽约华人的数量在 20 世纪头十年略有下降，但随后开始反弹，1920年达到五千人，1930 年达到八千四百人，1933 年超过一万人。其中一些迁自西部，另一些是家庭自然繁衍的结果——越来越多的华人在美国结婚生子。还有一些华人是从加拿大、墨西哥、古巴或其他地方非法入境的，20 世纪 20 年代中期联邦政府为平息堂斗驱逐了其中一部分人。

20 世纪 30 年代的人口普查记录显示，在纽约的八千四百名华人当中，只有少数人住在唐人街，大多数人居住在其他地方，这还不包括居住在纽约州北部城镇或河对岸新泽西州的华人。即使在市区，华人也分居各处。华人餐厅越来越多地依赖非华人顾客，因此逐渐搬到后者生活、工作的社区，那里的竞争不如唐人街激烈。到了 20 世纪 20 年代末，纽约一半以上的华人餐馆不在唐人街。

华人洗衣房同样遍布纽约五区。因为华人洗衣工一般工作到很晚，所以他们选择生活在工作地点附近，或者就住在店里。这意味着唐人街不再是像往常一样的高压锅。尽管唐人街仍然是华人社区的神经中枢，但是大多数华人在那里的时间越来越少。番摊和鸦片虽然一直都在，但是警方持续不断的突击搜查卓有成效。

大部分非法生意都搬到哈德孙河对岸，再也没有返回，况且可用于赌博的可支配收入也大幅减少。

另一个原因是坦慕尼协会的衰落。富兰克林·罗斯福担任纽约州州长期间并未干涉坦慕尼协会，但是在 1933 年成为总统后，他开始采取行动剥夺这台政治机器的权力。同年，菲奥雷洛·亨利·拉瓜迪亚当选纽约市市长。他致力于打击腐败、贿赂、勒索，努力削弱坦慕尼协会对纽约政治的控制。坦慕尼协会虽然没有彻底退出政治舞台，但已经无法恢复早年的活力，这有利于清除唐人街积弊。[37]

还有一个原因是华人人口的变化。截至 1930 年，百分之四十一的华人生于美国，这主要是由于排华法令对华人移民的严格限制。但与此同时，该法令也在有意无意间促成了华人的文化涵化。他们接受美国公立学校的教育，以英语为母语。越来越多的华人在唐人街外长大，与非华人的接触越来越频繁。尽管美国社会的偏见犹存，但是随着时间的流逝，华人变得越来越像美国人。与早期中国移民相比，此时的华人更乐于在美国结婚，过更正常的家庭生活。因此，他们更不愿意陷于传统的唐人街派系斗争，也更没必要加入堂口。[38]

大萧条也是一个值得注意的原因。在经济繁荣时期，堂口每天可从赌场收取高达五百美元的保护费，但这笔收入在 20 世纪 30 年代急剧减少。尽管由商人代表组成的安良堂比协胜堂财力更加雄厚，但是两堂都承受着异常沉重的经济压力。1931 年，安良堂向纽约州最高法院递交了一份请愿书，希望将位于勿街 41 号、已有数十年历史的总部大楼抵押，以筹募四万五千美元帮助堂内贫弱，其中很多人甚至交不起会费。[39]

救援中国也是堂斗消失的重要原因。[40]大多数华人移民无法归化入美，更多地将自己视为中华民国的爱国公民。他们愤怒于日本对中国的侵略。有关日本对中国残忍轰炸的报道激发了他们救援同胞的热情，北美各地的唐人街齐心协力，竭尽所能合作抗敌。堂口矛盾因此退居次位。

堂斗耗资不菲。购买枪支、炸药、催泪弹的费用比购买斧头、砍刀高得多。雇用枪手，事后协助他们逃跑或为他们聘请律师，都需要钱。由于于这些原因，十几年来，尽管冲突不断，但是两堂都无意全面开战。

协胜堂早就开始在前安良堂的地盘经营生计，堂口之争越来越不在于有形资产，更多的是以牙还牙。然而，为面子付出的代价不仅是堂口门生乃至无辜者的伤亡，它从总体上对当地华人人口产生了极其可怕的影响。当游客和受惊的华人成群结队离开唐人街时，当地经济遭受了严重的损失。

而且，那些早期宣布并指挥战争的重要人物多已作古。尽管"素鸭"再次现身并重掌协胜堂，但是他已没有了年轻时的活力，变得非常安静。黄杰已回中国。而其他重要人物，如李希龄、龚老金、李观长、王詹等，已退出舞台。曾经将堂主之言奉为金科玉律的堂口门生不再按照继任一代的意志行事，新领袖的威望和权力受到质疑，对堂口的偏远分支更是鞭长莫及，而且他们心中还有比堂口厮斗更迫切需要解决之事。

第二次世界大战前夕，劳工运动和政治运动在唐人街此起彼伏。新的左翼组织相继成立，如1931年为反对一项旨在将华人赶出洗衣业的新的城市立法而成立的华人衣馆联合会，以及为反对日本侵略中国和蒋介石不抵抗政策而成立的反帝国主义同盟。它们逐渐成为在美华人政治行动的主要力量,华人为此投入了大量时间和精力。[41]

不过,堂口并未消亡,也未完全改变行事方式,只是退居角落。"两个人"敏感地注意到了这一变化,并在1936年的书中写道,这种变化对"堂口的未来是有益的":

> 随着他们的收入急剧减少,堂斗几乎停止,大部分职业打手被迫做起买卖。公众舆论也使堂口认清了自身的处境。他们逐渐放下武器,参加爱国运动,帮助中国抗击日本……堂口改革并非无望,虽然此番预测为时尚早。[42]

事实上,他的预测非常准确。尽管早年堂口身陷腐败、行贿的泥沼,但是随着唐人街罪恶行当的消失,贪腐也逐渐被根除。随着时间的流逝,协胜堂人与安良堂人慢慢开始从事合法行当,而堂口本身也变成更加保守的主流社团。堂口兄弟最终放下武器,并变得更受人尊敬,即便他们偶尔涉足诸如贩毒、卖淫、走私等非法勾当,唐人街也更愿意原谅他们。

1934年2月14日农历新年,两堂的舞龙队伍穿过数百人欢立的唐人街街头。正午时分,两支队伍分别从披露街协胜堂门前与勿街安良堂门前同时出发。人们系着红色腰带,敲锣打鼓地前进。每个游行队伍都由举着彩色旗帜的年轻人引领,队尾都悬挂着一面堂口大旗。一队经验丰富的警察确保游行队伍间至少相隔一个街区。[43]

尽管安良堂与协胜堂的对抗还会继续下去,但是两个堂口终于学会了如何共存。

尾　声

1918 年 1 月 14 日，李希龄被安葬在布鲁克林的柏树山公墓。三个月后，他的家人按照他的遗愿将遗体挖出，运回中国。他们雇了一辆灵车和两辆出租车将棺材先带回勿街，而后运往中央车站。他们乘坐火车经乌蒂卡、蒙特利尔，抵达温哥华，然后乘轮船去香港。在李锦纶的监督下，李希龄的遗体到达了最后的安息之地——老家广东。

李希龄的次子、浸信会传教士李锦纶，回到父亲的故乡传教。他与孙中山先生结盟，于 1917 年担任其秘书；1918—1920 年间，任广东军政府外交部政务司司长；20 世纪 20 年代末，出任中华民国驻美大使；20 世纪 30 年代初担任中华民国代理外交部长。他历任中国驻墨西哥、波兰、捷克斯洛伐克、葡萄牙领事，最终于 1956 年逝世。[1]

引发 1924 年堂斗的陈杰来，因敲诈勒索罪在俄亥俄州立监狱服刑十五年。尽管在监狱服刑期间，他依旧"不守规矩"，甚至"不服管束"，但是在 1931 年，州长不顾狱长和假释委员会的反对，对他减刑，条件是他必须永远离开克利夫兰。1937 年，一名杀手在芝加哥杂碎店外近距离朝他的胸口开了四枪。这起谋杀案的直接原因是他涉嫌窃取协胜堂兄弟为中国抗战募集的六百美元。[2]

苏兴因 1900 年谋杀阿斐被判终身监禁，他在兴格监狱度过了艰苦的岁月，直到因感染肺结核被转移到纽约丹尼莫拉的克林顿惩教机构。他几次向纽约州长递交请愿书，声称自己是无辜的，指控"素鸭"才是"谋杀阿斐的真凶"，并指控黄杰威胁他如果不替人顶罪将性命不保。[3]

1914年2月，将包金带至纽约的陈来和她一样被埋进柏树山公墓。陈来的安良堂兄弟租了十一辆马车和三辆汽车，将与36岁的死者告别的人们从勿街送至布鲁克林。警察高度戒备，以防这场丧仪引发新的冲突。在意大利乐队的音乐和锣鼓声中，人们用鲜花、熏香、烤猪、纸钱送别陈来。[4]

不知疲倦的弗兰克·莫斯，在漫长的职业生涯中参与了纽约大多数著名的反腐运动。即使在加入地检之后，他仍然未能识破其协胜堂朋友的真面目。出于对安良堂发自内心的厌恶，他自然而然地站在了与之宿有仇怨的协胜堂一边，但协胜堂并非他们自己所标榜的改革者。1920年，莫斯逝世，终年60岁。

威廉·麦卡杜于1905年被撤去纽约市警察局局长一职，在当了一段私人律师后，被威廉·盖纳市长任命为治安法院首席法官，履职到1930年逝世。死后，他被埋在布朗克斯伍德朗墓地。[5]

地方检察官威廉·杰罗姆是改革者，坚定地反对坦慕尼协会。他在任职八年后退出政坛，成为私人律师。在大萧条时期，他为了替改革派候选人拉选票而四处演讲。他说，1901年与1933年的唯一不同在于"偷窃行为更为微妙"。他还投资了一项新技术——彩色印片法，并且赚了一大笔钱。1934年，他死于肺炎。[6]

协胜堂的翻译王阿卢曾向十五人委员会的调查员披露唐人街的娼寮、赌场、鸦片馆情况，他在1900—1901年间被聘为纽约县地方检察官的特别助理。后来，他成为美国移民局的中文翻译。然而，1922年，54岁的他在芝加哥一家台球厅遭枪杀，据说安良堂是幕后主使。[7]

唐人街的工作使迈克尔·加尔文局长不堪重负。署理第六分局大约一年后，他便因健康原因被调至科尼岛。他在那里继续加班加点，决心打击紧身泳衣和舞厅。不到五个月后，他就死于慢性肾病，留下遗孀和五个孩子。

签署了1925年和平协议的司徒美堂长期担任安良堂总堂主。他支持孙中山先生，为辛亥革命和抗日战争募捐。20世纪40年代，他试图将致公堂改造为政党，并出席了国民党全国代表大会。他最终选择参加了中国共产党领导的爱国统一战线，担任中华人民共和国全国人民代表大会常务委员会委员。[8]

直到1913年年底一直担任纽约市警察局局长的莱茵兰德·沃尔多向州最高法院上诉，成功地将公文中的"免职"改为"辞职"，理由是他在离职前已经递交辞呈。他在政治上仍然活跃，并于1924年宣布退出坦慕尼协会加入共和党。他在50岁时死于败血症，被埋在纽约威特斯彻郡的断头谷墓地。[9]

阿绮，一半华人血统，一半白人血统的孩子。1907年春，6岁的她被从"素鸭"和陈郚莠的家中带走，取了新名字海伦·弗朗西斯。由于她的案子广为人知，格里协会收到了全国各地白人家庭寄来的请求收养她的信件。他们渴望给她一个良好的基督教教育环境。尽管她可能确实被这样一对夫妇收养，但是关于她的档案时至今日仍未解密。[10]

爱德华·穆鲁尼，一位会讲粤语的市警察局局长。他利用自己在伊丽莎白街警察局的经验，于1930年积极促成了堂口之间的和平。他于1933年卸任。禁酒令被撤销后，他成为纽约州酒精饮料控制委员会首任主席，随后被任命为纽约刑罚系统的校正专员，并推动了该系统的数项改革。[11]

查尔斯·惠特曼在 1905 年的袭击案中将"素鸭"关进监狱。作为地方检察官,他竭尽全力促成了 1913 年的停战协议,后来又付出了更多的努力。他因揭露纽约警察和知名黑帮人士之间的腐败关系而出名后,于 1915 年出任州长。1918 年,他竞选连任,但败给了坦慕尼协会的候选人、李希龄的朋友阿尔·史密斯。

纽约县地方检察官乔布·班顿,于 1925 年请求联邦政府介入以平息堂斗。他于 1929 年卸任。1927 年,他起诉女演员梅·韦斯特拍摄淫秽作品,使其被判入狱十天并被罚款。次年,他在犹太暴徒阿诺德·罗斯坦的谋杀罪中担任公诉人。1929 年,班顿返职私人律师,并帮助建立了一家以其名字命名的律师事务所。他于 1949 年逝世。[12]

波士顿协胜堂头目王查,于 1909 年因谋杀罪被判死刑,电椅执刑。弗兰克·莫斯检察官为其向马萨诸塞州当局求情,使其被减刑至终身监禁。1915 年,他因心脏病死于狱中。[13]

包金、龚老金、李观长、恩兴、李道可能都被葬在布鲁克林的柏树山墓地,但其坟冢而今已无迹可寻。他们的遗体很可能被掘出,然后运返中国,但是墓地管理处对此没有任何记录。

1941 年 7 月 23 日,"素鸭"死于肺结核,留下了他的第二任妻子弗朗西斯。他在柏树山的墓是合葬墓,不过葬在他身边的既不是第一任妻子陈邰莠,也不是弗朗西斯。这个荣幸给了庞阿武(Pang Ah Woo)(1876—1951)——一个离异华人船务员,后来成为商务船运公司的职业代理人。庞阿武与"素鸭"的关系不为人所知,但是这两个人被葬在一起,相伴长眠。

主要地名

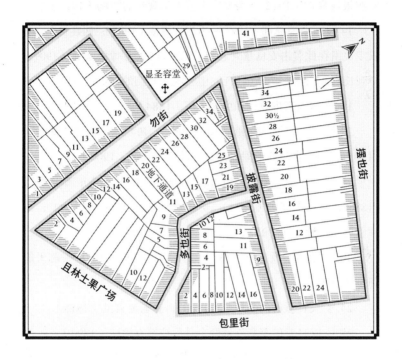

勿街

2 号 李希龄的杂货铺（1880）

4 号 李希龄的雪茄、烟草店（1880）

5 号 安良堂人与警方密谋突击搜查的协胜堂地下赌场（1904）

7—9 号 旅顺楼（1897）；四姓堂人赵梅任遭枪袭处（1910）

8 号 和记老板的店铺（1883）

11 号 安妮·吉尔罗伊的妓院（1890）；四姓堂人赵安被杀处（1910）；协胜堂人枪击安良堂人（1912）；安良堂堂主"大刘"险些被炸身亡（1912）；警察突击搜查李观长的赌场（1913）

14 号 安良堂总部（1897）；万里云酒楼（1905）；四姓堂人、洗衣工关凯在此袭击安良堂龚老金，于次周被枪手李瓦袭杀（1909）；李观长因走私鸦片被捕（1911）；协胜堂埋炸药的香堂（1912）

16 号 唐人街市政厅和中国寺庙（1884）

17 号 黄天的店铺和赌场（1883）；协胜堂人许方被枪杀（1905）；包金在后巷的附属建筑内被残忍杀害（1909）

18 号 联谊堂总部（1881）；阿冲的鸦片馆（1883）；赌徒联盟（1886）；李彩的赌场（1894）；联泰（Lone Tai）赌场（1900）；协胜堂枪手击毙李凯（1912）

20 号 李希龄及其家人在纽约的第一个住处（1878）；陈天的商铺（1891）

24 号 安良堂的阿斐被杀（1900）；龚老金去世（1915）

28 号 安良堂的李彩外逃两个月后被警方逮捕（1894）

29 号 警方在协胜堂的眼线应莫被杀，一名助理地方检察官目睹了全过程（1908）

34 号 和记老板的店铺和保良公司总部（1880）

41 号 安良堂总部（1921）

披露街

9 号 堂斗的首名受害人、协胜堂洗衣工罗金被杀（1900）

11 号 从安良堂叛逃入协胜堂的厨子赵查被人透过厨房窗户枪杀（1912）

12 号 黄杰的赌场（1895）

13 号 协胜堂总部（1912）

16 号 杏花楼，阿斐谋杀案的重要证人辛可在此被烧死（1901）

18 号 "素鸭"遭枪袭（1904）；安良堂偷袭许氏家族（1905）

19 号 和安商铺，阿斐在此被杀（1900）

21 号 冯堂的番摊赌场（1905）；安良堂枪手暗杀协胜堂最高层（1912）

22 号 赵乐的赌场，"素鸭"多次上门挑衅并发生连番械斗（1897）；四姓堂总部（1909）

23 号 "素鸭"在此袭杀辛可时伤及无辜路人（1900）；协胜堂和安良堂之间发生枪战（1912）

24 号 万里云酒楼（1894）；安良堂怂惠金兰公所的赵庆暗杀协胜堂枪手余才（1912）

30½ 号 两个四姓堂长者被暗杀（1909）

32 号 协胜堂人在春节伏击安良堂人（1906）

多也街

2 号 采花酒楼（1907）

4 号 西户由人被误杀（1910）

5—7 号 中国剧院惨案（1905）

8—10 号 血腥角

10 号 有一半欧裔血统的阿绮被从养父"素鸭"身边带走（1907）

11 号 四姓堂人赵痕在此处连接勿街 20 号的地下通道被枪杀（1910）

13 号 协胜堂枪手何凯云被杀（1912）

15—17 号 协胜堂人、木匠冯进被李宝枪杀，他是最后一个死于堂斗的人（1933）

包里街

10 号 约翰·鲍德温遭枪杀（1904）

12 号 协胜堂总部（1904）

且林士果广场

10 号 安良堂人、演员阿虎被谋杀（1909）

12 号 迈克·卡拉汉的酒馆（1901）

术语说明

秉正公所 安良堂前身。

血腥角 参见"多也街"。

斧头仔 参见"门生"。

致公堂 清朝早期的社团组织,在 19 世纪末 20 世纪初有"中国共济会"之称,参见"洪门"。

中华公所 参见"六大公司"。

多也街 纽约华埠中心一条狭窄的街道,位于披露街与且林士果广场之间。街道的一处视野盲区素有"血腥角"之称,因为据说敌对堂口的成员会埋伏在那里袭击对手。

番摊 中国古老的坐庄赌博游戏的一种,19 世纪后半叶伴随着华人移民一起来到美国西部。

龙冈亲义公所 由刘、关、张、赵四姓华人组成的宗族组织,也被称为龙冈公所、四姓堂。

关公 3 世纪的忠义将军、英雄人物,长期被供奉在华人的香堂中。

广东 美国早期大多数华人移民的来源地。

门生 斧头仔或帮派成员。

协胜堂 从事不法活动的华人秘密会社组织,兴起于美国西海岸,后于 19 世纪 80 年代末将势力扩展至美国东部。

洪门　　　　成立于明末清初、以"反清复明"为宗旨的秘密会社，经常被误认为类似于共济会的组织。它在不同城市有不同的名称，包括纽约的联谊堂和后来的致公堂。

杏花楼　　　位于披露街 16 号的餐馆。

金兰公所　　致公堂的预备组织，很多成员是前协胜堂成员。

跑堂　　　　对唐人街导游或信使的称呼。

联谊堂　　　致公堂纽约分堂前身。

龙冈亲义公所　即四姓堂。

万花楼　　　位于勿街 14 号的餐馆。

万里云　　　位于披露街 24 号的餐馆。

勿街　　　　纽约唐人街的主要街道。

宁阳会馆　　台山籍人士组成的社团组织。

安良堂　　　19 世纪 80 年代末成立于纽约的华人秘密会社，1897年以"中华商会"的名义注册。

白鸽票　　　一种流行于美国华人间的博彩游戏。

披露街　　　纽约唐人街的一条街道。

牌九　　　　类似于多米诺骨牌的华人赌博游戏。

保良公司　　19 世纪 70 年代由纽约华人成立的互助社团。

旅顺楼　　　位于勿街 7—9 号的餐馆。

三邑会馆　　祖籍为广州三县的美国华人组成的互助社团。

六大公司　　治理全美唐人街的华人保护组织，代表美国华人发声。

台山　　　　19 世纪美国华人的主要来源地，位于广东省珠江三角洲。

堂或堂口　　对于美国华人社团的通俗叫法，常被用来称呼"三合会"与华人秘密会社。

东安会馆　华人水手成立的互助组织。

采花酒楼　位于多也街 2 号的餐馆。

鸣　谢

当本书付梓时，我收到了挚友哈佛大学图书馆员雷蒙德·卢姆博士（1944—2015）去世的消息。我与雷蒙德因研究而结识，正是得益于他的启发与帮助，此书及两部前作才得以创作完成。他的智慧、学识、才华与热忱，不仅惠及于我，也为无数其他研究者所深念。本书的初稿幸得雷蒙德的审读，他提出了他的看法、意见和批评。在此，我愿将它献于他，永以为念。

本书的创作也同样占用了很多人的时间与精力，在此向他们的宝贵批评与鼓励致意。感谢玛莎·科汉、玛德琳·罗斯、马克·艾布拉姆森、本·布朗森、余仁秋、王灵智、夏洛特·布鲁克斯、哈维·所罗门。玛莎与黛博拉·施特劳斯一起，就书中所涉案件的法律术语与司法程序提出了建议。

中文材料、翻译与人名方面，莱斯特·刘给予了重要的帮助。同样的谢意也献给梁平、查尔斯·吴、简·梁·拉森、陈中平、尼基·于、艾玛·傅、贝尔·杨、拉姆·梅和已故的多拉·李。（此处学者名均为音译。——译者注）

感谢许片宗亲会（Huie Kin Family Association）的比尔·特里格和维克托·张所提供的许牧师回忆录；感谢约翰·赵、何春梅、霍华德·斯宾德洛、考基·李、艾拉·贝尔金、尼古拉斯·陈、蒂莫斯·李、菲利普·陈与亨利·唐在我写作遇困时给予的帮助；感谢威廉·高的协助工作；感谢彼得·伯恩斯坦、艾米·伯恩斯坦与安妮·瑟斯顿等专家的建议。

历史类书籍通常受惠于档案、图书管理员的巨大帮助，而他们的功劳很少得到该有的认可。在此，我特别要感谢纽约市信息服务中心的负责人肯尼斯·科布，是他热忱地协助我反复查找、调阅时日久远的法庭卷宗（这些档案大多仅记着约略的日期与拼写或有讹误的原、被告名字）。另外，我还要向国家档案馆默默无闻的英雄们致谢，他们是华盛顿分馆的玛丽安·史密斯，纽约分馆的安吉拉·塔迪克、格雷格·布兰吉斯和伊丽娜·斯克里克，亚特兰大分馆的吉娜·罗纳，圣布鲁诺分馆的约瑟夫·桑切斯，以及波士顿分馆的乔·基夫。

另鸣谢国会图书馆的芭芭拉·纳坦森、杰弗里·布里奇、安布尔·帕拉尼克和劳拉·西普扎克，纽约县文书档案局的布鲁斯·艾布拉姆斯，加州州立档案馆的杰西卡·赫里克，纽约城市大学的凯瑟琳·柯林斯和艾伦·贝尔彻，纽约历史学会的玛莎·里文，联邦贸易委员会的杰克·坎宁安，纽约公共图书馆的凯特·科德斯、韦瑟利·斯蒂芬和塔尔·纳丹，哥伦比亚特区公共图书馆的舍琳·纽曼和柏树山公墓园的卡罗琳娜·帕拉丁。

最后，我要向维京出版社的工作人员致谢。首先，感谢编辑温迪·沃尔夫对我的信任，她出色的编辑技术与专业的建议亦使本书获益；其次，感谢她的助理乔治亚·博德纳尔对我来往出行的安排、调度，感谢弗朗西斯卡·贝朗格对书籍的美观设计；再次，感谢出版编辑布鲁斯·吉福兹和文字编辑英格里德·斯特纳对书籍引注的修正，对粗糙段落的润色，对矛盾语句的修调——他们甚至教给了我这个英语教师的儿子一两个语法要点。

注 释

以下是被引用得最多的报纸名称的缩略语。

BA =《巴尔的摩美国人报》
BDE =《布鲁克林每日鹰报》
BDS =《布鲁克林每日星报》
BH =《波士顿先驱报》
BJ =《波士顿日报》
BS =《巴尔的摩太阳报》
BSU =《布鲁克林标准联合报》
CPD =《克利夫兰实话报》
CSM =《基督教科学箴言报》
CT =《芝加哥论坛报》
DP =《丹佛邮报》
DPP =《美国人日报》
IS =《爱达荷政治家报》
KCS =《堪萨斯城星报》
MT =《梅肯电讯报》
NHR =《纽黑文纪事报》
NYC =《纽约的呼声》
NYG =《商业广告报》
NYH =《纽约先驱报》
NYP =《纽约邮报》
NYPR =《纽约报》
NYS =《纽约太阳报》
NYT =《纽约时报》
NYTGM =《纽约电报》
NYTGP =《纽约电讯报》
NYTR =《纽约论坛报》
NYW =《纽约世界报》
PI =《费城询问报》
SDT =《圣地亚哥论坛报》
SFB =《旧金山简报》
SFC =《旧金山纪事报》
SJ =《锡拉丘兹日报》
SR =《斯普林菲尔德共和报》
TT =《特伦顿时报》
WH =《华盛顿先驱报》
WP =《华盛顿邮报》
WS =《华盛顿明星报》
WT =《华盛顿时报》

序 言

1 Bonner, *Alas! What Brought Thee Hither?*, 169; Lai, *Chinese American Transnational Politics*, 86; Chen, *Being Chinese, Becoming Chinese American*, 185n.
2 "Chinese Fighting Armor in Court," *NYTGM*, Nov. 26, 1904.
3 Neal O'Hara, "Telling the World," Baton Rouge Advocate, June 25, 1930.
4 Asbury, *Gangs of New York*, 282, 288.

第一章

1 "Chinese Immigration: Letter from Senator Blaine," *NYTR*, Feb. 24, 1879; John Swinton, "The New Issue: The Chinese-American Question," *NYTR*, June 30, 1870.
2 Helen Campbell, *Darkness and Daylight; or, Lights and Shadows of New York* (Hartford: Hartford Publishing, 1896), 557; Tchen, *New York Before Chinatown*, 225; "The Chinese in New York," *NYTR*, June 21, 1885; "Chinese in New York: How They Live and Where. Their Club House," *NYT*, Dec. 26, 1873; "Mongolian Immigrants," *Fairport(N.Y.) Herald*, Oct. 3, 1879; "Little China," *NYP*, May 10, 1880.
3 "In the Chinese Quarter," *NYS*, March 7, 1880.
4 Passport Application of Wong Achon, Sept.13, 1880, Passport Applications, 1795—1905, General Records of the Department of State, Record Group 59, National Archives, Washington, D.C.; "The Chinese New Year," *NYH*, Feb. 27, 1874.
5 "The Chinese in New York," *NYT*, March 6, 1880; Gyory, *Closing the Gate*, 281.
6 "The Work of Enumeration," *NYH*, June 3, 1880.
7 Ibid.; "The Chinese Boarding House," *Harper's Weekly*, Dec. 1, 1888.
8 Wong Chin Foo, "The Chinese in New York," *Cosmopolitan*, Aug.1888, 297–98.
9 "In the Chinese Quarter"; "Chinese in New York," *NYT*, March 6, 1880; "Our New York Letter," *Utica Sunday Tribune*, May 6, 1883; "Mongolian Immigrants."
10 "Fleeing Celestials," *NYH*, March 3, 1880; "Chinese in New York," *NYT*, March 6, 1880.
11 *Buffalo Evening Republic*, May 10, 1880; "Little China."
12 "On Leong Tong Chieftain Dies Quietly in Bed," *NYTR*, Jan. 11, 1918; "Tom Lee, Mayor of Chinatown, Dies," *NYS*, Jan. 11, 1918; "Tom Lee's Perplexity," *NYH*, July 15, 1880; Naturalization record of Wung A. Ling, Records of the St. Louis Criminal Court, March 9, 1876, Missouri State Archives, Jefferson City, MO.
13 "The Richest Chinaman in New York," *Richfield Springs(N.Y.) Mercury*,

July 30, 1881.

14 Ancestry.com, "1900 United States Federal Census Online Database," accessed Aug. 4, 2015, http://search.ancestry.com/search/db.aspx?dbid=7602; "Death in the House of Tom Lee," *NYS*, Jan. 22, 1883.

15 "Tom Lee's Son and Heir," *NYS*, April 2, 1882.

16 Various accounts of the celebration appeared in "A Chinese Christening," *NYT*, April 2, 1882; "Tom Lee's Son and Heir"; "A Chinaman's Heir," *Truth*, April 2, 1882.

17 "In the Chinese Quarter"; "Situations Wanted, Males," *NYH*, Dec. 12, 1873; "Judge Dinkel and the Chinese," *NYH*, April 27, 1880; "Mongolian Immigrants"; "New China," *NYH*, Dec. 11, 1878; "Civic Centre Projects May Claim Old Chinatown," *NYS*, Aug. 3, 1913.

18 Him Mark Lai, *Becoming Chinese American* (Lanham, Md.: Altamira Press, 2002), 39; "The Chinese in America," *NYT*, April 10, 1876; Bennet Bronson and Chuimei Ho, *Coming Home in Gold Brocade: Chinese in Early Northwest America* (Seattle: Chinese in Northwest America Research Committee, 2015), 139–40.

19 "Mongolian Immigrants."

20 Him Mark Lai, "Historical Development of the Chinese Consolidated Benevolent Association/*Huiguan* System," in *Chinese America: History and Perspectives, 1987*, ed. Chinese Historical Society of America (San Francisco: Chinese Historical Society of America, 1987), 13–51.

21 "Making Citizens of Chinamen," *NYS*, Nov. 30, 1878; "The Chinese New Year in New York," *Los Angeles Herald*, Jan. 29, 1879.

22 "Celestial Dining," *NYH*, Aug. 11, 1878; "Celestial Dining," *NYH*, Feb. 5, 1879.

23 "Making Citizens of Chinamen"; "The Heathen Chinese," *NYTGM*, Jan. 29, 1879.

24 "A Chinese Clam-Bake," *NYT*, Sept. 15, 1881; "Sports of the Celestials," *NYTR*, Sept. 16, 1881.

25 "Celestials at Chowder," *New York Evening Express*, Sept. 16, 1881; "Mongolian Chowder Party," *Truth*, Sept. 16, 1881.

26 "Chinese Clam-Bake"; "Mongolian Chowder Party"; "A Chinese Picnic," *NYS*, Sept. 17, 1881; "Morning Dispatches," *SFB*, Sept. 16, 1881; "Celestials Making Merry," *NYT*, Sept. 16, 1881.

27 "Mongolian Chowder Party."

28 "Fleeing Celestials"; "Chinese Ostracism in Brooklyn," *NYH*, Jan. 20, 1881.

29 Stewart Culin, "The I Hing or 'Patriotic Rising': A Secret Society Among the Chinese in America," Nov. 3, 1887, *Report of the Proceedings of the Numismatic and Antiquarian Society of Philadelphia, for the Years 1887–1889* (Philadelphia: printed for the society, 1891), 2–3.

30 "Chinese Ostracism in Brooklyn"; "Flying from San Francisco," *NYH*, March 4, 1880.

31 "Prosperous Chinese Arrested for Voting," *NYT*, Aug. 17, 1904.

32 "The Chinese Colony," *NYH*, May 21, 1880.
33 "Deputy Sheriff Tom Lee Brings Suit Against Lee Sing and Loses His Case," *NYW*, Oct. 18, 1881; "Tom Lee Goes to Law in Vain," *NYS*, Oct. 18, 1881.
34 "Chinese in the Courts," *NYT*, Oct. 18, 1881; "Tom Lee Goes to Law in Vain."
35 Lardner and Reppetto, *NYPD*, 35, 59–60; Kelly, *History of the New York City Police Department*.
36 巡佐在各地区巡视，监督巡警；门卫负责维护各警署。
37 Costello, *Our Police Protectors*, 266–67, 287.
38 Ibid., 268–69.
39 Lardner and Reppetto, *NYPD*, 65.

第二章

1 "Chinese in New York," *NYT*, March 6, 1880; "The Metropolis," *Auburn News and Bulletin*, Jan. 10, 1881.
2 "Chinese in New York," *NYTR*, June 21, 1885; "Real Estate Purchases by Chinamen," *NYTR*, April 28, 1883; "Chinese Monopoly," *Truth*, April 10, 1883; "Chinatown Excited," *NYT*, April 7, 1883; "Monopoly in the Chinese Colony," *NYTR*, April 8, 1883.
3 "Monopoly in the Chinese Colony"; "Chinese Monopoly."
4 "Harmony in Chinatown," *NYT*, April 12, 1883.
5 *NHR*, April 25, 1883; "War Clouds in Mott Street," *NYTR*, April 25, 1883; "Tom Lee Loses His Place," *NYT*, April 25, 1883.
6 "Tom Lee Loses His Place."
7 "Chinatown in an Uproar," *NYT*, April 24, 1883; "War News from Chinatown," *NYS*, April 24, 1883.
8 "Tom Lee Accused," *NYH*, April 25, 1883; "Taking Charge of His Precinct," *NYTR*, April 18, 1882; "Capt. Petty Dead," *NYT*, Dec. 15, 1889; "Citizen Tuck Hop," *NYS*, July 23, 1883.
9 Court of General Sessions of the Peace of the City and County of New York in the case of the *People v. Tom Lee*, Municipal Archives of the City of New York, box 103, folder 1101, May 1, 1883.
10 "Tom Lee's Denial," *Truth*, April 26, 1883.
11 "The Troubles of Tom Lee," *NYT*, April 26, 1883.
12 "Tom Lee's Denial."
13 "Tom Lee Gives Bail," *NYT*, May 3, 1883; "Tom Lee in Court," *NYH*, May 3, 1883.
14 "Rooting Out the Evil," *NYH*, May 12, 1883; "City and Suburban News," *NYT*, May 15, 1883; Court of General Sessions of the Peace of the City and County of New York in the case of the *People v. Ah Chung*, Municipal Archives of the City of New York, box 73, folder 820, Aug. 18, 1882.
15 "Tom Lee Discharged," *NYT*, May 17, 1883.

16 "The Chinese Jay Gould," *BH*, April 30, 1883.

17 "Banqueting the Chinese Consul," *SFB*, June 7, 1883.

18 "The New Chinese Consul," *NYH*, June 18, 1883.

19 "The 'Big Flat' Raided," *NYT*, Dec. 8, 1884.

20 "The Mongolians in New York," *Daily Alta California*, July 29, 1884; "A Chinese Quarrel," *NYT*, Jan. 28, 1886; " 'Big Flat' Raided"; "Opium Smokers Arrested," *NYT*, Dec. 9, 1884.

21 "New York Chinatown," *SFB*, July 19, 1887.

22 "New York Chinese," *SFB*, March 10, 1884.

23 Chao Longqi, " Weixian de yuyue: Zaoqi Meiguo huaqiao dubo wenti yanjiu, 1850–1943", *Overseas Chinese History Studies* no. 2 (June 2010): 41–42.

24 Wong, "Chinese in New York," 306.

25 "Chinatown as It Really Is," *BA*, May 28, 1905.

26 George W. Walling, *Recollections of a New York Chief of Police*(New York: Caxton Book Concerns, 1887), 422; "The Game of Fan Tan," *Jackson Citizen Patriot*, May 13, 1887.

27 Beck, *New York's Chinatown*, 97.

28 "Chinese Gamblers," *Cincinnati Tribune*, July 19, 1887; *NYW*, July 19, 1887; "Chinese Gamblers' Union," *Sacramento Daily Union*, Aug. 21, 1887; "Hard to Deal with Chinese Gamblers," *NYH*, July 19, 1887; "Lured by the Highbinders," *NYW*, July 26, 1887.

29 "Highbinders After Thoms," *NYS*, July 18, 1887.

30 "Want to Swear Their Own Way," *NYH*, July 22, 1887.

31 "Thoms and the Highbinders," *NYS*, July 21, 1887.

32 "Opium Dens Resuming," *NYH*, May 18, 1883; Allen S. Williams, *Demon of the Orient* (New York: by author, 1883), 12.

33 "Opium Pays No Toll," *NYS*, Sept. 23, 1894; "How Opium Is Smuggled," *NYS*, March 18, 1888.

34 "Product of the Poppy," *Tombstone Epitaph*, June 16, 1888.

35 Walling, *Recollections of a New York Chief of Police*, 420–422. 沃林于 1874—1885 年间任纽约警察局局长。

36 "Chinese in New York," *SFC*, May 27, 1883; "Opium Dens Shut," *Syracuse Standard*, May 12, 1883; "In the 'Big Flat,' " *Rockford Gazette*, July 7, 1884; "The Talk of New York," *NHR*, Dec. 14, 1884; "Opium Smokers Arrested."

37 Gustavus Myers, "Tammany and Vice," *Independent*, Dec. 6, 1900, 2924–27; "This City's Crying Shame," *NYT*, March 9, 1900.

38 "This City's Crying Shame."

39 "Hallison and Molton," *LaPorte City Progress*, July 4, 1888, quoting the *New York Star*; "Chinese for Harrison," *St. Paul Daily Globe*, Aug. 23, 1888.

40 "Chinamen to the Rescue," *NYH*, March 5, 1889; *NYW*, June 7, 1889; *American Missionary*, July 1889, 186.

41 "Yuet Sing's Bride," *NYH*, Sept. 30, 1888; "Joss Saw Their Nuptials," *PI*, Oct. 1, 1888; "General Lee Yu Doo's Funeral," *NYH*, Oct. 30,

1888; "A Chinaman's Funeral," *Forest Republican*, Dec. 19, 1888; "Yung Chee Yang's Funeral," *Kansas City Times*, May 11, 1890. 不过, 也有人说, 所谓的将军实际上只是一名穷教士, 他 "因其正直的品行赢得了整个华人社区的尊重", 而他是否曾在军中服役则无从知晓。See Stewart Culin, "Chinese Secret Societies in the United States," *Journal of American Folklore*, Jan.–March and July–Sept. 1890, 41–42.

42 Virginia Sánchez Korrol, *From Colonia to Community: The History of Puerto Ricans in New York City* (Berkeley: University of California Press, 1983), 67–68; "Tom Lee Is Ill," *NYT*, Aug. 16, 1887.

43 "They'll Naturally Vote for Ben," *NYW*, Nov. 4, 1888.

第三章

1 "Seven Police Captains Lose Their Commands," *NYH*, Jan. 24, 1891; "Police Circles Startled," *NYT*, Jan. 24, 1891.

2 "Silent Are the Fan-Tan Dens of Mott Street," *NYH*, Jan. 30, 1891; "They Played Fan Tan," *NYH*, Feb. 2, 1891.

3 "Wirepulling in Chinatown," *NYS*, June 6, 1891; Moss, *American Metropolis*, 2: 426–29.

4 "Gambling with Shells While Police Look On," *NYH*, Jan. 20, 1891; "Seven Police Captains Lose Their Commands"; "Police Circles Startled."

5 "The New Police Captains," *NYT*, July 1, 1887; "Inspector Brooks Looks Back over His Forty Years on the Force," *NYT*, Dec. 25, 1904; "Biographical Sketches of Greater New York Police," *Tammany Times*, Jan. 15, 1900, 22.

6 原始中文公告见 Moss, *American Metropolis*, 2: 427。莱斯特·罗 (Lester F. Lau) 将其译为英语。

7 Arthur Bonner, "The Chinese in New York, 1800–1950," in *Chinese America: History and Perspectives, 1993* (San Francisco: Chinese Historical Society of America, 1993), 142; McKeown, *Chinese Migrant Networks and Cultural Change*, 187; "An Umbrella Aeronaut," *NYW*, June 20, 1894; Ling, *Chinese Chicago*, 133.

8 "Sheriff Lee Back from China," *NYH*, Dec. 14, 1891; "New York Republicans to Get Down to Work," *PI*, Dec. 14, 1891; "Chinese Rise in Protest," *NYW*, Aug. 11, 1892; "Chinamen Are Good and Handy Patrons of Bowery Shooting Galleries," *NYW*, Sept. 5, 1888.

9 "The Smuggling of Chinamen," *NYT*, July 27, 1893; "Chinamen Evading," *Salt Lake Herald*, Sept. 10, 1889.

10 "The Highbinders," *Oregonian*, Oct. 2, 1887.

11 "Chinese Anarchists," *NYS*, Aug. 24, 1888; "Chinatown Excited," *PI*, Aug. 30, 1889; "Chinese Blackmailers," *PI*, Aug. 29, 1889.

12 "Chinatown," *Havana Journal*, July 30, 1887.

13 Ibid.

14 "Loie Sung's Murder Was All a Mistake," *NYT*, Oct. 19, 1905.

15 "Mary Chung's Romance," *NYW*, Oct. 9, 1892; "Wicked Celestials They," *NYW*, April 24, 1894; "Two Chinese Women in Court," *NYT*, March 27, 1895.

16 "Done by the Hatchet Gang," *NYW*, Oct. 12, 1891; "Lee Toy Smote Two Men," *NYW*, Oct. 11, 1891.

17 "Bought Unstamped Opium," *NYH*, Jan. 22, 1891.

18 "Good Wages for Murderers," *NYS*, Nov. 20, 1891; "Hatchet Mob Rebuked," *NYW*, Dec. 2, 1891.

19 "Pursued by a Mob of Chinamen," *NYPR*, April 11, 1894; "Chinamen in Combat," *NYW*, April 16, 1894.

20 "The Golden Prime of Tammany," *NYT*, Oct. 28, 1917.

21 Sloat, *Battle for the Soul of New York*, 18–27; Gardner, *The Doctor and the Devil*, 35–39.

22 "Prosperous Chinese Arrested for Voting"; "Umbrella Aeronaut"; "Raiding Chinese Dens," *NYW*, Aug. 27, 1894.

23 Peter Baida, "The Corrupting of New York City," *American Heritage*, Dec. 1986; "A Palace of Plunder," *NYT*, Dec. 6, 1913.

24 "A Chinaman's Evidence," *NHR*, June 28, 1894.

25 *Report and Proceedings of the Senate Committee Appointed to Investigate the Police Department of the City of New York* (Albany, N.Y.: J. B. Lyon, 1895), 2:2240–66.

26 "Chinamen in a Fight," *NYT*, Dec. 4, 1896; "Battle in Chinatown," *NYS*, Sept. 26, 1897.

27 "Mayor Tom Lee Boycotted," *NYS*, July 9, 1894.

28 "Protection in Chinatown," *NYS*, July 29, 1894.

29 "Hired Assassins," *Utica Observer*, Aug. 4, 1894.

第四章

1 "Lexow's Final Summing Up," *SR*, Jan. 18, 1895.

2 Richard D. White Jr., "Theodore Roosevelt as Civil Service Commissioner: Linking the Influence and Development of a Modern Administrative President," *Administrative Theory and Praxis* 22, no. 4(Dec. 2000): 696–713.

3 "Mayor Strong Acts," *BJ*, April 2, 1895; "Mr. Kerwin Refuses," *NYH*, May 5, 1895.

4 Roosevelt, *Autobiography*, 185.

5 Kelly, *History of the New York City Police Department*; Roosevelt, *Autobiography*, 198–211.

6 "Parkhurst Finds Fault," *NYT*, Jan. 1, 1895; "Byrnes Retires with a Pension," *NYH*, May 28, 1895; Peter Hartshorn, *I Have Seen the Future: A Life of Lincoln Steffens*(Berkeley, Calif.: Counterpoint Press, 2011), 44.

7 "Roosevelt's Chinese Ally," *NYS*, July 19, 1895.

8 "Wang Get, a Lexow Witness, Wins," *NYT*, March 24, 1895.

9　"Lee Toy's Great Pull," *NYW*, March 26, 1895.
10　"Murder the Talk in Chinatown," *NYW*, March 31, 1895.
11　"Police and Fan-Tan," *WS*, June 28, 1894.
12　Bonner, *Alas! What Brought Thee Hither?*, 139; Deposition of Chu Fong before Immigrant Inspector H. R. Sisson, April 24, 1905, in Chinese Exclusion Act Case File of Chu Fong, New York District Office of the U.S. Immigration and Naturalization Service, National Archives and Records Administration—Northeast Region, New York.
13　"Chinamen Alleged to Be Smuggled In," *NYTGM*, Sept. 9, 1896; "Strong in Chinatown," *NYW*, April 5, 1895; "The Mayor in Chinatown Late at Night," *NYTR*, April 5, 1895; "A New Temple for Chinatown," *NYTR*, May 14, 1895.
14　"Colin Orders a Raid," *NYW*, Aug. 11, 1895; "Chinese Spies Cause a Raid," *NYS*, Aug. 11, 1895; "Only Three Chinamen Held," *NYW*, Aug. 12, 1895.
15　"Only Three Chinamen Held."
16　"To Make Chinatown Moral," *NYT*, Nov. 8, 1896.
17　"Mott Street's New Club," *NYS*, Feb. 18, 1897; Certificate of Incorporation, Chinese Merchants Association, Feb. 4, 1897, New York State Department of State, Division of Corporations.
18　"On Leong Tong Celebration," *NYT*, Feb. 18, 1897; "Mott Street's New Club."
19　Moss, *American Metropolis*, 2: 413–414.
20　"Dong Fong Says He Knows Moss," *NYTGM*, April 26, 1897; "Dong Fong Paid a Fine," *NYTGM*, April 28, 1897; "Has a Pull with Moss," *NYW*, April 27, 1897.
21　"Chinatown Honors Tammany," *NYTR*, Nov. 24, 1897.
22　"Notes from Gotham," *Bay City Times*, May 21, 1899; "Lees' Fete in Chinatown," *NYT*, April 18, 1899.
23　Beck, *New York's Chinatown*, 122–133.

第五章

1　"Murder in Chinatown," *NYT*, Aug. 13, 1900; "Chinese Armed to Kill Another," *NYPR*, Aug. 13, 1900; "Chinese Allege Assassins' Plot," *NYTGM*, Aug. 13, 1900; "Chinaman Killed in Faction Fight," *NYH*, Aug. 13, 1900; "Homicide in Chinatown," *BSU*, Aug. 13, 1900; "Riot in Pell Street. One Chinaman Killed," *NYW*, Aug. 13, 1900.
2　"Chinese in Gotham Meet and Riot Follows," *CT*, Aug. 13, 1900.
3　"Murder in Chinatown"; "Riot in Pell Street"; "Shooting in Chinatown," *NYT*, Aug. 17, 1900.
4　堂斗的次序采用 Arthur Bonner, author of *Alas! What Brought Thee Hither?* 的说法。该书为纽约唐人街的冲突提供了宝贵的路线图。
5　"Feud Renewed in Chinatown," *NYTGP*, April 21, 1901; "Chinese

Murderer Held," *NYTR*, Aug. 14, 1900; "Goo Wing Ching Arraigned," *NYT*, Aug. 14, 1900.

6 Testimony of Officer Henry Touwsma, the *People v. Mock Duck*, Criminal Branch of the Supreme Court of New York County, Minutes of the First Trial, New York Public Library, 1902.

7 "Chinaman Killed in a Fight," *NYTR*, Sept. 22, 1900; "Death Ends Chinese Riot," *NHR*, Sept. 22, 1900; "Ah Fee's Slayer in the Tombs Isn't Talking," *DPP*, Sept. 23, 1900.

8 "Death Ends Chinese Riot"; "Highbinders in Chinatown," *NYTR*, April 14, 1901; "Feud Renewed in Chinatown."

9 "Col. Gardiner Is Removed," *NYT*, Dec. 23, 1900; "Philbin Is Now in Office," *NYT*, Dec. 25, 1900; "Philbin After Big Game," *NYT*, Feb. 20, 1901; "Gamblers Do Business with Great Caution," *NYT*, April 9, 1901.

10 "Life Sentence for a Chinaman," *NYTR*, April 16, 1901; "Sue Sing Sent Up for Life," *BSU*, April 15, 1901.

11 "Highbinders After Tom Lee," *NYT*, April 21, 1901; "Highbinders After Life of Tom Lee," *NYH*, April 21, 1901.

12 "New York Daily Letter," *CPD*, April 24, 1901; "Tom Lee Packs a Two-Foot Gun," *Salt Lake Telegram*, Feb. 5, 1902

13 "Five Chinamen in Murder Plot," *NYW*, June 11, 1901; "Three Chinamen Killed in Fire in Manhattan," *BSU*, Sept. 3, 1901.

14 Testimony of Detective John Farrington, Court of General Sessions of the Peace of the City and County of New York, Part II in the case of the *People v. Mock Duck*, Minutes of the Second Trial, New York Public Library, 1902.

15 "To Try Mock Duck for Murder," *NYS*, June 12, 1901.

16 "Boston Chinaman to Be Tried Here," *NYTR*, July 11, 1901; "Three Chinamen Killed in Fire in Manhattan"; "Chinamen Indicted," *DPP*, June 12, 1901; "Mock Duck Tried for Murder," *BS*, Feb. 20, 1902.

17 "Joy in Chinatown: Sing Cue Is Dead," *NYH*, Sept. 4, 1901; "Chinese Burned to Death," *NYT*, Sept. 4, 1901.

18 "Three Chinamen Killed in Fire in Manhattan"; "Chinese Burned to Death."

19 "Three Chinamen Killed in Fire in Manhattan."

20 Hazlitt Alva Cuppy and Merwin Bannister, *Our Own Times: A Continuous History of the Twentieth Century* (New York: J. A. Hill, 1904), 1: 209.

21 其他成员包括：学者菲利克斯·阿德勒、埃德温·塞利格曼，出版商乔治·海文·普特南，前纽约市警察局局长、市长候选人乔尔·埃尔哈特，著名商人约翰·斯图尔特·肯尼迪、亚历山大·奥尔、哈尔森·罗兹。

22 "Items," *CT*, Aug. 12, 1890.

23 Arthur E. Wilson, Report on Chinatown, n.d., reel 3, Committee of Fifteen Records, Manuscripts and Archives Division, New York Public Library.

24 人口普查数据引自 McIllwain, *Organizing Crime in Chinatown*, 123。

25 Lucie Cheng Hirata, "Free, Indentured, Enslaved: Chinese Prostitutes in Nineteenth-Century America," *Signs* 5, no. 1 (Autumn 1979): 13–15.

26 "Highbinder Against Highbinder," *NYS*, Jan. 8, 1888; Wilson, Report

on Chinatown.
27 "Chinatown's New Year," *NYT*, Feb. 18, 1902; "Officials in Chinatown," *NYTR*, Feb. 18, 1902; "The Man in the Street," *NYT*, Feb. 23, 1902.
28 "Chinatown Greets Jerome," *Atlanta Constitution*, Feb. 18, 1902; "Chinatown's New Year"; "Officials in Chinatown."
29 The *People v. Mock Duck*, Criminal Branch of the Supreme Court of New York County, Minutes of the First Trial, New York Public Library, 1902.
30 "Objections to Chinamen," *NYT*, Feb. 19, 1902; "New York Daily Letter," *CPD*, Feb. 21, 1902.
31 "New York Daily Letter," *CPD*, Feb. 21, 1902.
32 "Highbinder Case in Court," *NYT*, Feb. 22, 1902; "Highbinders Influence Murder Case," *DPP*, Feb. 23, 1902; Testimony of Emma Wing, Court of General Sessions of the Peace of the City and County of New York, Part II in the case of the *People v. Mock Duck*, Minutes of the Second Trial, New York Public Library, 1902.
33 "Threatens to Kill Witness of Murder," *NYH*, Feb. 26, 1902; "A Chinese Warning," *DPP*, Feb. 26, 1902.
34 "Mock Duck Jury Disagrees," *DPP*, April 3, 1902.
35 "Mock Duck's Jury Disagrees," *BDE*, April 2, 1902.
36 "Mock Duck Out Again," *Rochester Democrat and Chronicle*, April 4, 1902; "Mock Duck Free: No Third Trial," *NYTGM*, April 28, 1902; "Mock Duck at Liberty," *NYP*, April 28, 1902.
37 "Highbinder Flag Afloat in Pell Street," *NYW*, May 12, 1902.

第六章

1 "Feud in Chinatown," *NYG*, Nov. 3, 1904; Gong and Grant, *Tong War!*, 160.
2 "Chosen by Lot to Kill Victim," *NYW*, Nov. 3, 1904.
3 "Chinaman Shot," *Lowell Sun*, Nov. 3, 1904; "Chinatown Reformer Shot," *BDE*, Nov. 3, 1904; "Chinaman Murdered," *Rock Rapids Reporter*, Nov. 10, 1904; Ancestry.com, "1900 United States Federal Census Online Database."
4 "New York's New Chief," *DP*, Jan. 5, 1904; "McAdoo and New York Police Force," *San Jose Mercury News*, Jan. 3, 1904.
5 "Parkhurst Men Raid over Police Heads," *NYT*, July 22, 1904; "'Graft' in Chinatown," *NYTR*, July 22, 1904.
6 "'Graft' in Chinatown"; "M'Adoo Tours Chinatown," *NYS*, July 23, 1904.
7 "Chinese Assassin's Work," *NYS*, Nov. 4, 1904.
8 "Chinaman Shot"; "Chinatown Reformer Shot"; "Chosen by Lot to Kill Victim"; "Chinese Assassin's Work"; "Takes Vengeance on Chinese Spy," *NYTGM*, Nov. 3, 1904; "Assassins," *Newark Advocate*, Nov. 4, 1904.
9 "Rival Chinese in Deadly Feud," *NYW*, Nov. 4, 1904.

10 Ibid.

11 "Chinese Lid Off," *NYG*, May 16, 1904.

12 McIllwain, *Organizing Crime in Chinatown*, 94–95; Yu, *To Save China, to Save Ourselves*, 17.

13 "Call Tong Truce a Blind," *NYT*, May 31, 1913.《纽约时报》认为，1913年有两个名为商人协会的组织，分别为商会和中华公所，它们和 1913 年的安良堂是不同组织。《纽约时报》称其中一个总部在勿街 14 号，另一个在勿街 16 号，而安良堂总部在勿街 18 号。事实上，安良堂的总部在14 号，中华公所在 16 号，18 号是李希龄的建筑。大多数材料都记载，商会的总部在勿街 16 号，它显然和安良堂不同，而是隶属于中华公所。

14 Riordon and Plunkitt, *Plunkitt of Tammany Hall*, 3–4, 20.

15 McIllwain, *Organizing Crime in Chinatown*, 112.

16 "Rival Chinese in Deadly Feud"; "Warnings for Highbinders," *NYS*, Dec. 1, 1904.

17 "Chinatown Gambling Feud," *NYS*, Nov. 8, 1904.

18 "On Leongs Have Stolen the Hep Sings' Crest," *NYT*, Nov. 27, 1904.

19 "Highbinders Fight in Mail," *NYS*, Nov. 27, 1904.

20 "Chinese in Pistol Duel," *NYTR*, Nov. 26, 1904; "Chinese Fighting Armor in Court," *NYTGM*, Nov. 26, 1904; "Armor Clad Chinese Battle on the Bowery," *NYT*, Nov. 26, 1904.

21 "Mock Duck Back, Chinatown Fears," *NYTGM*, March 18, 1905.

22 "Police Graft in Chinatown," *NYW*, Dec. 12, 1904.

23 "Moss Accuses Police," *NYTR*, Dec. 11, 1904.

24 "Police Graft in Chinatown," *NYW*, Dec. 12, 1904; "Moss Accuses Police."

25 "Graft from Chinese," *NYS*, Dec. 12, 1904.

26 "Police Graft in Chinatown."

27 "Graft from Chinese."

28 "Wants Real Detectives," *NYTR*, Dec. 12, 1904.

29 "Chinamen Taken in Raid," *NYT*, Dec. 12, 1904; "Hip Sing on Top, Leong on Run," *NYS*, Dec. 13, 1904.

30 "Hip Sing on Top, Leong on Run."

31 "15 Hip Sing Tongers Soaked," *NYS*, Dec. 27, 1904; "Raid Ends in Sub-cellar," *NYT*, Dec. 27, 1904.

32 "Chinaman's Shot Fatal," *NYTR*, Nov. 27, 1904; "Chinese in Coats of Mail," *BS*, Nov. 27, 1904.

33 "Swear Missing Chinese Was Mock Duck's Slayer," *NYTGM*, Dec. 6, 1904.

34 "Accused of Murdering Mock Duck in Chinese Feud—No Evidence," *NYTR*, Jan. 19, 1905.

第七章

1 "Hip Sing Life for Each Raid," *NYS*, Feb. 1, 1905.

2 Ibid.

3 Deposition of Lee Loy before Immigration Inspector F. W. Berkshire, April 6, 1904, in Chinese Exclusion Act Case File for Lee Loy, Record Group 85, box 323, box 10, Case No. 14/3504, Immigration and Naturalization Service, National Archives and Records Administration—Northeast Region, New York; "Detective Is Real Thief," *NYS*, April 4, 1905.

4 "Price Put on Tom Lee's Head," *NYW*, Feb. 2, 1905.

5 "Gin Gum Convicted of Forgery," *SFC*, May 7, 1898; "A New Trial for Gin Gum," *SFC*, Aug. 29, 1900; "Charlie Lee Is Free," *SFC*, Aug. 30, 1900.

6 "Offer $3, 000 to Kill Tom Lee," *NYW*, Feb. 3, 1905; "Chinese Hatchets Buried for a Day," *NYH*, Feb. 4, 1905.

7 "Frenzied Finance 'Midst Chinese New Year Fun," *NYW*, Feb. 4, 1905.

8 "Chinese Prisoners Let Go," *NYS*, Feb. 14, 1905.

9 "Chinatown as It Really Is."

10 "Warfare of Tongs Claims New Victim," *NYT*, Feb. 9, 1905; "Murdered by Highbinders," *NYW*, Feb. 9, 1905.

11 "Chinatown Feud Shooting," *NYT*, Feb. 25, 1905; "Old Chinaman Shot in Feud of the Tongs," *NYT*, Feb. 25, 1905.

12 "Mock Duck Back, Chinatown Fears."

13 " 'I'm a Dead Man, ' Says the Mayor of Chinatown," *NYTGP*, March 19, 1905.

14 "New Terror in Chinatown," *NYS*, March 19, 1905.

15 "Mock Duck Back, Chinatown Fears"; "Mock Duck, He Velly Bad," *NYT*, March 19, 1905.

16 "Mock Duck Arrested," *Deseret News*, March 18, 1905; "Bad Mock Duck in Jail: His Enemy in Hiding," *NYT*, March 21, 1905; "Frank Moss and Jerome in Tiff over Mock Duck," *NYTGM*, March 22, 1905.

17 "Bad Mock Duck in Jail."

18 "Doomed by Highbinders," *CPD*, March 20, 1905; "Killing Overadvertised," *NYP*, March 20, 1905; "Bad Mock Duck in Jail."

19 "Mock Duck Now in a Tombs Cell," *NYH*, March 21, 1905.

20 "Mock Duck's Wings Clipped," *NYS*, March 21, 1905.

21 "Frank Moss and Jerome in Tiff over Mock Duck"; "Hot Words in Courtroom Between Jerome and Moss," *BDE*, March 22, 1905.

22 "Frank Moss and Jerome in Tiff over Mock Duck."

23 "Chinese Lid Off."

24 "Detective Is Real Thief."

25 Ibid.

26 Ibid.

27 "Mock Duck: Evil Genius," *NYP*, April 4, 1905.

第八章

1 "300 Arrested in Chinatown Raid," *Utica Herald-Dispatch*, April 24, 1905.

2　"Police Snare Hundreds in Spectacular Raid on Nine Chinatown Resorts," *NYPR*, April 24, 1905.

3　"213 Pigtail Prisoners Arraigned in the Tombs," *BDE*, April 24, 1905; "300 Arrested in Chinatown Raid."

4　"Police in Carriages Descend on Chinatown," *NYT*, April 24, 1905; "Chinatown Raided," *Corning Journal*, April 26, 1905; "Why Chinatown Was Raided," *NYP*, April 24, 1905.

5　"Hold 400 Chinese for Gambling," *BH*, April 23, 1905; "All Chinatown in Court," *NYP*, April 24, 1905.

6　"400 Arrested in Chinatown Raid," *NYH*, April 24, 1905.

7　"Made Murder Signs in Court," *NYS*, April 25, 1905.

8　"On Leongs All Alike," *NYTR*, April 25, 1905; "Made Murder Signs in Court."

9　"Chinatown Mayor Is Under Arrest," *NYH*, April 27, 1905; "Chinatown Mayor Now in Police Toils," *NYT*, April 27, 1905.

10　"Cops Astray in Chinatown," *NYS*, April 29, 1905; "Eggers Fan Tan Raid a Farce," *NYS*, May 10, 1905; "Chinatown Graft Stories," *NYS*, May 12, 1905.

11　"Dong Fong Gets Off Lightly," *NYW*, May 15, 1905; "Shot Tom Lee's Cousin," *NYS*, May 16, 1905.

12　"Hip Sing Gets Eggers' Axe Now," *NYS*, May 31, 1905.

13　"Avenging On Leongs Descend on Hip Sings," *NYT*, May 31, 1905.

14　"Says Jim Wang's a Grafter," *NYS*, June 23, 1905; "Chinese Gamblers Paroled," *NYP*, May 31, 1905; "Wang, Reformer, Jailed," *NYP*, June 22, 1905; "Alleged Chinese Blackmailer," *BDE*, June 22, 1905.

15　"Chinese Drama a Mighty Serious Matter," *NYS*, Feb. 12, 1905.

16　"Three Shot Dead in Chinese Theatre," *NYT*, Aug. 7, 1905.

17　Gong and Grant, *Tong War!*, 74–77, 112–130, 158–169.

18　Ibid.; "Mock Duck Held for Murder," *NYS*, Aug. 8, 1905; "Chinese in Battle; 3 Dead," *CT*, Aug. 7, 1905; "Highbinders in Battle," *Binghamton Press*, Aug. 7, 1905.

19　"Mock and His Friends Are Remanded," *NYTGM*, Aug. 7, 1905.

20　"The Yucks Buried," *NYT*, Aug. 11, 1905.

21　"Tong Midnight Murder Squad," *NYS*, Aug. 13, 1905.

22　"Chinamen Wield Cleaver, Kill Their Countryman," *BDE*, Aug. 12, 1905.

23　"Tong Midnight Murder Squad."

24　"$3000 on Tom Lee's Head," *NYT*, Aug. 15, 1905.

25　"Tong War Worries Eggers," *NYS*, Aug. 22, 1905.

26　"Four Shot in Chinatown," *NYS*, Aug. 21, 1905; "Tongs Fight Again; Four Shot This Time," *NYT*, Aug. 21, 1905.

27　"Tong War Worries Eggers."

28　"Fatal Riot in New York," *NYT*, Sept. 17, 1903; "To End Shooting Affrays," *NYT*, Sept. 18, 1903; "Greene Takes Up Riots," *NYT*, Sept. 24, 1903; "Pistol Carriers Fined," *NYT*, Sept. 21, 1903; Lardner and Reppetto, *NYPD*, 125–28.

29　"Great Crime Wave Puzzles Jerome," *NYW*, Aug. 26, 1905.

30 "All Immigration Records Broken," *NYS*, May 10, 1905.
31 "Outbreak of Crime in New York the Worst for Years," *NYW*, Sept. 4, 1905; "Great Crime Wave Puzzles Jerome."
32 "The Heathen Chinese," *New York Age*, Aug. 10, 1905.
33 "Reign of Terror in Chinatown Now," *NYTR*, Aug. 13, 1905.
34 Ibid.
35 "To Clean Up Chinatown," *Buffalo Express*, Aug. 20, 1905.
36 *Report of the Police Department of the City of New York for the Year Ending December 31, 1904* (New York: Martin B. Brown, 1906), 41–43, 46, 48–49, 58.
37 "Chinatown as It Really Is."
38 "Chinatown a Pest: Shame to the City; 'Clean It Up,'" *NYW*, Aug. 25, 1905; "Wipe Out Chinatown," *NYW*, March 2, 1906.
39 McIllwain, *Organizing Crime in Chinatown*, 105–6.
40 McAdoo, *Guarding a Great City*, 170.
41 Ibid., 151, 175.
42 "Tong War Worries Eggers."
43 "A Chinatown Roundup," *KCS*, Aug. 23, 1905; "Chinese Fear a New Tong War," *Pawtucket Times*, Aug. 23, 1905.
44 "Chinatown Asks for Peace," *NYS*, Aug. 29, 1905; "Five Chinese Coming to Kill Tom Lee," *NYW*, Aug. 29, 1905.
45 "Damaging for Mock Duck," *NYP*, Aug. 29, 1905; "Coroner Holds Mock Duck," *NYS*, Aug. 30, 1905; "Mock Duck Held in Murder Case," *NYH*, Aug. 30, 1905; "Mock Duck Held for Killing of Four Chinese," *NYTGM*, Aug. 29, 1905.
46 "Mock Duck Let Go," *NYS*, Dec. 21, 1905.

第九章

1 Court of General Sessions of the Peace of the City and County of New York in the case of the *People v. George Tow*, impleaded with Louie Way and Yee Toy, Municipal Archives of the City of New York, box 10327, folder 106458, March 20, 1906.
2 "Two Killed in Ambush in Chinatown Battle," *NYT*, Jan. 25, 1906.
3 "Lull in the Tong Gun Play," *NYS*, Jan. 26, 1906.
4 "Two Killed in Ambush in Chinatown Battle."
5 "Chinese Killed Were to Testify at Murder Trial," *NYW*, Jan. 25, 1906; "Five Held for Tong War," *NYH*, Jan. 26, 1906; Court of General Sessions of the Peace of the City and County of New York in the case of the *People v. Charlie Joe and Mon Moon*, Municipal Archives of the City of New York, box 10315, folder 106446, Oct. 13, 1905.
6 "Tongs in Battle; Two Dead," *NYS*, Jan. 25, 1906.
7 "Eggers Taken from Vice Squad; Sent to Brooklyn," *NYPR*, Oct. 17, 1905.

8   "Topics in New York," *NYT*, Oct. 17, 1905.

9   "Just the Truth," *DP*, Nov. 11, 1905; "Gen. Bingham Dies at Summer Home," *NYT*, Sept. 7, 1934.

10 Theodore A. Bingham, "Foreign Criminals in New York," *North American Review* 188, no. 634 (Sept. 1908): 383–384, 391–394; "Waldo Visits Chinatown," *NYS*, Jan. 27, 1906.

11 "It Happened in New York," *WP*, Jan. 29, 1906; "Deputy Waldo Now Wears Gold Shield on Duty," *NYTGM*, Jan. 26, 1906; "He Scolded Lee and Duck," *NYP*, Jan. 26, 1906; "Waldo Visits Chinatown and Sees the Tongs," *NYW*, Jan. 26, 1906.

12 "Mr. Waldo Visits Tongs," *NYTR*, Jan. 27, 1906; "Transfers Captain Tracy," *NYT*, Feb. 18, 1906.

13 "Truce in Chinatown," *NYTR*, Jan. 31, 1906.

14 "Chinatown's Warriors Agree to Real Peace," *NYT*, Jan. 31, 1906; "Tongs Hold Peace Confab," *NYS*, Jan. 31, 1906; "Truce in Chinatown."

15 "War of the Tongs Breaks Out Afresh," *NYT*, April 17, 1910.

16 "Peace of Chinatown Is Merely a Merger," *NYT*, April 1, 1906.

17 "Hip Sings Sign Treaty," *NYT*, Feb. 7, 1906; "On Leong Tongs Sign," *NYT*, Feb. 9, 1906.

18 "Police Pinch Mock Duck," *NYS*, Feb. 21, 1906; "On Leongs Sign; Tong War Over," *NYS*, Feb. 9, 1906; "Peace of Chinatown Is Merely a Merger"; "On Leongs Dodge Peace Banquet," *NYH*, Feb. 12, 1906.

19 "There's a New Tong in Chinatown Now," *NYT*, Feb. 13, 1906.

20 "Topics of the Times," *NYT*, March 27, 1925.

21 Philip C. C. Huang, *Civil Justice in China: Representation and Practice in the Qing* (Redwood City, Calif.: Stanford University Press, 1996), 21–50.

22 Chu Chai, "Administration of Law Among the Chinese in Chicago," *Journal of Criminal Law and Criminology* 22, no. 6 (Spring 1932): 806.

23 "There's a New Tong in Chinatown Now."

24 Chinese Exclusion Act Case File for Wong Gett, Record Group 85, box 325, Case Nos. 95, 580, Immigration and Naturalization Service, National Archives and Records Administration—Northeast Region, New York; "Mock Duck Head of a New Tong," *NYH*, Feb. 13, 1906.

25 "Mock Duck Starts New Tong," *NYS*, Feb. 13, 1906; "There's a New Tong in Chinatown Now."

26 "Mock Duck Bails Prisoner," *NYS*, Feb. 19, 1906.

27 "Mock Duck Goes to the Tombs," *NYTGM*, Feb. 21, 1906.

28 "Mock Duck Held in $5, 139 for Trial," *NYW*, Feb. 24, 1906.

29 "Local Board Calls Hearing on Chinatown Park Plan," *NYW*, March 6, 1906.

30 "Wipe Out Chinatown."

31 "Tear Down the Dens of Chinatown and Make a Park of New York's Darkest Spot," *NYW*, Feb. 28, 1906; "Some of the Plague Spots in Chinatown That Should Give Way for a Public Park," *NYW*, March 1, 1906.

32 "Calls a Public Hearing on Park for Chinatown," *NYW*, March 5, 1906;

"Some of the Plague Spots in Chinatown That Should Give Way for a Public Park."

33 "Wipe Out Foul Crime Dens—Make a Park," *NYW*, March 2, 1906; "Calls a Public Hearing on Park for Chinatown"; "Dives Must Give Way to Chinatown Park," *NYW*, March 24, 1906.

34 "Rookery Owners Oppose Chinatown Park Plan," *NYW*, March 20, 1906.

35 "Scores Men Who Shelter the Dens of Chinatown," *NYW*, March 20, 1906; "Argue on Chinatown Park," *NYT*, March 21, 1906.

36 "Fight to Wipe Out Chinatown for Park Good as Won," *NYW*, March 21, 1906; "For a Chinatown Park," *NYP*, May 1, 1906.

37 "A Chinatown in Brooklyn?," *NYT*, April 27, 1906; "Chinatown in the Bronx," *NYT*, July 25, 1906; "Chinatown May Move Over to Williamsburg," *NYT*, Aug. 6, 1906.

38 "A Park in Chinatown," *NYT*, Feb. 9, 1907; "'Dan' O'Reilly Celestial Hero," *WT*, June 27, 1907.

39 "Tong Killings Pause and Chinatown Feasts," *NYT*, March 29, 1906; "Feast for Tongs' Treaty," *NYPR*, March 29, 1906; "Eighteen Course Dinner to Celebrate Peace in Chinatown," *BDE*, March 29, 1906.

40 "Mock Duck's Bail Reduced," *NYT*, April 13, 1906.

41 "Mock Duck Is Free," *NYT*, April 15, 1906; "Mock Duck Is Free," *NYS*, April 15, 1906.

42 "Our Chinese Aiding 'Frisco," *NYT*, April 23, 1906.

43 "Police Get Mock Duck Again," *NYP*, April 24, 1906.

44 Testimony of Florence Bendorff and Emma Wing, Court of General Sessions of the Peace of the City and County of New York, Part II in the case of the *People v. Mock Duck*, Minutes of the Second Trial, New York Public Library, 1902; Ancestry.com, "1910 United States Federal Census Online Database," accessed Aug. 4, 2015, http://search.ancestry.com/search /db.aspx?dbid=7884.

45 Testimony of Chin Hen Leon, Court of General Sessions of the Peace of the City and County of New York, Part II in the case of the *People v. Mock Duck*, Minutes of the Second Trial, New York Public Library, 1902; "Mock Duck Says the Girl Is His Wife," *PI*, May 25, 1906; "Hostile Chinese Factions in Court," *PI*, May 26, 1906; "Mock Duck's Wife Was Lost," *NYS*, March 9, 1906.

46 "Hostile Chinese Factions in Court."

47 "Mock Duck's Child Seized," *NYP*, March 19, 1907.

48 Ibid.; "Mock Duck Bereft of His Joy," *NYS*, March 20, 1907.

49 "Mock Duck's Child Seized."

50 "Cruelty Sought at Mock Duck's," *NYT*, March 20, 1907.

51 "Mock Duck Bereft of His Joy."

52 "Call Mock Duck's Stepchild a Slave," *NYH*, March 20, 1907.

53 "Mock Duck Bereft of His Joy."

54 "Ha Oi Still a Captive," *NYP*, March 22, 1907; "Ha Oi Is Lost to Chinatown," *NYS*, March 23, 1907.

55 "Ha Oi Is Lost to Chinatown"; "Current News of the World," *Sausalito News*, April 6, 1907.

56 "Law Takes Ha Oi from Mock Duck," *NYH*, April 13, 1907; "Mock Duck Loses Little Ha Oi," *NYS*, April 13, 1907.

57 New York Society for the Prevention of Cruelty to Children, *Thirty-third Annual Report*(New York: Offices of the Society, 1908), 33–34.

58 "Mock Duck and Ha Oi," *NYH*, April 15, 1907.

第十章

1 "Bad Chinamen These," *PI*, Dec. 1, 1889; "Sing's Romantic Career," *WT*, Jan. 13, 1896; "Paid Them Blackmail," *WP*, July 20, 1895.

2 Meihong Soohoo, Wo Tonghen Meidi: Qiao Mei qishinian shenghuo huiyilü [I bitterly hate imperialist America: Reminiscences of a seventy-year sojourn in the United States](Beijing: Guangming Daily, 1951), 39–47; Gong and Grant, Tong War!, 244–45.

3 "500 Chinese Here from 20 Cities to Attend Convention," *WP*, Sept. 2, 1924.

4 Chinese translation courtesy of Ram Moy.

5 "The Peace of Pell Street," *NYT*, Aug. 23, 1907; "Tongs, at Peace, Dine in Chinatown," *NYH*, Aug. 22, 1907; "Eat Because Tongs Are Quiet," *NYS*, Aug. 22, 1907.

6 "Chinaman Killed in Street," *NYS*, Mar. 2, 1908.

7 "Chinese Tongmen Battle and Four Are Injured," Omaha World Herald, June 6, 1906; "Celestials at War Among Themselves," *SDT*, July 5, 1906; "Chinese Feud On Again," *CPD*, July 5, 1906; "Marked for Death," Grand Rapids Press, July 7, 1907; "Chinamen Shot in Philadelphia," Augusta Chronicle, July 8, 1907; "Chinatown Tongs Engage in Fight," Harrisburg Patriot, July 8, 1907.

8 "Battle of Rival Chinese Societies," Oswego Palladium, Aug. 3, 1907; Gong and Grant, Tong War!, 175–80; "More Arrests in Hep Sing Killing," *BH*, Aug. 4, 1907.

9 "Biggest Shake-Up in Police History," *NYT*, Oct. 26, 1906.

10 "War Cloud in Pell Street," *NYTR*, Aug. 4, 1907.

11 "No More Tong Wars Here for Mock Duck," *NYT*, Aug. 6, 1907.

12 "Mock Duck's Home Afire," *NYTGM*, Feb. 28, 1908; "Tenement Fire in Tong War," *NYT*, Feb. 28, 1908; "Smoking Out Mock Duck," *NYT*, Feb. 29, 1908; "Eight Fires Now at No. 42," *NYT*, March 9, 1908.

13 "Nine Chinese Guilty of Feud Murders," *NYT*, March 8, 1908; "Charles, the Vice Sleuth," *NYT*, March 9, 1908; "Two Chinese to Be Hanged," *NYT*, March 8, 1908.

14 "Police Guard Against Tong War," *NYT*, March 16, 1908.

15 "Murder in Tong War," *WP*, March 28, 1908; "Chinaman Killed in Street," *NYS*, March 28, 1908; "Boston Tong Trial Inspires Murder in

New York," BJ, March 28, 1908.

16 "Killed by Rival Tong," *NYTR*, March 28, 1908.

17 Leong, *Chinatown Inside Out*, 68–69, 80–81.

18 "G'long Now, Danny Riordan," *NYS*, Sept. 5, 1908; "Foley Gives Big Outing," *NYT*, Aug. 30, 1902.

19 "Mock Duck in Chicago," *NYS*, Oct. 9, 1907; "Undesirable Citizens," *Huntington Herald*, Oct. 8, 1907; "Wily Mock Duck, Fan-Tan King, Tells Why He Is Here," *DP*, Nov. 12, 1908; "Mock Duck, Old Denizen, Angry at 'Fake,'" *DP*, Nov. 19, 1908; "Mock Duck Leaves Denver Mysteriously," *DP*, Nov. 7, 1908; "Chinatown in Denver Sees Deadly War," *Salt Lake Telegram*, Nov. 20, 1908.

20 "Mock Duck Back A-glitter," *NYS*, May 24, 1909.

21 "Tom Lee Never Winked," *NYS*, Feb. 2, 1909.

第十一章

1 对西格尔谋杀案经过和影响的详尽而有启发性的描述，见 Lui, *Chinatown Trunk Mystery*。

2 "Find Miss Sigel Dead in Trunk," *NYT*, June 19, 1909; "Police Hunt in Washington," *NYT*, June 20, 1909; "Arrest Friend of Miss Sigel," *NYT*, June 20, 1909; "Chong Saw Ling Kill Sigel Girl," *NYT*, June 23, 1909; "Chong Admits Lying About Sigel Murder," *NYT*, June 24, 1909.

3 "Arrest Friend of Miss Sigel"; "Police Neglect, due to Mayor's Shakeup, Let Ling Get Away," *TT*, July 4, 1909.

4 "Chinese Merchants Ask for Protection," *NYT*, July 4, 1909.

5 "Says Ling Escaped in Cousin's Wagon," *NYT*, July 6, 1909.

6 "Minister Wu Joins Hunt," *NYT*, June 23, 1909; "Elsie Sigel's Death," *Montreal Globe*, June 23, 1909; "Chinese Freemasons," *NYT*, July 4, 1909; "Cunning of the East Beats Western Wit," *WT*, July 3, 1909; "Police Neglect, due to Mayor's Shakeup, Let Ling Get Away."

7 Lai, "Historical Development of the Chinese Consolidated Benevolent Association/*Huiguan* System," 31–32; James S. L. Jung, "A Concise History and Development of the Lung Kong Organization," Pan American Lung Kong Tin Yee Association Web site, accessed Aug. 4, 2015, http://www.palungkong.org/concise%20lk%20history.htm.

8 "Five Boston Chinamen Must Die in Chair," *DP*, July 3, 1909; "Tong War Threatened," *BS*, July 6, 1909.

9 "Says Ling Escaped in Cousin's Wagon"; "A 40-Course Chinese Banquet," *NYT*, July 12, 1909.

10 "Chinese Girl Murdered," *Watertown Daily Times*, Aug. 16, 1909; "Chinese Girl Slain in New York City," *Amsterdam Evening Recorder*, Aug. 16, 1909.

11 "Chinese Girl Murdered," *NYS*, Aug. 16, 1909.

12 "Chinese Girl Murdered," *Watertown Daily Times*, Aug. 16, 1909.

13 "Clue in Bloody Fingers," *SJ*, Aug. 16, 1909.

14 "Girl Murdered, Chinaman Held," *NYC*, Aug. 16, 1909; "Murder of Woman Puzzles Chinatown," *NYPR*, Aug. 16, 1909; "Suspect Chin Len," *Syracuse Herald*, Aug. 17, 1909.

15 "Chin Len Caught in Tangle of Stories," *Utica Observer*, Aug. 17, 1909; "Think Chin Len Killed Girl," *NYS*, Aug. 17, 1909; "Chin Len Bailed Out," *Utica Observer*, Aug. 18, 1909; "Says He Saw Man Murder Bow Kum," *WT*, Aug. 18, 1909.

16 "Bow Kum Laid to Rest," *NYC*, Aug. 20, 1909.

17 "Arrests in Chinatown Case," *NYP*, Aug. 20, 1909; "Chinamen Are Indicted," *SR*, Sept. 11, 1909.

18 "Arrests in Chinatown Case"; "May Be Murderers," *WS*, Aug. 20, 1909.

19 "Hatchet Men in Case," *BS*, Aug. 21, 1909.

20 "Aims at Tom Lee's Lieutenant but Hits Wrong Man," *NYS*, Sept. 14, 1909.

21 "Police Feast with Hip Sings," *NYS*, May 17, 1909; "Chinatown Going Fast," *NYTR*, July 12, 1909; "Captain Galvin Tired Out," *NYTR*, Aug. 25, 1909.

22 "Chinatown Wrecks Galvin," *NYPR*, Aug. 25, 1909; "Captain Galvin Tired Out."

23 "Hostile Tongs Prepare for War," *NYT*, Sept. 15, 1909; "Gun Play in Mott Street," *NYTR*, Sept. 13, 1909; "Human Target for Tong War Practice," *NYPR*, Sept. 13, 1909; "Fearing Tong War, Arrest 19 Chinese in Raid," *NYTGM*, Sept. 14, 1909.

24 "Three Chinese Tong Murderers Killed in Chair," *NYTGM*, Oct. 12, 1909.

25 "New Chinatown Warfare," *NYP*, Nov. 6, 1909.

26 "Marked for Death by Chinese Tongs," *NYT*, Nov. 17, 1909.

27 "Gotham Chinese Make Odd Move; Trouble Feared," *New Orleans Item*, Nov. 26, 1909; "Tong Expulsion Not Real," *NYS*, Nov. 25, 1909; "It All Began with Bow Kum," *NYS*, Dec. 29, 1909.

28 "Deadly Tong War Claims Two More New York Victims," *Salt Lake Telegram*, Dec. 28, 1909; "New York Trying to Prevent Tong Outbreak," *Deseret Evening News*, Dec. 28, 1909.

29 "Chinese Killed Were to Testify at Murder Trial"; "Tong War Is Renewed," *Marion Daily Mirror*, Dec. 30, 1909.

30 "Police Hold Chinese Woman as Witness in Tong Murder," *NYTGM*, Dec. 30, 1909.

31 "Chinese Clown Acts While He Knows Highbinders Are Waiting to Kill Him," *NYH*, Dec. 31, 1909.

32 "Ah Hoon's Death Warning," *NYP*, Dec. 30, 1909; "Police Trying to Stop Tong Fight in New York," *Cincinnati Post*, Dec. 30, 1909; "Tong War Closes Theater," *NYS*, Dec. 30, 1909.

33 媒体第一次提到多也街的"血腥角"是在 "His Fourth Attempt to Die," *NYT*, Dec. 25, 1910。

34 "War of the Tongs Breaks Out Afresh."

35 "Tongs United to Fight On Leong," *Detroit Free Press*, Jan. 4, 1910.

36 "Mock Duck at Bow Kum Trial," *BH*, Jan. 5, 1910; "Mock Duck Comes to Denver," *DP*, Sept. 5, 1909; "40-Course Chinese Banquet."

37 "Chinese Murder Trial," *BDE*, Jan. 4, 1910.

38 "Bow Kum Trial On," *NYC*, Jan. 6, 1910; "Accuse Witness on Stand of Slaying Girl," *NYH*, Jan. 6, 1910; "A Chinese Love Tragedy," *BA*, Jan. 6, 1910.

39 "Bow Kum's Man Is Grilled," *NYS*, Jan. 6, 1910.

40 "Bow Kum Case In," *NYTR*, Jan. 7, 1910; "Heard Two Chinamen Make Death Threat," *Pawtucket Times*, Jan. 7, 1910; "The Two Laus May Go Free," *NYS*, Jan. 7, 1910.

41 "Chinese on Stand," *NYTR*, Jan. 8, 1910; "Chinese Trail Still Blind," *NYS*, Jan. 8, 1910.

42 "Acquit Chinamen of Killing Bow Kum," *NYT*, Jan. 11, 1910.

43 "Two Chinese Freed," *NYTR*, Jan. 11, 1910.

44 "Shot in the Back in Chinatown Feud," *NYT*, Jan. 24, 1910; "Chinese Kills a Japanese," *NYS*, Jan. 24, 1910.

45 "Chinese Entertain," *NYTR*, Feb. 22, 1910.

46 "On Leongs Very Peaceful," *NYS*, Feb. 22, 1910.

47 "Chinese New Year Dinner," *NYT*, Feb. 28, 1910.

48 "Items of Interest from Busy Gotham," *SFC*, April 18, 1910.

49 "Killed in Tong War," *NYTR*, April 11, 1910.

50 "Chinaman Slain in Tong Outbreak," *WH*, April 11, 1910; "New Head Detective M'Cafferty Is Out," *NYT*, April 1, 1910; "Big Crowd at Galvin's Funeral," *NYTR*, Sept. 2, 1910.

51 "Bloody Tong War May Sweep East," *Niagara Falls Gazette*, April 11, 1910; "War over Slain Girl Costs Lives of Six," *Salt Lake Herald-Republican*, April 11, 1910; "War of Tongs Fatal to Five in Two Cities," *Syracuse Post-Standard*, April 11, 1910; "Chinatown Going Fast"; "It All Began with Bow Kum."

52 "Another Chinaman Shot in Tong War," *NYT*, April 13, 1910.

53 "Tong War in New York," *Salt Lake Herald-Republican*, April 13, 1910; "Judge as Tong Arbiter," *NYTR*, April 14, 1910.

54 "Peace Envoy in Chinatown," *NYT*, April 15, 1910; "Chinese Envoy Steps In," *NYTR*, April 19, 1910.

55 "Peace Again in Chinatown," *NYPR*, April 22, 1910; "Treaty to End Tong War," *NYT*, April 22, 1910; "Tong Peace to Be Signed," *NYS*, April 22, 1910; "No Peace Yet of the Tongs," *NYS*, April 23, 1910; "Chinese Tongs to Fight Some More," *Detroit Free Press*, April 23, 1910.

56 "Tong War Goes On; Mediation Fails," *NYT*, April 23, 1910.

57 "Bingham Shakes Up Police Again," *NYT*, Nov. 7, 1907; "Old Tom Lee Balks Efforts at Peace," *WT*, April 23, 1910; "Tong War Goes On."

58 "Big Bill Working on Chinese Puzzle," *WT*, May 4, 1910; "Two Tongs Within a Tong," *NYS*, May 2, 1910.

59　"Chu Hen Acquitted of Murder," *NYS*, June 10, 1910; "One Dead, One Dying in Chinese Shooting," *NYTR*, June 27, 1910.

60　"Three Shot Down in Chinese Feud," *NYC*, June 27, 1910.

61　"War Under Big Bill's Nose," *NYS*, June 27, 1910; "Four Brothers Man Slain, Two Mortally Wounded When the On Leongs Open Fire on Deadly Enemies," *NYH*, June 27, 1910.

62　"Chinaman Crosses Dead Line and Dies," *Pawtucket Times*, Aug. 17, 1910; "Chinamen Held for Coroner," *NYTR*, Aug. 18, 1910; "Another Chinese Murder," *Harrisburg Patriot*, Aug. 17, 1910; "Tong War Expected," *BS*, Aug. 18, 1910; "Tong War Again Breaks One Victim in New York," *MT*, Aug. 21, 1910.

63　"The Tongs at War Again," *NYTR*, July 28, 1910.

64　"Peace of Tongs Only Temporary, Chinese Assert," *NYW*, Dec. 20, 1910.

65　"Tongs Sign Peace Pact," *NYTR*, Dec. 30, 1910; "Chinese Sign a Treaty of Peace," *Evening Standard*, Dec. 30, 1910; "Chinese Tongs End Their War," *Daily Capital Journal*, Dec. 30, 1910; "Tongs and the Wars They Waged in the Palmy Days of Chinatown," *NYS*, Aug. 10, 1919.

66　"Chinese Hold a Love Feast," *NYTR*, Jan. 1, 1911.

67　Lin, *My Country and My People*, 190–191.

68　Leong, *Chinatown Inside Out*, 76.

第十二章

1　"Opium Raids in Tenderloin," *NYS*, Jan. 26, 1911; "Letters, &c., from Opium Dens," *NYS*, Jan. 27, 1911.

2　"Rooting Out the Evil"; "Opium Smokers Arrested," *NYT*, Aug. 11, 1899.

3　"Opium Raids in Tenderloin"; "Letters, &c., from Opium Dens."

4　"Alleged Opium Chief Held," *WP*, Jan. 31, 1911; "Henkel Nabs Charley Boston," *NYTR*, Jan. 31, 1911; "Hold Chinaman as Head of Opium Ring," *NYT*, Jan. 31, 1911.

5　"Peace Treaty of Tongs in Danger," *Pittston Gazette*, Feb. 1, 1911; "Charley Boston Indicted," *BA*, Feb. 21, 1911.

6　"The Tongs at War," *Honesdale Citizen*, Feb. 3, 1911; "Opium King's Arrest Cause of Tong War," *NYS*, Jan. 7, 1912.

7　"Tong Aided Slayer Elsie Siegel Escape," *MT*, Feb. 12, 1911.

8　盖纳市长对警察局采取的措施，详见 Johnson, *Street Justice*, 100–107.

9　"Gambling Revival Blamed on Gaynor," *NYT*, Sept. 29, 1914; "Gaynor Throws Out Plain-Clothes Men," *NYT*, June 22, 1910; "Mayor Gaynor's Career," *BS*, Aug. 10, 1910.

10　"High Honors for Chu Tom," *NYS*, Feb. 20, 1911; "Chinatown's Tongs Raise Peace Banner," *NYH*, April 4, 1911; "Chinese Dragon on Parade," *NYS*, April 9, 1911; "Day of Amity in Chinatown," *NYS*,

July 5, 1911.

11 Gong and Grant, *Tong War!*, 203; "New Tong War Element," *NYTR*, Aug. 4, 1912; Van Norden, *Who's Who of the Chinese in New York*, 91; "Shot by Old Enemy," *WS*, March 13, 1911; "Sing Dock Mortally Shot," *NYTR*, March 13, 1911.

12 "Charley Boston Case Takes Officials East," *Gazette Times*, Dec. 12, 1911; "Sale of Opium Is Admitted by Boston," *Gazette Times*, Dec. 13, 1911.

13 "Boston Pleads Guilty," *NYTR*, Dec. 13, 1911.

14 "Chinese Here Bury Hatchet," *NYTR*, Dec. 13, 1911.

15 "Hankow Is Bombarded," *Springfield Daily News*, Jan. 1, 1912; "Chinese Cheer Republic," *NYTR*, Jan. 2, 1912.

16 "Chinese Tongs in Bloody Encounter," *North Tonawanda Evening News*, Jan. 6, 1912.

17 "One Dead, One Dying in Tong Feud," *NYH*, Jan. 6, 1912.

18 "One Dead, One Dying in Tong War Raid," *NYS*, Jan. 6, 1912.

19 "Chinese Tong War Denied," *BS*, Jan. 7, 1912; "Two Chinese Held on Murder Charge," *NYH*, Jan. 7, 1912.

20 "Opium King's Arrest Cause of Tong War."

21 "Axe Men Invade Chinatown," *NYT*, Jan. 10, 1912; "Gamblers Captured in Chinatown Raid," *NYS*, Jan. 10, 1912; "Masked Chinaman Led Police Raid," *NYH*, Jan. 10, 1912; "Raid 20 Chinese Gambling Resorts," *NYTR*, Jan. 10, 1912.

22 "Hip Sing Boys Attack Men in Raid; Two Shot," *NYS*, Feb. 28, 1912; "Two Chinamen Shot in a Tong Battle," *NYT*, Feb. 28, 1912.

23 "Fusillade in Chinatown," *NYT*, March 13, 1912.

24 "Court Gets Lesson on Chinese Policy Game," *NYS*, June 7, 1912; "Mock Duck on Trial," *NYTR*, June 7, 1912; "Try Mock Duck on Policy Charge," *NYH*, June 7, 1912.

25 The Honorable Edward Swann Jr., Pre-sentencing Remarks, Court of General Sessions of the Peace of the City and County of New York, Part IV in the case of the *People of the State of New York v. Mock Duck*, Lloyd Sealy Library, John Jay College, June 6, 1912.

26 "Mock Duck Escapes Again," *NYP*, July 6, 1912; "Mock Duck to Appeal," *BDE*, July 6, 1912; "Mock Duck Wins a Point," *NYS*, July 7, 1912; "Mock Duck Going Home," *NYS*, July 12, 1912.

27 Gong and Grant, *Tong War!*, 13, 206.

28 "Riddled Yu Toy from Pell Street Doorway," *NYS*, June 18, 1912.

29 "New Tong War Element"; Van Norden, *Who's Who of the Chinese in New York*, 91; "Tongs to Reward Gun Man," *NYTR*, June 19, 1912.

30 "Chinese Bomb Timed to Kill Packed Tong," *NYT*, June 24, 1912.

31 "Chinatown Shaken by Another Bomb as Feud Re-opens," *NYW*, July 1, 1912.

32 "They're After Big Lou, Head of the On Leong," *NYS*, July 2, 1912; Gong and Grant, *Tong War!*, 191–193.

33 "They're After Big Lou, Head of the On Leong." 这里的 "华商协会" 显

然指安良堂，龚老金是其秘书长。通缉令最后的地址是错误的，安良堂位于勿街 14 号，而非 24 号。

34 "Hip Sing Gun Man Slain in His Bunk," *NYH*, July 15, 1912; "Mock Duck Dealer Slain in His Bunk," *NYT*, July 15, 1912.

35 "Shot Dead in Chinese Feud," *NYT*, July 27, 1912.

36 "9 Years for Tong Shooting," *NYT*, May 29, 1906.

37 "Four Slain and Eleven Wounded in Chinatown Battle," *NYH*, Oct. 15, 1912; "Four Dead in Street in Chinatown Battle," *NYS*, Oct. 15, 1912; "Death List Now Has Total of Five," *NYW*, Oct. 15, 1912; "Chinese Gunmen Held," *NYS*, Oct. 16, 1912.

38 "Four Dead in Street in Chinatown Battle."

39 "Chinaman Found Guilty of Murder in War of Tongs," *NYW*, Dec. 7, 1912; "Chinaman Guilty of First Degree Murder," *NYS*, Dec. 8, 1912.

40 "Seek Opium, Find Firearms," *NYH*, Dec. 8, 1912; "Chinaman Guilty of First Degree Murder."

41 "Chair for Chinaman; First Case in 30 Years," *NYC*, Dec. 14, 1912; "Chinese Murderer Sentenced," *NYTR*, Jan. 23, 1913.

42 "Chinese Couple Married," *SR*, Jan. 17, 1913; Ancestry.com, "Massachusetts, Marriage Records, 1840–1915," accessed Aug. 4, 2015, http://search.ancestry.com/search/db.aspx?dbid=2511.

43 FamilySearch.org, "Ohio, County Marriages, 1790–1950," accessed Aug. 4, 2015, https://familysearch.org/.

44 "Chinese Tongs End War," *NYT*, May 22, 1913.

45 "Chinese Tongmen Sign 'Peace Forever' Treaty," *NYTR*, May 29, 1913.

46 "Chinatown Signs Treaty of Peace Among All Tongs," *NYW*, May 28, 1913.

47 "Sign Chinatown Peace Pact," *NYS*, May 29, 1913; "Paint Brush and Steel Pen Bring Tong War to End," *IS*, May 29, 1913.

48 "Sketches at Love Feast," *NYW*, June 13, 1913; "Chinese Tong Men See Millennium in Peace Banquet," *NYW*, June 13, 1913.

49 "Call Tong Truce a Blind"; "Peace Irks Tongs: War Likely in Chinatown," *NYTR*, May 31, 1913.

50 "Police Distrustful of Chinatown Peace," *NYS*, May 31, 1913.

第十三章

1 "Mitchel Again Asks for Baker's Head," *NYT*, Oct. 4, 1910; "Mayor Drops Police Heads; New Men In," *NYT*, Oct. 21, 1910; "Waldo in the Lead for Police Head," *NYT*, May 22, 1911; Bernard Whalen and Jon Whalen, *The NYPD's First Fifty Years: Politicians, Police Commissioners, and Patrolmen* (Lincoln, Neb.: Potomac Books, 2014), 67–70.

2 "Gaynor Puts Waldo in Cropsey's Place," *NYT*, May 24, 1911.

3 "Strong Arm Squad a Terror to Gangs of New York," *NYT*, Aug. 20,

1911; "Whitman Openly Says Police Let Gunmen Escape," *NYT*, Aug. 22, 1912.

4 "Inspectors Underpaid," *DPP*, Aug. 20, 1912; "Find Underpay Creates Graft," *DPP*, March 10, 1913.

5 "Gaynor Puts Waldo in Cropsey's Place," *NYT*, May 24, 1911. "Waldo Gives Record of 13 Sam Paul Raids," *NYS*, Aug. 6, 1912; "Vice Haunt Owners," *NYT*, Aug. 28, 1912; "Gambler Who Defied Police Is Shot Dead," *NYT*, July 16, 1912.

6 "Houses Used for Gambling and Names of Owners," *NYTR*, Aug. 28, 1913.

7 "Chinatown to Stop Its Own Gambling," *NYTR*, Aug. 2, 1913; "Chinese Traders to Fight Gambling," *NYT*, Aug. 2, 1913; "Chinese Merchants Name Tong Gamblers," *NYS*, Aug. 2, 1913.

8 "Lid Not to Lift While Waldo Stays," *NYS*, Sept. 27, 1913.

9 "Nice Day Says Tom Lee; Have Cup Tea?," *NYTR*, April 30, 1916.

10 "Waldo Suspends a Chinatown Captain," *NYS*, Sept. 26, 1913; "Lid Not to Lift While Waldo Stays"; "Raid Leads to Changes," *NYTR*, Oct. 2, 1913.

11 "Riley Makes Raid Alone," *NYW*, Oct. 3, 1913; "Capt. Riley Raids Chinatown Alone," *NYT*, Oct. 5, 1913.

12 "Chinatown Cleanup Too Much for Riley," *NYTR*, Nov. 10, 1913; "Captain Riley's Respite at Richmond Hill," *NYW*, Nov. 12, 1913; "Say Ex-capt. Riley Took $1,000 Bribe," *NYT*, Dec. 3, 1913; "Riley Charge Dropped," *NYTR*, Nov. 28, 1914.

13 "Chinese to Die for Murder," *Bismarck Daily Tribune*, March 23, 1913; "Captain of Death House," *Keowee Courier*, Sept. 3, 1913.

14 "Dictograph Records Tong War Evidence," *NYS*, Nov. 27, 1913.

15 "Girl Braves Tong to Save Chinese," *NYTR*, Oct. 6, 1914.

16 Opinion of the Court of General Sessions of the Peace of the City and County of New York in the case of the *People v. Eng Hing and Lee Dock*, Oct. 28, 1914, Executive Clemency and Pardon Case Files for Eng Hing and Lee Dock, Records of the Department of Correctional Services, New York State Archives, Series A0597-78, box 91, folder 27.

17 "Tong Men Cheat Little Green Door at Eleventh Hour," *NYW*, Oct. 31, 1914.

18 Motion for a New Trial on Newly Discovered Evidence, Court of General Sessions of the Peace of the City and County of New York in the case of the *People v. Eng Hing and Lee Dock*, Jan. 28, 1915, Executive Clemency and Pardon Case Files for Eng Hing and Lee Dock, Records of the Department of Correctional Services, New York State Archives, Series A0597-78, box 91, folder 27.

19 "Two Chinese Gunmen Are Electrocuted," *Elkhart Truth*, Feb. 5, 1915.

20 "Kline Ousts Waldo; Calls Him Childish," *NYT*, Jan. 1, 1914.

21 "Raid Tong Headquarters," *NYT*, Feb. 20, 1914.

22 "Ban on Fan Tan Routs Chinamen," *NYTR*, Feb. 1, 1914; "Chinatown Vanishing," *Duluth Herald*, July 9, 1915; "New York's Chinatown

Annexed to the United States," *NYS*, Feb. 8, 1914.

23 "Old Tom Lee Mourns; Chinatown 'Velly Dull,'" *NYTR*, Feb. 5, 1915.

24 "Chinese Rebel, Ask That Court Keep Police Off," *NYTGM*, April 13, 1915; "Appellate Court Decisions," *NYS*, June 26, 1915.

25 "Chinaman Asks Police Curb," *NYS*, Oct. 13, 1915; "Chinaman Asks Injunction," *NYT*, Oct. 13, 1915; "Chinese Denied Injunction," *NYPR*, Oct. 17, 1915.

26 "Too Many Police, Chinatown Plaint," *NYT*, Oct. 23, 1915.

27 "Gin Gum Dies in Bed After Stormy Life," *NYS*, April 21, 1915; "Gin Gum's Funeral Brings Tong Peace," *NYT*, April 25, 1915; "Tongs at Peace at Jim Gun's Bier," *NYH*, April 25, 1915.

28 "Tom Lee's Son Back as Chinese Official," *WT*, Jan. 23, 1914; "Pell Street Boy Here as Official," *WH*, Jan. 4, 1914; *Who's Who in China: Biographies of Chinese Leaders* (Shanghai: China Weekly Review, 1936), 136–137.

29 "Arousing Interest of Chinese in America's Liberty Loan," *Greensboro Daily Record*, May 21, 1916.

30 "Tom Lee, Mayor of Chinatown, Dies"; "On Leong Chieftain Dies Quietly in Bed," *NYTR*, Jan. 11, 1918; "Chinatown Chief's Body Lies in State," *NYTR*, Jan. 14, 1918; "Chinatown to Bury Mayor with Honor," *NYS*, Jan. 14, 1918; "Chinatown's Patriarch Buried, Soul Commended by 2 Faiths," *NYTR*, Jan. 15, 1918.

31 "What Goes On in Gotham Now," *Riverside Enterprise*, Jan. 30, 1918.

32 "Woods Reviews His Police Work," *NYT*, Dec. 28, 1917.

33 Tsai, *Chinese Experience in America*, 97.

34 "Chinese Leaders Buy Bonds While Tongmen Enlist," *Salt Lake Telegram*, April 27, 1918; "Arousing Interest of Chinese in America's Liberty Loan"; "Back the Fighting Lad with the Fighting Loan," *NYW*, April 26, 1918.

35 "Chinatown Forgets Feuds to Arrange Soldiers' Welcome," *NYTR*, April 14, 1919; "Chinese Leaders Buy Bonds While Tongmen Enlist"; *History of the Seventy-seventh Division, August 25th, 1917, November 11th, 1918* (New York: Seventy-seventh Division Association, 1919), 44.

36 "Rival Tongs Join in Fete," *KCS*, Oct. 2, 1921; "2, 000 Chinese Arrive to Open Club House," *NYW*, Sept. 30, 1921; "2 Chinese Held as Assassins of Tong Leader," *NYTR*, Aug. 9, 1922; "Chinatown Mourns Death of Dr. Fung, Tong Chief," *NYW*, July 12, 1922.

37 "'Chair' Makes Good Chinese; Tong Wars End," *Riverside Enterprise*, Feb. 14, 1922.

38 "Police Fear Tong War Is on as Head of Hip Sing Is Shot," *NYW*, Aug. 8, 1922; "Tong Leader and Woman Shot in Feud," *NYTR*, Aug. 8, 1922; "2 Chinese Held as Assassins of Tong Leader," *NYTR*, Aug. 9, 1922.

39 "Tong Leader and Woman Shot in Feud," *NYTR*, Aug. 8, 1922; "Tong War On," *NYT*, Aug. 8, 1922.

40 "2 Chinese Held as Assassins of Tong Leader"; "Identify Tom Yee as Man Who Shot President Ko Low," *NYW*, Aug. 9, 1922.

41 "Ko Low to Be Buried with Christian Service," *NYTR*, Aug. 12, 1922; "Chinese Tong Leader Buried," *Boston Globe*, Aug. 14, 1922; "Tongs

Arbitrate Ko Low Crime at Peace Table," *NYTR*, Aug. 15, 1922.

42 "New York Police Seize Many Guns; Tong War Feared," *Anaconda Standard*, Dec. 2, 1922; "Tong War Nipped by Arms Seizure," *PI*, Dec. 2, 1922.

第十四章

1 "500 Chinese Here from 20 Cities to Attend Convention"; "Hip Sings Meeting," *Bellingham Herald*, Sept. 27, 1926; "Tong Men Meet in Parley Here," *Spokesman-Review*, Sept. 19, 1924.

2 Gong and Grant, *Tong War!*, 250–51.

3 Ibid., 247–255; "Tong of Chinese Merchants Will Meet Here Next Week," *WP*, Aug. 27, 1924; "Arrest Chinese, Blame Rivalries in Tong Shootings," *CPD*, May 30, 1924.

4 "Freed of Tong Death Threat," *CPD*, Aug. 28, 1924.

5 Gong and Grant, *Tong War!*, 253–54.

6 "Steps Taken to Prevent More Chinese Trouble," *Biloxi Daily Herald*, Oct. 9, 1924; "New York Slaying," *Rockford Morning Star*, Oct. 12, 1924; "Tong War Brings Second Slaying," *CT*, Oct. 12, 1924; "Dayton Chinese Slain in Tong Feud," *CPD*, Oct. 12, 1924; "Tong War Worries Police of Big Cities," *Rockford Republican*, Oct. 13, 1924; "Eastern Tong Killings Stir Up Police Here," *CT*, Oct. 15, 1924; "Another Chinese Slain by Tongs," *NYS*, Oct. 13, 1924; "Mexico Scene of Fatal Tong Feud," *CPD*, Oct. 22, 1924.

7 "Seize Tong Man; Find He's Also Deputy Sheriff," *CT*, Oct. 16, 1924; "Mysteries on Tong War," *Biloxi Herald*, Nov. 4, 1924; "Chin Jack Lam Jailed When Caught Armed," *SJ*, Oct. 16, 1924.

8 "Fifth Chinese Slain in Tong Feud Here," *NYT*, Oct. 17, 1924; "Tong Hatchetmen Believed Slayers of Elderly Chinese," *BDS*, Oct. 18, 1924; "Tong Seeks Release of Murder Suspect," *BDE*, Nov. 8, 1924; "Chinese Tells Court He Was Offered $500 to Kill Corona Man," *BDS*, Nov. 11, 1924.

9 "Warring Chinese Sign Armistice Ending Tong War," *San Diego Union*, Oct. 31, 1924; "New Tong Murder Halts Peace Talk," *TT*, Oct. 30, 1924; "Tong Murder Prelude to an Armistice," *CT*, Oct. 31, 1924.

10 "Seize Tong Leader as Cause of War," *NYT*, Nov. 10, 1924; "Peace Treaty of Tongs Extended," *CPD*, Nov. 13, 1924.

11 "Chinese Dies After Voyage in a Box," *NYT*, Oct. 27, 1924; "Smuggled Suspects Tong Feud Recruits According to Police," *Tampa Tribune*, Oct. 29, 1924; "Peace Is Expected in Tong War Here," *NYT*, Oct. 30, 1924.

12 "Tear Bombs Seized in Raid on Chinese," *NYT*, Oct. 29, 1924; "Chinese Waiter Taken with Bomb," *BH*, Oct. 29, 1924.

13 "Rev. Lee Tow Dies, Chinatown Mourns," *NYT*, Nov. 24, 1924.

14 "Police Guard Chinese Shops to Avert Tong War," *CT*, Nov. 27, 1924;

"Two Chinese Murdered at Hartford," *SR*, Nov. 27, 1924; "Truce of Tongs Broken Ere It Officially Ends," *CPD*, Nov. 28, 1924; "Seven Slain as Truce of Tongmen Ends," *PI*, Nov. 29, 1924.

15 "Takes Chinese to New York," *CPD*, Nov. 28, 1924; "Tong Strife in New York Rages Again," *Buffalo Morning Express*, Nov. 29, 1924.

16 "Police Ready to Foil New Tong Shootings," *NYP*, Dec. 7, 1924; "Tongs Appeal to N.Y. Police," *BH*, Nov. 30, 1924.

17 "7 Chinese Guilty in Tong Case," *CPD*, Dec. 13, 1924; "Chin Jack Lem on Way to Cleveland," *CPD*, Dec. 19, 1924; "Chin Jack Freed on $15, 000 Bond," *CPD*, Dec. 21, 1924.

18 "Murder Price List Established in Tong Warfare," *Queens Daily Star*, Feb. 12, 1925.

19 "Chin Jack Guilty; Armistice in Tong War Is Forecast," *CPD*, Feb. 19, 1925; "Chin Jack Off to Pen," *CPD*, Feb. 24, 1925.

20 "Gashed by Cleaver in Tong War," *NYS*, March 3, 1925; "Killing May Mean Tong War Resumed," *SR*, March 23, 1925; "Convict Tong Leader; Means End of 'War,'" *WP*, Feb. 19, 1925; "County-Wide Tong War Ends as Rival Leaders Sign Truce," *Buffalo Courier*, March 27, 1925.

21 "County-Wide Tong War Ends as Rival Leaders Sign Truce"; "Tong Peace Signed, Chinatown Happy," *NYT*, March 27, 1925.

22 "Tongs on Verge of Peace Pact," *BH*, Sept. 6, 1925; "Last Honors for Lee Kue Ying," *NYS*, Aug. 24, 1925; "Three Wounded in Tong Fight," *SR*, Aug. 25, 1925; "Tong War Renewal Seen in Killing," *NYT*, Aug. 25, 1925; "Chinese Tongs Renew Strife in Five Cities," *NYS*, Aug. 25, 1925; "Eastern Cities See Renewal of Tong Warfare," *IS*, Aug. 26, 1925.

23 "Boston Tong Fight Brings New Warfare," *SR*, Aug. 26, 1925; "3 Chinese Killed in New Outbreak of Rival Tongs," *Queens Daily Star*, Aug. 25, 1925; "Tong War Renewal Seen in Killing."

24 "Fifth Chinese Slain in War of Tongs," *NYP*, Aug. 26, 1925; "Tong War Claims Its 5th Victim; Scores Arrested," *BDE*, Aug. 26, 1925; "Tong War Spreads into Five States," *NYT*, Aug. 26, 1925.

25 "Tongs in Peace Talk, One More Is Killed," *NYT*, Aug. 27, 1925.

26 "Call Leader of Tong to End War," *SDT*, Aug. 28, 1925; Soohoo, *Wo Tonghen Meidi*, 39–47.

27 "Tong Men to Call on Pecora Today," *NYT*, Aug. 28, 1925; "Banton Lines Up Tong Leaders," *NYS*, Aug. 29, 1925; "Rival Tong Chiefs Agree on a Truce," *NYT*, Aug. 29, 1925; "Tong Officers Pledge Peace," *CPD*, Sept. 1, 1925; "Tong Forces Call Meeting to Make Universal Peace," *Kingsport Times*, Sept. 2, 1925.

28 "Tongs to Sign New Peace Pact," *Boston Globe*, Sept. 1, 1925; "Chinese Slain, Peace Broken," *CPD*, Sept. 3, 1925; "Tong Peace Broken by a Shooting Here," *NYT*, Sept. 3, 1925; "One More Is Killed in Tong War Here," *NYT*, Sept. 4, 1925.

29 "Plan Swift Justice for Tong Killers," *NYT*, Sept. 5, 1925; "Tongs Are

Warned Killings Must Stop," *NYT*, Sept. 9, 1925.

30 "Demands Tong Truce," *NYP*, Sept. 8, 1925; "Tong Chieftains Called on Carpet," *CPD*, Sept. 9, 1925.

31 "Two Killed as Dread Chinese Gunmen Act," *SJ*, Sept. 10, 1925.

32 "Murder Indictment in Tong Outbreak," *NYT*, Sept. 11, 1925; "Tong Leaders Are Released in New York," *CPD*, Sept. 11, 1925.

33 "Murder Indictment in Tong Outbreak"; "Tongs Are Warned Killings Must Stop."

34 "200 Chinese Arrested Here in Federal Raids," *NYS*, Sept. 12, 1925; "Federal Drive on to End War of Tongs," *NYT*, Sept. 13, 1925; "U.S. Lands Chinese Who Began Last War," *NYP*, Sept. 12, 1925; "40 Chinese Seized; 1 Picked as Killer in New Tong War," *BDE*, Sept. 12, 1925.

35 "134 Chinese Taken in Raid Here to Be Deported by Government," *NYS*, Sept. 15, 1925; "134 Chinese in Tombs After U.S. Tong Raid Await Deportation," *NYP*, Sept. 15, 1925; "450 Chinese Seized, Tong Peace Signed," *NYT*, Sept. 15, 1925.

36 "On Leong Tong Member Is Murdered in His Laundry," *North Tonawanda Evening News*, Sept. 18, 1925; "New Tong Murders; 500 Chinese Seized," *NYT*, Sept. 19, 1925; Inmate Record of Jung Fung, Sing Sing Prison, Series B0143, Sing Sing Prison Inmate Admission Registers, 1842–1852, 1865–1971, New York State Archives.

37 "Chinese Is Slain as Truce Is Signed," *NYS*, Sept. 18, 1925.

38 "72 More Chinese Here Ordered Deported," *NYS*, Sept. 19, 1925; "Raids Net 400 More Chinese; To Deport 72," *BDE*, Sept. 19, 1925; "New Tong Murders; 500 Chinese Seized."

39 "U.S. Raiders Arrest 354 in Tong Roundup; To Deport 74 More," *NYP*, Sept. 19, 1925; "72 Chinese Held for Deportation," *PI*, Sept. 20, 1925.

40 " 'Real Peace' in New York," *BH*, Sept. 22, 1925; "Warring Tongs Sign 'Eternal' Peace Pact," *NYP*, Sept. 22, 1925.

41 "Federal Tong Probe Asked by Hip Sings," *NYP*, Sept. 25, 1925; "Hip Sing Tong Asks Trade War Probe," *WS*, Sept. 25, 1925; "Mask Off at Last in Tong Wars Among U.S. Chinese," *St. Petersburg Independent*, Sept. 26, 1925.

42 "Federal Tong Probe Asked by Hip Sings."

43 "Rival Tongs at Peace Dinner Agree to 'Bury the Hatchet,' " *BDE*, Oct. 15, 1925; "Tongs Have Peace Dinner," *NYT*, Oct. 15, 1925.

44 "5 Slain, 3 Shot as Tongs Renew War in 6 Cities," *BDE*, March 24, 1927.

45 "Extortion Called Basis of Tong War," *NYP*, March 25, 1927.

46 "Tong Chiefs Order Slaying Stopped; Two More Killed," *BDE*, March 26, 1927; "Tong Leaders Warn Fellows of No Warfare," *Canton Repository*, March 26, 1927.

47 "Warring Tongs Announce Truce," *IS*, March 27, 1927.

48 "New York Day by Day," *Lexington Leader*, Aug. 30, 1927.

49 "Tongman Is Killed in Laundry Attack," *NYP*, Oct. 19, 1928; "Chinese

Succumbs to Feud Wound," *BDE*, Oct. 19, 1928; "Tong Strife Ends," *Bellingham Herald*, Oct. 26, 1928.

50 "Chicago Police Patrol Chinatown," *Edwardsville Intelligencer*, Aug. 5, 1929; "Chicagoans Fear New Tong Clash," *MT*, Aug. 5, 1929; "Fear Serious Tong Outbreaks," *Richmond Times Dispatch*, Aug. 5, 1929; "Chinese Chiefs Have Orders to Stop," *Bellingham Herald*, Aug. 5, 1929; "Guns Roar, Tong War Spreading in East," *SDT*, Aug. 5, 1929; "Tuttle Threatens Chinese Roundup," *NYP*, Aug. 6, 1929.

51 "Two Wounded as Tong War Reaches City," *BSU*, Aug. 5, 1929; "Chinatown Raids On Today Unless Tongs Quit War," *BDE*, Aug. 6, 1929; "Tuttle Threatens Chinese Roundup."

52 "A New Peace Treaty," *Lexington Herald*, Aug. 7, 1929; "Tongs Sign New Treaty Early Today," *Baton Rouge Advocate*, Aug. 7, 1929.

53 "Chicago Tongman Critically Wounded," *SR*, Aug. 7, 1929; "New York Armistice Has No Effect on Rivals Here," *BH*, Aug. 7, 1929; "Chinatown Raid Amuses Crowds," *BH*, Aug. 8, 1929; "Stabbing Follows Tong Peace Pact," *NYP*, Aug. 13, 1929.

第十五章

1 Song, *Shaping and Reshaping Chinese American Identity*, 50; "Tongs of Chinatown United by Necessities of Relief," *CSM*, July 12, 1932; Tsai, *Chinese Experience in America*, 108–109.

2 "Tongs of Chinatown United by Necessities of Relief"; "Bowery Now at Odds on Winter Breadlines," *BDE*, Aug. 6, 1931.

3 "Let's Think This Over," *Augusta Chronicle*, May 27, 1932.

4 "Chinatown's Patriarch Buried, Soul Commended by 2 Faiths"; "Brewing Chinatown Tong War May Dethrone Charley Boston," *NYTR*, May 21, 1921; "Chinatown to Bury Boston on Sunday," *NYP*, Jan. 7, 1930; "About Burying Charlie Boston," *NYS*, Jan. 8, 1930.

5 "Charlie Boston Finally Buried," *NYS*, Jan. 13, 1930.

6 Harry R. Sisson to Chinese Inspector in Charge, New York, Feb. 21, 1927, and Deposition of Wong Gett before Immigration Inspector P. A. Donahue, March 1, 1927, in Chinese Exclusion Act Case File for Wong Gett, Record Group 85, box 325, Case Nos. 95, 580, Immigration and Naturalization Service, National Archives and Records Administration—Northeast Region, New York; "Tongs Sign New Peace Pact," *NYS*, June 7, 1930.

7 "Murder Charges to Two Chinese," *SR*, Feb. 13, 1930; "Hostile Tongs Bar Census of 500 Chinese in Newark," *NYP*, April 18, 1930; "Raid Chinatown After Rumor of Tong Wars," *CT*, May 19, 1930; "Chicago's War of Gangsters Goes Oriental," *Seattle Times*, June 5, 1930; "Outbreak of Tong War in New York Feared Following Rumors of Strife Among Chinese in the Middle West," *Bellingham Herald*, June 5, 1930;

"Brooklyn Chinese Shot Dead," *NYS*, June 6, 1930.

8 "Brooklyn Chinese Shot Dead."

9 "Two Heads Hunted, Two More Die Here," *NYT*, June 7, 1930; "Chinatown War Still Going On," *MT*, June 7, 1930; "Tong Toll Now 6; Peace Parley On," *NYP*, June 7, 1930.

10 "Tongs Sign New Peace Pact"; "Another Chinese Is Shot to Death," *MT*, June 8, 1930; "Blame Hip Sing Desertions in New Tong War," *CT*, June 8, 1930.

11 "Hip Sing 'Reveres' Quizzed by Police," *NYP*, June 9, 1930; "Report Chicago Tongs Will Defy N.Y. Peace Pact," *CT*, June 9, 1930.

12 "Tong Chiefs Sign Treaty of Peace," *SR*, June 10, 1930.

13 "Men and Events," *China Weekly Review*, June 14, 1930.

14 "Chinese Warned to End Killings," *Reading Times*, Aug. 19, 1930; "Tong War Flames Forth in New York," *Tonawanda Evening News*, July 31, 1930.

15 "Alleged £100 Offer for Murder," *Manchester Guardian*, Aug. 16, 1930; "Chinese Warned to End Killings."

16 "Boost Patrols to Curb Tong Warfare," *SDT*, Aug. 12, 1930; "Five Chinese Hurt in New Tong War: Poolroom Shot Up," *BDE*, Aug. 18, 1930; "Five Chinese Shot in Pell St. Ambush," *NYT*, Aug. 18, 1930; "Chinese Warned to End Killings."

17 "Chinese Societies to Sign Pact Ending New York Tong Wars," *Tampa Tribune*, Aug. 19, 1930; "Mulrooney Named Arbiter as Tongs Accept Peace Pact," *BDE*, Sept. 2, 1930; "Tongs Sign Another Peace Pact," *NYS*, Sept. 2, 1930.

18 "Tongs Sign Another Peace Pact."

19 "Canaries Warn Chinese of Raid Peril," *NYS*, April 21, 1931.

20 "Chinese to Gather Here," *NYS*, April 22, 1931; "The Heathen Chinee Is Peculiar," *NYS*, April 24, 1931; "Two Tongs Convene," *BDE*, April 27, 1931.

21 "Trouble Feared as Tongs Meet," *NYS*, April 27, 1931; "Chinatown in Ominous Quiet as Big Tongs Prepare Parley," *BSU*, April 28, 1931.

22 "Police Watch Hips of Hips and Leongs," *NYP*, April 28, 1931.

23 "Rival Tongs at Play Together," *NYS*, April 28, 1931; "Tongs Under Guard Plan Aid for Idle," *NYT*, April 29, 1931.

24 Old Tong Leader Is Shot," *NYS*, Feb. 29, 1932; "Shooting Revives Mock Duck Legend," *NYT*, Feb. 29, 1932.

25 "Gin Gum Dies in Bed After Stormy Life"; "Gin Gum's Funeral Brings Tong Peace"; "Tongs at Peace at Jim Gun's Bier"; "Chinatown Turns: Seeks Aid of Law," *NYTR*, April 8, 1915; "Bankruptcy Notices," *NYT*, Nov. 30, 1917; "Police Watch Hips of Hips and Leongs"; "Hip Sing Heads Called to End Local Dispute," *Pittsburgh Post-Gazette*, March 10, 1928.

26 "Old Tong Leader Is Shot"; "Profiles: Tong Leader," *New Yorker*, Dec. 30, 1933.

27 "Tongs of Chinatown United by Necessities of Relief."

28 Ibid.; "So They Say," *Miami Daily News-Record*, Feb. 29, 1932;

"Chinese Throughout the U.S. Work and Sacrifice for War Stricken Homeland," *Columbus Daily Enquirer*, March 13, 1932.

29 "Rival Tong Dragons Greet Chinese Year," *NYT*, Jan. 27, 1933.

30 "Chinatown Guarded as Tong Man Is Slain," *NYT*, July 23, 1933; "Denies Tong Mediation," *NYT*, Aug. 4, 1933; "Tong Slayers Fool Police," *SJ*, July 29, 1933; "Chinese Shot to Death; N.Y. Tong Feud Blamed," *BS*, July 29, 1933.

31 "New Tong War Spreads Here in Shooting," *NYS*, July 29, 1933; "Chinatown Fears Tong War Start," *TT*, July 30, 1933.

32 "May Avert Tong War," *NYS*, July 31, 1933; "Tong War Inquiry Begun by Medalie," *NYT*, Aug. 1, 1933.

33 "Tongs in Truce After Killings," *NYP*, Aug. 17, 1933; "Tong Peace Signed; NRA Is Credited," *NYT*, Aug. 18, 1933.

34 "Tong Peace Signed; NRA Is Credited."

35 Leong, *Chinatown Inside Out*, 79.

36 Carlos E. Cortés, ed., *Multicultural America: A Multimedia Encyclopedia* (Thousand Oaks, Calif.: Sage, 2013), 1:489; Wang, *Surviving the City*, 69-81.

37 Charles LaCerra, *Franklin Delano Roosevelt and Tammany Hall of New York* (Lanham, Md.: University Press of America, 1997), 84.

38 Sue Fawn Chung, "Fighting for Their American Rights: A History of the Chinese American Citizens Alliance," in *Claiming America: Constructing Chinese Identities During the Exclusion Era*, ed. K. Scott Wong and Sucheng Chan (Philadelphia: Temple University Press, 1998), 96.

39 Tsai, *Chinese Experience in America*, 108–109; Leong, *Chinatown Inside Out*, 74.

40 "So They Say."

41 Yu, *To Save China, to Save Ourselves*, 42–45; Kwong, *Chinatown, New York*, 55.

42 Leong, *Chinatown Inside Out*, 82–84.

43 "Chinatown Lions on Parade," *NYS*, Feb. 15, 1934.

尾 声

1 "Tom Lee Is Going to Grave in China," *NYS*, April 4, 1918.

2 "Deposed Tong Tyrant Slain," *NYS*, Nov. 2, 1937; "Governor White Commutes Former Tong's Sentence," *Coshocton Tribune*, Nov. 20, 1931; "Not So Good," *CPD*, Nov. 21, 1931; Alan F. Dutka, *Asiatown Cleveland: From Tong Wars to Dim Sum* (Charleston, S.C.: History Press, 2014), 68.

3 Executive Clemency and Pardon Case Files for Sue Sing, Inmate No. 6033, Records of the Department of Correctional Services, New York State Archives, Series A0597-78, box 73, folder 32.

4 "Chin Lem Buried with Full Rites," *NYH*, Feb. 22, 1914; "Deadly

Tongman Is Quiet Forever," *TT*, Feb. 22, 1914.

5 McAdoo, *Guarding a Great City*, 175–176.

6 "Jerome Dies at 74," *NYT*, Feb. 14, 1934.

7 *Twenty-first Report of the State Civil Service Commission* (Albany: Oliver A. Quayle, State Legislative Printer, 1904), 154; "Blame Tong War for Poolroom Death Mystery," *CT*, April 28, 1922; "Fear Tong War," *IS*, Jan. 13, 1923.

8 Him Mark Lai, "China and the Chinese American Community: The Political Dimension," in *Chinese America: History and Perspectives, 1999*, ed. Marlon K. Hom (San Francisco: Chinese Historical Society of America, 1999), 7.

9 "Col. Waldo, 50, Dies of Septic Poisoning," *NYT*, Aug. 14, 1927.

10 Ancestry.com, "1920 United States Federal Census Online Database," http://search.ancestry.com/search/db.aspx?dbid=6061; "1930 United States Federal Census Online Database," http://search.ancestry.com/search/db.aspx?dbid=6224; "1940 United States Federal Census Online Database," http://search.ancestry.com/search/db.aspx?dbid=2442, all accessed Aug. 4, 2015.

11 "Edward Mulrooney, 85, Dead; Police Commissioner 1930–33," *NYT*, May 1, 1960.

12 "Indict Actors on Charge of Giving Indecent Play," *IS*, March 3, 1927; "Star in 'Sex' Goes to Jail," *IS*, April 20, 1927.

13 "Warry Charles, Chinese 'Lifer,' Dies in Prison," *BJ*, Aug. 10, 1915; "To Ship Body of Warry Charles to Brooklyn," *BJ*, Aug. 13, 1915.

参考文献

Anbinder, Tyler. *Five Points: The 19th-Century New York City Neighborhood That Invented Tap Dance, Stole Elections, and Became the World's Most Notorious Slum*. New York: Free Press, 2001.

Asbury, Herbert. *The Gangs of New York: An Informal History of the Underworld*. New York: Thunder's Mouth Press, 2001. Original work published 1928.

Beck, Louis J. *New York's Chinatown: An Historical Presentation of Its People and Places*. New York: Bohemia, 1898.

Bonner, Arthur. *Alas! What Brought Thee Hither? The Chinese in New York, 1800–1950*. Madison, N.J.: Fairleigh Dickinson University Press, 1997.

Chan, Sucheng. *Chinese American Transnationalism: The Flow of People, Resources, and Ideas Between China and America During the Exclusion Era*. Philadelphia: Temple University Press, 2006.

Chang, Iris. *The Chinese in America: A Narrative History*. New York: Viking Press, 2003.

Chen, Shehong. *Being Chinese, Becoming Chinese American*. Urbana: University of Illinois Press, 2002.

Coolidge, Mary Roberts. *Chinese Immigration*. New York: Henry Holt, 1909.

Costello, Augustine E. *Our Police Protectors: History of the New York Police from the Earliest Period to the Present Time*. New York: by author, 1885.

Crouse, Russel. *Murder Won't Out*. Garden City, N.Y.: Doubleday, Doran, 1932.

Dillon, Richard H. *The Hatchet Men: The Story of the Tong Wars in San Francisco's Chinatown*. New York: Coward-McCann, 1962.

Freeland, David. *Automats, Taxi Dances, and Vaudeville: Excavating Manhattan's Lost Places of Leisure*. New York: New York University Press, 2009.

Fronc, Jennifer. *New York Undercover: Private Surveillance in the Progressive Era*. Chicago: University of Chicago Press, 2009.

Gardner, Charles W. *The Doctor and the Devil; or, Midnight Adventures of Dr. Parkhurst*. New York: Vanguard, 1931.

Gilfoyle, Timothy J. *A Pickpocket's Tale: The Underworld of Nineteenth-Century New York*. New York: W. W. Norton, 2006.

Gong, Eng Ying, and Bruce Grant. *Tong War! The First Complete History of the Tongs in America; Details of the Tong Wars and Their Causes; Lives of Famous Hatchetmen and Gunmen; and Inside Information as to the Workings of the Tongs, Their Aims and Achievements*. New York: N. L. Brown, 1930.

Gyory, Andrew. *Closing the Gate: Race, Politics, and the Chinese Exclusion Act*. Chapel Hill: University of North Carolina Press, 1998.

Hall, Bruce Edward. *Tea That Burns: A Family Memoir of Chinatown*. New York: Free Press, 1998.

Ho, Chuimei, and Soo Lon Moy. *Chinese in Chicago*. Charleston, S.C.: Arcadia, 2005.

Huie Kin. *Reminiscences*. Peiping, China: San Yu Press, 1932.

Jeffers, H. Paul. *Commissioner Roosevelt: The Story of Theodore Roosevelt and the New York City Police, 1895–1897*. New York: J. Wiley & Sons, 1994.

Johnson, Marilyn. *Street Justice: A History of Police Violence in New York City*. Boston: Beacon Press, 2003.

Kelly, Raymond W. *The History of the New York City Police Department*. New York: New York City Police Department, 1993.

Kinkead, Gwen. *Chinatown: A Portrait of a Closed Society*. New York: HarperCollins, 1992.

Kwong, Peter. *Chinatown, New York: Labor and Politics, 1930–1950*. New York: New Press, 2001.

Lai, Him Mark. *Chinese American Transnational Politics*. Urbana: University of Illinois Press, 2010.

Lardner, James, and Thomas A. Reppetto. *NYPD: A City and Its Police*. New York: Henry Holt, 2000.

Leong, Gor Yun. *Chinatown Inside Out*. New York: B. Mussey Books, 1936.

Lin, Yutang. *My Country and My People*. London: William Heinemann, 1936.

Ling, Huping. *Chinese Chicago: Race, Transnational Migration, and Community*

Since 1870. Redwood City, Calif.: Stanford University Press, 2012.

Lui, Mary Ting Yi. *The Chinatown Trunk Mystery: Murder, Miscegenation, and Other Dangerous Encounters in Turn-of-the-Century New York City*. Princeton, N.J.: Princeton University Press, 2007.

McAdoo, William. *Guarding a Great City*. New York: Harper, 1906.

McIllwain, Jeffrey Scott. *Organizing Crime in Chinatown: Race and Racketeering in New York City, 1890–1910*. Jefferson, N.C.: McFarland, 2004.

McKelway, St. Clair. *True Tales from the Annals of Crime and Rascality*. New York: Random House, 1951.

McKeown, Adam. *Chinese Migrant Networks and Cultural Change: Peru, Chicago, Hawaii, 1900–1936*. Chicago: University of Chicago Press, 2001.

Moss, Frank. *The American Metropolis: From Knickerbocker Days to the Present Time: New York City Life in All Its Various Phases: An Historiograph of New York*. Vol. 2. New York: P. F. Collier, 1897.

Ostrow, Daniel. *Manhattan's Chinatown*. Charleston, S.C.: Arcadia, 2008.

Qin, Yucheng. *The Diplomacy of Nationalism: The Six Companies and China's Policy Toward Exclusion*. Honolulu: University of Hawai'i Press, 2009.

Riis, Jacob A. *How the Other Half Lives: Studies Among the Tenements of New York*. New York: Dover, 1971. Original work published 1890.

Riordon, William L., and George Washington Plunkitt. *Plunkitt of Tammany Hall: A Series of Very Plain Talks on Very Practical Politics*. New York: Signet Classics, 1995. Original work published 1905.

Roosevelt, Theodore. *An Autobiography*. New York: Macmillan, 1913.

Sloat, Warren. *A Battle for the Soul of New York: Tammany Hall, Police Corruption, Vice, and Reverend Charles Parkhurst's Crusade Against Them, 1892–1895*. New York: Cooper Square, 2002.

Song, Jingyi. *Shaping and Reshaping Chinese American Identity: New York's Chinese During the Depression and World War II*. Lanham, Md.: Lexington Books, 2010.

Tchen, John Kuo Wei. *New York Before Chinatown: Orientalism and the Shaping of American Culture, 1776–1882*. Baltimore: Johns Hopkins University Press, 1999.

Tow, Julius Su. *The Real Chinese in America; Being an Attempt to Give the*

General American Public a Fuller Knowledge and a Better Understanding of the Chinese People in the United States. New York: Academy Books, 1923.

Tsai, Shih-shan Henry. *The Chinese Experience in America.* Bloomington: Indiana University Press, 1986.

Tung, William L. *The Chinese in America, 1820–1973: A Chronology and Fact Book.* Dobbs Ferry, N.Y.: Oceana, 1974.

Van Norden, Warner M. *Who's Who of the Chinese in New York.* New York: by author, 1918.

Wang, Xinyang. *Surviving the City: The Chinese Immigrant Experience in New York City, 1890–1970.* Lanham, Md.: Rowman & Littlefield, 2001.

Yu, Renqiu. *To Save China, to Save Ourselves: The Chinese Hand Laundry Alliance of New York.* Philadelphia: Temple University Press, 1992.

出版后记

　　华人移民美国的浪潮始于19世纪40年代，主要是为了躲避战乱和谋求生计。白人认为他们抢走了自己的工作，排华思潮日渐抬头，言辞越来越极端。最终，美国国会于1882年通过了臭名昭著的《排华法案》。

　　《排华法案》通过后，华人移民的生活日渐艰难。他们受排挤，遭歧视，难以取得合法身份，无法入籍，工作机会受限，无法通过正常渠道维护自身权益。但即便如此，绝大多数华人依然遵纪守法，以自己辛勤的劳动换取微薄的报酬，勉强维生。然而，也有极个别走投无路者选择加入从事诸多不法生意的堂口，堂口因而得以发展壮大，相互之间的争斗愈发激烈。从19世纪末到20世纪30年代，各堂口为争夺赌场、鸦片馆、妓院的控制权而相互厮杀，时间长达三十年之久，血腥程度愈演愈烈，死伤者越来越多。

　　加入堂口的只是华人中的极少数人，却严重败坏了唐人街的声誉。而部分美国媒体和政客出于迎合读者或选民的心理进一步误导了美国民众。唐人街因此成了少数美国人眼中"罪恶的渊薮"。

　　本书作者苏思纲大量搜集新闻报道、官方统计数据、庭审记录和当时人的著作，尝试在更为广阔的历史背景下还原纽约四次大规模堂斗的全过程，解释了堂斗为何屡禁不止，愈演愈烈。

服务热线：133-6631-2326　188-1142-1266

服务信箱：reader@hinabook.com

后浪出版公司

2020 年 9 月

图书在版编目（CIP）数据

堂斗 / （美）苏思纲著；王佳欣译. -- 上海：上
海文化出版社，2020.11（2023.6重印）
ISBN 978-7-5535-2089-6

Ⅰ. ①堂… Ⅱ. ①苏… ②王… Ⅲ. ①纪实文学—美
国—现代 Ⅳ. ①I712.55

中国版本图书馆CIP数据核字(2020)第167563号

Tong Wars by Scott D. Seligman

图字：09-2020-770 号

出 版 人	姜逸青
策 划	后浪出版公司
责任编辑	王茗斐 葛秋菊
特约编辑	方 宇
版面设计	肖 宵
封面设计	徐睿绅

书 名	堂 斗
著 者	［美］苏思纲
译 者	王佳欣
出 版	上海世纪出版集团 上海文化出版社
地 址	上海市闵行区号景路159弄A座3楼 201101
发 行	后浪出版公司
印 刷	北京盛通印刷股份有限公司
开 本	889×1194 1/32
印 张	10.25
版 次	2020年11月第一版 2023年6月第四次印刷
书 号	ISBN 978-7-5535-2089-6/I.816
定 价	68.00元